满族说部研究丛书（第一辑）

主编　邵汉明

满族说部英雄主题研究

杨春风　苏静　李克◎著

長春出版社
全国百佳图书出版单位

国家出版基金项目
NATIONAL PUBLICATION FOUNDATION

图书在版编目(CIP)数据

满族说部英雄主题研究 / 杨春风, 苏静, 李克著. -- 长春 : 长春出版社, 2016.8
(满族说部研究丛书. 第一辑)
ISBN 978-7-5445-4557-0

Ⅰ. ①满… Ⅱ. ①杨… ②苏… ③李… Ⅲ. ①满族-少数民族文学-文学研究-中国 Ⅳ. ①I207.921

中国版本图书馆 CIP 数据核字(2016)第200673号

满族说部英雄主题研究

著　　者:杨春风　苏　静　李　克
责任编辑:胡　新
封面设计:楠竹文化

出版发行:長春出版社　　总编室电话:0431-88563443
发行部电话:0431-88561180

地　　址:吉林省长春市建设街 1377 号
邮　　编:130061
网　　址:www.cccbs.net
制　　版:荣辉图文
印　　刷:吉林省赛德印业有限公司
经　　销:新华书店

开　　本:787 毫米×1092 毫米　1/16
字　　数:295 千字
印　　张:21
版　　次:2016 年 8 月第 1 版
印　　次:2016 年 8 月第 1 次印刷
定　　价:38.00 元

总序

作为第一批国家级非物质文化遗产项目，满族说部不仅由吉林省申报，其国家级、省级传承人富育光先生和省级传承人赵东升先生，都生活在吉林省；作为传统的满族及其先世女真、渤海等肃慎族系民族，在当今的吉林大地，留下了众多传统生活的遗址、遗迹和大量文物；作为佛满洲（满语，汉译“旧满洲”）重要组成部分的海西女真以及清代驻防八旗、京旗回迁等满人后裔，至今仍是吉林省人口构成的重要成分；某些在吉林地区已有数百年生活史的满族家族，至今保留着浓郁的满族民俗和珍贵的萨满祭祀、谱牒传修、族史讲说等原生态的民族传统，成为国内外民族、民俗学者进行田野调查和追踪研究的样本。

正因为如此，2011 年 9 月，由吉林省社会科学院牵头，联合吉林省民族宗教研究中心、吉林大学、东北师范大学、延边大学、长春师范大学、北华大学、四平师范大学、长春大学、通化师范学院（今长白山大学）等相关高校、研究单位，成立了吉林省满族说部学会，以满族说部的研究与推广为宗旨，致力于满族说部文本以及传承演进过程和关系的研究、满族说部与满族历史文化关系的研究等，团结专业研究者和业余爱好者，深入研究、普及和推广满族说部及其研究、开发的成果。

学会成立以来，不仅持续组织会员深入满族聚居区进行田野调查，而且与有关学校联合建立研究基地，进行“满族说部进校园”等系列普及活动，还推动学会会员，在文本研究、价值研究、历史文化研究、基础理论研究、保护与传承研究和比较研究多个层面，对满族说部开展全方位的学术研究，先后在《社会科学战线》《黑龙江社会科学》《东北史地》等学术期刊开辟专栏，集中推出研究成果；学会的第一部研究论文集《满族古老记忆的当代解读》，于2012年正式出版；在学会的组织、推动下，先后有三位学会会员申报的研究项目获得国家社会科学基金立项。

在此基础上，学会组织骨干力量，撰写“满族说部研究丛书”。第一批三部著作分别是由朱立春等著的《满族说部文本研究》，由杨春风、苏静、李克合著的《满族说部英雄主题研究》和周惠泉研究员的遗著《满族说部口头传统研究》。此前，有关满族说部研究的专著，只有中国社会科学院少数民族所高荷红博士的《满族说部传承研究》（中国社会科学出版社2011年版）、杨春风与苏静合著的《满族说部与东北历史文化》（吉林文史出版社2013年版）、郭淑云教授的《〈乌布西奔妈妈〉研究》（中国社会科学出版社2013年版）和部分论及满族说部基础理论问题的王卓研究员的《清代东北满族文学研究》（吉林文史出版社2013年版），而系列性地集中推出满族说部研究专著，还是第一次。

《满族说部文本研究》，全书共分六章，系统研究满族说部代表性文本的历史和文化价值，重点研究神话史诗类说部文本的体系化特征，并以满族及其先民社会历史生活为蓝本，揭示满族及其先民的萨满教观念及其思维模式、民族特征等。

《满族说部英雄主题研究》认为，满族说部是满族先民历史文化的百科全书，讲述了满族先民在几千年的历史长河中不断克服困难、拼搏进取的历史轨迹。满族说部中的绝大部分作品中都存在英雄主题，因为满族先民相信唯有明决果敢、大智大勇的英雄才能带领他们走出困境，进而发展壮大。

《满族说部口头传统研究》，是国家社科基金研究成果，对满族说部的口承传统做了溯源性的考察，并将满族说部放在整个中国文学史的背景下考察其意义。

“满族说部研究丛书”的第一批成果，是学会成立以来学术研究的集大成之作，代表着吉林省满族说部研究的阶段性成就。希望以此为起点，将满族说部研究持续推进下去，为满族说部研究本身及其对于满族文化、东北地域文化、中华文化和人类文化的珍贵价值，逐步挖掘出来，也为文学、历史学、民族学等学科研究视角的拓展、研究资料的丰富提供更多的借鉴。

2014.10.20

前　言

满族说部被誉为满族的“英雄史诗”。在满族历史发展过程中曾经取得过重要功绩的英雄，一直以来都是历代满族说部中萨满教神话与史诗的主人公，也是传奇故事和人物传记的主要题材，这与满族民众中普遍存在的英雄崇拜有着极其密切的关系。英雄往往是满族先民祭祀的主要对象，被奉为神灵一样崇拜，同时英雄又是历史进程和社会进步的推动者，在社会文化生活中扮演着重要的角色。满族的说部就是一部部家族史，后人讲述自己家族中出现的英雄人物，对民族、对地区、对百姓做出的惊天动地的事情，并以此作为家族的荣耀激励后人。满族说部神话中的创世女神阿布卡赫赫，史诗中的萨满教领袖乌布西奔妈妈、恩切布库、西林安班玛发，渤海国时期的红罗女和绿罗秀、辽金时期的完颜阿骨打、金世宗完颜雍等英雄人物都是满族说部歌咏传诵的对象；清代说部也塑造了萨布素、飞啸三巧、佟春秀等一系列英雄人物形象。

本书系统研究了满族说部中的神话史诗及英雄传奇中的英雄主题的代表作品，从人物谱系、情节模式、英雄观念与心理分析等方面具体论述其主要特色，并通过满族说部各个作品中的比较，以及与其他民族的相类作品之间的比较分析，力图深化主题，梳理出满族说部英雄主题的发展脉络与内在文化心理的传承与发展，分析其与其他民族的不同之处。

必须指出的是，满族说部中的英雄主题故事虽多，但由于地域的接近、文化心理的相似和文化传承上的一脉相承，其情节模式、英雄观念、文化心理等方面都存在相通之处，有着一定内在关联，可以互相印证和补充。《天宫大战》作为最古老的满族原始神话，开创了一种满族神话的情节模式、思维模式和写作风格。这一风格不但在其他神话如附录六篇的神话中得以延续，而且在以后的大型史诗，如《恩切布库》《西林安班玛发》《乌布西奔妈妈》中得到明显的体现。

一　萨满神话与史诗中的英雄心理分析

在《乌布西奔妈妈》中，乌布西奔妈妈在临死前传谕其贴身侍女说："要学乌鸦格格，为难而死，为难而生，勿贪勿妒，勿惰勿骄。"① 它指出了满族先民心目中典型的萨满女英雄形象最显著的特征，就是"为难而死，为难而生"。满族先民尤其是东海女真人在漫长的历史中，所面对的是一个荒凉寒冷、地广人稀的生存环境，且处于生产力相对落后的状态下，还要时刻要面对各种灾难的降临，山洪、海啸、地震等自然灾害随时可能袭来。除天灾外，更有重重人祸，部落间争战不断，血流成河。面对如此恶劣的生存环境，满族先民的心目中最渴望的就是有一个像太阳一样照耀他们，给他们温暖和生命的英雄神；一个像慈母一样关爱他们，给他们智慧和力量的母亲神。因而他们所塑造出来的神话中多苦难意识，女神们所处的环境时常是非常恶劣的，随时都有恶神耶鲁里出来为

① 鲁连坤讲述；富育光译注整理：《乌布西奔妈妈》，长春：吉林人民出版社，2007年，第190页。

祸。每个女神都是为苦难而生、为苦难而死的，她们的使命就是同恶魔耶鲁里斗争，把光明和希望留给族人。她们背负着救护东海氏族百姓，并使之繁荣兴旺的责任，为了族众的利益，牺牲自己的声音[①]、眼球[②]，甚至生命都在所不惜。

这种神格与西方神话、中原神话乃至其他少数民族的神话中神的形象颇为不同。希伯来神话中的上帝是人类的主宰，他与人类的关系更像是主人与奴隶的关系。上帝既是乐园的创造者又是灾难的创造者，既能让你生在伊甸园，也可以把你打入滔滔洪水中，人类唯有顺从方能得到生存。希腊神话中的天神更像是人间的国王，视人类为蝼蚁、玩物，在喜怒哀乐之中轻松主宰人类的命运。中原神话中的盘古、女娲、伏羲等形象虽然也给人类带来了福祉，但他们的行为是不自觉的。盘古开天，女娲造人、补天更像是出于一种女性的本能。满族神话中的女神形象则是更具有英雄特质、母性特质的女神，每一个女神似乎都是应苦难而生、为消灭苦难而来的。她们为了人类的福祉，无私无我、自觉自愿地牺牲自己，正如《乌布西奔妈妈》中所讲："仁慈的乌布西奔并不为她本人所有，受神命而来的乌布西奔，惟有族人的安宁与康泰……"[③]

满族说部史诗中的女神形象同蒙古族史诗《江格尔》、藏族史诗《格萨尔王》等英雄史诗中的英雄形象亦不同。《江格尔》中的

---

① 乌布西奔妈妈降生前为了能继续为天宇准确报时，牺牲了自己的声音，所以生来就是哑女。

② 恩切布库为了打败恶神耶鲁里，把自己的眼球抛上天际，化作大火球，打败了耶鲁里。

③ 鲁连坤讲述；富育光译注整理：《乌布西奔妈妈》，长春：吉林人民出版社，2007 年，第 84 页。

英雄人物以力量和男性的豪迈勇武见长，《格萨尔王》中的格萨尔则以魔幻色彩和神奇的降妖除魔之术见长，而满族说部神话与史诗中的女神形象更多是以灾难意识、悲剧色彩和自我牺牲精神为其特质。在满族说部神话中，恶神无处不在且无法彻底消灭，人类的生存与发展就是在与恶神耶鲁里的斗争中得以实现的。女神们更像是全氏族的慈母和导师，不仅要依靠智慧和力量同恶神搏斗，还要顽强拼搏，团结进取，不断强大自己，她们有着无私无欲和自我牺牲的精神，在关键时刻为了族众的利益不惜牺牲自己。

因而满族先民与他们的女神之间是亲人般的亲密关系，女神对于他们来讲更像是关爱他们的慈母、救治他们的医者、教导他们的导师。所以，满族先民亲切地称他们为“妈妈”或“玛发”。妈妈在满语里是祖母、奶奶的意思，“玛发”在满语里是祖父、爷爷的意思。

如果说蒙古族史诗中充满的是一种豪迈的男性雄风、藏族史诗中充满的是一种神秘感与王者的神圣气息的话，满族神话与史诗则是一种感恩与感动，感情色彩相对较浓，如在《乌布西奔妈妈》开头的《创世歌》中写道：

鲜花为什么开？
是有太阳的光照；
百树为什么繁绿？
是有地水的滋育；
东海为什么浩阔？
是天母梳妆召来的百源；
鱼群为什么旺游？
是天母造化的生机。

……

东海，妈妈的海，

东海，丰饶的海，

东海，生命的海，

东海，不息的海。

这是萨玛百代神主的福托，

这是萨玛百世生命的荫庇，

这是阿布卡赫赫赐予的抚宠，

这是乌布西奔妈妈承受天意的呕心血晶。①

如果说蒙古族史诗中更多豪迈的个人英雄主义色彩、藏族史诗中更多神秘的宗教教化色彩，满族说部中的神话与史诗中则充满着一种悲剧色彩、一曲伟大的灵魂被无情毁灭后的悲壮咏叹。女神在灾难中诞生，为拯救灾难中的众生而来，在灾难中带领族众顽强抗争，直至牺牲自己，这是满族说部中的萨满教女神的独特精神特质。也许她们的智慧比不上雅典娜女神、力量比不上《江格尔》中的英雄人物、法力也比不过格萨尔王，但其抗争意识、无私品格与自我牺牲的精神是无与伦比的。

在某种意义上说，满族说部中的萨满英雄，不像是高高在上的神灵，更像是与族众同甘共苦、为族众排忧解难、像母亲看护孩子一样的慈母形象。在《乌布西奔妈妈》中，描写了乌布西奔救治一个难产的孕妇的情景："乌布西奔突然从地上跳起，扔掉神鼓，从大水槽中抓起两条红花毒海蛇，大口大口吞吃，毒液顺

① 鲁连坤讲述；富育光译注整理：《乌布西奔妈妈》，长春：吉林人民出版社，2007年，第7—11页。

嘴流淌，昏迷中将嚼烂的毒液口对口填入病妇的嘴中。乌布西奔又从大木槽中取出两个黄翅飞鳞鱼，大口大口嚼，毒液使她的双眼像冒着血丝……口用毒液，舔洗着病人鼓胀的腹肤、肚脐和流淌着恶水的阴户，不停地用抖栗的双手揉抚病妇的腰背，边口唱着'阿奔阿达里、阿奔阿达里'揉按着呻吟的病人……"① 乌布西奔为救治难产的族人而勇吞毒药，"口用毒液，舔洗着病人鼓胀的腹肤、肚脐和流淌着恶水的阴户"，不嫌病人脏，不顾自己的安危；等到孩子安然降生，"乌布西奔却昏厥在带血水的地上，人事不省"，显示出萨满英雄在族众危难时刻，为族众的利益不惜而牺牲自己的精神。

二 满族说部中的英雄传奇解析

清代以前的满族说部作品，叙述了历史上生活于东北不同地域的满族先民的历史故事。按其所主要描写的内容，大体上可以分成四个系列：一是唐代渤海国故事系列，二是辽、金生女真完颜部故事系列，三是明代海西女真和建州女真故事系列，四是明代东海女真故事系列。《红罗女三打契丹》《比剑联姻》等是以渤海国为历史背景的传奇故事；《女真谱评》《阿骨打传奇》《苏木妈妈》《金世宗走国》等作品，描写了辽金时期完颜部生女真人逐渐发展壮大并战胜辽国、建立大金国时期的英雄故事；《扈伦传奇》则是反映明末清初海西女真的建国及其后的历史发展的传奇故事；《元妃佟春秀传奇》则是反映建州女真人首领努尔哈赤的原配妻子佟春秀主持家政、辅佐太祖的故事。

---

① 鲁连坤讲述；富育光译注整理：《乌布西奔妈妈》，长春：吉林人民出版社，2007 年，第 84—85 页。

东海女真，主要指分布在“极东”“甚远”地方，即今黑龙江以北和乌苏里江以东地区的女真人。由于所处地域“极东”“甚远”，且多山高林密，地广人稀，与中原文化接触较少，因而社会发展程度相对来说较为落后。正因为相对落后的自然环境与封闭的社会环境，才使得东海女真人较好地保存了其原始质朴的民风民情；也正因为这一地区离中原较远，史书对这一地区民众的生活状况、社会历史发展脉络基本上是一片空白，通过历代满族先民口耳相传的满族说部故事才显得弥足珍贵，有效地填补了这一时期对这一地域的满族先民历史记录的缺失。另一方面，东海女真人与中原文化接触较少，社会发展程度相对较为落后，其萨满教发展得才最为充分、母系氏族社会遗存最多、神话与史诗资源也相对其他地区更为丰富。东海女真人大体上系统完整地保存了该民族的萨满教神话和英雄史诗。本书中所述的神话和史诗，如《天宫大战》《恩切布库》《西林安班玛发》《乌布西奔妈妈》等都是源自于东海女真。《东海沉冤录》中讲述了元末明初东海女真人帮助明朝将领清除盘踞东北的纳哈出残余势力，建立对东北统治的故事。《东海窝集传》则反映了东海女真人在明代中后期中原文化的影响下，逐渐由母系氏族奴隶制统治转变为父系统治的艰难过程。

满族说部中的各类故事都是反映满族先民的英雄业绩，其人文环境和风俗习惯大体相似，文化心理大体相通，情节模式也有相似之处，甚至可以互相印证，彼此参照。大体上说，满族说部作品的英雄主题有五点较明显的共有特征：

（一）不同程度的萨满教文化背景。《飞啸三巧传奇》的“引子”中有一句唱词中说：“看哪，听啊，香烟里降临了晓彻祖先勋业的千岁妈妈，千岁妈妈来了！她骑着神鹿，背上背的褡裢袋里，装着什么？装满了昨天的故事、昨天的血泪、昨天的足迹。”① “千岁妈妈”在满语里意为原祖的始母神。在满族先民看来，所有的满族说部作品，都是天上的萨满妈妈褡裢袋里的故事，承载着历代妈妈神的魂魄与梦想！

（二）大同小异的东北风物、民俗作为社会背景。塞外独特的自然地理环境和丰富的动植物资源，在传奇文学中演变为带有神幻色彩的文化符号：那朴实无华的火炕，精美别致的鱼皮衣，珍贵的人参、东珠、乌拉草等东北特有的物产，以及萨满皮鼓与腰铃声中代代相传的祭祀风俗，给这些说部故事带来了一层特有的东北文化和满族文化的味道。这种味道，是其他民族的英雄故事中所看不到的。在满族说部的各部英雄传奇中，衣食住行、物产资源、婚丧礼俗、民风民俗既有一定的相似性，又略有差异，勾勒出不同历史时期、不同地区、不同部族间的满族传统文化的嬗变与沿革。

（三）同《天宫大战》中善恶斗争的情节模式相似，满族说部中的英雄主题大都以善恶二元对立的情节模式贯穿始终。英雄具有强烈的道义观念，敌我双方壁垒分明，通常是忠奸可辨、善恶分明、正邪两立的简单风格。

（四）皆表现出浓郁的尚武精神与复仇观念。《元妃佟春秀传奇》中对满族的尚武传统有一段议论：“女真人的孩子，从五岁就学骑马，六七岁就练拉弓学射箭。小孩子、半大孩子，甚至二十岁的年轻人，无论做什么游戏活动，玩什么花样，都离不开比试习武，自小就使孩子练就了强身健体，英武勇敢，自强不息，明枪明

① 富育光讲述；荆文礼记录整理：《飞啸三巧传奇》，长春：吉林人民出版社，2007年，第1页。

刀对着干的尚武精神，把英勇捐躯看作是光荣，引为自豪。”① 在满族说部的作品中，这种尚武精神比比皆是。

满族历来有血亲复仇观念，《元妃佟春秀传奇》中提到：“女真人一向有这么个传统观念，复仇的心理十分强烈，他们抱着‘君子报仇十年不晚’的信念，时时准备复仇，从来没有服输的时候，就像两个人打架一样，被打倒的人没有能力反抗了，可嘴上还硬，不认输，不认输就再打，怎么打也不认输，这可能就是女真人的性格。”②

（五）同萨满教神话与史诗一脉相承，其英雄人物大多都有悲剧意识与自我牺牲精神，如苏木妈妈和萨布素将军都是充满悲剧色彩和自我牺牲精神的英雄人物。苏木妈妈因急于把补给的物资送到前线，不幸中了辽军的埋伏而牺牲；萨布素将军在嫩江洪涝冲垮了大堤的危急时刻，不顾年迈体弱，坚持与军民一道堆堤防洪，终因力竭导致病情加重而去世……这些英雄人物的自我牺牲精神令人感动，其显示出的强烈的悲剧意识与苦难情结也与萨满教神话中所显现的文化心理与思想内涵内在相通。

当然，满族说部中的四个主题——渤海国故事系列，完颜部生女真故事系列，明代海西女真、建州女真故事系列，以及东海女真故事系列，由于其所反映的部族地理环境略有不同，受中原文化影响程度存在差异，因此其英雄主题故事中所蕴含的文化观念与英雄心理也就不尽相同。

大体而言，渤海国的故事系列虽然故事发生年代较早，但由于

---

① 张立忠讲述；张德玉、张德光、赵岩记录整理：《元妃佟春秀传奇》，长春：吉林人民出版社，2009 年，第 142 页。

② 张立忠讲述；张德玉、张德光、赵岩记录整理：《元妃佟春秀传奇》，长春：吉林人民出版社，2009 年，第 147 页。

渤海国地处东北最南部，受中原文化影响较深，因而其英雄观念中原始的萨满教文化气息较弱。相对来说，渤海国民族文化的包容性与开放性特征非常突出，强烈地表现出向中原文化学习，借以改变民族落后面貌的自觉性与积极性。

生女真完颜部女真及其后的海西女真人的历史故事中，由于其处于萨满教文化与中原文化双重影响之下，所以其文化表现出二者兼容并蓄的特点。其英雄观念中重技术、重实用、务实肯干、积极进取的精神较为突出，视任何有一技之长的能工巧匠如神明一般，格外重视。东海女真故事系列中萨满教文化气息则是最浓的，萨满观念、萨满巫术及萨满英雄人物在故事中占有相当重要的地位。

目录

第一章
神　　话

第一节　《天宫大战》研究

一、引　论

在满族说部的神话中，《天宫大战》占有极为重要的地位，它是满族先民最原初的神话中最重要的代表，也是满族先民在蒙昧历史时期最原始的童年幻想，其中凝结着千百代满族先民同变幻莫测的大自然和千奇百怪的动植物接触过程中集体智慧的结晶。它表达着原始先民对天地开辟、万物形成、人的产生及天地运行规律的独特解读和阐释，也曲折地反映了当时人们的文化观念和心理模式，对于探索远古时期满族先民的心理模式、思维方式有着非常重要的意义。

《天宫大战》作为最古老的满族原始神话，开创了一种满族神话的情节模式、思维模式和写作风格。这一风格不但在其他神话如附录六篇的神话中得以延续，而且在以后的大型史诗，如《恩切布库》《西林安班玛发》《乌布西奔妈妈》中得到明显的体现。满族说部中的神话与史诗在某种程度上都可以说是《天宫大战》的延续和拓展。

《天宫大战》是包含了创世神话、造人神话、洪水神话、盗火神话、英雄救世神话、善恶斗争神话等多种主题的大型神话，不仅情节完整、跌宕起伏，而且语言流畅优美。不但在中国少数民族神话中非常少见，即便是在世界的神话大家园中，同瑰丽浪漫的希腊、罗马神话，严谨的希伯来神话等相比，也自有其特点。

满族世代信奉萨满教，《天宫大战》就是承载、解读、演绎这种萨满教信仰的大型画卷，是反映原初先民萨满族信仰的活化石。萨满教是人类最原始的时期所普遍信仰的宗教，也是人类童年期普遍存在的思维方式的反映。各民族在其最原始的初民时期都不同程度地存在着萨满教信仰的因素，如中原巫术、藏族苯教等，都有一定的萨满教的因素。随着生产力的发展，这一信仰逐渐消失或转化，历史遗存很少。满族先民的部分地区，如东海女真地区，由于地理偏僻，受发达地区影响较小，因而能较好地保留这一原始信仰的本来面目。

《天宫大战》还承载了千百年来满族先民的英雄情结与抗争精神的神话，整部神话几乎都在描写以阿布卡赫赫为首的三百女神同以耶鲁里为首的恶神之间的激烈斗争，在善恶斗争的洪流中，洋溢着不朽的抗争精神、顽强的生存意志和自我牺牲的精神。可以说，《天宫大战》虽然表面上是写神与神之间的战争，内在却蕴含了满族先民割舍不断的英雄情结和对动物神、祖先神们的怀念、敬仰与崇拜。《天宫大战》所承载的英雄情结与抗争精神奠定了千百年来满族口传文学的基本基调。在《天宫大战》之后出现的作品中，无论是《天宫大战》附录六篇中的神话，还是史诗性神话《恩切布库》《西林安班玛发》《乌布西奔妈妈》，甚至是此后历朝历代的英雄传奇和故事中，无不包含着这种内在的情结因素，因而研究满族说部中的英雄主题必须从《天宫大战》开始。

《天宫大战》中的神没有希伯来神话中万能的上帝的霸气与居高临下，也不像希腊罗马神话中的神那样的俊朗飘逸、任性活泼，它如同普通人一般善恶兼具。《天宫大战》中的神似乎天生就带有着沉重的使命感和苦难意识，更像是饱经忧患的部落领袖和萨满英雄。在《天宫大战》中，除恶神耶鲁里及其同伙之外，无论是自然神、动物神还是萨满神、祖先神，都是带有英雄色彩的神话人物形象，他们不畏艰辛，不惧凶险，与恶风、黑雾、毒气、冰寒等恶劣环境顽强斗争，为人类创造了可以生存的自然环境；他们不仅创造了人类，还为人类造福，不惜牺牲自我。这样的情结模式之下，使得其神话中的人物天然地具有英雄的气质、品格和情结。

总之，《天宫大战》中内在地包含了英雄主题，它的英雄主题的讲述又不同于此后的其他《满族说部》作品，是包含了神话因素、萨满教因素以及带有浓重原始气息的神话。

二 女神的诞生、分类及其神谱体系的分裂变化

《天宫大战》首先是创世神话，在其关于宇宙产生和女神诞生的解释中，可以看出这一民族的宇宙观是尊重自然和贴近现实的。满族先民眼中，世界是自然形成的，并不像西方神话那样由上帝有目的、有计划的创造出来的，也不是如中原神话那样是被英雄神、始祖神拿着斧头开辟出来的。《天宫大战》中描写世上最古最古的时候，天地间是不分天、不分地的水泡泡，“天像水，水像天、天水相连，像水一样流溢不定”，后来，水泡渐渐长，水泡渐渐多，水泡里生出阿布卡赫赫①。阿布卡赫赫“她像水泡那么小，可她越

① 阿布卡赫赫：“阿布卡”是满语“天”的意思，“赫赫”指女人，合称起来就是天母之意。

长越大。有水的地方，有水泡的地方，都有阿布卡赫赫。她小小的像水珠，她长长的高过寰宇，她大得变成天穹。她身轻能飘浮空宇，她身重能沉入水底。无处不在，无处不有，无处不生。她的体魄谁也看不清，只有在小水珠里才能看清她是七彩神光，白蓝白亮，湛湛。她能气生万物，身生万物”①。地、光都是由天母自然裂生出来的。“空宇中万物愈多，便分出清浊，清清上升，浊浊下降，光亮上升，雾气下降，上清下浊。于是，阿布卡赫赫下身又裂生出巴那姆赫赫。这样，清光成天，浊雾成地，才有了天地姊妹尊神。清清为气，白光为亮，气浮于天，光游于光，气静光燥，气止光行，气光相搏，气光骤离，气不束光。于是，阿布卡赫赫上身裂生出卧勒多赫赫，好动不止，周行天地，司掌明亮。”② 阿布卡赫赫、地神巴那姆赫赫、光明之神卧勒多赫赫这三个女神像自然的化身，代表着天、地、光明三个最原初的自然物。

“三女神”之后，许多神都是由这三女神裂生出来的，如敖钦女神是阿布卡赫赫从身上揪块肉做成的、西斯林（风神）是卧勒多赫赫的两只大脚变成的、花神是阿布卡赫赫身上的香肉变成的、兴克里女神（即鼠神）是阿布卡赫赫身上搓落出泥生出的、德登女神是阿布卡赫赫一只脚、其其旦（火神，后又被称为拖亚拉哈大神）则是阿布卡恩都力额上突生的红瘤化成的美女神。它们展示了满族先民朴素自然的宇宙观，认为天地万物都是生于自然、长于自然，连神也是从自然中自然孕育而生的。

---

① 富育光讲述；荆文礼整理：《天宫大战 西林班玛发》，长春：吉林人民出版社，2009 年，第 9—10 页。

② 富育光讲述；荆文礼整理：《天宫大战 西林安班玛发》，长春：吉林人民出版社，2009 年，第 9—11 页。

《天宫大战》是在不同历史时期逐渐形成的不同神话故事的集合，因而《天宫大战》中的神谱神系中也是随时间不断分裂变化的，大体上分三个时期，第一时期从“壹腓凌[①]”到“叁腓凌”是开天辟地和造人阶段，这一时期只有阿布卡赫赫、巴那姆赫赫、卧勒多赫赫，以及为了造男人而裂生出来的敖钦女神。此时混沌初开，还没有善恶的斗争，虽然已经造出了男人，但只有女神而无男神，显示出母系氏族社会中女性当家做主的特点。

从“肆腓凌”到“捌腓凌”。除肆腓凌专门介绍恶神耶鲁里的诞生外，其他几节都是以阿布卡赫赫为首的三百女神同以耶鲁里为首的恶神争夺天界领导权的斗争故事。这一时期裂生出了诸多自然物神：如西斯林女神、多喀霍女神（石神，光明和火的化身）、塔其妈妈（星神）、其其旦女神、那丹女神（北斗七星之神）等，也产生了诸多动物神，如昆哲勒（九彩神鸟）、依尔哈女神（花神）、西离妈妈（鱼母神）、兴克里女神、者固鲁女神（刺猬神）等，还有一些带有社会分工性质和抽象意义的神祇，如德登女神（意为高大，负责为阿布卡赫赫探查动静）、福特锦力神（四头六臂八足的大力神）等。

此时的女神大部分都是居于“九叉神树”上的，各居其所，秩序井然。“千年松、万年桦，开天时的古树是榆柳。长叶柳树，能说人语道人性，能育人运水润虫蛙，通天通地被称为天树。天树通天桥，通天桥路分九股，九天九股住着宇宙神，都是耶鲁里从地上赶上来的。九股分住着三十位妈妈神：一九雷雪三十位，二九溪涧

---

① 腓凌：系满语，即回或次序之意。

三十位，三九鱼鳖三十位，四九天鸟长翼神，五九地鸟短翼神，六九水鸟肥脚神，七九蛇猬迫日神，八九百兽金洞神，九九柳芍银花神。”①

第三个时期是“玖腓凌”，即阿布卡打败耶鲁里，建立天界和人间秩序的过程。这一时期恶魔耶鲁里已经被以阿布卡赫赫为首的善神打败，变成了一个只会夜间怪号的九头恶鸟。神话的视角开始关注人类，阿布卡赫赫神鹰哺育了一个女婴，使其成为世上第一个女萨满；产生了五个方向神（西方洼勒格女神、东方德立格女神、北方阿玛勒格女神、南方朱勒格女神、中位为都伦巴女神），显示出人类已经有了辨别方向的能力；产生了具有明确分工性质的神谱体系。阿布卡恩都力送给人间瞒尼神九十二位：战神、箭神、石神、痘神、瘸神、头疼神、噬血神、大力神、狩猎神、穴居神、飞涧神、舟筏神、育婴神、产孕神、媾交神、断事神、卜算神、驭火神、唤水神、山雪神、乌春神（歌神），玛克辛神（舞神）、说古神，等等。”② 说明随着生产力的发展，神也有了明确的各类分工。

三　具有英雄主义色彩的三类女神形象

满族先民信奉万物有灵，崇拜多神，他们相信宇宙万物都各自有统驭他们的神存在。这种神可以是自然物，如日月星辰、山河湖水、火石树木等，也可以是动物，如飞禽走兽，蛇虫鼠蚁等。在原始先民看来，凡是不理解的东西都是神秘的东西；而凡是神秘的东

---

① 富育光讲述；荆文礼整理：《天宫大战　西林安班玛发》，长春：吉林人民出版社，2009年，第57—58页。

② 富育光讲述；荆文礼整理：《天宫大战　西林安班玛发》，长春：吉林人民出版社，2009年，第74页。

西，都有个精灵在左右着它。这样，万物有神的观念便自然而然产生了。

《天宫大战》中除恶神耶鲁里等极少数恶神外，多数都是带有英雄色彩的善神形象，大体上分为三类：一是自然物女神，二是动植物女神，三是具有分工性质和抽象意义的女神。它们分别代表了满族先民对自然物、动植物的崇拜，以及崇尚力与美的理念，也反映了原始萨满教信仰的万物有灵观念和崇尚自然的精神。

先看第一类自然物女神。《天宫大战》中的自然神除了天神阿布卡赫赫、地神巴那姆赫赫、光明神卧勒多赫赫这三女神外，具有英雄主义色彩的自然神主要有以下几个：

1. 奥朵西：云神，她是阿布卡赫赫的侍女，也是空中放牧云马的女神。《天宫大战》中描写阿布卡赫赫追赶耶鲁里，总是追不上，奥朵西便想出一个巧妙的招法，用藤草编成白色的马，借给耶鲁里。耶鲁里挺高兴，哪知刚骑上白马便被藤草缠住，这才被阿布卡赫赫捉住，服输。耶鲁里说了软话，阿布卡赫赫心慈手软，放了他。不料，耶鲁里马上就变心了，还照样伤害生灵。后来在耶鲁里调戏阿布卡赫赫时，奥朵西女神将七彩云马赶进了耶鲁里的眼睛里。耶鲁里的 18 只眼睛都变成了黑雾虫噬，被赶跑了。

2. 多喀霍女神：石神，光明与火的化身，以石为屋，永久住在巴那姆赫赫肤体的石头里。它能帮助众神获得生命和力量，并有自育自生的能力，反映了原始先民的崇石、崇火的心理。在满族先民的心目中，石头是火，石中有火，是热火、力火、生命之火。阿布卡赫赫让西斯林女神搬石御敌，追打九头耶鲁里，北方堆石成为山岳，石山石砬、石洞最多，就是那时候留下来的。后来，当阿布卡赫赫被困在雪山石堆中时，多亏这里雪山底下的石堆里面住着多喀霍女神，温暖着阿布卡赫赫的身躯。阿布卡赫赫饿得没有办法，又无法脱身，在雪山底下只好啃着巨石充饥。阿布卡赫赫把山岩里的巨石都吞进了腹内，顿觉周身发热，热力烧得阿布卡赫赫肢身融解，眼睛变成了日、月，头发变成了森林，汗水变成了溪河……

3. 突姆火神：旱闪，是突姆火神的影子；天落石，是突姆火神脚上的泥。它为战胜耶鲁里献出了全部心力，最后变成白石头，闪照在天穹，又被称为“车库妈妈”、秋千女神。《天宫大战》中描写当耶鲁里喷出恶风黑雾，蔽住了天穹，黯淡无光，黑风卷走了天上的星辰和彩云，以及巴那姆赫赫身上的百兽百禽。突姆火神临危不惧，用自己身上的火光毛发，抛到黑空里化成依兰乌西哈、那丹乌西哈、明安乌西哈、图门乌西哈，帮助卧勒多赫赫布星。然而，突姆火神全身精光，变成光秃秃、赤裸裸的白石头，吊在依兰乌西哈星星上，从东到西晃来晃去。后人因此称她为“车库妈妈”，即秋千女神。

4. 其其旦：火神，后又被称为拖亚拉哈大神，是阿布卡恩都力额上突生红瘤化身而成，脚踏火烧云，嫁于雷神西思林为妻。她的主要功绩是私盗阿布卡恩都力心中的神火下凡。因担心神火熄灭，她便把神火吞进肚里；嫌两脚行走太慢，便以手为足助行。天长日久，终于在运火中，被烧成一只虎目、虎耳、豹头、豹须、獾身、鹰爪、猞猁尾的怪兽。她四爪踏火云，巨口喷烈焰，驱冰雪，逐严霜，驰如电闪，光照群山，为大地和人类送来了火种。

5. 塔其妈妈星神：计时神，昼夜为众神计时（说明满族先民很早就掌握了用星相计时之法。这在乌布西奔妈妈的航海故事中能得到佐证）。耶鲁里凭借西斯林的风威，将光明吞进肚里，天宇变成黑漆无比。恶风呼啸，尘沙弥漫，企图把天上三百女神吹昏头脑，追踪不到他的身迹。阿布卡赫赫便让一九云母神，变成一个永世计时星，嘱咐她一定要永世侧身而行，不要让耶鲁里认出来，因为耶鲁里有西斯林助他起飓风，一旦刮起来云母神就不能久停。云母神便化作卧勒多赫赫布星神下的一位忠于职守的塔其妈妈星神，昼夜为众神计时，再狂的恶风和再暗的黑夜，也骗不了众神的眼睛。可是耶鲁里总也抓不住她，也认不出来她，所以耶鲁里永远也不能辨时辨方向，总是不如阿布卡赫赫畅行自如。

6. 曼君女神：雪神，本是卧勒多赫赫布星阵中的巨星。阿布卡赫赫与耶鲁里搏斗时，身子被耶鲁里压住，喘不过气来，阿布卡赫赫猛力一踩，只听轰隆隆一声，雪星被踏裂，天上留下一半，掉到地上一半。从此以后，雪神分两地居住，在天上居住时，北方无雪，春暖花开；在地上居住时，北方沃雪连年、洁白连天如银界。

再看第二类动植物女神。《天宫大战》中具有英雄主义色彩的动物女神主要有以下几个：

1. 九色花翅大嘴巨鸭：阿布卡赫赫的侍女。当阿布卡赫赫被耶鲁里困在冰水中时，是她把阿布卡赫赫从囚困的冰水中背上蓝天，躲过了灾难。但是冰海盖住了天穹、蔽盖了大地，大嘴巨鸭口喷烈火，一连气儿把冰天啄了千千万万个洞，从此才出现了日月星光，才有了光明温暖。可是，耶鲁里的冰雪老也化不完，大嘴巨鸭就得不停地啄下去。它的嘴一开始是又尖又宽、又厚又长的，因为援救阿布卡赫赫，凿冰不息，鸭嘴被冰凌巨块挤压得又扁又圆，双爪也变成三片叶形了。

2. 白腹号鸟：阿布卡赫赫的侍女。为了让阿布卡赫赫吃石补身，白腹号鸟飞往东海采衔九纹石，日夜不停。回程时，它总要在九叉神树上歇脚。

3. 护眼女神：又名者固鲁女神、刺猬神。它身披能藏魂魄的光针，帮助阿布卡三姊妹生育万物，并赋予灵魂。她身上的光彩全是日月光芒织成的，锋利无比，可使万物万魔双目失明，黯然失色，担负守护日月、光照宇宙、送暖大地的重任。者固鲁女神总是披着刺眼的光衫，这是阿布卡赫赫赋予她的万神神威。万神的能耐和品德都汇集到了她的身上，能攻能守，能进能退，能隐能显，能扩能缩，能滚能行，威勇无敌。在耶鲁里化身白鹅潜入花园抓住阿布卡赫赫之时，者固鲁女神在都凯女神的帮助下，变成芍丹乌西哈，即芍药花神，光芒四射。恶魔们争抢着摘白花，这时白花突然变成千条万条光箭，直射耶鲁里的眼睛，疼得耶鲁里闭目打滚，吼叫震天，捂着九头逃回地穴之中。

4. 兴克里女神：满语古语尊称为乌西哈布鲁古大神，是阿布卡赫赫身上搓落出泥生出的，又称鼠神。它能在黑暗里钻行，迎接和引导太阳的光芒照进暗夜，这便是永世迎日的鼠星神祇、迎日女神、三耳六眼的灵兽。其主要功绩是：阿布卡赫赫担心在黎明前的黑暗里，耶鲁里会偷袭捣乱，就把身边三耳六眼的灵兽派了出去，永远横卧在苍天之中，头北尾南，横跨中天。寻找耶鲁里的踪影，一直到太阳的光芒照彻寰宇，星光隐灭，辛勤而忠于职守的迎日灵兽才从天空中消逝。

5. 依尔哈女神：花神，由阿布卡赫赫身上的香肉变成的，为苍穹制造香云。耶鲁里化身赶鹅老太太，钻进阿布卡赫赫栖居的地方，变成无数白鹅，这些白鹅又变成了拴阿布卡赫赫的白筋绳子。多亏者固鲁女神化身白芍药花，刺瞎耶鲁里的眼睛，才救出阿布卡赫赫。因此后世人们头上总喜戴花或头髻插花，认为可惊退魔鬼。

6. 西离妈妈母神：鱼母神，后变成鲤鱼拐子星。当耶鲁里被三百女神追赶，化成曲蛇，藏进了泥水里，三九天上的鱼母神追进水里，变成个机灵敏捷的小鲤鱼拐子，找到了耶鲁里，从泥里咬住了耶鲁里化形的小蚯蚓的尾巴。蚯蚓身子一缩，掀起大浪泥沙，搅浑了清水；鱼母神松口，耶鲁里化阵恶风又逃之夭夭。因找到恶魔耶鲁里有功，她成为宇宙中的鱼星辰，日夜在天海边追寻着恶魔耶鲁里的踪迹。

7. 都凯女神：守门女神。因贪玩中计而被赶出天系，变成蚯蚓，是蚯蚓神、小蟒神，穿行于地下，辅助与导引萨满探查地下的府洞与魂魄，并帮助护眼女神把深深的地层钻出洞眼，使暖光透进。

8. 九叉神树：千年松，万年桦，开天时的古树是榆柳，长寿齐天。阿布卡赫赫与耶鲁里争杀一处，天地昏黑，石雨雷雹，万物陨灭，只有榆柳长寿齐天，延续至今。长叶柳树，能说人语道人言，能育人、运水、润虫蛙、通天通地，被称为天树。天树通天桥，通天桥分九股，九天九股住着宇宙神，都是耶鲁里从地上赶上来的。九股分住着30位妈妈神：一九雷雪30位（一九云母神，变成永世计时星），二九溪涧30位，三九鱼鳖30位，四九天鸟长翼神，五九地鸟短翼神，六九水鸟肥脚神，七九蛇猬迫日神，八九百兽金洞神，九九柳芍银花神。

9. 霍洛浑、霍洛昆二女神：为阿布卡赫赫的侍女，后化为鸣虫。当耶鲁里吐黑风恶水时，阿布卡赫赫派她们去详查动静。只见寰宇动晃，天石颓塌，地陷涌泉，回去报告阿布卡赫赫已经来不及了，她们便放开喉咙大声唱乌春①。两个女神边唱边携手舞蹈，在颓石浪尖上唱，在恶风凄雨中跳。耶鲁里被它们的歌舞迷住了，竟忘记

① 乌春：满语，歌的意思。

了施展神威，闭目睡了过去。等他突然猛醒时，阿布卡赫赫已经率百兽百禽围袭过来。耶鲁里双手一摁，竟将两个女神碾成血粉。血粉干润在树草之上，小小的粉粒化成万千鸣虫，体小而其声高亢，声振数里可闻，而且声调有嬉戏、忧思、欢庆、报警、探询等不同韵味。

10. 鹰女神：空际的大鹰星本由卧多赫赫用绳索系住左脚，命它协助德登女神守护天穹的。因为耶鲁里扯断了鹰的神索，鹰星在天空中变幻最大，其星羽突闪突现。阿布卡赫赫便命她哺育了世上第一个通晓神界、兽界、灵界、魂界的智者——大萨满。神鹰受命后，便用昆哲勒神鸟衔来太阳河中的生命与智慧的神羹喂育萨满、用卧勒多赫赫的神光启迪萨满，使她通晓星卜天时；用巴那姆赫赫的肤肉丰润萨满，使她运筹神技；用耶鲁里的自生自育的奇功诱导萨满，使她有传播男女媾育的医术。女大萨满才最终成为世间百聪百伶百慧百巧的万能神者，安抚世界，传替百工……鹰神后来还成为人类始祖的化身。

第三类女神是具有一定抽象意义的女神形象，代表性的女神有象征着高与美的德登女神和象征着力量与速度的福特锦女神。

1. 德登女神：阿布卡赫赫一只脚变成的，满语原意为“高”的意思。她身姿秀美修长，与天地同长，与天地同高，性喜终日追逐风云，可洞测寰宇稍微动息，餐风啖星度日。当阿布卡赫赫与耶鲁里单独打斗时，耶鲁里神力难支，便学阿布卡赫赫站在星星上歇口气。谁知耶鲁里想歇脚的星斗，并不是星体，而是德登女神的头部。德登女神妈妈正在观看战况，忽见九头恶魔耶鲁里仓皇降下，便故意将自己的尖尖长发，布散成一望无边的空中星地，骗住耶鲁里，使他以为是一颗天星。德登女神将头身猛倾，耶鲁里踩空，一下子就堕落进了德登女神脚踩的地心里。

2. 福特锦女神：巴那姆额姆最宠爱的女儿，是粗大、力量与速度的象征。当耶鲁里被德登女神骗得跌落时，正巧落在巴那吉额姆的肚脐眼上。这里住着一位女神——巴那吉额姆最宠爱的女儿福特锦力神，她是有着四头、六臂、八足的大力神，身姿与姊妹神德登女神正相反，粗矮雄阔，像一座横亘千里的峰岩。与德登女神一样，她身高齐天，只不过她不守视天穹，而是护视九层天穹的下三层。她的四头分视四方，眼睛能观察到鸟虫也飞不到的地方，能看穿岩土峦岳；她的四臂能够托天摇地，拨山撼树，能缚捉住千里之外的飞鸟奔兔，闭眼伸手就能采摘野果，辨别百草；她长着人脚、兽腿、鸟爪、百虫的足，跑起来连风也追不到。耶鲁里掉进肚脐洞，福特锦力神紧紧掐住耶鲁里的九头。因耶鲁里有气光神功，从此在福特锦女神身上便留下许多气孔。至今岩石中常见到蜂窝似的气孔，传说就是当年耶鲁里化气时留下来的。耶鲁里逃跑后被放散的魔气，化成了山冈恶瘴、疫病，留到了世间，贻害无穷。

《天宫大战》中还有其他种类的女神形象。首先，它介绍了世界上第一个大萨满的产生。“阿布卡赫赫派神鹰哺育了一女婴，使它成为世上第一个大萨满。”① 并介绍了萨满的特性与功用。（1）第一个通晓神界、兽界、灵界、魂界的智者。（2）通晓星卜天时。（3）运筹神技。（4）懂得传播男女媾育的医术。（5）是拥有百聪百伶、百慧百巧的万能神者。

其次，《天宫大战》中，还有了第一个始母神。“天荒日老，星云更世，不知又过了多少亿万斯年，北天冰海南流，洪涛冰山盖

① 富育光讲述；荆文礼整理：《天宫大战 西林安班玛发》，长春：吉林人民出版社，2009 年，第 71 页。

野，地上是水，天上也是水，大地上只有代敏大鹰和一个女人留世，生下了人类。这便是洪涛后的女大萨满，成为人类的始母神。”①

当然，《天宫大战》中对于萨满神与始祖母神的介绍是相当简略的，只有寥寥几笔，对于男性神阿布卡恩都力如何取代了阿布卡赫赫登上天界统治者的宝座的，没有任何介绍，只说：“不知又经过多少万年，洪荒远古，阿布卡赫赫人称阿布卡恩都力大神，高卧九层云天之上，呵气为霞，喷火为星……”② 对于洪水后如何重建天界秩序、重新造人的故事，也都一掠而过。这些并不是《天宫大战》故事的重点，但也因此留下了许多情节上的空白与伏笔。

此外，《天宫大战》中还有各类分工神，如方向神、医药神、狩猎神、穴居神等，但由于这些形象大多只是简单介绍，没有展开说明，也没有生动具体的故事情节，在《天宫大战》中地位远不及自然神和动物神。

四　自然崇拜、动物崇拜心理分析

在《天宫大战》中，鼠神、鱼神、刺猬神等都占有重要地位，石、火、山等自然物也是主要的崇拜对象。这显然与满族先民的生活方式有关，也同满族先民们世代信仰的萨满教万物有灵观念联系密切。在满族先民的神话《天宫大战》中，何以会信仰万物有灵，何以会崇拜这么多自然神和动物神呢？首先是要学习动物之长，学会适应自然的规律，以便在充满凶险的大自然中谋取生存。在富育

① 富育光讲述；荆文礼整理：《天宫大战 西林安班玛发》，长春：吉林人民出版社，2009年，第70页。

② 富育光讲述；荆文礼整理：《天宫大战 西林安班玛发》，长春：吉林人民出版社，2009年，第72—73页。

光的《萨满论》中曾分析过产生这种崇拜背后的心理因素，他说："在原始初民看来，周围环境所呈现出来的万事万物，都既好奇又惊恐，既要接触又惴惴不安，在众多经验教训中认识到，与客观世界周旋，顺则通，通则生，族众壮旺；反之，逆则难，难则伤，族众衰亡。百验不变的严酷生存公式，使他们萌生出原始先民最早的聪明经验，学会适应自然界的生存本能，而且向动物界各种动物学习模仿。在原始萨满教中保留十分生动的古老的模拟动物采食、唤群、御敌、隐匿等舞蹈，并且取媚于自然界，将自然界赋以人格化情感，朝夕同它们交流内心期愿，认为这样做便可以换回来超世精灵的怜悯与惠顾。这便是宗教意识，宗教心理……萨满教是以关注氏族生存为最高神职。它所信仰和弘扬的神祇，完全是模仿猛凶动物行为为崇拜物，蔑视胆怯和无为……这种习惯性观念，扩展到氏族中便会组成固定的宗教崇拜和宗教模式……萨满教通过生动的祭拜习惯凝聚全族。"①

此段文字生动地写出了满族先民自然崇拜和动物崇拜的心理原因，就是要取媚于自然界，以便学习并掌握自然界的运行规律；向动物界各种动物学习模仿，以适应生存的需要。所以萨满教所崇拜的所有动物神祇，各族虽不尽相同，但大致有一个普遍的规律，就是崇勇不崇弱，崇凶不崇温，崇壮不崇小，崇捷不崇痴。因此，满族先民对鹰等凶猛动物很推崇，而且在众多的动物中又素喜有特技、特能、特体、特声的动物，如鼠能钻地、鸟能飞翔、刺猬浑身长有能御敌的刺，喜鹊、鸣虫的叫声分外好听等。这些奇异的技能在原始人类的想象中，都是人类应该学习并利用来御敌的好技能。满族先世世代祖居冬窨夏巢，特别喜欢半地穴式的房舍，以此避风

---

① 富育光：《萨满论》，沈阳：辽宁人民出版社，2000年，第51—52页。

取暖。地下常有沼气，因鼠有灵敏的毒气预感反应，所以满族人敬老鼠，不伤鼠神。

其次，满族先民崇拜动物神，还与人们的赎罪心理、担心动物报复的心理有关。萨满教只信守朴实无华又切合实际的生活哲理，为生存而猎，为生存而罟。因为在靠天吃饭的原始先民生活中，不猎食动物是难以生存的。萨满神词中有数不胜数的“血祭礼”“食肉礼”“燔烤礼”等神歌，其中有众多祈求宇宙、自然界众神庇佑打到许多猎物以求饱腹，甚至不少民族还有请求虎神、鹰神、蟒神，使族人围猎时满载而归……萨满与族众祭拜它们，是为了求其魂魄不要因吃它们同类而记仇，加害族人。萨满的祝祭内容、形式、地点、赞辞以及神系的各方神祇名讳，其观念实质不是为了其他什么要求，而是为了全氏族成员生存——衣食之利，并为此根本目的而保持永久的安宁。

在《天宫大战》中，当阿布卡赫赫遭遇危机之时，往往是动物神一显身手，不惜牺牲生命来拯救，这反映了渔猎社会中动物的重要作用，以及万物形成有机整体、互相关联的观念。从上文中具有英雄主义情结的女神分类中也可以看出，在三百女神的体系中数量最多的是动物女神。往往是恶神欺负阿布卡赫赫等女神，动物神用自己的本领战胜恶神，拯救阿布卡赫赫。这种英雄故事模式，一方面反映出满族先民不惧神威、不怕牺牲、自强不息、为生灵造福、同命运抗争的决心和勇气，另一方面也反映出满族先民作为一个以渔猎为主要生产方式的民族，存在着对动物的深切感情和无限依赖。满族先民的生活是生存型的、资源型的，一方面人们依赖自然，亲近动物，利用动物，大自然和自然界中的各种生物是他们的衣食父母；另一方面，人类面临自然灾害及与动物之间的矛盾与斗争是当时人们面临的最常见的问题。

满族先民以渔猎为生，动物对他们的生存来说起到至关重要、不可或缺的作用。他们食其肉，穿其皮，以动物之骨为武器、工具，以动物之齿牙为饰物，以狗拉雪橇或驯鹿为其交通工具，用狗来传信，甚至训练狗兵、鹰兵、虎兵，使其成为其部落战争的重要力量。不仅如此，在他们的心目中，动物们都具有常人难以企及的奇异才能。例如，满族人不伤麻雀，尊之为“魂雀”，因为麻雀对农村草舍是否有火险隐患及烟害最为敏感，成为古代先民最忠实的信息传报者。因而满族先民视动物为神，把动物神与天神联手对抗恶魔耶鲁里作为其神话的重要的组成部分，也就顺理成章了。

在《天宫大战》的自然女神中可以看到，除了三女神外，满族先民最推崇的女神当数火神，其次是石神、雪神、云神与星神。在《天宫大战》的自然女神中，与火相关的女神最重要的有三个：多喀霍女神、突姆火神、其其旦女神。仔细比较这三个女神，可以发现她们虽都与火相关，但还有细微不同。多喀霍女神，是石中之火，她的产生可能与满族先民观察火山爆发和敲击石头能产生火有关；突姆火神，是旱闪之火，也指天落石，也就是从天上降下的陨星等。天降陨星时会引起大火，显然也是火的自然来源之一；而其其旦女神，则更像是代表了雷电之火，从其“脚踏火烧云，嫁于雷神西思林为妻”这一细节中可以大致推算出来。

在满族先民的心目中，火是非常重要的。因为在满族先民居住的地区，夏季短暂，冬季漫长且非常寒冷。所以《天宫大战》中绝大多数耶鲁里所造成的灾难都与寒冷有关。阿布卡赫赫不是被压于雪山之下，就是被困于冰水之中。不经历严寒的人是永远也无法体会到火的重要性的。对于身处严寒中的原始先民来说，火就是生命，有了火，他们才能生存。因而萨满教中不少神话、神词、祭神舞蹈等，有着不可胜数的颂火神功的追忆和大量颂火、驭火、娱火的豪迈圣歌。

五　情节模式

《天宫大战》中虽然塑造了以阿布卡赫赫为代表的诸多带有英雄主义倾向的女神形象，这些女神也各有其优长和特色。

满族先民自古信仰万物有灵，认为整个自然界充满了神灵，日、月、星辰、山川、草木，无不有神灵主管，因而在其神话《天宫大战》中，往往将其周围所处的环境、动植物，以及其在生产生活中所总结出来的各类经验、思考、幻想与各种观察分析的结果都加以神化，并在神话作品中体现出来。在《天宫大战》中，往往每一个女神都对应一个自然物或动植物或是某种抽象概念和分工，并且按照这种自然物、动植物的最大特长与自然属性加以想象、加工、神化，把它们编排应用到与耶鲁里斗争的故事中来，创造出生动的情节，从而达到将其崇高化、神圣化的目的。

在满族先民心目中，自然物与动植物神往往是你中有我、我中有你的，都是在天地中孕育形成的，因而都是以阿布卡赫赫为首的天、地、光三女神创造或裂生。《天宫大战》中的女神们往往都与阿布卡赫赫、巴那姆赫赫、卧勒多赫赫有一定的关系，她们或者是三女神的侍女，或者是三女神身体的某一部分裂生出来的。

另一方面，满族人的观念中，每个对宇宙万物和人类做过重要贡献的人、动物或神，在其死后，都要变成星座，在天上继续发光发热，永世保佑着人们。因而，满族人素来有祭星的习俗。在《天宫大战》中，相当一部分动植物神都与某一星座有关，是某一星座的化身。

神话又与萨满教的祭祀崇拜仪式结合密切，在描写神话的结尾处，总是适时地将其相关民俗与相关的祭礼点出来，从而使其更好地同满族先民的宗教生活相结合。

最后，英雄人物的英雄本领和英雄业绩总要在激烈的矛盾斗争中才能凸显出来，《天宫大战》中设置了一个反面的恶神典型形象，即耶鲁里。这一恶神几乎成为一切灾难和罪恶的代言人，所有的情节几乎都围绕着与这一恶神的斗争展开来，每一个女神几乎都有与恶神耶鲁里的斗争故事。在每个斗争故事中，耶鲁里都制造了一系列的灾难，这些灾难都带有自然灾害的特点，如寒冰、黑暗、恶风、天塌地陷等。神话英雄的主要任务就是与这些自然灾害做斗争，让人类在极端恶劣的自然条件下存活下来。

因而概括《天宫大战》的情节模式特色，可以看出在女神英雄故事中，大体上有如下几个环环相扣的部分：神名—与三女神的对应关系—对应自然物或动物—相应自然物现象或动物特长—主要功绩—对应星座—纪念及相关民俗。为了证实这一点，笔者将《天宫大战》的情节模式，按上述几个方面列表如下：

神名	与三女神的对应关系	对应自然物或动物	相应自然现象或动物特长	主要功绩	对应星座	纪念及相关民俗
阿布卡赫赫	众神之母	天		造天地万物，造人		
巴那姆赫赫	阿布卡赫赫的姐妹	地		造地上万物，造人，造动物		
卧勒多赫赫	阿布卡赫赫的姐妹	光明	星星总是从东方升起，向西方移动	布星，造人。为阿布卡赫赫提供歇脚处和打闪照亮		
九色花翅大嘴巨鸭	巴那姆赫赫身边的（侍女）	九色花翅大嘴巨鸭	鸭嘴扁，双爪三片叶形	啄破冰天，带来温暖		

续 表

神名	与三女神的对应关系	对应自然物或动物	相应自然现象或动物特长	主要功绩	对应星座	纪念及相关民俗
霍洛浑、霍洛昆二女神	阿布卡赫赫身边的（侍女）	昆虫	昆虫虽体小，但会鸣唱，声振数里	唱歌迷惑耶鲁里，为阿布卡赫赫战胜敌人赢得了时间		萨满祝祭时，常以加昆玛音大萨满临降，擅歌舞百虫鸣唱
曼君女神	卧勒多赫赫布星阵中的巨星。	雪	半年有雪，半年无雪		寒星，雪星	射猎、罟渔、捕貉鹰之属，皆以曼君乌延之雪，度卜天年。曼君乌延女神，是季节神，年年致祭不衰
喜鹊女神	侍女	喜鹊	昆虫虽体小，但会鸣唱，声振数里			
刺猬女神	侍女	刺猬	刺猬有刺			后与蝙蝠一起均为人类的安全守神
奥朵西	侍女	放牧云马的女神，牧兽女神，侍家女神	天空中的云彩，有的像虎，有的像豹，有的像鹿，有的像兔，有的像马，有的像猪，变幻无穷，像是有人放牧的一般	战胜并赶跑耶鲁里		各族敬尊奥朵西为牧神和侍家女神，庇佑宅室女红顺遂，神偶供于堂屋的正北方
穆丹阿林	阿布卡赫赫头上玉坠	多玉	有些山多玉	从此这里出现了七座大山，而且山中多奇玉，都是阿布卡赫赫头上的玉坠化成的。山中的幽洞，是阿布卡赫赫捉拿魔头给钻出来的		穆丹阿林与摄力神山，同为北方诸族致祭的名山。长途献牲、祝祭者，从春走到冬，由冬走到春，骑马、步行，赶着勒勒车向北虔诚进发，逶迤不绝，清初叶仍不绝于道
玛呼山	被打败的恶神耶鲁里的神骨所化	魔骨山	有些山石可用来占卜	有灵石灵佩，能磨制神奇的器物，用于占卜医病		萨满千里北上，采集灵石灵佩，均要攀登玛呼山，魔骨山也是它们的名字。在萨满诸姓的神物中，神裙、神帽、神鞭、神碗都有玛呼山的玛呼石，魔制神奇的器物。萨满并用此，石板、石盅、石柱、石针，占卜医病，为萨满重要的灵验的神物

续 表

神名	与三女神的对应关系	对应自然物或动物	相应自然现象或动物特长	主要功绩	对应星座	纪念及相关民俗
都凯女神	阿布卡赫赫派来管门的女神，让她守住天门，不让敖钦女神随意出来	蚯蚓	蚯蚓只能穿行地下，不能见光，但蚯蚓在自然界的作用十分重要，能松土，使深深的地层能透进暖光，促进植物的生长	因贪玩放跑了耶鲁里，所以受罚变成蚯蚓，但她常常帮助阿布卡赫赫的护眼女神把深深的地层，钻出深眼，使护眼女神的神火能透穿大地		蚯蚓神又称小蟒神，可助萨满治世宁人。在北方诸族的人，在萨满的服饰上，常画有蛇状虫，有些并不是蛇，也不是龙，而是蚯蚓。相传他有耶鲁里的触角，可穿行于地下，能够辅助与导引萨满
多喀霍女神	以石为屋，久住在巴那姆赫赫肤体的石头里	石头	石中有火，石中有火，是热火，力火，生命之火。是光明和火的化身，石头能帮助众神，获得生命和力量，并有自育自生能力。吃石补身，吃彩石就能壮力生骨，吃彩石可以身长坚甲，热照天地	飞石追打耶鲁里，在阿布卡赫赫被困入冰山时为其取暖		
突姆火神（车库妈妈，秋千女神）	长在巴那姆赫赫的心上，被派到卧勒多赫赫身边，用她的光、毛、火、发帮助赫赫照路	火，天上常见的早闪是突姆火神的影子，天上常常掉下些天落石，是突姆火神脚下的泥	火能照亮天穹，赶跑黑暗	在耶鲁里喷出恶风黑雾时，用火光毛发化作群星，为生灵造福	南天上三星下边的一颗闪闪晃晃、忽明忽暗的小星，就是突姆女神仅有的微火在闪照	后世人把她叫作“车库妈妈”，即秋千女神。从此后世才有了高高的秋千杆架子，吊着绳子，人头顶鱼灯荡秋千，就是纪念和敬祀突姆慈祥而献身的伟大母神。后世部落寨上和狍獐皮苫成的“撮罗子”前，立有白桦高竿，或在山顶、高树上，用兽头骨里盛满獾、野猪油，点燃照天灯，岁岁点冰灯，升篝火照耀黑夜，就是为了驱吓独角九头恶魔耶鲁里，也是为了缅念和祭祝祷突姆女神

续 表

神名	与三女神的对应关系	对应自然物或动物	相应自然现象或动物特长	主要功绩	对应星座	纪念及相关民俗
那丹女神	卧勒多赫赫布星袋里的女神	北斗七星	北斗七星是天空中最明亮的星座		北斗七星	北斗七星成为星阵的领星星神
依尔哈女神	阿布卡赫赫身上的香肉变成的	花，香云	花清香、美丽，人见人爱	曾经作为阿布卡赫赫的隐居栖身之地		后世人们头上总喜戴头簪插花，认为可惊退魔鬼，戴花、插花、贴窗花、雕冰花，都喜欢白芍药花。雪花，也是白色的，恰是阿布卡赫赫剪成的，可以驱魔洁世，代代吉祥
者固鲁女神	阿布卡赫赫护眼女神	刺猬	浑身有刺，能刺伤敌人。能攻能守，能进能退，能隐能显，能扩能缩，能滚能行	她们是赫赫的护眼女神，守护日月，使其日夜光照宇宙，送暖大地。她们身上都有光彩慈魄，其外形虽然瘦小，但神威远远高过三位女神身边的众位保护女神。后来还凭借神威救过阿布卡赫赫。		身披满身能藏魂魄的光针，帮助阿布卡三姊妹生育万物，付给灵魂。她身上的光彩，全是日月光芒织成的，锋利无比，可使万物万魔双目失明，黯然失色
西斯林女神	阿布卡赫赫的爱女，卧勒多赫赫的两只大脚	风神，力神	神威无比，能小则小，能大则大			
白腹号鸟	侍女	白脖厚嘴号鸟	石补身	为阿布卡赫赫衔		
九叉神树		树，榆树，柳树	高大，通天，为鸟类栖身之地	通天，为众神栖身之处		
西离妈妈	三九天上的鱼母神	鱼，鲤鱼	能吃曲蛇	找到耶鲁里有功	成为宇宙中的鱼星辰——鲤鱼拐子星	从此，世上的鲤鱼类，总喜欢生活在深水水底，啃泥和水草根茎为食

续　表

神名	与三女神的对应关系	对应自然物或动物	相应自然现象或动物特长	主要功绩	对应星座	纪念及相关民俗
塔其妈妈星神	阿布卡赫赫身边的云母神	星	古人观察星相以计时	计时，辨方向	永世计时星	
兴克里女神	阿布卡赫赫身上搓落出泥，生出兴克里女神	鼠	能在黑暗里钻行	迎日早临，防止黎明前的黑暗里耶鲁里捣乱	鼠星	满语古语称他为乌西哈布鲁古大神。
德登女神	阿布卡赫赫一只脚	高	站得高看得远	为阿布卡赫赫探测寰宇动息		
昆哲勒		太阳，九彩神鸟	太阳有九彩神光，就像是神鸟的羽毛，鸟的羽毛可以做战裙	为阿布卡赫赫疗伤并编织战裙。	太阳	可是，巴那姆赫赫身边还生活着许多喜欢穿穴而居的生命，如蝼蚁、穿山甲、地鼠等，耶鲁里的败魂还时常出世脱化满尼、满盖、残害人世。然而，由于阿布卡赫赫打败耶鲁里时，将它的九个头上的五个头的双眼取下，使它变成了瞎子，最怕光明和待篝火，只要燃放篝火，点取冰灯，照亮暗隅，九头鸟便不敢危害人间了。从此，才在世间留下夜点冰灯，拜祭篝火的古习
四个方向女神	阿布卡赫赫身边的女神	四个方向		执掌方向		
木克木都力	阿布卡赫赫拔下身上的腋毛，化成了无数条水龙	水	江河之水可以育人	养育人类		
拖亚拉哈大神(其其旦女神)	阿布卡恩都力额上突生红瘤“其其旦”化为美女	火		带来火种		天上之所以要打雷，就是禀赋暴烈的雷神弟弟向风神哥哥索要爱妻呢

续　表

神名	与三女神的对应关系	对应自然物或动物	相应自然现象或动物特长	主要功绩	对应星座	纪念及相关民俗
鹰神		鹰		哺育第一个女萨满，洪水后，又与一个女人生下了洪涛后的女大萨满，有人类始祖的意义	大鹰星	有了鹰神的哺育才有了女大萨满，女大萨满才成为世间百聪百伶百慧百巧的万能神者，抚安世界，传替百工。洪水后，鹰还同一个女人一起生育了洪涛后的女大萨满。是人类的始祖神

从上表可以看出，虽然并不是所有女神都能填满上述表格的所有各项，但《天宫大战》中大部分女神的故事情节可基本上遵循如上情节模式，尤其是前几项内容，几乎是每个女神必有的固定套路。从上述情节模式中可以大胆猜测，很可能满族先民们在观察周围的万事万物时，发现了许多他们无法抗拒的自然灾害和无法预料的命运危机，他们无法用自己有限的经验和少得可怜的知识技能去解释和解决，就自然地把它想象成是恶神支配下的结果。他们还发现自然物和生物的很多特色与优长，可以帮助他们抵抗灾难，如山石中能涌出火来、闪电也能带来火种等。有些动物的本领也是他们想学习和利用的，如刺猬有刺能保护自己、老鼠能钻洞等。于是，他们很自然地把这些自然物或动物想象为神、天神的侍女或身体的一部分，便创造出了一系列善神与恶神斗争的故事。

从《天宫大战》的上述情节模式中可以看出，《满族说部》中的神话更多地尊重自然、尊重动植物，并将其上升到神的位置。他们似乎存在着一种思维定式，即每一自然物必然有一统管它的神，神无所不在。自然神与自然物的特性、动物神与动物的特长之间有着内在的联系，讲述自然神与动物神的故事，也从客观上反映了当时的原始先民对这一自然物与动植物之间的依赖程度、了解程度，以及以渔猎采集为主要生活方式的满族先民与自然及自然界的动植物之间彼此依存、共生共存的独特关系。

正如富育光在其萨满论中所说："在人类生活的世界中，世代萨满秘而不宣地筑建、驾驭、联系着一个情知心知意知的神圣而庞大至极的喧嚣热闹不亚于人世的幻域社会。人世社会中所有的历史、人情、人际、世态、纠葛、喜怒哀乐、正义与无畏、怜悯与慈爱等，都可以在萨满理想主义的光辉神界中体恤和感受到。"①满族先民根据自己的生活图景，按照自己的理解和想象，幻化出一个神圣的萨满女神的世界。这个萨满神话的世界也反过来影响并哺育着这些原始先民，安慰鼓舞着这些先民不断去战胜外在、内在的敌人，勇往直前地顽强生存。

因而，这些女神不但是神，更是满族先民心目中的创世、造人，与恶神不屈战斗、保卫氏族和人类利益的英雄。在这些女神身上，寄托的是满族先民对与其生存并发展息息相关的自然界母亲和与之相依为命的动植物之间的深深感恩之情和崇拜、敬畏之感。

总之，《天宫大战》是满族先民结合自己民族的生活环境和生存经验及其对天地万物的大胆想象，并以自己的方式解释自然现象和宇宙规律的结果。这些神话的最大功用是为萨满教信仰提供理论支持和根源解释，为萨满教祭祀礼仪的定型和一系列民风民俗的形成提供故事原型。因而在天宫大战情节模式中，大多都有相关民俗和宗教仪式的记载，这使得萨满教神话有了极强的现实感，不但与满族族众的生产生活联系紧密，也与其风俗礼仪制度的形成息息相关。

---

① 富育光：《萨满论》，沈阳：辽宁人民出版社，2000年，第87页。

六 《天宫大战》中的恶神“耶鲁里”剖析

在《天宫大战》中有一个非常特殊并且重要的人物，他就是恶神“耶鲁里”。耶鲁里几乎是所有灾难和负面东西的代表和象征物，整部《天宫大战》就是以阿布卡赫赫为首的善神群体同以耶鲁里为首的恶神之间的较量。因此，分析恶神耶鲁里的形象是非常有必要的，它不仅有助于了解当时社会状态，更可以了解满族先民对于恶的观念和看法，进而从中反衬出带有英雄主义色彩的三百女神的精神特质。

耶鲁里的诞生情节是非常有意味的。首先是性别因素，《天宫大战》中女神极多，且三百女神无一例外都是善神，恶神极少，且其产生都与男性有关。其次，恶神往往并非天生就是恶神，而是由善神转化而来。第三，恶神产生后往往都具有了自生自育的能力。第四，恶神往往本领强大，不逊于阿布卡赫赫等善神。

文中指出恶神耶鲁里是由敖钦女神变成的。敖钦女神是阿布卡赫赫为造男人而创造出来的女性神祇，被巴那姆赫赫打伤后才变成恶神的。敖钦女神变成恶神后，马上变成一个一角九头八臂的两性怪神，能自生自育。风神西斯林也是如此，她最开始是善神阿布卡赫赫的爱女，帮助阿布卡赫赫搬石御敌，追打恶神耶鲁里。后在耶鲁里入侵时贪睡，只张开风翅保护阿布卡赫赫，没有用飓风扇动天魔，让耶鲁里轻易地破了风阵，抓住了阿布卡赫赫。因惹此大祸，她被三女神逐出天地之外，并夺去了她的女性神牌。西斯林从此改变神形，成了耶鲁里伙下的男性野神，放荡不羁，成为一害。

《天宫大战》中恶神的产生与男性有关的情节模式，似乎暗示着男人的产生以及男人与女人之间的分别是恶产生的根源。这种情节似乎只能诞生在女尊男卑的母系氏族社会。人类最早的婚姻制度是群婚制，在这种婚姻制度下，人们只知其母，不知其父，必然产生一种围绕着女性生活的社会群体。因而在氏族社会的早期阶段，女性在社会中享有很高的地位，她们掌握氏族的领导权，世系按女性继承，子孙归属母亲。通过满族说部我们看到，满族先民尤其是东海女真社会中，母系氏族社会延续久远，直到明代中后期，仍然是以母系氏族社会为主。

另外，相对心慈面软、和平安静的女性来说，男性身体更健壮，生性更好动喜战，因而在满族先民之间的战争与冲突很可能多与男性有关，因而她们将恶神想象成与男性有关也就很正常了。

此外，随着社会的发展，身强力壮的男人越来越在生产生活中占有重要地位，渐渐取代女性的统治地位。在满族先民的母系氏族向父系氏族过渡的过程中，很可能伴随着十分惨烈的冲突与战争。这种战争在满族说部的《东海窝集传》中有很详尽的描述，以至于他们在创作《天宫大战》这一神话时，将想象中的恶神这一形象自觉不自觉地同男性联系起来，将善与恶的根本冲突演变为两性间的冲突与战争。

其次，恶神并非天生就是恶神，往往是由善神转化而来，这反映出满族先民对恶的本质的认识深化，在他们心中目，人性本善，神性亦本善，恶只是善中分化出来的一种极端形式，恶神亦有人性中善的一面。如《天宫大战》中，恶神耶鲁里看见阿布卡赫赫身披九彩云光衫，姿貌秀美，便想调戏她，并想得到她。霍洛浑、霍洛昆二女神“唱乌春时，边唱边携手舞蹈，在颓石浪尖上唱，在恶风凄雨中跳。歌舞迷住了耶鲁里，竟忘记了施展神威，闭目睡了过去”。这些细节描写说明恶神也喜欢见到美好的事物，只是由于欲望的膨胀，使他们失去了理智，变得丧心病狂。

再次，恶神一经产生就会长出索索，自生自育，生出更多的恶神来。《天宫大战》中描写恶神耶鲁里繁殖能力超强，能自生自育。“耶鲁里九头八臂都能裂生恶魔，眼睛生恶魔，耳朵生恶魔，汗毛孔里都钻出小小耶鲁里样的恶魔……阿布卡赫赫杀死一群又一群，耶鲁里连生不灭，恶魔反倒比以前更凶更多。”① 同时恶神又是无法完全消亡的，因为恶念凶欲永远不死，恶神也就不能完全消失。所以《天宫大战》描写恶神被战胜后，最终变成了只会在夜间怪号的九头恶鸟。但巴那姆身边还生活着许多喜欢穿穴而居的生命，如蝼蚁、穿山甲、地鼠等。耶鲁里的败魂还时常出世脱化“满尼”“满盖”，残害人世。总之，“恶神”作为天灾及人性中恶的一面的象征，是永远不会被消灭的，也就是说善与恶的斗争将永远贯穿于人类历史的始终。

敖钦女神有九个头，可以有的头睡觉，有的头不睡，因而总能保持旺盛的精力；她还有八个臂，有的累了歇息，有的辛勤劳碌。由于恶神耶鲁里是力神敖钦女神变化而成，因而也有九头八臂和可以钻透大地的触角，天生神力无穷，具有非凡的本领。

耶鲁里很善于伪装自己，且足智多谋。如依尔哈女神日夜操劳，用制造的香云为阿布卡赫赫建造了一个清香美丽的家园。后来耶鲁里知道这是阿布卡赫赫在天上栖居的地方，便乔装成一个赶鹅的老太太，拄着个木杖吆吆喝喝地走来。突然鹅变鹅，越变越多，不大工夫，遍野全是白花花、嘎嘎怪叫的大鹅。老太太的

① 富育光讲述；荆文礼整理：《天宫大战 西林安班玛发》，长春：吉林人民出版社，2009 年，第 41—42 页。

拄杖也变成开沟镐，把百树、百草、花坛都给豁成了山谷深涧。阿布卡赫赫正在安静地睡觉，忽然全身被白网拴着，越拴越紧，原来是白鹅变成了拴阿布卡赫赫的白筋绳子；木拐杖原来正是恶魔耶鲁里的又凶又大的触角，刺得阿布卡赫赫遍体鳞伤。同时，耶鲁里又是懂得审时度势并适当地服软的。当他被阿布卡赫赫捉住后，就服软认错，伪装成认输的样子；一旦被释放，他便会故态重萌，伤害生灵。

总之，《天宫大战》中的善神与恶神的冲突与战争是贯穿整个神话故事最基本的矛盾线索。恶神也是由善神变化而来，有着与三女神相差无几的神力与神性，不但能自生自育，且神力无边，甚至在很多情况下，耶鲁里施展阴谋诡计，让三女神吃尽了苦头。若不是三百女神，尤其是众动物神殚精竭虑地护卫和维持，恶神很可能战胜并取代阿布卡赫赫的地位。

正因为《天宫大战》中的恶神耶鲁里能自生自育，且无比强大，不死不灭，所以以阿布卡赫赫为首的善神与他之间的斗争才显得无比艰辛。这就给神话故事蒙上了一层天然的悲剧色彩和苦难意识，善神们只有不辞辛苦，不避险难，牺牲自己，才能战胜恶神。因此，萨满教女神大多带有极高的自然牺牲精神。

七 悲剧意识与自我牺牲精神

《天宫大战》中可以看出满族先民们的思维模式是经验式的、功利化的，有着原始人淳朴可爱的一面。他们将神人为地分为对人类和宇宙有益的善的阵营和与人为敌、对天宇秩序不利的恶的阵营，并通过善恶冲突和斗争的方式来讲述故事。因循着这种善恶斗争式的情节模式，从《天宫大战》开始的满族传统说部的一系列英雄故事之中，便天然存在着一种善恶斗争、恩怨分明、敌友界限明晰的思维定式，它内在地影响了满族人们的思维模式和理想追求。

首先，恶神耶鲁里的一次次发难，仿佛是人类所面临的自然灾害的象征物。同中原神话与西方神话多描写洪水灾难不同，困住阿布卡赫赫最多的是冰雪之灾。例如，耶鲁里为了征服阿布卡赫赫，"便去找阿布卡赫赫打赌"，向阿布卡赫赫提出"看谁最先分辨出天是什么颜色，地是什么颜色。耶鲁里凭着恶魔的眼力，在黑暗的冰块上找到了白冰，而且理直气壮地说：'我敢打赌，天与地都是白色的'。说着他让自生自育的无数耶鲁里到遥远的白海把冰山搬来。"因而使得天地间"处处是白森森的、凉瓦瓦的、白茫茫的"。危急时刻，巴那姆赫赫派去了身边的九色花翅大嘴巨鸭，"把阿布卡赫赫，从被囚困的冰水中背上蓝天，躲过了灾难。但是，冰海盖住了天穹，蔽盖了大地。大嘴巨鸭口喷烈火，把冰天啄个洞，又啄个洞，一连气啄了千千万万个洞。从此才又出现了日、月、星光，才有了光明温暖"①。神话是现实社会生活一定程度上的反映。满族先民本是渔猎民族，寒冷与冰雪之灾又是他们最常遇到的问题，必然会在其神话中会得到体现。

在这种善神与恶神的斗争模式中，三百女神的英雄业绩，往往是被动的，只是在同恶神耶鲁里的斗争中才会体现出来。恶神耶鲁里本领高强，神力无边，具有超强的繁殖能力；代表善的势力的女神力量是有限的，往往一度被恶神耶鲁里战胜。这也从一个侧面说明了满族的原始初民由于生产力有限，还不能完全征服自然，在自

---

① 富育光讲述；荆文礼整理：《天宫大战 西林安班玛发》，长春：吉林人民出版社，2009年，第28—29页。

然灾难面前，还显得稚嫩和无奈；另一方面，也展示出满族先民较深的悲剧意识和危机意识，他们深切意识到，与恶神的斗争是长期的、艰巨的、艰苦卓绝的。

由于耶鲁里足智多谋和善于伪装自己，善神们必须利用智慧才能战胜敌人，以阿布卡赫赫为首的三百女神战胜耶鲁里的手段充满智慧，其中凝结着千百年来满族先民在不断适应自然、征服自然的过程中所总结的经验和教训。当然，这种智慧是经验式的，是各种技巧和小聪明，带有人类童年的淳朴和稚嫩的特征。

在满族先民的观念中，善与恶、善神与恶神之间的斗争是永恒的、无止无息。《天宫大战》中的善神与恶神之争是势均力敌的，善的女神们像慈母一样细心呵护着人类的家园，保护自然与人类不受耶鲁里的伤害。女神们在与耶鲁里的斗争中所表现出来的自我牺牲精神让人类感动，并产生崇敬与感恩之心，所以满族先民的英雄情结中天生带有悲剧的色彩。这种悲剧意识和自我牺牲精神对于提高氏族凝聚力和集体荣誉感是非常有帮助的，同时也是满族先民们崇尚集体主义、自我牺牲精神的外化表现。

《天宫大战》中有着大量的动物神不惜生命、不畏艰难万险，同耶鲁里英勇斗争的感人故事。如其其旦女神为人类盗火的故事，同希腊神话中普罗米修斯盗火的情节有些相似。其其旦女神见大地冰厚齐天，便私盗阿布卡恩都力的心中神火下凡。为大地和人类送来了火种，带来了春天。满族先民的英雄主义观念并非是个人英雄主义的，而是集体主义的。她们认为，只有凭借集体的力量，每个人都发挥自己的特点和长处才能战胜敌人。

最后，《天宫大战》中无论恶神怎样凶猛，都不是不可战胜的。这说明满族先民的思想还具有相当乐观和开朗的一面，他们相信正义终会战胜邪恶。

第二节　《天宫大战》附录六则研究

一　“附录六则”顺序重排及故事脉络梳理

《天宫大战》之后，附有六则篇幅较小的满族萨满神话，分别为：附录一《佛赫妈妈与乌申阔玛发》，附录二《阿布凯恩都力创世》，附录三《老三星创世》，附录四《阿布凯赫赫创造天地人》，附录五《大魔鬼耶鲁里》，附录六《神魔大战》。这六则故事原载于《中国民间故事集成·黑龙江卷》和《满族萨满神话》中，除附录五与附录六是连续故事之外，其他四则分别为彼此相关但又不完全相同的小故事。这些小故事显然与《天宫大战》有千丝万缕的联系，虽与《天宫大战》一脉相承，但侧重点不同。

笔者认为，《天宫大战》附录六则可以看作是《天宫大战》在不同时期的又一版本，而且这一版本的创作时期要明显晚于《天宫大战》。附录六则虽然看起来是不相关联的独立的小故事，但情节有重叠，且彼此间有一定联系。笔者认为如果按一定顺序重新编排起来，似乎可以整合成为另一部连续完整的《天宫大战》。

这六则神话故事中，附录三《老三星创世》应该放在最前面，它讲述了天地宇宙形成的过程及万物和天宫的创造过程。在这一神话故事中，天地的形成与《天宫大战》的创世过程有相似之处，应该是晚于《天宫大战》的另一个版本的创世神话。它一开始就将原本的三女神合而为一，称为老三星，略去了天地形成过程中三女神与耶鲁里的大战，而这恰恰是《天宫大战》所描述的内容。

附录四《阿布凯赫赫创造天地人》应该排在附录三之后，这一故事承接上面的老三星创世，讲述了老三星的大徒弟阿布凯赫赫在洪水过后，重新找回上一劫幸存的十个萨满神，并收为徒弟，带领他们重新创造各类生物及重造天宫和地上国的过程。值得注意的是，阿布凯赫赫所造的生物中，并不包括人类。人类是从动物中选些头脑聪明、能够站立起来、前后肢能够分开的，然后找佛赫妈妈造些人的灵魂安装后才产生的。这与人是由动物变来的“进化论”的思想似有相通之处。

第三则故事是附录五《大魔鬼耶鲁里》，讲述了重新创造天宫后，由于阿布凯赫赫的心慈手软，姑息养奸，大魔鬼耶鲁里逐渐发展壮大，并蠢蠢欲动，想要夺取天宫的过程。

第四则故事则是附录六《神魔大战》，接续上面的故事，讲述了耶鲁里发展壮大之后，联合扫帚星攻打天宫，与阿布凯赫赫对抗后最终捉住了她，并把她压在冰山下。在老三星的帮助下，老三星的二徒弟阿布凯恩都里战胜了耶鲁里，并把耶鲁里压在冰山下。阿布凯赫赫同三百女神上升到第二层天上去了，阿布凯恩都里从此代替阿布卡赫赫成为天界和人间的统治者，男神代替女神成为天宫的领袖。

接下来的故事应该是附录一《佛赫妈妈和乌申阔玛发》。它描写洪水过后，大地上的生灵被淹得一干二净，只有一株柳树和北海中一座上顶天、下拄地的石矸还在水中立着，后来这株柳树化身为佛赫妈妈、石矸化身为乌申阔。此时，阿布凯恩都里已经上升到第十七层天上，他派大徒弟昂邦贝子下到人间，给他们安上了生殖器，并教他们学会了男女交配之道。佛赫妈妈和乌申阔玛发结合，生下了四男四女。魔王耶鲁里施展阴谋诡计抓住了两人，乌申阔玛发化身为山石；佛赫妈妈在阿布凯恩都力和他的弟子的帮助下，脱离魔爪。佛赫妈妈执掌天界，打败了耶鲁里的进攻，并让他的四对儿女分别成为人类、鸟类、兽类、蛇虫类的始祖神。附录一中阿布凯恩都力说他在天界已经执掌了三个洪水混沌，并且让佛赫妈妈接管天界，“佛赫自从执掌天界之后，大家公认她是阿布凯赫赫”①。可以看出，阿布凯赫赫并非指某一人或某一神，而是大家公认的女性统治者的代称。此阿布凯赫赫非前几则故事中的阿布卡赫赫，而是另一代天地的女性统治者的代称了。故事中阿布凯恩都里已经统治了三个洪水混沌，表明在满族先民的观念中，天地是不能长久存在的，每隔一段时间，世界就会被洪水所破坏，需要众天神重新建造。这种洪灾与重建的过程已经重复了多次了，每次洪水混沌，上一劫的天神都会上到另一层天上去。

最后的故事应该是附录二《阿布凯恩都里创世》，描写了阿布凯恩都里率领诸弟子们按照天界的样子创造万物，并造各种动植物和人类的过程。此阿布凯恩都里虽然同上文的阿布卡恩都力同名，但应该是很久以后又一个男性统治者的化名。因为故事中有这样的描写：“老天神佛赫恩都哩荣升一层天时，临行嘱咐我：‘我费了九年二虎的力气，才造成一个地上国，但我没来得及造人，老三星就召我到一层天去另造一个大地。我给你留下一座神土山和一湾灵泉水，你可以用它造出万物，让他们治理这个地上国。”② 显然，这个阿布凯恩都里只是附录一中的佛赫妈妈（也称佛赫恩都力）的下

---

① 富育光讲述；荆文礼整理：《天宫大战 西林安班玛发》，长春：吉林人民出版社，2009 年，第 80 页。

② 富育光讲述；荆文礼整理：《天宫大战 西林安班玛发》，长春：吉林人民出版社，2009 年，第 84 页。

一代天神，而不是帮助佛赫妈妈造天地的上一代天神，也就是说阿布凯恩都里只是人类和天界统治者的名称，就像一个皇帝的名号和某一官爵一样，是历代统治者的代称。因而，此阿布凯恩都里非彼阿布凯恩都里，而是继附录一中佛赫妈妈之后的另一代天地统治者了。此时，耶鲁里又化身成为阿布凯恩都里的二弟子，准备夺取天界和地上国，经过了九年零九个月才打败了耶鲁里。但由于消灭灵魂的神袋在大战中被妖火烧掉了，耶鲁里和各路妖魔鬼怪的形体虽灭，灵魂无法消灭。天神只好派遣众弟子轮流看守，但耶鲁里只要一有机会，就会溜出来祸害人。

另外，附录二中描写了天宫大战结束后地上国的很多动物都绝了种，而且它们都不会传宗接代。幸亏有造人时剩下的两堆神土：一堆丢在柳树下，一堆放在神杵旁。天长日久，这两堆神土按柳树叶和神土的样子，生出许许多多的小神，但他们也不懂如何互相交配。阿布凯恩都里看到以后，立刻打发三弟子到一层天去向老天神佛赫恩都里讨教。佛赫恩都里就把她开天辟地和乌申阔交合，生下天上群神之事向她讲述了一遍，详详细细地传授了传宗接代的秘诀。这段文字再次说明了附录二和附录一故事的关联性，基本上可以确定此阿布凯恩都里是佛赫妈妈上升到另一层天之后的另一代统治者；附录二的故事应该晚于附录一的故事，是附录一的故事的延续。承续着附录一描述的人与各类动物本同是佛赫妈妈和乌申阔玛发所生的一母同胞的故事，附录二还描写了刚有人类时，谁也不吃肉，也曾经有过各种动物和睦相处，甚至彼此通婚的时期。只是后来，人们越吃越馋，山产吃腻了，便异想天开，先吃水里的鱼群，又吃空中的飞禽，最后由吃地上的小动物发展到吃大动物，才变成今天的人兽不同群、人兽不同婚、人兽为敌的情形。

二 “附录六则”与《天宫大战》神谱与神性比较研究

笔者认为，很可能在产生《天宫大战》的故事之后，随着社会的发展，以及萨满教的不断成熟与发展，又产生了另一个版本的《天宫大战》，这一版本虽然同原来的版本有所不同，但在基本理念和情节上都有一定的联系。

（一）“老三星”创世神话对《天宫大战》的创世说的发展

《天宫大战》的创世神话与附录六则的创世神话既有联系，又有不同。《天宫大战》的创世神由阿布卡赫赫、巴那姆赫赫、卧勒多赫赫三女神组成，三女神分别代表了天、地、光三种不同的自然因素。此后，为了造男人，阿布卡赫赫又裂生出了敖钦女神，敖钦女神被巴那姆赫赫用石砬子打伤后，又变身成为恶神耶鲁里。

在附录六则中，产生了新的神话人物：“老三星”。没有了卧勒多赫赫，其他的人物虽然仍然存在，但其人物关系有所不同。老三星的出现反映了满族先民们对于自然诞生观念的进一步发展。《天宫大战》中描写宇宙的诞生是偏于唯物的、尊重自然的、贴近现实的，天地的诞生首先起源于水，然后又裂生出了地与光。这三位女神同身同根、同现同显、同存同在、同生同孕，如果阿布卡赫赫遭遇不幸，其他两位女神也都活不成。附录六则承续了《天宫大战》中的唯物主义、尊重自然的传统，只不过把这三种自然物的统一体，整合成了一个神话人物，名之为“老三星”。这样自然神就以“老三星”的形式存在，而与作为天母神的阿布卡赫赫分离开来。此外，天母阿布卡赫赫是作为老三星的徒弟，地位有所下降，完成着洪水过后重建天地的工作，更像是女萨满而非自然神的形象了。

笔者认为，此阿布卡赫赫很可能与《天宫大战》中所创造出的第一个女萨满相对应，是天地形成并稳固后沟通神与人的女萨满的代称。

附录六则中，世界的初始一样是充满了水，一片汪洋；但在附录三“老三星创世”的神话故事中，这种水又被赋予了不同于现在人间的水的特点，而是“巴那姆水”，也叫真水，显示出萨满教的发展过程中对宇宙诞生理论的进一步完善。巴那姆水由两种不同的水组成，比较重的是巴那姆水，较轻的就叫水。这一重一轻两种水花不断撞击产生了大大小小的水泡，水泡再互相撞击，产生了大小不等的水球，这些大小不等的水球又互相撞击产生了火花。这些火花又不知撞击了多少年，宇宙中终于产生了两颗巨星，一是大水星，一是大火星，大水星和大火星不断撞击又产生了大光星。大光星一产生，就主管着大水星、大火星，就产生了创世之神“老三星”。从老三星创世的神话中可以看出，这一“老三星”基本上就是《天宫大战》中的三女神的合体，只不过过程比《天宫大战》更复杂也更科学化了，显示出了满族先民对宇宙产生的思考更加深入具体了。这种世界由地、水、火、光等因素互相撞击而产生的观念，同印度佛学的物质世界由“地、水、火、风”四大因素构成稍有相似之处。

（二）男性神地位的提高

《天宫大战》中的巴纳姆赫赫和敖钦都是女神；男神只有两个：一个是由敖钦女神变成的两性恶魔耶鲁里，一个是由于犯错被贬而变身为两性的风神西斯林。在附录三中，虽然仍然有阿布凯赫赫，也有巴纳姆和敖钦之名，但巴纳姆女神在这里被叫成巴纳姆恩都力、敖钦女神也被叫成敖钦大神，消解了她们作为女神身份的意义，似乎变成男性大神了。他们同老三星的关系变成了师徒关系。恶神耶鲁里仍然存在，但已经不是由敖钦女神变成的，而是老三星的男性弟子。除此之外，又增加了一个神话人物——男性大神阿布凯恩都力，同阿布卡赫赫一样，同为老三星的弟子。老三星在造出天宫大地和万事万物之后，裂生了五个徒弟，也就是五位原古神："第一位是阿布凯赫赫，翻译成汉语是'天母'，是女性神。……阿布凯赫赫代表的是仁慈，不愿杀戮。第二位是阿布凯恩都哩，翻译成汉语是'天神'，这是位男性神。他的性情暴躁，看到不平的事情或妖魔鬼怪残害百姓，他都会出面，除暴安良，保护人间太平，所以老百姓有个习惯，一遇难遭灾，都要喊：'老天爷，老天爷帮帮我吧！'这个老天爷就是指阿布凯恩都哩。第三位巴纳姆恩都哩，翻译成汉语是'地神'。第四位是敖钦大神，这位神力大无穷，能搬动高山大地，最后累死在人间，尸骨分解后化成了大地上的山川河流。第五位是耶鲁里，他和前面四位大神完全不同，是一个大魔鬼。"①

可以看出，与《天宫大战》中全是女性神相比，附录六则的神话故事，淡化了神话中的女性主义色彩，男神的地位大幅度提高，不但多了一个男性大神阿布卡恩都力，还将其他神，如地神巴那姆、力神敖钦、和恶神耶路里，全部定义成了男神。老三星虽然没有标明男女，但从其行文描述来说，更像是一位男神。在开天辟地时期的六位大神中，除了阿布凯赫赫还保留着女性神的特征外，其他的五个都是男性神。就连阿布凯赫赫，虽然名为天母，却被明确指出："在那时候不管男性神还是女性神，都只是一种标志。因为

① 富育光讲述；荆文礼整理：《天宫大战 西林安班玛发》，长春：吉林人民出版社，2009年，第89—90页。

在那时的神没有男女交合的性能，都是天然形成的神体”①，淡化了她作为女性神的性别色彩。显然，附录六则是诞生于父系氏族社会的神话，它在很大程度上修改了诞生于母系氏族社会的神话《天宫大战》中的女性主义色彩，使得创造天地与造人的过程中，不再只是女性一手包办，而变成为男性神起的作用更大了。恶神耶鲁里仍然是男性神，还增加了一个虽性情暴躁，却疾恶如仇、保护人间太平的男性大神——阿布卡恩都力，地神巴纳姆和力神敖钦也变成了男性神，这就使得男性的地位得到了根本性的提高。

当然这种男性地位的提高也是逐渐发生，由量变到质变的。在附录六则中，男神地位一开始是居于女性之下的，如在附录一中统治天界的是佛赫妈妈，而不是乌申阔玛发；附录三、附录四、附录五的故事中，也是阿布卡赫赫作为大师兄，地位在阿布卡恩都里之上，在附录六前半部分也是如此。因而在附录六阿布卡赫赫对付耶鲁里的战争中，召集来500个妈妈神和1000多个女兵，随时准备对付耶鲁里的攻击。为什么都是女的呢？因为“阿布卡赫赫特别看不起男人，认为男人是最没能耐的，只能干出力的活或粗活，还是女神有能耐”②。这种女尊男卑、女王当政的模式表现得非常明显。直到最后，由于阿布卡赫赫没有战胜耶鲁里的本事，才主动让出了领导权；阿布卡恩都力才正式代替阿布卡赫赫，成为天界的领导者。这反映了在东海女真社会中，曾经出现过男女争夺领导权的斗争，最终是通过武力才完成了从母系氏族社会到父系氏族社会的换

---

① 富育光讲述；荆文礼整理：《天宫大战 西林安班玛发》，长春：吉林人民出版社，2009年，第89页。

② 富育光讲述；荆文礼整理：《天宫大战 西林安班玛发》，长春：吉林人民出版社，2009年，第114页。

化的。这在满族说部的其他作品中《东海窝集传》中有所体现。

（三）自然神与动物神地位降低

《天宫大战》中自然物所化成的神占有相当重要的地位，如云神奥朵西女神、石神多喀霍女神、突姆火神、其其旦火神、那丹乌西哈（北斗七星神）等都在与耶鲁里的战斗中发挥着重要的作用。但在附录六则中，除了老三星、巴纳姆地神和敖钦大神还保留着自然神的特点之外，其他神自然物的特点明显降低；而巴纳姆地神与敖钦大神也变成了陪衬的次要人物。阿布卡赫赫从《天宫大战》中代表自然物“天”的化身变成一个创造万物的始母神、沟通老三星与人类的萨满神，被称为天母；另一个代表天神——阿布凯恩都哩，则更像一个战胜恶神的英雄形象，完全淡化了作为“天”的自然物特点；附录一中的佛赫妈妈和乌申阔玛发，则更明显为始祖母与始祖父的形象了。

在“附录六则”中，动物神虽然仍然存在，并发挥一定作用。如在附录一中佛赫妈妈被关在东海的海眼中，多亏遇上了一个躲避洪水的僧格的帮助，打出一个通风洞口，佛赫妈妈才活了下来；在附录六中，僧格恩都力也和五克倍恩都力（穿山甲神）带上火葫芦去救阿布卡赫赫；鹰神则化身为四方神，守护四天门。但同《天宫大战》中动物神众多，且与自然神一样占有非常重要的地位相比，地位已经明显下降，成为萨满神的徒弟和保护神了。

（四）神谱的日益具体化、复杂化

《天宫大战》最后一节中，虽然也介绍了第一个萨满女婴的诞生和洪水后的始祖母神重造天地的功绩，但对于萨满神与始祖母神的介绍是相当简略的，只有寥寥几笔。在附录六则中，萨满神与始祖神却成为主要人物；动物神成为萨满神的徒弟和保护神，居于从属地位。

值得注意的是，在“附录六则”的神话人物中，又增加了一些并非自然神、动物神，而是以部落名称冠名的神名。如在附录四中，描写了洪劫后，万物毁灭，只有个别萨满神在动物神的保护下隐居，并在阿布卡赫赫帮助下复生活。这些萨满神成为阿布卡赫赫的十大弟子，她们分别是：

1. 佛赫妈妈，柳树，生殖及性的象征，刺猬神僧格保护，灵魂寄居处，灵魂山的守护者，女人（乳房比一般女性大几十倍），劫后始母神，乳汁哺育万物

2. 海兰妈妈，榆树，树神，保存上一劫的树种，得乳汁后很快长大，树会走，会说话，有灵性。

3. 安车骨（原名安托），神鹰保护，制造飞禽，鸟神。

4. 海伦妈妈，江神，保护神为水獭，能召唤鱼类。

5. 突忽烈：海神，掌管鲸鱼、海龟等。

6. 赛音妈妈：保护神为老虎；保存上劫动物灵魂，并让他们重生。

7. 萨哈连妈妈：黑龙江神。

8. 粟末妈妈：部落名。

9. 漠里罕妈妈：部落名。

10. 完达哈妈妈：部落名。

可以看出，除了前六个分别代表了柳树神、榆树神、飞鸟神、江神、海神、动物神的萨满神之外，还多出了四个以部落名称命名的萨满神。显然，附录六则的神话更接近人的世界了，已经将每一部落的首领当作神来传诵了。

在《天宫大战》中也有关于神谱的介绍，共有两处，第一处在

捌腓凌。“天树通天桥，通天桥路分九股，九天九股住着宇宙神，都是耶鲁里从地上赶上来的，九股分住着三十位妈妈神：一九雷雪三十位，二九溪涧三十位，三九鱼鳖三十位，四九天鸟长翼神，五九地鸟短翼神，六九水鸟肥脚神，七九蛇猬迫日神，八九百兽金洞神，九九柳芍银花神。”① 显然，这时的神谱中，只有自然神与动物神，其中，一九到二九是自然神、三九到九九都是动物神。第二处神谱在玖腓凌。描写阿布卡恩都力送给人间瞒尼神九十二位，其中有：“战神、箭神、石神、痘神、瘸神、头疼神、噬血神、大力神、狩猎神、穴居神、飞涧神、舟筏神、育婴神、产孕神、媾交神、断事神、卜算神、驭火神、唤水神、山雪神、乌春神（歌神），玛克辛神、说古神等等。”这 92 位神显然同上面所介绍的不同，不再是自然神与动物神，而差不多是不同社会分工的神谱了。该神谱显示出随着社会的发展，分工变细，出现了分管不同领域的职业化神。显然，这一部分的内容可能诞生在较近的年代，因为这一时期已经出现了不同领域的细致分工。

同《天宫大战》相比，“附录六则”的神谱也更加复杂化、系统化，萨满神、祖先神分量增加。如在附录一中，阿布卡赫赫为了同耶鲁里战斗，请来的“天上诸星、诸神。其中有从 16 层的众星中请来的南斗六星、北斗七星、造天三星、黑虎五星、白狼星、天狗星、千星、万星；从 13 层、12 层佛恩都哩天上请来了八大主神、36 部贝勒、贝色神；又请来 365 位台吉、玛发恩都哩和 11 层天的

---

① 富育光讲述；荆文礼整理：《天宫大战 西林安班玛发》，长春：吉林人民出版社，2009 年，第 57—58 页。

71位妈妈恩都哩；十层天的神兽：虎神、豹神、水獭神、蛇神、鹰神”①。这些神名中，星神尤其是北斗七星在《天宫大战》中就已经出现，各种神兽在《天宫大战》中也有所提及，但“36部贝勒、贝色神、365位台吉、玛发恩都哩和11层天的71位妈妈恩都哩”不是《天宫大战》中所有的，从名字来看，这些都是满族先民在不断发展中的祖先神、萨满神。

总之，萨满神谱神系在《天宫大战》前后不同部分以及附录六则中，呈现出越来越复杂的态势。一开始的萨满女神都是自然神和动物神，后来逐渐有了明确的不同分工的神祇，到了“附录六则”时，不但有了前二者，更增加了很多祖先神、英雄神，显示出日益具体化、复杂化、更贴近部族生活的特征。这种由自然神为主到以始祖神为主的演变，表明它们处于萨满教发展的不同时期。《天宫大战》尤其是其前八腓凌的内容，代表了以自然神和动物神为主的萨满教早期神话；玖腓凌后的内容稍晚，代表了社会分工日益明确和抽象概念日益增多后的中期神话，而“附录六则”则代表了以始祖神和英雄神、萨满神为代表的萨满教晚期的神话特点。

富育光先生在《萨满论》中指出：古代时期（母系至父系漫长历史时期）“萨满规定氏族神谱神系”其中不只包括“自然界神祇如山川湖海、冰雪风火、日月星云、草木树石等众男女大神以及人格化的宇宙女神神群；有生命神祇如天地间北方猛禽犯兽以及惠及本族之水陆两栖的鸟类、鱼、蛇、蜥、龟、蚯、蛙、鼠等神祇；主宰和管理北方神界地界人界的百业神祇如营造神、猎神、匠役神、牧神、养殖神、船神、仓神、磨神、篝火神、钻火神、井神、牲圈

① 富育光讲述；荆文礼整理：《天宫大战 西林安班玛发》，长春：吉林人民出版社，2009年，第81页。

神、鹰楼神、渡口神、路神、寿神、熟皮神、雕桦篓神、针锈神等等；历代祖先神祇及其驯用犬马鹿的神祇；本族世代创业开基英雄即诸蛮尼英雄神祇；外族有惠于本族并经本族先世准予列入宗祭的一些神祇和虽非本氏族直系但为远世同宗祖先众神祇；依据氏族所遭遇的突发事件和需要由萨满所确定的新增神祇”。[①] 也就是说，萨满可以根据本氏族的历史和发展需要随时添增神祇。因而越是年代较近的神话中，其神谱越是内容丰富。从“附录六则”中包含着众多的氏族祖先神和英雄神来看，其创作的年代应比《天宫大战》要晚许多。

（五）恶神耶鲁里形象的塑造

《天宫大战》中恶神耶鲁里为阿布卡赫赫所造的敖钦女神变化而成，很少有人类的情感特征，似乎从诞生之日起就是一个无恶不作、心存恶念的大恶魔。他制造的灾难大多与自然灾害有关，如冰雪灾害，毒气等，反映出当时社会的矛盾主要是人与自然之间的斗争。

在附录六则中，恶神更加人性化了。附录二中，她被描写成阿布卡恩都力的二弟子，很会伪装自己，心机颇深；附录三中，她被描写成老三星的第五位弟子，经常伪装成人的样子，混入人神之中，甚至扮演着男性恶萨满的样子，伺机为害。这表明在当时的原始先民观念中，已经不再把自然灾害看成是最大的敌人，而是将部落中包藏祸心的坏人当成是最大的敌人，并把他们视为恶神耶鲁里变化而成。

在附录五和附录六中，承续附录三中耶鲁里被描写成老三星的第五个弟子，被赋予了较多人的性格特征。耶鲁里在被裂生出来时

---

① 富育光:《萨满论》,沈阳:辽宁人民出版社,2000年,第71页。

就同其他四位神不同，其他四位神裂生的时候都是七彩神光保护，惟独耶鲁里裂生时是一团黑气，天生就是一个大魔鬼。这表明恶神虽然也是在天地中自然裂生形成的，但耶鲁里是天地中不好的气息凝结而生，因而天生就有不同于其他善神的恶的禀性。

耶鲁里还是个好动的神，比较不安于事，没事就到处窜，终于一不小心闯出了灵气层，被扫帚星的怪物捉住。扫帚星的魔王用“代替阿布卡赫赫掌管天下”作为诱饵，引诱耶鲁哩。耶鲁里也就心甘情愿地拜扫帚星的魔王为师，吃了所谓的仙丹，失去了作为神的所有灵气，听任魔王的摆布。这一情节说明，恶神耶路里之所以会变坏，不仅是因为自身的天生好动的气质和贪恋阿布卡赫赫的地位，还与外在环境的引诱有关。这与人类的学坏的过程何其相似。一般的坏人也并不是天生就全然是坏人，也是一步步在内外因素的双重作用下，慢慢变坏的。恶神耶鲁里显然是满族先民们根据自己对恶人的经验认识而刻意塑造的典型形象。

耶鲁里还十分善于伪装自己，在形势不利于自己的时候，伪装成可怜的样子，找各种借口让人同情。当老三星因为耶鲁里的邪气太重而想要杀死他，阿布卡赫赫为他求情，并答应把一部分灵气分给他时，耶鲁里跪在那里信誓旦旦：“请老三星放心，我跟任何人反目，也不会对我大师兄反目，她是我的救命恩人……如果有二心，我就不得好死!”① 当阿布卡赫赫带着安达葫芦到地下国去查看耶鲁里反省得怎么样时，害怕被葫芦捉去的耶鲁里马上装模作样地跪在洞子里面向老三星的方向祷告，并说：“请师兄回去禀告师父，我在这里一心一意地修炼、改过。我当然想马上能见师傅，但

① 富育光讲述;荆文礼整理:《天宫大战 西林安班玛发》,长春:吉林人民出版社,2009 年,第 103 页。

我现在自己知道还没有彻底改恶向善，刚才你进来就闻到了一种腥臭味，那就是我在扫帚星那里染上的臭气，不彻底改恶向恶，去掉这种臭气，我哪有脸面去见师傅?”①

此外，耶鲁里在与阿布凯恩都力斗法术时，更像一个会法术的邪恶的男萨满。他所提出的几个比赛项目搬山、烧邪火、金蝉脱壳、割头再长上、将身体大卸八块仍能长好、坐火堆、推冰等法术，很有可能是古代最高等萨满拥有的神技。可见，耶鲁里的形象是满族先民以某些恶萨满为原型，加以想象和加工塑造出来的，与《天宫大战》相比，被赋予了更多人性化的色彩。

总之，耶鲁里在满族神话中，是一切邪恶势力和恶人的代表，从一个侧面反映了当时社会的主要矛盾。通过对耶鲁里形象的分析，可见在《天宫大战》诞生的时期，耶鲁里主要以各种自然灾害，如寒冰、恶风、黑雾、毒气的形式危害天界，耶鲁里的形象更像是各种自然灾害的制造者。而在附录六篇中，耶鲁里被描述成阿布卡赫赫的师弟，更像是一个天生带有邪恶之气、后天又没有学好的恶萨满的形象。他作恶的目的是想夺得天界的领导权，反映出当时社会的主要矛盾已经不再是人与自然灾害之间的矛盾，而是所谓的善人和恶人，也就是不同部落与氏族之间争夺领导权的人为灾祸了。

(六)《天宫大战》和“附录六则”中天界统治者继承关系初探

笔者认为，《天宫大战》的故事，可以分为两个部分。玖腓凌的前半部分之前，也就是到天宫大战结束，“阿布卡赫赫又派神鹰

① 富育光讲述;荆文礼整理:《天宫大战 西林安班玛发》,长春:吉林人民出版社,2009年,第107页。

哺育了一女婴使她成为世上第一个大萨满”[1] 这句话之前，应该是萨满教早期创造的更远古时期的《天宫大战》。它讲述了天地形成和三女神战胜耶鲁里成为天界统治者的过程。玖腓凌的后半部分，即“阿布卡赫赫又派神鹰哺育了一女婴使她成为世上第一个大萨满”之后，是第二部分，讲述的是天地形成之后的漫长发展历程。这一部分中萨满神和始祖神逐渐占据统治地位，第一个女萨满产生、男神代替女神和洪灾重建的主题已经稍有提及。其其旦女神偷火的情节成为本部分的重点内容，因为只有这一故事同《天宫大战》的主题和叙事方式一脉相承，所以可以完全融为一体。在附录六则中，则是重点展开了洪灾后重建世界主题和男神代替女神执掌天界的主题，可以说是补充了天宫大战在结尾部分稍加提及而没有展开的内容。

笔者认为《天宫大战》前半部分的三女神，在后世萨满故事“附录六则”中合为一体，被称为“老三星”，代表了创造天地的初始力量。天宫大战后产生的第一个女萨满，很可能就是附录三《老三星创世》中所裂生的大弟子阿布卡赫赫的原型；代替阿布卡赫赫统治天界的阿布卡恩都力则是《老三星创世》故事中老三星的二弟子阿布卡恩都力的原型；洪涛后的始祖母形象，则很可能是佛赫妈妈的原型。这样，《天宫大战》与附录六则的神话故事人物，就可以联系起来了。笔者就可以根据各个故事中所叙述的内容，大致上勾勒出一个《天宫大战》和附录六则中统治天地的神话人物的继承关系图来。

在《天宫大战》中天地由混为一体到分离，并没有天分几层的说法；在附录六则的故事中，不但将宇宙分为天界、地上国和地下

① 富育光讲述；荆文礼整理：《天宫大战 西林安班玛发》，长春：吉林人民出版社，2009年，第70页。

国三部分，天界分层观念逐渐清晰起来，更古老的神被安置于更高层的天中，逐渐淡出故事。关于各层天主的继承关系和先后顺序，笔者搜集了附录六则中的对神主继承关系的各种说法，抄录如下：

附录三：

天地人形成了，世上万事万物都有了，老三星就退到第二、第三层天了，把位置让给了新三星。这新三星就是佛赫妈妈、堂白太罗和纳丹岱珲。[①]

附录四：

阿布卡赫赫在天宫执掌了三个小劫后就让位给男性天神阿布凯恩都哩，自己带着300女神随老三星到第二层天去了。阿布凯恩都哩执掌了24个小劫直到现在。[②]

附录六：

一切安排妥当后，阿布卡赫赫拜别师弟阿布凯巴图和天上诸神，带着身边的300女神跟老三星到第二层天去了。[③]

附录一：

阿布卡恩都哩看见佛赫在海眼中不但没死，反而修炼得道

① 富育光讲述；荆文礼整理：《天宫大战 西林安班玛发》，长春：吉林人民出版社，2009年，第89页。

② 富育光讲述；荆文礼整理：《天宫大战 西林安班玛发》，长春；吉林人民出版社，2009年，第102页。

③ 富育光讲述；荆文礼整理：《天宫大战 西林安班玛发》，长春：吉林人民出版社，2009年，第128页。

行更大了，便对大家说："我在天界已经执掌了三个洪水混沌，下一个洪水混沌，我想让佛赫执掌天界，由大徒弟执掌人间。"说完就便带着二徒弟到第十七层天修炼去了。佛赫自从执掌天界之后，大家公认她是阿布凯赫赫。①

附录二：

有一天，阿布卡恩都哩率领众弟子到神土山和灵泉水那个地方，对他们说："老天神佛赫恩都力荣升一层天时，临行嘱咐我：'我费了九牛二虎的力气，才造成一个地上国，但我没来得及造人，老三星就召我到一层天去另造一个大地。我给你留下一座神土山和一湾灵泉水，你可以用它造出万物，让他们治理这个地上国。'"②

从上面几则神话中所述说的神主继承关系来看，天地的最初统治者是三女神：阿布卡赫赫、巴那姆赫赫和卧勒多赫赫。《天宫大战》前半部分的故事，很可能发生在三女神尚未合为一体，也就是"老三星"尚未形成的时期。"老三星"形成后，裂生出来的大弟子阿布卡赫赫也就是三女神造出的第一个女大萨满执掌天界；在洪灾重建的过程中，佛赫妈妈作为阿布卡赫赫的大弟子、另一个重要的女萨满，已经出现于世，但尚未取得领导权；又经过一场"天宫大战"，即附录五、附录六中所描写的"神魔大战"，老三星的二弟子阿布凯恩都力取代阿布卡赫赫执掌天界，阿布卡赫赫带领三百女神

---

① 富育光讲述；荆文礼整理：《天宫大战 西林安班玛发》，长春：吉林人民出版社，2009年，第80页。

② 富育光讲述；荆文礼整理：《天宫大战 西林安班玛发》，长春：吉林人民出版社，2009年，第84页。

上升到第二层天界中去。在附录一的故事中，又经过三个洪水混沌后，阿布凯恩都力已经上升到第十七层天；佛赫妈妈在洪水后重生，经阿布凯恩都力指点，与乌申阔结合，生出了动物与人类的始祖神。佛赫妈妈代替阿布凯恩都力执掌天界，而由阿布凯恩都力的大徒弟昂邦贝子执掌地上国，这个昂邦贝子又是谁呢？笔者认为应该是神鹰的化身。证据是附录六《神魔大战》中描写了四方神，又叫四方面大神，其实是四只神鹰，在老三星座前有一个金翅大鹏，满语称为爱新昂邦呆米（爱新在满语中是 AISIN，金子的意思；昂邦很可能是满语 AMBA，大的意思；呆米很可能是满语的鹏鸟之意，鹏鸟 DAIPUN，MI 是后缀）。虽说在神话中，四方大神被耶鲁里骗去投胎了；但书中写爱新昂邦呆米共裂生出了 36 个大鹏，显然有不少还在。昂邦贝子的统治时间一长，就也被称为阿布凯恩都力了。因而在附录二中，有阿布凯恩都力上升到天界去向佛赫妈妈请教如何性交及繁殖后代的故事。在附录二《阿布凯恩都哩创世》中，此阿布卡恩都力又重新建造一层天宫，其间与化身为耶鲁里的二弟子之间又有一场斗争。

当然，这种对神界承续关系的分析，还是有一定漏洞的。因为在附录三《老三星创世》中，有“老三星”让位于“新三星”的说法，“新三星”中的除了佛赫妈妈外，另外二星是“堂白太罗和纳丹岱珲”。纳丹岱辉在附录六《神魔大战》中阿布卡赫赫统治的时代还只是一名神将，在四方大神被骗走投胎后，纳丹岱辉和纳尔浑先初奉命带着天兵看守四门，后来又打败五妖，收了其中的一个女妖“拉拉古先初”为徒；堂白太罗在其他作品中没有提及，至于他们是如何代替老三星成为“新三星”的，就不得而知了。

（七）从人神共处到天地分离

在《天宫大战》中，人、神、兽共处世间，并没有分离的迹象；而在附录中，却逐渐出现了人神分离。如在附录三《老三星创世》中说道："那时，世上已有了人，人和神并没有什么区别，神可以到人间来，人也可以随时到天上去。等到以后，耶鲁里这些妖魔怪也混在人群里上天，被天神发现后，把这些妖魔撵了出来打入地下国。"① 可见，虽然有耶鲁里伪装成人祸害天宫的隐患，这时人神还没有分离。到附录二《阿布凯恩都哩创世》的故事中，为了防止恶魔入侵，破坏天界，天界被把守得更加严密，连只苍蝇都飞不进去。只有在九月初九，地上国的各部分别从天桥岭到天上朝拜阿布凯恩都哩，尽情吃喝玩乐三天。可是连这唯一一天天界与人界相通的日子，也被耶鲁里利用来捣乱。很可能从此以后，天界与人界彻底分离了，萨满成为沟通天上神与地上人的唯一途径。

三 "附录六则"与《天宫大战》的情节模式比较研究

（一）洪灾重建主题的展开

《天宫大战》中对于洪水过后，天神们如何重新造出万物和天宫只是稍有提及，并未展开。《天宫大战》的附录六篇中，它们却成为主要的情节，补充了《天宫大战》在情节上的不完整之处。附录一和附录四都在不同程度上补充说明了洪水过后，众神合力重造万物、重建天宫的过程。

这种洪灾后重建世界的情节模式在世界各地的神话中都有发现，最典型的是《圣经》中挪亚方舟的故事。洪灾过后，挪亚在神的帮助下建造方舟，躲过洪水，重建了人类。在中原神话中也有大禹治水的神话传说，甚至其他少数民族神话中也有类似的故事。然

① 富育光讲述；荆文礼整理：《天宫大战 西林安班玛发》，长春：吉林人民出版社，2009年，第90页。

而附录六则中的洪灾重建神话同西方神话有所不同。首先，从洪灾的发生角度来说，西方的洪灾是上帝制造的，用于惩罚人类的道德沦丧、思想堕落和不敬神明。在中原神话中，则是共工撞坏了不周山而造成的人祸。有些少数民族的神话中还描写为有人得罪了雷神，雷神生气了，因此降下大灾难之说。可见，在其他地区的神话中，洪水的发生都是缘自外在因素，并不是自然现象。

在《天宫大战》附录六则中，洪水的发生和毁灭一切，并不是外在因素造成的，而是一种无法违背的客观规律。附录六则中，洪水混沌概念出现了，就是说每隔一段时间，都会有洪水自然出现毁灭万物，这在神话中被称为劫数。劫数的出现别说人类毫无办法，就连创天造人的老三星也毫无办法，因为这是命中注定的。萨满教认为，宇宙的一个起始至结束为一个大劫，一个大劫有三个中劫，一个中劫有九个小劫，一个小劫是天国的八十一万天年。这与佛教的某些说法有些相似之处，因为佛教也认为世事无常，世界由成、住、坏、空四个阶段构成一个小劫，每一小劫中世界毁灭的方式正是洪水。

从洪灾后的重建过程来看，《天宫大战》附录六则中的说法也与西方神话、中原神话都不同，具有鲜明的萨满教色彩。西方神话中洪灾后的重建是依靠方舟以及方舟中保存下来的众生的种子，而它们显然是按上帝的旨意存留下来的，全知全能的上帝意志主导着一切；中原神话中，人为色彩浓郁，大禹治水的过程似乎就是一场人类用自己的智慧和顽强拼搏精神战胜洪灾的感人故事。

《天宫大战》附录四所描写洪水后的重建过程更多地带有萨满教色彩，表现了满族先民对自然界的独特认识。洪水过后，总会有上一劫的神在动物保护神的保护下以休眠的方式逃过一劫，幸存下来。这些神又总能找到保留着上一劫动物的灵魂，它们虽然不死，却也需要佛赫妈妈的乳汁加以哺育。在阿布卡赫赫的帮助下，在佛赫妈妈乳汁的哺育下，这些动物灵魂复活，生成了人间的万物。这种洪灾过后依靠劫后余生的动植物种子再生的神话同西方神话相比，显然更具有唯物主义的色彩，包含着满族先民对自然界再生方式的朴素思考。

这些洪灾后重建的神话大体上拥有如下的情节模式。神名—原型—象征意义—保护动物神—主要功绩—相关祭祀礼仪等几个部分，同《天宫大战》中的情节模式有些相似之处。由前文中的论述可知，天宫大战的情节模式特色，大体上有如下几个环环相扣的部分：神名—同阿布卡赫赫为首的三女神的关系—对应自然物或动物—这种自然物或动物的特性与优长—与恶神斗争故事—主要功绩—对应星座—萨满祭祀及相关民俗。相比之下，前者除个别项目比《天宫大战》略有缺失外，都大体相当，只不过没有与恶神的斗争故事。如描写佛赫妈妈对应神物为柳树，主要作用是灵魂寄居处、灵魂山的守护者。再如海兰妈妈，对应物为榆树，主要作用是保存上一劫的树种，使她们得到乳汁后很快长大，变成树林。

从这些情节中可以看出，由于满族先民相信万物有灵、灵魂不灭的观念，因而在洪水过后，每种生动的灵性生命都在萨满神和动物神的保护下休眠下来，静待阿布卡赫赫来用神力帮助它们复活。在复活的过程中，最先复活的是佛赫妈妈，而且在其他生物复活的过程中象征着生育和女性的繁殖力的佛赫妈妈起了重要作用。这也就难怪后来佛赫妈妈作为始母神掌管天界，并且被称为阿布卡赫赫了。

（二）男神代替女神执掌天宫的过程的生动演绎

《天宫大战》中，对于男性神阿布卡恩都力如何取代阿布卡赫赫、登上天界统治者的宝座的，没有任何介绍，只说了一句："不知又经过多少万年，洪荒远古，阿布卡赫赫人称阿布卡恩都力大神，高卧九层云天之上。"① 似乎男神代替女神的过程是自然而然发生的。而在附录五和附录六中则具体讲述了一个十分曲折的故事，详尽地讲述了阿布凯恩都里如何战胜耶鲁里，救出阿布卡赫赫，并代替阿布卡赫赫成为天界领导人的过程，补充了《天宫大战》中这一情节的缺失。从这个角度上讲，附录六则是《天宫大战》神话在不同时代的续写，是《天宫大战》某些情节的展开描写及其延续和发展。

男神代替女神统治地位的过程同男女两性的天然特征有关，其内在逻辑是这样的：女性心慈面软，在对抗恶神耶鲁里的过程中难免会因此而丧失良机；相比之下，男性则更加刚毅果绝，因而也容易在同耶鲁里的对抗过程中取得胜利。

《天宫大战》描写女神的性格特征是心慈性烈，更多含褒义；而描写男性的性格特征则是贬义的，这在造男人的过程描写中表现得非常清楚。"巴那姆赫赫身边有捣乱的敖钦女神，不得酣睡，姐妹在一旁催促快造男人，她忙三迭四不耐烦地顺手抓下一把肩胛骨和腋毛，和姐妹的慈肉、烈肉，揉成了一个男人，所以男人性烈、心慈还比女人身强力壮，因是骨头做的。不过是肩骨和腋毛合成的，所以，男人身上比女人须发髯毛多。巴那姆赫赫躺卧把肩胛骨压在身下，肩胛骨有泥，所以男人比女人浊泥多，心术比女人叵测。……巴那姆赫赫便想到学天禽、地兽、土虫的模样造男人……慌慌忙忙从身边的野熊胯下要了个'索索'，给她们合做成的男人

---

① 富育光讲述；荆文礼整理：《天宫大战 西林安班玛发》，长春：吉林人民出版社，2009 年，第 72 页。

型体的胯下安上了。"[①] "男人比女人浊泥多，心术比女人叵测"，这些贬抑性的言辞只可能出现在女性地位较高的母系氏族社会中。

在《天宫大战》附录六则中，这种贬抑男人的倾向得到了抑制，对于女神与男性的性格不同的描述更加客观和公正了。在《天宫大战》附录三《老三星创世》中，描写阿布凯赫赫的性格特征是"阿布凯赫赫代表的是仁慈，不愿杀戮"；在描写男神"阿布卡恩都力"时，描写他的性格特征是："他的性情暴躁，看到不平的事情或妖魔鬼怪残害百姓，他都会出面，除暴安良，保护人间太平。所以人间老百姓有个习惯，一遇着危难遭灾，都要喊：'老天爷，老天爷帮帮我吧'这个老天爷就是阿布卡恩都哩。"[②] 显然对这个男神更多溢美之词，把他当作正义和公正的化身。

在此后的情节展开中，阿布卡赫赫因其心慈面软，多次纵容耶鲁里，养虎为患，因此给天宫带来了深重的灾难。首先是耶鲁里诞生时就同其他四位神不同，其他四位神裂生的时候都是七彩神光保护，惟独耶鲁里裂生时是一团黑气，天生就是一个大魔鬼。当老三星想要弄死他时，阿布卡赫赫急忙下跪求情，还甘愿把自己的灵气分给他一部分，消灭黑气。这不但救了耶鲁里，还助长了耶鲁里的气焰，同时削弱了自己的力量。

其次是在耶鲁里因贪玩好动，误闯出灵气层，被扫帚星的魔鬼捉住并收为徒弟后，老三星又要处死他，又是阿布卡赫赫为他求情，使耶鲁里得以到地下国的上层去"思过向善"。再次是耶鲁里到达地

---

① 富育光讲述；荆文礼整理：《天宫大战 西林安班玛发》，长春：吉林人民出版社，2009 年，第 15—16 页。

② 富育光讲述；荆文礼整理：《天宫大战 西林安班玛发》，长春：吉林人民出版社，2009 年，第 89 页。

下国后，恶习不改，天天按照天魔教他的魔法修炼，老三星有所觉察，让阿布卡赫赫去看看耶鲁里悔过得怎么样。阿布卡赫赫虽然闻到洞里有妖邪之气，腥臭难闻，但还是被耶鲁里的谎言所骗，以为耶鲁里只是受骗上当的小师弟，正在悔过当中，就没有用老三星给他的安达葫芦把耶鲁里捉回来。最后是耶鲁里在地下国招纳了各路妖魔和恶鬼，形成五魔、五鬼、五妖的大规模队伍，并让扫帚星天主为其打开地上国的封口。它们杀到天宫门口的时候，阿布卡赫赫身边的女神建议她用天葫芦把这些妖魔收进来消灭掉，阿布卡赫赫对耶鲁里竟然还存在一丝侥幸，说："万万使不得，咱们先礼后兵，我去和他讲讲道理，也许会使师弟回心转意。如果他能把这些魔鬼赶回地下国，还可以重新修行，以成正果。"当女神们都劝她说，这样做对妖魔鬼怪有好处、对天宫不利后，她还坚持说："不管怎么样，咱们也要用善心、好心去感化恶意，这样会把恶人改造过来的。"① 阿布卡赫赫的善良与慈悲的心性被表现得淋漓尽致。

相比之下，作为男神的阿布凯恩都力则显得果决得多，在与耶鲁里斗法的过程中，显示出其作为男性天神勇力强悍的一面来，这就为其最终战胜耶鲁里、代替阿布卡赫赫的地位提供了充分的理由。

（三）性别意识的觉醒与男女交合神话的产生：

在《天宫大战》中只有女神，男性地位低下，且多作为恶神出现，几乎没有两性相爱相交的记载，神都是化生和裂生。这说明在当时的观念中，性别意识淡薄，性意识还没有觉醒，因而性爱与繁

---

① 富育光讲述；荆文礼整理：《天宫大战 西林安班玛发》，长春：吉林人民出版社，2009年，第112页。

殖之类的观念还没有被写入神话中。附录六则中，性别意识明显增强，性交繁殖能力作为神所赋予的能力不断被提及，始母神佛赫妈妈和始祖神乌申阔玛发的形象被凸显出来。在附录一中有天上阿布卡恩都力的大徒弟昂邦贝子为佛赫妈妈和乌申阔玛发安装生殖器的细节："大徒弟问了他俩的名字，便拿出男女生殖器，端详半天，不知安在哪个地方好。有心安在头上，又怕风吹日晒，有心安在脚下，又怕路远磨损，便安在两个生灵身体的中间部位，还教会他俩男女之情……"① 从这一细节中，可以看出满族先民性意识的觉醒，对性器官的崇拜与认识，不仅有对其外形和功能的认识，而且对其在人体的位置及这种位置的科学合理性的认识。

附录二中也描写当时还有很多人和动物不懂如何性交，多亏造人时剩下两堆神土：一堆丢在柳树下，一堆放在神杵旁，天长日久，这两堆神土按柳树叶和神杵的样子生出许许多多的小神，但它他们也不懂如何交配。阿布凯恩都哩看到以后，立刻打发三弟子到一层天去向老天神佛赫恩都哩讨教。佛赫恩都哩就把她开天辟地和乌申阔交合，生下天上群神之事，向他讲述了一遍，详详细细地传授了传宗接代的秘诀。三弟子回到地上国，把秘诀一五一十地教给那些小神，小神们这才明白如何传宗接代。他们在三弟子率领下，一部分附在人身上，一部分附在动物身上，有了交合，万物才繁衍至今。

在附录六则，尤其是前四则神话中，都将灾难过后万物和人类的重生与繁殖当成头等大事。因而，无论是佛赫妈妈还是阿布卡赫赫，他们所建立的最伟大的功业都是创造万物、人类和动物，并教

① 富育光讲述；荆文礼整理：《天宫大战 西林安班玛发》，长春：吉林人民出版社，2009 年，第 78 页。

会他们如何繁殖、生养。

1. 佛赫妈妈与柳始母的形象

在北方民族的宗教信仰中，柳树是非常重要的崇拜对象。女真族自古就有“射柳祭天”和“戴柳插柳”的习俗。在其传统的祈雨仪式“瑟瑟仪”中，最重要的环节就是射柳。《大金国志》记载了女真人“重五射柳祭天”，蒙古族则是在祭敖包时插柳枝，柳被看成生命的本原和事物繁荣的象征而被膜拜。蒙古人还特别崇拜绿荫蓊郁、下与地齐、上指青天的参天大树，认为牧业的保护神吉雅其就住在参天树上。蒙古族把祭神树称为“祭尚西”。“尚西”，是独棵大树，多为老榆树。过去蒙古族每个部落、每个屯子都有自己的神树，每年祭祀一次，没有固定时间，天旱时常到神树下祭树求雨。祭神树时，全部落男女老少齐聚树下，用鲜花或彩布条把神树装饰一新，用“全羊”做祭品，由主祭人向神树洒酒和洒奶子。有的还推举族中德高望重的香老做“尚西老人”，坐于树下，接受阖族叩拜。这种祭神树活动，一直延续到新中国成立初期。

在《天宫大战》中，柳树是宇宙神的居住之所，九股分别各住着三十位妈妈神。文中写道：“千年松，万年桦，开天时的古树是榆柳。长叶柳树，能说人语道人性，能育人运水润虫蛙，通天通地称为天树。天树通天桥，通天桥路分九股，九天九股住着宇宙神，都是耶鲁里从地上赶上来的。九股分住着三十位妈妈神：一九雷雪三十位（一九云母神，变成永世计时星），二九溪涧三十位，三九鱼鳖三十位，四九天鸟长翼神，五九地鸟短翼神，六九水鸟肥脚神，七九蛇猬追日神，八九百兽金洞神，九九柳芍银花神……鸟生爪，鱼生翅、龟鳖生骨罩、蛇脱皮草上飞，百兽牙爪破坚石。野猪最早无锋牙，那是恶魔给安的。”[1]《天宫大战》中描写的九叉神树不仅是开天时的古树，天寿与天齐，而且是通天桥，能“育人运水，润虫蛙”。柳树的育人功能可能就同中国北方民族以柳树作为繁殖和繁荣的象征有关，“运水，润虫蛙”则同古老的祈雨射柳仪式有关。

在附录六则中，柳树育人的功能被强调出来，被作为女性生殖功能的象征物一再提及，且柳树神佛赫妈妈一度被称为阿布卡赫赫成为天界的统治者。如附录一中佛多妈妈和乌申阔玛发的样子也被描写得同生殖器非常相像，显然是将其作为与性有关的图腾物的象征。佛赫（有些版本中译成佛托），“身子两头细，腰间粗，一道深沟从头到脚像柳叶似的”，显然是女性生殖器官的生动描述，表现了满族原始先民对女性生殖器官的原始、朴素的认识。满族先民之所以将柳树作为女性和繁殖的象征，可能同柳叶的形象与女性的生殖器官非常相像有关。佛赫，满文原意应为 fodo 或 fodoho，fodoho 是柳树的意思，按照《新满汉大词典》的解释，fodoho 有两种意思：一是求神跳神时的柳枝，二是清明节上坟时插在坟旁的粘有一条条五色纸钱的柳枝或杏枝。不管是哪种解释，文中以柳树和柳叶来象征女性生殖器之意，是相当明显的。

满族先民自古就有祭“佛赫妈妈”即祭“柳始母”的习俗。其形象大致有两类：一类为裸体神偶，其腹下部刻有一菱形符号，为女阴的象征符号；另一类是用黄布或白布制成的上尖下圆的“妈妈口袋”，它是女阴的象征，平时恭敬地放在神龛下。“妈妈口袋”内装有子孙绳，上系有弓箭、彩布等，平时都放在妈妈口袋里，象征

---

① 富育光讲述；荆文礼整理：《天宫大战　西林安班玛发》，长春：吉林人民出版社，2009 年，第 57—58 页。

着子示皆在母腹中。这种祭祀都与妇女生育、后代健壮、族丁兴旺有关。①

在满族说部的其他著作，特别是描写东海女真人的著作中，多有祭柳仪式的描写。如《东海窝集传》记载：九月初九那一天，按照东海窝集部祖传的婚俗，不管双方父母是否同意，男方女方必须在神树下自由结合才行，要不然的话，婚姻大事，谁说了也不算。在《东海沉冤录》中也描写了明代东海嘎忽坦河部族的柳祭。

满族的原始神话中，关于柳树、柳叶的记载还有很多。最典型的一则神话是讲大水中漂浮着柳叶形的东西，它们在水上逐浪而行，永不沉没，且越变越多，长成了“佛多毛”或叫“佛佛毛”。它遍布四方，无处不在，从中生出了人类、花果树木、鸟兽鱼类、万物生灵。这则神话告诉我们，满族先民之所以将柳叶当成生殖崇拜的对象，不仅是因为柳叶的外形像女性的女阴，而且因为柳树有超强的繁殖能力，每到繁殖季节，便生出无数柳絮，随风飘荡，无处不在。

在附录四《阿布卡赫赫创造天地人》中，也有一个女性始母神的形象，她也是柳树化身，最明显的特征是两个硕大的乳房。经历一劫后，生物几乎死绝了，只有东方东海岸边有一座小山旁长着一棵大柳树，仰仗着刺猬神的保护，依然青枝绿叶，生机勃勃，在每一片树叶上还都有一粒珍珠似的东西在晃悠。在阿布卡赫赫的帮助下，柳树变回遭劫前的原形——一个女人。“这女人的两个乳房比一般女性大几十倍”，附在柳叶上珍珠似的东西，就是上一劫一切神灵的灵魂，柳树的两个硕大的乳房就是用来哺育这些灵魂的。后

---

① 黄任远：《通古斯一满语族神话研究》，哈尔滨：黑龙江人民出版社，1999年，第76页。

来，在阿布卡赫赫的提议下，佛赫妈妈又将这些灵魂放到灵魂山中，从此阿布卡赫赫就成为掌管所有生物灵魂的神。

满族先民所生活的东北地区人烟稀少，经济落后，因而繁衍生息也就成了氏族的头等大事。很可能产生这类神话的时代，人们已经有了性意识的觉醒和一定的性知识，却又懵懵懂懂，不甚了了。因而希望借助萨满祭祀和女神崇拜，达到开枝散叶、繁衍后代的目的。因而其神话中自然对此有了较多的关注，代表了女性繁殖能力的佛赫妈妈因而就成了这一时期神话的中心人物。

2. 始祖父神——乌申阔玛发

在《天宫大战》中是没有始祖父的形象的，都是一些女神主宰世界，这似乎是母系氏族社会只知其母、不知其父的社会现象在神话中的反映。在附录六则中，始祖父的形象开始出现了。

附录一《佛赫妈妈和乌申阔玛发》中描述的始祖父乌申阔的形象是“满头黑发、平顶、大嘴，浑身上下一般粗，两只脚像两个大石球一样”①。显然是男性生殖器的象征，据笔者大胆猜测，其满语原意应为 useku，汉意为种田时盛种子、撒种子的篓，在满语中，use 是种子之意，usembi 是动词，就是撒种、播种之意；而 useku 是其动词词干加上 ku 变成名词，表示这个动作使用的工具，也就是撒种子的工具。根据原文之意，乌申阔是男性性器官的代名词，而男性性器官正是播撒精子的器官，以此比喻播撒种子的工具恰切而生动。这也反映出了满族先民的智慧，它们对于男性性器官的认识已经达到了一定的水平。

始祖父形象的对应象征物是石矸。所以，当他的四对儿女到大

① 富育光讲述；荆文礼整理：《天宫大战 西林安班玛发》，长春：吉林人民出版社，2009 年，第 77 页。

石峰下欲救出乌申阔时，却见“那座石山变成直冲天上的大石峰，大石峰下有两座又圆又光的小团山，和乌申阔的形象一模一样”①。原来乌申阔就是神石修成的，已经和山石结合为一体，再也变不回原来的样子了。

在附录一中，为什么会以石矸作为男性生殖器的象征物呢？其实这种观念是由来已久的，在《天宫大战》中就有类似的说法。《天宫大战》中在描写多喀霍女神时写道：“石头是火，石中有火，是热火、力火、生命之火。”② 是光明和火的化身，石头能帮助众神，获得生命和力量，并有自育自生能力。吃石补身，吃彩石就能壮力生骨，身长坚甲，热照天地。所以在阿布卡赫赫被困于雪山下时，多亏吃石补身，浑身发热，才能从雪山下出来。后来即便不在战争之时，阿布卡赫赫也派白腹号鸟往东海采衔九纹石补身。

可见，石头在满族先民的观念中，是火、生命的象征。为什么会有这种想象呢？笔者以为，敲击石头能产生火，以及火山爆发等自然现象，使得原始人产生了石中有热、有火的观念。火是人类赖以生存的重要资源，尤其是在冰天雪地的北国，没有火的话，原始人根本无法生存。因而他们崇拜火，乃至崇拜能生火的石头，也就是很正常的现象了。再加上如石矸一样坚实的生殖器，正是男性所向往的繁殖能力的象征，因此以石矸作为男性生殖器的象征便顺理成章了。

附录一描写始祖父形象的代表乌申阔玛发与佛赫妈妈在洪灾后本来相隔很远，互不相识，后来机缘巧合竟碰到了一起。一开始他

---

① 富育光讲述；荆文礼整理：《天宫大战　西林安班玛发》，长春：吉林人民出版社，2009 年，第 80 页。

② 富育光讲述；荆文礼整理：《天宫大战　西林安班玛发》，长春：吉林人民出版社，2009 年，第 56 页。

们还互相攻击彼此碰撞，但后来终于在阿布凯恩都哩的徒弟昂邦贝子的劝说下结合在一起，组成家庭。这种描写似乎是氏族社会发展到一定阶段产生的两个氏族对偶婚姻形式的缩影，表明当时的氏族外婚的婚姻形式正在兴起。契丹族就有骑青牛、白马的一男一女在木叶山相遇结合，生了八个儿子，衍生出契丹的八个部落的传说，大体上与此相类，都是氏族外婚的婚姻形式在其神话和传说故事中的曲折反映。

在此后的满族说部中，尤其是在《东海窝集传》中，佛赫妈妈和乌申阔玛发再次作为始祖父与始祖母的形象出现，通过他们的辩论与对话，引出了男性与女性哪个更适合当领袖的话题。满族说部各部作品之间，是彼此关联的有机整体，由《天宫大战》及其附录六则中所反映思想观念与情节模式，内在地融汇于其观念形态中，成为一种思维模式和情节套路，对其英雄传奇和历史故事的讲述影响颇深。就如同儒释道文化是大部分中国古典小说创作的内在文化底蕴和思想背景而存在一样，满族说部中的某些部分，尤其是描写东海女真人的传奇故事和英雄传记等，都以《天宫大战》或附录六则中所讲述的神话故事，作为其文化思想的底蕴与背景。

（四）从人兽同源、人兽通婚到人兽分离、人兽为敌。

在《天宫大战》中，女神、动物、人之间并没有明显的分野，自然神、动物神与萨满神之间是平等互助的关系。动物神在阿布卡赫赫与耶鲁里的大战中发挥着举足轻重的作用。它们不但数量众多，而且威力强大。刺猬神者固鲁女神、鼠神兴克里女神、九彩神乌昆哲勒、九色花翅大嘴巨鸭、白腹号鸟等动物女神，都在其中扮演着重要的角色。尤其是阿布卡赫赫最终战胜耶鲁里，正是靠着各种动物发挥各自特长，团结在一体，共同对付耶鲁里的结果。“巴那姆赫赫将自己身上生息的虎、豹、熊、鹿、蟒、蛇、狼、野猪、蜥蜴、鹰、雕、江海鱼虾、百虫等魂魄摄来，让每一个兽禽神魂献出一招神技，帮助阿布卡赫赫。又从自己身上献出一块魂骨，由昆哲勒神鸟在太阳河边，用彩羽重新为阿布卡赫赫编织了护腰战裙。从此，天才真正变成了现在这个颜色，阿布卡赫赫才真正有了无敌于寰宇的神威。”① 这反映出在原始社会初期，原始人对动物是既敬畏又依赖的，他们对动物，特别是怀有特别技能的动物，是抱着如同女神一般的崇敬心理的。她们既是女神又是动物，既是阿布卡赫赫的侍女，也是人类和天地万物的保护神。

在“附录六则”中，对动物的理解则更加人性化了，思考也更加深入了。“附录六则”讲述了人兽之间从人兽同源、人兽通婚到人兽分离、人兽为敌的一系列变化过程，显示出人类对动物逐渐由依赖、敬畏逐渐发展到征服和利用的关系。在附录一《佛赫妈妈和乌申阔玛发》中：佛赫和乌申阔做夫妻后生了四男四女。第一对长得四脚五官都很端正，大概是人类的始祖；第二对是尖嘴，一身羽毛，两只翅膀，显然是鸟类的始祖；第三对只有四只脚，人头，浑身披毛，大概是兽类的始祖；第四对没手没脚，身长头小，大概是蛇类。在这篇故事中，将人与动物描写成一对父母所生的亲兄弟；又描写因人类的繁殖没有动物快，人和人婚配后生儿育女很不容易，阿布卡赫赫就和四对兄妹商量，施行人和动物通婚。这才出现了第三代怪神恩都哩——人面豹身的恩都哩、鹰头人身的恩都哩妈妈、通身是鳞的突忽烈玛发、人头鱼身蛇尾的松阿里恩都哩……也就是说，人与动物还经历了一个可以彼此通婚的时代。这表明在原始人类心目中，人兽是同源同种的，人与动物之

① 富育光讲述；荆文礼整理：《天宫大战 西林安班玛发》，长春：吉林人民出版社，2009 年，第 68—69 页。

间是亲密无间、互为亲眷的，是兄弟姊妹，也可能互为夫妻，并无明显的分野。

附录二《阿布凯恩都哩创世》中则讲述了人兽分离与人兽为敌的具体过程，这一过程主要与人类的贪心吃肉有关。“刚有人类时，谁也不知吃肉，只知吃山果山菜充饥，而且住在树上，和各种动物和睦相处，不但谁也不怕谁，有时还互相来往。也有些地方人和动物通婚，如人和熊、虎、豹、各类飞禽，都有成婚的传说。以后，人们越吃越馋，吃山产吃腻了，便异想天开，先吃水里的鱼虾，又吃空中的飞禽，最后竟吃地上的小动物，发展到吃大动物。这才造成人兽不同群，人兽不通婚，人兽为敌的今天这个样子。”①

附录一《佛赫妈妈和乌申阔玛发》中，也讲述了人兽分离的过程，这一过程与彼此为私利争夺资源有关。刚开始造万物的时候，人与动物都是住在陶罐和石罐中的。后来越生越多，阿布卡赫赫就把天上一棵生长万物的大神树砍倒，扔在洪水中。大树遇到洪水，不住地生长壮大，那些生灵就都从石罐、陶罐中爬出来，在大树枝上生存下来。后来，“树大分枝，不可能哪个地方都一样。有的占据的树枝好一些，便有吃有喝，生活安康。有的占据的那一枝要啥没啥，他们就穷一些。虽说是四对亲姊妹，也为争树枝闹过多次争斗。结果老大一对夫妻繁殖的人类占了上风，兽类其次；只有带翅膀的一支，因为占不着好树枝，只能到处飞；没有脚的那一支，只能往地下钻，连树枝都没占着。就这样，又不知经过多少年，四对夫妻留下的后代，逐渐疏远了，甚至互相成了仇敌。尤其是老二夫妻的野兽群，因为本身不聪明，

① 富育光讲述；荆文礼整理：《天宫大战 西林安班玛发》，长春：吉林人民出版社，2009 年，第 86 页。

内部分成很多动物群，互相残杀，无止无休。老大夫妻繁育的人类也为了争夺树枝，促成各个部落互相残杀，无止无休，从此，人间才有了部落和哈拉”①。

从这两则故事中，我们可以看出在附录六则中，满族先民对于人与动物的关系有了更清醒的认识。人与动物的关系曾经是人兽平等、亲如兄弟、互助互爱、共同对付天灾恶魔的，但后来日渐分离了。从人兽同缘、人兽相合到人兽分离、互相攻击，产生这种分离的正是人类的自私与贪婪。这些神话中内在的包含了一种忏悔心理和反思意识。随着人类文明的进化，自私与贪欲的膨胀，人类在越来越多地占有了森林和土地的同时，离自已曾经是亲人、兄弟的动物们越来越远了，也离自己纯朴自然的本性越来越远了，这不知是人类的进化还是人类的退化？

四　修炼神功为主、宽仁感化为辅

——附录六则的英雄情结与民族心理剖析

善恶斗争，即以阿布卡赫赫为首的善神同恶神耶鲁里之间的斗争是满族说部的神话中贯穿始终的永恒主题，附录六则中也同样如此。因为在他们的心目中，恶神是无法消灭的，就如同灾难与困难是永远存在一样。耶鲁里不死，恶神不灭，也就意味着与耶鲁里的斗争也是永远无止境的。因而附录二中描写：消灭灵魂的神袋在大战中被妖火烧掉了，所以只能消灭妖魔鬼怪的形体，无法消灭它们的灵魂。耶鲁里和妖魔鬼怪的灵魂不灭，逃进了地下国，天神只好派遣众弟子轮流看守，不许它们出世。可是时间一长，它们会钻空

① 富育光讲述；荆文礼整理：《天宫大战 西林安班玛发》，长春：吉林人民出版社，2009 年，第 82—83 页。

子，趁着看守神不注意的时候，就溜出来祸害人。

与《天宫大战》的纯粹神与神之间的斗争相比，附录六则的神话故事中多了许多人间烟火的味道，显然作者已经将面向浩渺苍穹的视角逐渐引向人间的冷暖。萨满神与始祖神成为主要人物，善神与恶神间的争斗更像是一场代表善的一方的大萨满和代表恶势力一方的萨满之间的神技较量，甚至将萨满教中祭祀、请神和比斗萨满神技的情节引入神话，使神话更富于现实主义色彩，很大程度上反映了满族原始先民们萨满教逐渐成熟后的风俗习气和生活原型。如在附录一《佛赫妈妈和乌申阔玛发》中，阿布凯恩都力的大徒弟留给佛赫妈妈和乌申阔玛发五件法宝：桑木弓、柳木箭、铜托力、腰铃和手鼓。并且当阿布卡赫赫同地下魔王大战时“用柳叶做成裙子，用柳木做成鼓圈，用漫天皮做成鼓面，用铁树枝做成腰铃，点上年息香，打起鼓来，甩动腰铃，请九层天上诸星，诸神”①。这种与恶神耶鲁里的斗争方式，显然带有浓郁的萨满教色彩，是满族先民们请神、降神的生动描述。

正如富育光在其《萨满论》中所说：“萨满并不同于社会上的巫师，萨满是实实在在的社会一员，是人而不是神。萨满教主张真才实学，主张勤学苦练，主张有真本事，真功夫，不能为族人摆骗术和花架子。萨满的种种神秘奇异之术，盖源于萨满平时的苦学苦练。”所谓神者，只是“万物之能助己用也。”“萨满神力非求索其不可觅得的幻术奇能，而是要籍万物之气，仿万物之能，汇万物之力，而独揽一身，久习久练不可中辍，日久石杵成针，真神既现，便谓之

① 富育光讲述；荆文礼整理：《天宫大战 西林安班玛发》，长春：吉林人民出版社，2009 年，第 81 页。

有神。”[1] 总之，同天生神力的自然神不同，萨满神虽也有天生的或偶遇吸取的某些灵气相助，但更多的是凭借勤学苦练，认真修炼，才能获得一身硬功，也才能拥有神技，克敌制胜。

在《天宫大战》中，我们很少看到修炼一类的词，自然神与动物神几乎都是从裂生开始就具有某种奇才异能，她们凭借种种天生的奇才异能与耶鲁里斗争。附录六则中则更多地强调了修炼的因素，连耶鲁里也要拜师学艺，并且在地下国偷偷修炼，才敢跑出来与阿布卡赫赫争天下。阿布卡巴图更是这样，在“老三星”已经预感到耶鲁里必然会犯上作乱，阿布卡赫赫也必然会因此吃大亏，天宫要遭遇一场大劫难之时，“老三星”却劝他不必着急，时候未到，要专心修炼，为打败耶鲁里而练好本事。等到阿布卡赫赫被扫帚星天主凡可沙施展魔法压到冰山下，天宫被魔王占领并几乎毁于一旦，老三星才命令阿布卡巴图出马。这时，阿布卡巴图已经是个九头六臂的金甲大天神了。如果说阿布卡赫赫还像个直接裂生出来的天生具有灵气的自然神的话，阿布卡巴图更像是一个必须通过勤学苦练的人间大萨满，阿布卡巴图所代表的善神集团与耶鲁里所带领的恶神集团之间的战争，则更像是人间的善恶萨满争夺部落领导权的战争。

神魔大战中，阿布卡巴图所表现出来的神功神技，也充满了萨满教神技的特色。满族萨满地位崇高，因为他们不但会击鼓甩铃，焚香祈祷，用满语吟唱神歌，和诸多的神灵交往，转达人的愿望，传达神的意志，有的还会模拟各种神兽灵禽翩翩起舞，甚至会钻冰眼、跑火池子、喷火、跳树等各种神技。在满族说部的其他故事中，也描写了满族先民之间的氏族战争，通过比武使对方服气是其

---

[1] 富育光：《萨满论》，沈阳：辽宁人民出版社，2000年，第65—66页。

战争的非常重要的方式之一。当双方胶着不下时，也是多通过双方萨满比赛神技的方式来决定胜负的。如《东海窝集传》中，东海女王和丹楚之间开战时，女王打了败仗，但仍然不服气，提出“以萨满跳神比武，决定胜负”，所比赛的内容是：第一项比赛跑火池，就是把火生得高高的，光着脚跑三圈；第二项是上刀山，就是在八十一阶的石刀搭成的梯子上，光着脚走一趟，且不能划破脚；第三项走木桩，用削得溜尖溜尖的八十一个木桩摆成方阵，在上面走来走去；第四件是穿石板，就是在一寸五厚的石板上连穿九个窟窿。

在附录六《神魔大战》中，比武和比赛萨满神技也是决定双方胜负的关键因素。只是比赛的技能更加神乎其神，有更多神话的因素在其中。在《神魔大战》中阿布卡巴图和耶鲁里比赛的几项分别是：第一项，搬山法，比赛谁能把地上的大山移来把对方压住；第二项，喷邪火；第三项改头换面，即自己将自己的头割下来，扔到空中，再割下一个小魔鬼的脑袋换上；第四项，大卸八块，就是把自己大卸八块，然后再一样样安好。

可以看出，“附录六则”神话中的大战方式与《东海窝集传》中的部落之间的战争方式，也就是流行于明代以前东海女真人当中的部落间的战争方式，如出一辙，都是通过比武或双方比赛萨满神技的方式来决定胜负，只是“附录六则”是神话，其中所描写的神技似乎更神奇一些，非凡人所能做到。

另外，“附录六则”的战争方式与《天宫大战》中还有一点不同就是《天宫大战》中的战争是你死我活的，女神们总是想置耶鲁里于死地，却无法实现，总有不少女神在战争中为了打败敌人而牺牲了自己的生命。在“附录六则”中，则不是这样的，阿布凯巴图似乎并不想置对方于死地，而只想打败对方，让对方输得心服口服，不敢再来侵犯。这也与明代以前流行于东海的战争方式非常相像。在《东海窝集传》中，描写东海窝集部与卧楞部之间的部落战争，就是一场典型的部落战争，双方先礼后兵，“这两路敌对军马，在相距二十里处扎下营来，扎营后支起牛皮帐篷，用砍下的两棵松树搭起了军门……安排好之后，在二十里地当中，双方约定在中间线上放一张桌子，各拿来三碗酒，各方出来九个人，由牛录头共同请安，宣读双方战表”。正式开仗后，双方还有个“三不”的规定：“一是不准抄后路，必须直上直下，直冲直上；二是对掉下马的人不能在马下刺杀；三是凡是战败的不能再追杀，只要跑出去一箭地，即使站着不动，你也不能伤害他了。”① 还有，就算是有一方多次战败，只要他还不服气，就是说还没有递上投降书，战胜的一方就不算是赢。

笔者认为，这种比赛般的战争方式是东海女真人经过多少代人的氏族战争的惨痛教训后，总结出来保护人力资源和生产力的新的战争方式。很可能在最初的战争中，两个部落间是你死我活的，一方必欲置对方于死地，可是这样下来必然是两败俱伤，死伤惨重。这在人口稀少、生产力低下的原始社会中必将带来很大的危害，对双方都是毁灭式的打击，很可能会使这一地区的生产从此一蹶不振。为了尽可能让双方都能在彼此保存实力的基础上决出胜负，也只能用这种类似比武的方式了。这种战争方式的好处是既决出胜负，又能尽量保存实力，减少不必要的伤亡，从而减少人口损失、保护地区经济，使之不受战争因素的过多破坏。

在“附录六则”中，可以明显看到这种比武式战争方式的影

---

① 傅英仁讲述；宋和平、王松林记录整理：《东海窝集传》，长春：吉林人民出版社，2009年，第11—12页。

子。如呼拉拉贝子把耶鲁里手下的三魔王震昏后，众神当场就想把他分解了。阿布凯巴图说：“天上不许杀生，就把他压在灵魂山下听候老三星处置吧。”① 耶鲁里等四个魔头用魔法把地上国的大山搬上来扔向天兵天将，却一连三次被大力神敖钦大神推得粉碎。后来，敖钦大神准备用其中的一半大山砸死耶鲁里和那三个魔头，却被阿布凯巴图接住了。他对敖钦大神说：“只许他不仁，不许咱不义，你把他砸死在天上犯天戒。”后来阿布凯巴图只是从这座山上掰下一块石头，“扔到大魔头的脚下，一下子把他的脚趾头砸掉了两个，疼得他哇呀怪叫”，算是给这个魔头一点小小的教训。②

阿布凯巴图对来自扫帚星的四个魔头格外小心，只想把他们制服并送回扫帚星，并不想伤害他们。所以阿布凯巴图又用真水把二魔头的邪火扑灭，并用真水把二魔王的尾巴打掉了一半。二魔王为失去了尾巴、再也回不去扫帚星而哭泣，阿布卡巴图听了冷笑一声安慰他说：“不要害怕，只要你改邪归正，我还可以把你的尾巴接上，但是有一个条件，就是再不许你扰乱天宫。”③ 其实这也是老三星的意思，他说：“扫帚星派来的四个魔王，我要消灭他们虽然很容易，可是那样会种下扫帚星对天宫的深仇大恨，就会使咱们天上国、地上国甚至地下国都不得安宁。”④

---

① 富育光讲述；荆文礼整理：《天宫大战 西林安班玛发》，长春：吉林人民出版社，2009 年，第 119 页。

② 富育光讲述；荆文礼整理：《天宫大战 西林安班玛发》，长春：吉林人民出版社，2009 年，第 120 页。

③ 富育光讲述；荆文礼整理：《天宫大战 西林安班玛发》，长春：吉林人民出版社，2009 年，第 121 页。

④ 富育光讲述；荆文礼整理：《天宫大战 西林安班玛发》，长春：吉林人民出版社，2009 年，第 127 页。

当大魔头和三魔头都被送到灵魂山，二魔头又断了尾巴，耶鲁里手下只剩下四魔头和几个小魔鬼，势力锐减之时，天兵天将想趁此机会把耶鲁里和二魔王、四魔王抓来，一下子消灭他们，阿布凯巴图却说："消灭他们倒容易，但是必须把他们的魔法都制服了，让他再也没有能力反天了，然后咱们再制服他，不用别人动手，我一个人就行。"① 接着他就和耶鲁里比赛神技，最终让耶鲁里输得心服口服。

可见，老三星和阿布凯巴图对耶鲁里等恶神更像是对待敌对部落的恶萨满，只想能用武力降服对方，逼迫对方投降；对外来势力那来自扫帚星的四个魔头，更是不敢得罪，生怕一不小心得罪外星势力，带来更大的麻烦。因此对待他们是以神功比试降服为主、宽仁感化为辅的方式，其实这也正是满族先民所能想到的对付部落战争中敌人的最好方式，也是维持部落和平、保证人民利益最大化的最好办法。

总之，在附录六则满族先民的英雄主义情结中，最主要重视的是三方面：一是提升自己的实力，尤其是加强萨满神技的修炼，以便以武力降服敌人，让敌人输得心服口服；二是宽仁为本，即使对敌人也不轻易杀害，目的是降服对方而非毁灭对方；三是对外来敌人与本地敌人的政策有所不同，对内部敌人以降服为主，对外来的敌人则尽量不得罪，不惹恼他们，免得外敌来犯，引来许多麻烦。在满族先民的心目中，英雄不只是能战胜敌人，更重要的是要降服敌人，平息战争，给部落带来永久的和平和安宁。

---

① 富育光讲述；荆文礼整理：《天宫大战 西林安班玛发》，长春：吉林人民出版社，2009 年，第 122 页。

第二章
史　诗

第一节　《恩切布库》研究

一　《恩切布库》与《天宫大战》对比研究

《恩切布库》是很早就流传于满族先民中的萨满神歌，在王慧新撰写的《〈恩切布库〉传承概述》中写道："《恩切布库》说部故事最初的传播发源地是在萨哈连乌拉（即黑龙江）以北精奇里江（即俄国结雅河）一带，至今已有数百年的传承历史，可能远传自辽金时代，并在女真后裔即满族诸姓中传讲，并得到不断的充实、丰富、发展和完善，从而形成现在这样的文学结构形式。"① 从《恩切布库》中我们可以清晰地看到原始神话《天宫大战》的影子，无论从人物出身、情节模式、语言风格等方面，《恩切布库》与《天宫大战》都有千丝万缕的联系，是与《天宫大战》一脉相承的半神话、半史诗性的作品。

首先，恩切布库女神的出身背景与《天宫大战》大有关联，恩

---

①　富育光讲述；王慧新整理：《恩切布库》，长春：吉林人民出版社，2009年，第1—2页。

切布库既是氏族的大萨满，同时更是重生后到人间当萨满教女神，还是天母阿布卡赫赫的侍女的魂魄的重生，当年在耶鲁里的大战中她曾为天母而生、为天母而死，留下了动人心魄的美丽故事。在满族先民的观念中，萨满的灵魂是不死的，死后还会重生投胎，再次重返世间，做世人的领袖。因而，在“附录六则”的第六篇《神魔大战》中，阿布凯恩都哩打败耶鲁里后重建天宫时，特意“委任金翅大鹏把守西北半边天，叫作金翅大鹏星，这是人间萨满归天后的去处，人们的灵魂归到金翅大鹏的星里，在那里修炼功法，到一定的时候再托生到人间避邪驱妖”①。

在《恩切布库》的前半部分，用非常优美的语言，描写和歌颂了女神恩切布库前世的故事，以及恩切布库女神重生过程中众女神同耶鲁里的斗智斗勇。可以说，《恩切布库》的前半段几乎就是接续《天宫大战》而写的神话故事，后半部分还有恩切布库奉女神托梦指示，招贤纳士，招入了夹昆妈妈、塔思哈妈妈等萨满首领，她们也都被描写成是从前在阿布卡赫赫身边效力的女神重生，来助恩切布库一臂之力的。最后，恩切布库的死也与耶鲁里处心积虑地一再迫害有关。这就同《天宫大战》中善神集团与恶神集团斗争的情节模式如出一辙，显示出《恩切布库》与《天宫大战》间非常密切的联系。

在恩切布库征服海洋的过程中，也讲述了一个与《天宫大战》中第一个女萨满的诞生非常相似的故事。阿布卡赫赫初创宇宙，与耶鲁里争夺宇内大权，导致遍地汪洋，所有生灵都快要灭绝了。阿布卡赫赫派拯救生灵的小海豹“环吉”妈妈，救了一男一女，他们“成了这世上唯一的一对夫妻”。他们生下的第一个小生命，是一位女

---

① 富育光讲述；荆文礼整理：《天宫大战 西林安班玛发》，长春：吉林人民出版社，2009年，第128页。

婴，“女婴生下来没几天，海水暴涨，把海边采食的一男一女又卷入海浪之中，冲到另一个无人居住的岛屿。海滩上只留下了一个呱呱啼叫的女婴，啼叫声惊动了天母阿布卡赫赫，她派身边的侍女变成一只雄鹰，把女鹰叼走，并把女婴哺育成人，成为世上第一位女萨满。女萨满的心灵，女萨满的体魄，女萨满的禀性，女萨满的智慧，都是鹰母所赐，鹰母所育，鹰母所传，鹰母所训。从此萨满有了鹰的胸襟，鹰的神情，鹰的卓识，鹰的禀性……”① 我们知道，《天宫大战》中也讲述了世界上第一个女萨满的诞生也是由鹰神来哺育的，但《天宫大战》中言之不详，没有成形的故事情节。《恩切布库》的这一情节，补充了《天宫大战》中的不足，把这个故事填充完整了。

然而，《恩切布库》也有与《天宫大战》非常明显的不同。首先，史诗性内容的引入。在《恩切布库》中，恩切布库的来历及恩切布库所领导的各萨满同恶神耶鲁里之间的斗争虽然构成了作品的序幕、结尾和主线，但不是《恩切布库》所描写的全部内容，中间还添加了诸多描写恩切布库到来之前的部落生活，恩切布库到来后，部族人民对恩切布库由不信、半信到全然信任的过程，以及恩切布库在有生之年对部族所做出的丰功伟绩。这使得《恩切布库》有了《天宫大战》所没有的史诗气息，不再只是神话，而是描写东海女真早期生活图景和发展变迁的史诗性作品。恩切布库女神也不再如《天宫大战》中的女神，只是在天上与恶神作战，而是下到人间，变成一个食人间烟火、为民众做了很多好事的女萨满。

其次，不再描绘群体英雄，而是突出了主要人物。在《天宫大战》中，描绘的基本是群体英雄的故事。虽然以阿布卡赫赫等三女

---

① 富育光讲述；王慧新整理：《恩切布库》，长春：吉林人民出版社，2009 年，第 132—133 页。

神为主神，但阿布卡赫赫只是作为天神领袖以及自然界的“天”的象征和代表而已，其他女神都在保护阿布卡赫赫以及战胜恶神耶鲁里的大战中发挥了非常重要的作用。也就是说《天宫大战》是描写了三百女神的群像，突出的是阿布卡赫赫带领的众多女神的作用；而在《恩切布库》中，则着重突出了恩切布库女神的作用。虽然也有其他女萨满英雄存在，但她们只是起到了陪衬恩切布库的作用，并非主要人物。

再次，情节模式也稍有不同。在前文中笔者曾用一个表格来总结《天宫大战》的情节模式，认为其大体上有如下几个环环相扣的部分：神名—同阿布卡赫赫为首的三女神的关系—对应自然物或动物—这种自然物或动物的特性与优长—与恶神斗争故事—主要功绩—对应星座—萨满祭祀及相关民俗。在《恩切布库》中大体上延续了这一情节模式，但有两点不同：一是没有对应星座一项。因为如前文所述，萨满神的灵魂在《神魔大战》中已经被安排到金翅大鹏星上，认为那里是人间萨满归天后的去处。人们的灵魂归到金翅大鹏的心里，在那里睡练功法，到一定的时候再托生到人间避邪驱妖。二是与恶神斗争故事这一项。因恩切布库是重生后的萨满神，其与恶神斗争的故事也就可以包括两部分：一是前世与恶神斗争故事，二是重生后与恶神斗争故事。另外，对于恩切布库本人来说，还要加上其对氏族所做的丰功伟绩这一项。笔者将分列两表，第一表承袭《天宫大战》情节表的模式，稍加改动，即去掉对应星座一项，再加上重生后与耶鲁里斗争故事一项，具体如下：

神　　名	恩切布库女神
与三女神对应关系	阿布卡赫赫的侍女
对应自然物或动物	火山
相应自然现象或动物特长	火山喷发能产生热力和火，驱走黑暗，带来光明和温暖

续 表

神 名	恩切布库女神
前世与恶神斗争故事	在那远古洪荒的年代,在刚刚有宇宙、天穹的时候,洪水泛滥,万牲挣扎。天母阿布卡赫赫为拯救人类,与恶魔耶鲁里一决雌雄……却抵御不住耶鲁里亿万年的地狱恶寒。天云中的阿布卡赫赫痛得周身慑栗。汗珠像河流一样,洒向大地,洒向高山,洒向峡谷,洒向平川。在这万分危急时刻,随着“轰隆隆”一阵鸣响,地上升起一个土丘。土丘越升越高,高过千丈,高过千仞,霎时一座高山直插云巅。突然,一声惊雷震撼,山尖上喷出了火焰,火焰光芒万丈,照亮天边。大地重见光明,万牲享得平安。耶鲁里被这突来的烈焰烧得焦头烂额,猖狂逃窜,溜回地下。他再不能贻害万物,他再不能兴妖作乱。……瞬间,顶天立地的白光,化成一位头顶蓝天,脚踏大地,金光闪耀,美貌无比的裸体女神。她就是天母阿布卡赫赫的侍女——恩切布库女神……
重生后与恶神斗争故事	第一次上了假土拨鼠真耶鲁里的当,族众陷入黑暗和洪水中时,恩切布库变成一个小火珠,火珠呜呜直响,越滚越大,越滚越圆,滚成一个顶天立地的大火球。火球散发出无穷势量,像太阳一样,光芒四射。照彻了宇宙,照亮了大地,暴雨、洪水被熊熊的热焰蒸发了……她变成的火球顿时飞起,直射天空,在天空施威的耶鲁里,一见火球向他袭来,吓得慌忙逃窜……恩切布库女神用自己变成的火珠,追烧着恶魔耶鲁里。耶鲁里被烈火烧得吱哇乱叫,猖狂逃进地窟。第二次耶鲁里帮助雪岛三耳野魔部落攻打舒克都里艾曼,恩切布库女神为了战胜三耳野魔,不顾疼痛,把自己的眼睛抛向了天空。恩切布库的眼睛,是太阳的化身,是地心火焰熬制而成。温暖的阳光照彻大地,蒸发了耶鲁里的污浊恶水。大地重见光明,大地重又温暖。恩切布库女神又把自己的头发抛向了天穹。女神的头发,乃是地火、浓缩熬炼而成。头发变成了一道道顶天立地的挡风墙和收风袋,把耶鲁里喷出的恶风挡在墙外,收入收风袋。大地顿时没有飞沙走石,没有雷鸣闪电,恶魔耶鲁里被黑发绳索捆绑,无法挣脱,眼看就要被擒。他急中生智,使了个缩身法,从恩切布库的法绳里挣脱出来,逃进地牢
纪念及相关民俗	(1)对其前世的纪念:人们为了纪念这位美丽而无畏的女神,把这座雄伟的火山,起名叫恩切布库阿林,世代(萨满们)传讲着它神秘的传说。(2)对其重生后的功绩的纪念:恩切布库女神双目失明,骑着双骥,奔走宇内,为人类操劳.马给她光明,给她力量。后人为了纪念她,尊敬地称她为奥都妈妈。在萨满的圣祭中,在萨满的神坛上,神鼓不停,奉祀不息……

第二个表是众多作为陪衬人物的萨满神，列表如下：

神名	夹昆妈妈	塔思哈妈妈	木克妈妈	众多小精灵
与三女神对应关系	鹰神派来的使者，恩切布库的小妹	天母阿布卡赫赫身边的坐骑	天母阿布卡赫赫身边的东海卫士	她们的首领是僧固妈妈和顿顿妈妈
对应自然物或动物	鸟神、鹰神	虎神	水神，东海女神	小蝴蝶，小蚂蚱，小蝈蝈，小蛐蛐，各种小动物。
相应自然现象或动物特长	长啸一声，鹰翅一抖，振臂一呼，群山中，立刻有排山倒海似的惊雷响起，且飞来满天的雄鹰	瞬间招来数不清的吊睛黄毛大虎	能招来海狮、海象、海狗、海豹等	能通风报信，能驱除瘟疫，能预见灾害，能治疗疾病。
前世与恶神斗争故事	曾帮助天母阿布卡赫赫降伏过耶鲁里，耶鲁里身上恶毒的毛发，都是我用嘴和爪子薅下来的	当年我是天母阿布卡赫赫身边的坐骥，为了驱赶耶鲁里，化成金虎吞吃洞穴中的魔怪，又受天母之命，永居洞窟中生活。并受天母之命重返尘世，为的是惩恶扬善，扶威祛邪	当年我是天母阿布卡赫赫身边的东海卫士，统驭东海所有的海疆，及海上的生命。我曾用海水淹灌过耶鲁里，使天母胜过恶魔	
重生后与恶神斗争故事	夹昆妈妈化成千百只雄鹰，飞翔而下，抓走在水中挣扎的族众们	塔思哈妈妈也显出自己的神形，变成千万只猛虎，驮走在水中狂叫的族众们	木克妈妈变成千万只水獭和龟鳖，驮走在水中挣扎着的族众们	

从上表中可以看出，《恩切布库》某些情节与《天宫大战》是一脉相承的，只不过因恩切布库是重生后的萨满，就多了一个重生

后的与耶鲁里斗争的故事。

此外，还可以看出，《恩切布库》中的故事不但情节模式与《天宫大战》一脉相承，其女神形象及其精神内涵也非常相似。在《天宫大战》中，众女神都如阿布卡赫赫一般，心慈性烈，富于自我牺牲精神，像慈母般保护着天宇和天宇中的众生，还有很多为了保护阿布卡赫赫而不惜牺牲自己生命的女神，读来令人感动。《恩切布库》也是如此，她为了打败耶鲁里，“不顾疼痛，把自己的眼睛抛向了天空。恩切布库的眼睛，是太阳的化身，是地心火焰熬炼而成。温暖的阳光照彻大地，蒸发了耶鲁里的污浊恶水。大地重见光明，大地重又温暖。恩切布库女神又把自己的头发抛向了天穹。女神的头发乃是地火、浓缩熬炼而成。头发变成了一道道顶天立地的挡风墙和收风袋，把耶鲁里喷出的恶风挡在墙外，收入收风袋”①。从这段情节中可以清晰地看到《天宫大战》中众女神的影子，为救阿布卡赫赫而变成没有光热的小石头的突姆火神；为了给阿布卡赫赫赢得时间，大胆在耶鲁里面前唱歌跳舞，最后被耶路里一掌拍得粉身碎骨的霍洛浑、霍洛昆二女神；为了偷运神火给人间，将火吞入口中，最后被神火烧成虎目、虎耳、豹头、豹须、獾身、鹰爪、猞猁尾怪兽的拖亚拉哈大神，这些为了天地安全、人类利益而牺牲的英雄女神形象，正寄托了满族先民对理想的领袖与英雄的想象。这些女神有着高尚的情操与美丽的心灵，有着为了氏族利益不惜牺牲自己一切的自我牺牲精神，也是满族先民不畏强暴、自强不息、勇于牺牲的集体主义精神的写照。

---

① 富育光讲述；王慧新整理：《恩切布库》，长春：吉林人民出版社，2009年，第144页。

二 从《恩切布库》看最早的萨满的产生

氏族中最早的萨满是怎样产生的呢？在富育光的《萨满论》中说："原始氏族在北方寒野生活，多随处而居，居无定址。最初并没有从事宗教行为的专门分工。原始先民因生存必需，求山川河谷森林、日、月庇佑。"[①] 作为原始宗教的萨满教是一种纯功利主义的人类童贞时期的宗教，护我惠我者便被奉为上神，于是山川自然、各种动物等就都成了氏族成员崇拜的对象。也就是说，原始先民在最开始并没有明确的教职分工，即没有专职的萨满，只是自发的祭祀山河大地等自然物。然而恶劣的生存环境，逼迫他们聚居一处，共同抗拒随时会袭来的危险、敌人等，在生存竞争中，必然会涌现出一些受族众拥戴的智者，如迷路时领向坦途，洪水突来时领向高崖，山火围困时带入洞窟，暴雪滑坡前他早知危情，同伴病中他偶然取草治愈，等等。在萨满神词中这些近人视为小事的情节皆被千古传诵，当时视为拯世奇功。在最原始的人类初兴期，这些许许多多转危为安、救众有方的最聪明的一些人，便被同伙奉为心灵中的圣人。许多部落之中，有这种天赋的人数越多的一些部落，人口就越会繁殖，而终于取代其他部落"[②]。这些被原始人视为救命英雄的圣人，往往就会成为这一部落的萨满的当然人选。

在《恩切布库》中，正是描写了氏族中的第一个萨满的产生，以及氏族成员对女萨满恩切布库由不信到生信再到崇拜，并视之为当然领袖，集教权与政权于一身的过程。从这一过程中，我们能够体会到，为什么当时的氏族族众需要、信任并依赖萨满，视萨满为

① 富育光:《萨满论》,沈阳:辽宁人民出版社,2000 年,第 54 页。
② 富育光:《萨满论》,沈阳:辽宁人民出版社,2000 年,第 55 页。

神灵和当然的领袖。

首先，萨满的产生是当时氏族生存和发展的自然需要。我们现代人也许不会理解蒙昧时期生活在原始丛林海滨的原始人类生活的艰难。猛兽、凶禽、洪涛、山火、病魔、风暴等各种天灾时时刻刻都威胁着他们脆弱的生命。

面对恶劣的生存环境，当时氏族成员们的科技水平几乎为零，不要说其他，连如何正确使用火和保存火种都成问题；对如何交配、如何繁育下一代也是无知无觉；群婚乱伦等一系列问题导致下一代的质量低下，残童很多，加上医药知识几乎为零，使得当时的人寿命很短。这时的社会秩序也十分混乱，族人只知其母，不识其父，因而自然形成了一个个以女性为核心的“妈妈窝”，“各个妈妈窝里，凭着自己妈妈的能耐，养活自己的子孙”。人们之间的关系如一盘散沙，还没有形成一定姓氏家族和氏族的核心凝聚力，“野人们分居各地，没有头领，没有集中，像散沙一般”，“零零散散，稀稀拉拉，像互不关联的鼠洞”。因而在《恩切布库》中感叹道：“此时的世人呀，还是山莽中的一群毛绒野人，不识任何约束，不识掌舵首领。居无定所，四处觅生。野餐血肉，难辨膻腥。没有希望，没有目标，没有寄托，没有依靠。在饥渴中挣扎，在朦胧中奔跑，在愚蒙中徘徊，在苦难中啼号。”①

笔者认为，这并不是作品为了突出恩切布库的功绩的刻意渲染，而确实是当时满族先民所面临的真实而残酷的现实。在富育光的《萨满论》中引述了一幅图表，是从居住在黑龙江沿岸满族老户萨满大神谱中遴选出来的典型资料。

① 富育光讲述；王慧新整理：《恩切布库》，长春：吉林人民出版社，2009年，第37—38页。

氏族承替示意图

萨满族源神话：古有呼鲁尼（鹰）生子，兄妹三，居妹三，居混同乌拉（黑龙江下游）下坎地，名妥勒痕部（妥勒痕为野猫一种），生莎玛特巴赫双胞胎姊妹

↓

特巴赫妈妈奥云（双胞女祖）

以妈妈为本位血亲氏族，即“伏氏贺”（根）、“射任”（源）妈妈

↓

依伦妈妈奥云

（澳猎、人口日众，设穴室，有依伦罕、依伦达）

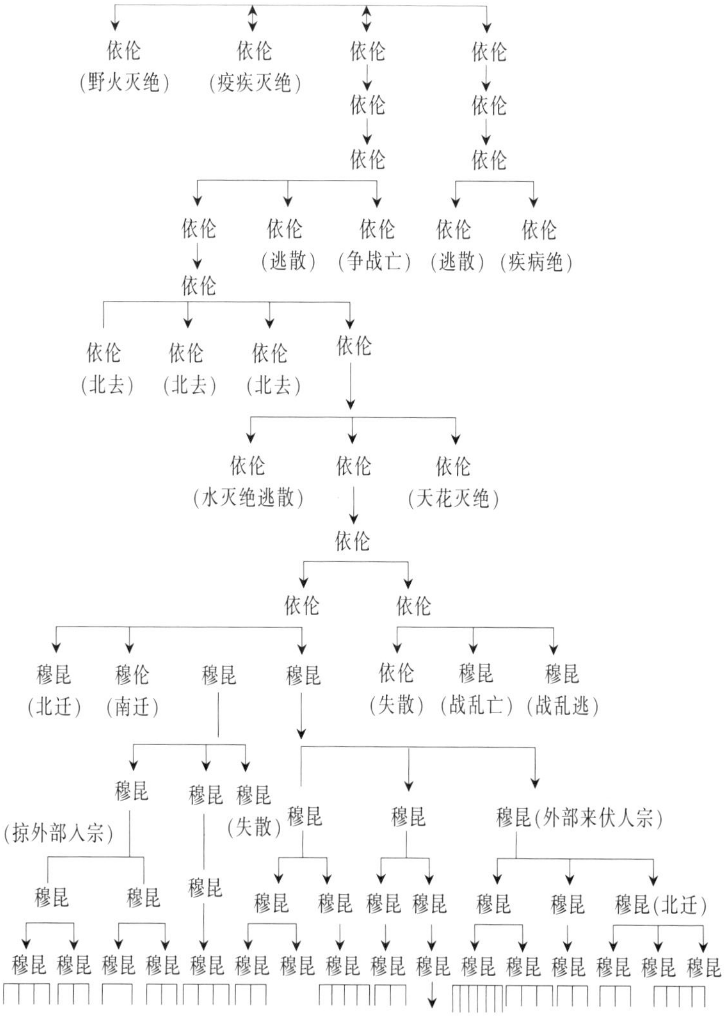

①

---

① 富育光:《萨满论》,沈阳:辽宁人民出版社,2000年,第33—34页。

从上图中我们可以看出，当时的部族生存环境是如何艰难，也从另一侧面证实了《恩切布库》所说的境况的真实性。这不是虚无缥缈的神话中所故意渲染出来的效果，而是那个时代的满族先民活生生的生存现状，读来令人心惊。从第三代开始，四个依伦中就有两个已经灭绝了：一个因野火灭绝，一个因疫疾灭绝。第六代好不容易繁衍出五个依伦，其中有四个也灭绝了，两个逃散，一个争战亡，一个疫病绝。仅剩的一个依伦分为四支，其中三支北去，最后的一支又分为三支，其中又有两支灭绝，一支是因水灭绝，一支是因天花灭绝。于是氏族又仅剩一支存活……由此可见，在原始社会中，生活在冰天雪地、野莽丛林中的满族先民面临着一个怎样艰苦卓绝的生存环境，在这样的生存环境中，如果没有一个好的领路人，没有一个能够预见灾难、疗治疾病的大萨满，也许等待他们的就是灭亡。

然而氏族对萨满的信任也决非一天两天就能形成的，因为他们已经习惯于一盘散沙般各行其是，对萨满的本领也是将信将疑。虽然恩切布库出世时，有各种各样的灵瑞出现，如出生在山梨树内，“生而能言，生而能笑，生而能走，生而能知大事”，但还是不能取得氏族成员的完全信任。“站立在野人们眼前的恩切布库女神，跟众人不差半分，眼睛、耳朵、鼻子、嘴，都那么平凡，野人们瞠目相视，抚掌互疑。究竟恩切布库是虚妄度日？还是思切布库在诓骗众人？有的人摆腚摇头，有的人半信半疑，有的人若亲若疏，有的人若即若离……恩切布库召集野人们，到她出世的山梨树下，嗓子喊哑了，手腕摇肿了，可大多数年轻力壮的野人们，不听恩切布库女神的调遣，照样观望不动。他们各行其是，为所欲为，得过且过，无忧无虑。女神为他们着急，女神为他们焦虑，可这些野人并不体谅女神的心。”[①]

那么恩切布库女神是怎样取得氏族成员的信任，并取得部落联盟的领导地位的呢？首先是恩切布库过人的预见灾害和应急能力使野人们心悦诚服。原始部落所遇到的最大危险来自大自然，随时不期而至的洪水、火山喷发、瘟疫等灾害很可能顷刻之间就让原本生机勃勃的氏族集体灭亡。因而预知灾害何时何地发生、带领并组织好族众逃离灾害，并找到一个可以安身立命的新的居所，对于氏族首领来说尤为重要。在这方面，恩切布库如有神助，几次带领族众成功地躲避了灾难，在生死存亡的危难之际，一次次成功挽救了族众的生命。如在大雨中，恩切布库预测雨路，带领族众逃到安全之处；在山火的威胁下，恩切布库未卜先知，领着野人们来到了一个安详僻静、空气幽新的高山之中；看到鹿肉变黑和小鹿病倒，恩切布库能及时发现这是大瘟疫来了，带领族众逃离瘟疫区。

《恩切布库》中还重点描写了一次洪水下逃生的经历：忽然有一天，女神望着远处的阔野，又看看天上的白云，对众野人说："兄弟、姐妹们，你们快往对面的山上逃，这里不能再呆了。这儿很快就要变成汪洋河谷，水深百丈，就连堪达罕、马鹿都难以泅渡，你们快逃生吧！"[②] 野人们感到非常惊奇，因为恩切布库发出忠告时，不少人还在采蜂蜜、摘葡萄、捕鱼虾、抓小兔、套小鹿，他们不相信这么安详极乐的福地、这么富庶丰饶的乐园，没有一点

---

① 富育光讲述；王慧新整理：《恩切布库》，长春：吉林人民出版社，2009年，第43—44页。

② 富育光讲述；王慧新整理：《恩切布库》，长春：吉林人民出版社，2009年，第49页。

发水的先兆，怎么会发生那样大的灾难呢？经过惊险的历程，野人们蒙受恩切布库的庇护，大家明白了一个真理：谁蔑视女神的忠告，祸端必向谁降临。大部分虔诚的野人们，遵照恩切布库女神的嘱咐，收拾自己的行囊，三三两两地来到了对面的山冈，选了平坦之地，重搭帐篷。然而，那些认为女神是在危言耸听的人们，照样跳啊，唱啊，玩啊，没有一点恐惧之心。“快到天黑的时候，突然从东山中，传来瀑布的奔泻声，峡口爆裂，山上的泉水似波涛滚滚，冲了下来。很多树木和山林被冲倒，很多的野人和野兽被淹没在狂涛里。片刻间，河水暴涨，汪洋一片，洪水迅速淹没了野人们朝夕生活的地方，没有逃走的野人全都葬身水底。”逃到对面山上的人，看到那块刚才还绿茵茵的草地转眼变成了一片水海，非常恐惧、难受和庆幸。此事像警钟一样，敲醒了那些不听忠告的人。恩切布库女神的名字，从此在野人们心中扎下了根。①

经过一系列生死的考验和一次次血的教训，野人们终于坚信她有“目射寰宇”“料事如神”的预测能力，又被她“运筹帷幄”的组织能力和教人如何用火的神奇技能所折服，人们终于开始“崇仰、信服恩切布库女神，说他是野人们心上最亲的人、是拯救人类的慈心大萨满”。甚至远至百里外的野人们，为了安宁和生存，翻山越岭来投靠这位伟大的恩切布库女神。像是磁石吸引铁块儿一般，一个个分散的妈妈窝以萨满为核心，逐渐形成了有一定凝聚力的氏族、部落，并逐渐全部征服了堪扎阿林附近的所有部落，从而形成较大的部落联盟。“堪扎阿林附近所有的妈妈们都携儿率女，

---

① 富育光讲述；王慧新整理：《恩切布库》，长春：吉林人民出版社，2009年，第49—50页。

投靠恩切布库女神，从黎明到傍晚，从黑夜到清晨，从日落到日出，从月升到月偏西，吵吵嚷嚷，络绎不绝。人们都愿成为恩切布库女神手下的亲随，一伙、二伙、五伙、十伙、百伙……”①

恩切布库代表了满族先民在氏族社会早期产生的女大萨满形象。在当时的社会中，成为萨满是必须有一定的天赋的，不是所有人都能在灾难来临之前有未卜先知之能的。这需要天生就具有某种神奇的能力，这种能力用现代的科学还无法完全解释。在原始人的心目中，奇特的能力必是神的赐予，所以这些精英往往被编入神话中，成为他们心目中的神。当然，即使有了这种能力并不够，还必须有足够的应变能力、组织能力，并有足够耐心劝说族众信服他的决定。总之，最早的萨满应该是氏族成员中的精英，不但天生具有某种禀赋和异能，而且要有奉献和自我牺牲精神，对待族众要像慈母一般耐心和体贴，才能在生产生活实践中逐渐取得族众的信任、受到族众的拥护。

三 “恩切布库”的丰功伟绩

恩切布库不仅是满族先民东海女真部的部落联盟的女萨满、族众心目中的女神，更是为氏族的发展壮大建立了不可磨灭的功勋的伟大领袖和氏族族众心目中最可尊敬的女英雄。

首先，恩切布库教会了满族先民用火之道，大大改善了他们的生存条件。火，对原始先民来说是极为重要的。人类早期不懂得用火，使得食物与居住条件十分恶劣，“苦栖洞窟，湿寒侵袭。食物匮

① 富育光讲述；王慧新整理：《恩切布库》，长春：吉林人民出版社，2009年，第60页。

乏，生食乱尝。惨悲柔弱，数年夭亡”[①]。因而，文中赞叹：“火——生存的韶光，火——生命的希望，火——使人傲立群牲，火——使人开创光明的坦程，建树不凡的勋业。人若不懂用火，形同百兽无异，甚而不如虫蛔。”[②] 恩切布库女神最突出的功绩正是教野人们认识各种各样的火，“阿布卡赫赫赐降的火，有各种各样，天火、雷击火、森林火、旱天火、石岩火、地沟火，红色、黄色的火，发热、发光的火，生命的火，驱寒的火”。同时还教他们怎么保护火、抵御火、驾驭火，怎么保留火种。“从此，野人们不再为怕火而惊遁，野人们不再为缺火而烦愁。”“弱小的生命开始强壮，成为不可欺凌的力量，叱咤在世上。”不但使他们“生活远超过百禽、百兽”，而且大大地扩大了他们的生存空间，“有了火，人们放胆来到了雪野寒域——现在居住的北方”。[③] 更使得艾曼部族日益兴旺壮大起来。

此外，恩切布库在其他方面，如居室、宗教祭典、农业、畜牧业、医药、航海等方面都有丰富的历史功绩，如下表所示：

恩切布库历史功绩一览表

用火	识别各种火：恩切布库女神最突出的功绩正是教野人们认识各种各样的火，“阿布卡赫赫赐降的火，有各种各样，天火、雷击火，森林火，旱天火，石岩火，地沟火，红色、黄色的火，发热、发光的火，生命的火，驱寒的火”	教他们怎么保护火、抵御火、驾驭火，怎么保留火种	

① 富育光讲述；王慧新整理：《恩切布库》，长春：吉林人民出版社，2009年，第19页。

② 富育光讲述；王慧新整理：《恩切布库》，长春：吉林人民出版社，2009年，第18页。

③ 富育光讲述；王慧新整理：《恩切布库》，长春：吉林人民出版社，2009年，第40—41页。

居室	恩切布库女神重生后“教会愚蠢的野氓，学用干枝藤草，围架篷帐，冬夏偎依在古树古藤之中，躲藏雨雪雷电燥热风狂”	带领族众住进山洞，族众们运用自己的智慧和能力，用鹰群赶跑了盘踞南山洞穴的“黑熊王和棕熊王”，让夹昆部族住了进去；用火熏赶跑了北山洞中的蟒蛇，让塔斯哈部族入住其中；用水淹赶跑了东山洞中的野豹、野狸、猞猁，让木克部成为其中的主人，用列火烧尽了西山洞中的蜈蚣、蚰蜒和地蝼蛄，让众精灵的族众也住进了洞穴……“往昔的野人，有了新的称号——‘堪扎洞主’。”相对以前的篷帐来说，山洞中的生活真可谓是天堂了，一是山洞挡风遮雨，温暖如春；二是山洞是很好的御敌、防敌、避敌之所，只要守紧洞门，就安然无恙；三是洞中不仅有居室，而且有地仓，食物不易腐烂，可经久存放。此外，人们还围起木墙，盖上梁木，发明了地下火灶，因山洞中常有地泉地水，阴暗潮湿，人们还发明了架木烘烤之法，使得地土干燥、坚硬，再没有潮湿、泥水和霉气	恩切布库女神和众位神妈妈，共同仿学禽鸟鹰隼之能，引导艾曼的族众，在树上筑巢、筑屋，这就是赫赫有名的树屋。关于树屋的建造工艺和种种好处，文中有较详尽的描写：族人们选在百余年的古树之上，筑起大小不等的各种房屋，有的粗壮树上搭有两到三个不同的小屋，都绑钉与地面相通的软梯子。为了防备猛兽袭扰，到了夜间，这些软梯子还可以收起来。有了树屋，再不怕地湿地水，再不怕猛兽偷袭。住在高树屋里，阳光充沛，清新畅爽，如同吮抱着妈妈的裸乳，甜蜜美满。树屋越建越多，越建越完美。后来又出现了单巢、双巢、连环巢。林海中树屋相连，像数不清的鹊巢。从此，冬入洞、夏建巢，成为满族先民独具特色的居住方式

宗教仪式	树立起了部落和权利的象征——“图腾柱”，又叫女罕柱，文中写道：“众野人又放倒一棵拳头粗的山梨树，在平整的草坪上，立起一个山梨树木桩，这就是图喇柱，又叫‘女罕柱’。柱上镌刻日月星辰和恩切布库女神总首领的尊容。女神长发拖地，腰围柳叶。长发用山羊皮编成，耳鼻眼用草把拧成，两个大大的乳房用兔皮煎成，胯下用熊毛拼展，四肢用桦干雕成。这就是阿布卡赫赫的图喇柱。布尔丹比拉的人把自己的血滴在图喇柱上。所有妈妈窝的人叩拜、共饮。”恩切布库女神又命人镌刻舒克都哩艾曼的总标识——图喇神柱。神柱上镌刻着恩切布库女神的伟业；从野人到创建艾曼，征服双头魔怪，乃至现在威震八方的英雄伟绩。这个图喇柱不单是徽号柱，还是舒克都哩艾曼的英雄柱、镇妖柱	恩切布库女神还带领其统领的“七十二个艾曼”建立了各自的“图喇神柱”：围绕舒克都哩心脏的四周图喇柱，都成为各艾曼的徽号，有的用泥，有的用石，有的用骨，有的用木，雕刻出不同样式，高大挺拔。夹昆艾曼的图喇柱，是用一块巨石制成的，鹰头人身石像。凶嚣的鹰眼，锐利的鹰嘴，展翅翱翔的翅膀，威武雄俊。塔思哈艾曼的图喇柱，是个半山高的虎头柱。巨石雕刻的虎头威风凛凛，虎目圆睁，口吐红舌，矗立高山之巅，雄伟壮观。木克艾曼的图喇柱毫无逊色，风采媚人的女海神，伫立海涛之上，海涛中刻满海鱼、海蟹，显示东海的殷富、浩渺，神秘而崇高。每个大小精灵艾曼也按自己的特点，刻出醒目的图喇望柱	恩切布库统一各部后，做的第一件事就是完善和规范了祭祀仪式。文中写道：“头辈妈妈确立了祭祀。祭拜的第一位神，是通天地的神树祭及祭拜阿布卡赫赫、巴那吉额母的祭礼。堪扎阿林的第二祭是祭拜的堪扎阿林山神、地神的祭礼。对东海与布尔丹比拉等，湖川江河的祭拜为第三祭。”“开始的祭祀很简单，族人摆上野果及打来的牲畜，以水代酒，跪地裸拜。”除了这些常规的祭祀外，恩切布库时代还有对火、对海的祭祀仪式。族人在祭祀中还发明了鼓。恩切布库女神为了祭奠在海战中死亡的亲灵，她率众举行了盛况空前的海祭，拜祭淫威肆虐的海神，拜祭拯救生灵的鱼神，拜祭风神，拜祭为征服海域遇难的珊音赫赫、珊音哈哈。“恩切布库女神和族众，敲响鼙鼓，跳起裸舞，长筏火旺，拍肘豪歌，拿起一箩箩鱼虾、野花、珊瑚、抛向大海，诚愿神灵和亡灵品享，从此，世上留下了向大海投掷供品的习俗。海祭常用陆上野牲、野果敬神，又留下了向大海投撒鲜牲、鲜禽之习。千百年来，永不更改。”

农业	发现野生谷物可吃:恩切布库女神在长尾花斑银翅鸟的提醒下,找到了一片长满谷子的平川,“她捏起几粒谷子放到嘴里嚼着,越嚼越香”,终于明白这是可以饱腹的口粮,后来她带领族众到这片平川旷野采谷穗,又命人把谷穗泡开,在火上煎煮:“一股股诱人的香气,传遍山谷,把堪扎阿林都香醉了!舒克都哩艾曼所有人,亘古第一次尝到了水煮的籽粒野谷。”文中深情地赞颂了这一伟大的发现给他们的生活带来的巨大变化,因为仅靠狩猎,是无法有足够稳定的粮食来源的,有了能采集的谷物,就“再不愁因风雪中寻觅不到食物而空腹度日,再不愁因同猛禽猛兽搏斗,而死于非命,从此,世上有了采集和狩猎之分,有了粮果和肉食之分,有了粮食、燔烤互用之法。”	此后,恩切布库又教会众人种植之法,“恩切布库女神和众位萨满妈妈,找了块平畴之地,将籽粒撒入泥土。耐心地等啊,等啊,小籽粒从泥土里绽出绿芽,结出新谷。”虽然他们的粮食生产,同中原相比还显得相当笨拙,只是随便将籽粒撒入泥土,但对他们来说,已经是很大的进步了,“舒克都哩艾曼的人们懂得了耕种,有了自己的田亩,懂得了向大地要粮,懂得了向大地要暖饱”	此外,恩切布库还教会族众做石铲木刀,族众们不但学会采集野谷籽粒,更学会遴选谷种。使得舒克都哩艾曼的谷子,长得一年比一年好,“谷穗沉实厚重,谷秆像小孩子胳膊那样粗”。还引进瓜果豆蔬等新品种,使得农业经济取得了一定进步。书中写道:“舒克都里艾曼的人们,又采集田野中的藤豆籽粒,并将野葱野蒜也种到艾曼,艾曼有了自己的葱蒜,有了瓜果豆蔬。鸡犬相闻,万里生机!”

畜牧业	召鹰：加昆妈妈长啸一声，鹰翅一抖，振臂一呼，群山中，立刻有排山倒海似的惊雷响起，且飞来满天的雄鹰。唤虎：塔思哈妈妈能瞬间招来数不清的吊睛黄毛大虎。唤来水生鱼类：木克妈妈能招来海狮、海象、海狗、海豹等。这虽然带有浓重的神话色彩，但也说明当时的满族先民驯化动物的本领已经非常高超，这虽不是恩切布库一人之功，但也是因有了恩切布库的感召力，这些部落才能合为一体，共同为落族利益谋福利	掌握了驯狗、驯马的技术。“恩切布库最早捕捉野兽驯养，叫‘古鲁阔’，捕捉野狗驯养，叫‘音达浑’，舒克都哩艾曼的族众，又在山外见到了一种叫作‘莫林’的怪兽。此怪毛色美丽，四蹄生风，长鬃抖抖，奔跑如飞。他们用皮网围截，捉回来十四‘莫林’怪兽……命族众习学骑术。从此，舒克都哩艾曼的族众，都认识了莫林马，都会乘骑莫林马。”懂得驯马、骑马对于女真人来说是一件大事，大大地改善了交通运输，使得“道路不再遥远，雪路不再难行，沟壑不再难越，溪涧再不难跨。”“人可以像雄鹰一样，翱翔在堪扎阿林的千山万水之间，自由自在，任意驰骋。”	恩切布库和族众，学会养育莫林神骏，不久已繁衍无数。每个艾曼都有自己养育的莫林骏马，每个妈妈都有自己的莫林神骏。恩切布库自己骑用神骏两匹，终日轮流骑乘，使神骏不过于疲劳，永远有备无患

医药	领着族众躲避可怕的瘟疫，写她在躲灾的路上，让野人们采集路边的“卡兰”花草，用卡兰花扎成花环，戴在头上，还让他们吃卡兰花草。恩切布库女神说：“这样可以祛除妖邪，祛病壮身。你们还要高歌前行，心情坦荡，乐观忘忧。”又让野人们都到冰凉的泉水里，净净身子，洗洗眼睛，清清口鼻，冲冲后脚。显然，恩切布库有较好的预防瘟疫的经验，并且有中草药的相关知识	书中对当时的满族先民受疾病折磨的痛苦情形做了介绍：“恩切布库女神见族众因为食用一些尘埃霉酵之物，受风寒雪雹、湿寒沼气的熏染，落下各种疾病，短命去世。而且由于生活的艰辛，没有温饱，疾病更多。人未老，病沉疴，十岁聋哑，目力若盲；二十岁驼背，罗足，行路蹒跚；三十岁齿落白髯，已现耄耋之态；四十岁已成高寿，难越半百；个别半百之人，被视为年瑞之寿。”可以看到，当时人们由于生活条件差，得病者很多，而且年寿很短。恩切布库女神非常心痛。想方设法寻找“尼克坦”“西克坦”（长生不老的药），寻找灵丹妙药，使族众寿命延长，疾病不能蔓延	恩切布库出征海上救的怪人氏族“菲格”人给恩切布库带来了不少医药知识，“菲格”人虽然其貌不扬，但却有较高的医药知识，她们告诉恩切布库女神“她们住过的海岛就有各种神奇草药。她们久居岛上，与外界没有联系，全仗吃这些神奇草药，才治愈各种疾病，救活众人。……海中有很多珍贵植物、矿物和鱼类，都是宝贵的药材。可以医治百病，屡用不爽。‘蔓可星’可以治昏厥，‘色尔丹’可以治疥疠，‘都布辣’治难产，‘留松’治骨折，‘狠毒’治癫痫，‘板吉坎’可以使人长寿，‘美立它’治小儿聋哑。夏天采‘蔓可星’‘留松’‘都布辣’，秋天采‘美立它’‘板吉坎’，四季皆可采集‘狠毒’和海中的百宝。恩切布库女神领着众人，除了采集海中生物的肉骨皮毛之外，还采集海藻、海草、海卉、石胆、珊瑚、海虫，加工晾晒，泡制成药。艾曼的人众吃了海中圣药，百病不生，寿命增加，齐赞女神救世神功。”

航海	《恩切布库》中，恩切布库领导下的木克部落就是生活在东海边的部族，文中还记述了在远离堪扎阿林千里之遥的海滨，有许多生活在海岛中的艾曼，他们“多以鸟的名字来表示，像斑纹鸟、紫兰鸟、彩羽鸟、花翅鸟，分别占据着海滨大小数百个岛屿。随着海岛人丁兴旺，海岛间相互侵犯争斗时有发生”。为了平抚征战不休的岛民，“恩切布库女神教授族众，伐木造筏，伐木刮舟。从此，有了交通工具——舟船。”有了船，人们逐渐克服了对大海的恐惧，海被人们征服了，人成为海洋的挚友和主人	恩切布库的另一个功绩就是教会了族众在海洋中如何利用日出日落和夜观星辰来分辨方向。文中写道：“海上人远离大陆，不易辨分方向，恩切布库女神教授族众，只要观察日出日落，就能分辨出东西南北；只要夜观星辰之象，就能分辨南北西东。艾曼人成了顺风耳、千里眼、晓测星云，不差分离。星神、日神、月神是计时、计位、计岁之神，安全可靠，准确无误。”	恩切布库海上远征的成果——发现了有个火山形成的海岛，并且救了海岛上的居民，把他们送到陆地，组成一个新的艾曼——“菲格”艾曼，木克妈妈任首领。这大概就是东海女真人最早的海上征服之旅。虽然很难从书中的描述中看出此为何岛，在什么位置，但书中详细描述了岛上居民即“菲克人”的外貌及习俗。“菲克人”是个很奇特的民族，他们住在火山喷发出来的岩浆搭盖在巨石上形成的洞窟中，不会说话，大脑袋，厚嘴唇，大耳朵，长头发，像魔怪一样，奇丑无比。他们裸露身躯，文身，用野草花枝染成五颜六色，看不见皮肉，将乳房画成眼睛形，肚脐画成一目，像多目怪、多头怪，使人看了非常恐惧。这些人住洞穴吃虫子。把蚯蚓装到石盆里，用水洗净，在地火中烤吃，叫“斯克”宴。“非常奇特的是这些人的指甲特别长，平时卷着，一甩就能展开，原来这就是他们的兵器。他们通过指甲互相拍打，发出各种声音，声音就是他们的语言。”他们有自己的女罕，叫“菲格”，五名女罕打扮得也奇特怪异，“头戴银色珊瑚冠，身穿彩色蛤蚌服，闪光耀眼，威严美观。”

从上表中，笔者常会想起中原上古英雄人物如燧人氏、有巢氏、神农氏这些名垂青史的伟大人物，在当时的社会中也许只是做了一些在我们今天看来已经非常简单的小事情，如钻木取火、播种粮食、树上建巢、采药治病等，但对于当时的部族来说却是非常重大的变革，给他们的生活带来了翻天覆地的变化；另一些上古英雄如补天的女娲、治水的大禹等，他们有应对灾难的神奇能力，带领族众与洪水、天崩地裂等自然灾害奋战不休、“三过家门而不入”的精神，无不令人在深深感恩的同时产生钦敬、感佩之情。恩切布库对于满族先民来说，也许是这两类英雄兼而有之的形象。对于他们而言，恩切布库就是他们的燧人氏、神农氏、有巢氏、女娲、大禹合而为一的形象。因为恩切布库不仅带给他们用火的技术，搭建居室的技术，先进的农业、畜牧业、医药知识，更是他们能够战胜自然界乃至人为的各种灾难的保障和依归。当然这些不可能全都是恩切布库一人之功，也是满族先民们集体的创造和智慧，但至少恩切布库带领着落族的族众完成了这些革新与创造，在其中发挥了不可替代的重要作用。

四 英雄观念和文化心理分析

如果说在《天宫大战》和其附录六则的神话故事中，作者的视角还在远远的苍穹与历史的深处为我们勾勒了一个神秘而缥缈的女神世界，读者仅能在其中隐隐约约看到满族先民氏族生活的影子，并且从中能映射出一定英雄观念和文化心理的话，在《恩切布库》以及从此以后的满族史诗和英雄故事中，作者的视角已经从遥远的苍穹和神秘的女神世界下到人间来，为我们展现了一幅幅莽原、荒野丛林、大海中生活的原始先民们筚路蓝缕，在艰难的生存困境中逐渐发展壮大的图景。恩切布库女神的故事虽然还是贯穿全文的线索，但其史诗性质是非常明显的。史诗与一般文体的最大区别就是，它所记述的是特定历史时期的重要事件，关注的是氏族部落集体的发展，而不是关注个人的喜怒哀乐和情感经历。在《恩切布库》为我们展现的一幅幅氏族生活场景和心理描述中，我们也能清晰地看到那一个时代人们的英雄观念、文化心理。

（一）比武选才、唯才是举的观念。

在《恩切布库》中，深具远见卓识的恩切布库女神为了部落的发展壮大，建立了以比武的方式来遴选人才的制度。虽然有些人不理解，认为有了恩切布库的领导，部落已经“越来越强大，人丁越来越兴旺，咱们的日子已经很好了，您不必再找能人了”。恩切布库没有满足于眼前的安乐，而是立足长远，高瞻远瞩，认为只有“多选些能人，艾曼有了圣贤，才会步步登高，才会更加富强”。所以在她的提议和组织下，举办了堪扎阿林第一个选“山音赊夫[①]”的盛会。“盛会上，不分亲疏，不分远近，不分老幼，谁都可以凭着自己的本事，凭着自己的能耐报号上阵，竞比奇技，竞比奇功，竞比奇能，竞比奇艺。”[②] 当时这些氏族之间以及氏族的萨满之间的关系是完全平等的，没有高低上下之分，互利合作、共存共生。正如恩切布库女神说：“夹昆妈妈、塔思哈妈妈、木克妈妈、众位小精灵、小妈妈们，你们都是神能百技的萨满神，都是我的好帮手、好姐妹，有了你们，舒克都哩艾曼会更加兴旺，有了你们，舒克都哩

① 山音赊夫，满语“sain sefu”，意为好老师。

② 富育光讲述；王慧新整理：《恩切布库》，长春：吉林人民出版社，2009年，第68—70页。

艾曼会更加强壮。”[1]

只是恩切布库时代这种遴选人才并不是像中原那样考文才武功，而是考试驯兽或其他奇才异能，作为遴选萨满和氏族战争时的人才储备，因为那时的战争大多不靠武功，而是靠驯养野兽充当猛将。这种比武带有相当浓厚的神话色彩，更像是半人半神的萨满表演，而不像后世的骑马射箭的竞技，参加者多是女氏族首领，比赛的神通更类似驯兽表演。我们来看一段鹰神“夹昆妈妈”的表演：“单说在众艾曼中，有个艾曼叫‘夹昆艾曼’，艾曼的标志是只鹰。夹昆艾曼是堪扎阿林南麓一个剽悍勇猛的部落，人数虽然不多，但个个体格蛮壮，威猛顽强，有穿云越涧之能。他们的头领叫夹昆妈妈，艾曼的族众是她的子孙，她是这个艾曼的乳母、女罕。夹昆妈妈身披鹰羽，头扎鹰冠，像一只雄鹰飞落赛场。她向各艾曼的族众虔诚地施了一个鹰礼，报上自己的鹰号。她说：‘我是鹰神派来的使者，是开天辟地的鸟神。我曾经帮助天母阿布卡赫赫降伏过耶鲁里……说话间她长啸一声，鹰翅一抖，振臂一呼，群山中，立刻有排山倒海似的惊雷响起，且飞来满天的雄鹰。雄鹰鸣叫着，飞翔着，遮住了日光，掀起了飓风。云雷中，群鹰汇成一个声音：‘恩切布库姐姐，我们是你当年的小妹，是天母的左膀右臂。姐姐你有何吩咐，我们誓死不辞。’”[2] 剥去其神话外衣不谈，从上面的文字中可以看出，这是一个擅长驯鹰的氏族，他们有一招手间唤来群鹰的本事，因而他们以鹰为图腾，而且处于母系氏族社会时期，首领

---

① 富育光讲述；王慧新整理：《恩切布库》，长春：吉林人民出版社，2009年，第76—77页。

② 富育光讲述；王慧新整理：《恩切布库》，长春：吉林人民出版社，2009年，第71—72页。

名叫夹昆妈妈，是一个艾曼的始祖母，族众都是她的子孙。除了鹰、虎等大型动物外，还有一些小动物也在其中发挥了一定作用。在《恩切布库》中，不但有以鹰为图腾的氏族，能驯化并召唤成千上万的雄鹰；以虎为图腾的氏族，能召来上百只猛虎为其效力；以水为图腾的氏族，能引水收水，还能召来水獭和龟鳖。此外，还有以小蝴蝶、小蚂蚱、小蝈蝈、小蛐蛐为图腾的小氏族。这些氏族虽然小，也都各有其无法替代的作用，如“能够通风报信、能够驱除瘟疫、能够预见灾害，能够治疗病疾”。

为什么会有如此现象呢？笔者认为，这同当时的生产力水平有关。因为当时铁制武器尚未引入，人们打仗多使用石制的一些简单工具。在《恩切布库》中，对武器也有一些描写，“夹昆妈妈、塔思哈妈妈、木克妈妈和大小艾曼的人，由恩切布库女神教领，选石块，磨石块，做尖矛，削劈刀，攒石蛋。教艾曼的人，砍坚木，做棍棒，捆上刃石、尖石，锋利无比，齐向洞窟魔怪厮拼。”① 可见当时的武器都只是石器，虽然已经有了各种加工工艺，在实际的应用中用处不大，不如驯养动物用于战争来得更有效力，并且能减少人员的伤亡。因而，那时的战争方式是以驯养动物为主、人力为辅。

如文中描写，当恶魔耶鲁里巧施阴谋诡计，把族众困在山谷中时，夹昆妈妈化成千百只雄鹰，飞翔而下，救走在水中挣扎的族众们；塔思哈（虎）妈妈瞬间召来数不清的吊睛黄毛大虎，驮走在水中狂叫的族众；木克（水）妈妈召来千万只水獭和龟鳖，驮走在水中挣扎的族众们；恩切布库女神用自己变成的火珠，追烧着耶鲁里，对于武器的使用基本没提。再如，在制服九尾貂部落的战争

---

① 富育光讲述；王慧新整理：《恩切布库》，长春：吉林人民出版社，2009 年，第 89—90 页。

中，只提了水、火、鹰、虎，而未提及任何武器。在对五毒蝎魔窟的战争中，对武器也只是一笔带过，起到至关重要作用的仍是各种动物，“火焚、鹰啄、虎食、狂涛。恩切布库妈妈又请来土拨鼠、刺猬、蝼蛄、蚂蚁、蚯蚓……众精灵打洞，将狂涛、巨火引入五毒蝎居住的洞窟之中”①。

（二）以神判法来决定是非的观念

恩切布库时代已经形成了以大萨满恩切布库为核心的部落联盟，且成为一个拥有众多分支的统一整体。恩切布库集教权与政权于一身，既是部族联盟首领——头辈达妈妈②，又是满族最古老的萨满神。部落联盟领导下的各妈妈窝依然保留自己的名称，出现了希普苏、塔穆察、图尔塔拉、傲拉托欣、柏米纳、多林嘎、布察、吴扎等大小不等的分支。这些大小不等的分支，经过数百年的发展，枝繁叶茂，瓜瓞绵绵，形成了满族先民的主体。

当然，这种部落联盟式的统治还是相当松散的，相互间的约束较少，联盟内部的各氏族仍有较高的独立权。因为部落联盟内既没有明确的成文法制法规，又没有一定的道德观念的约束，只是靠联盟首领的个人威望和能力，所以并不能保证部落内部各氏族间的和平共处，也常发生各种各样的争端，最常见的是经常因争夺山林、草场、水源等发生械斗。“在堪扎阿林南坡百里荒原，住着三个互不相亲的艾曼，经年械斗，血染沃原”③，“原来仇怨皆源于水源，

---

① 富育光讲述；王慧新整理：《恩切布库》，长春：吉林人民出版社，2009年，第106—107页。

② 达，是满语首领之意。

③ 富育光讲述；王慧新整理：《恩切布库》，长春：吉林人民出版社，2009年，第122页。

皆源于河滩草坪，皆源于松林猎场，他们为了争夺水源、草场、猎场，年年争杀不息，结下仇冤。相互以强凌弱，相互以暴抑暴，相互以武镇武，相互以势凌人”①。

怎样解决这些矛盾，使部落联盟内部重新团结起来呢？恩切布库费尽心机，想出各种各样的办法。打他们，他们仍然叫骂不休；把他们的屁股熏红了，他们仍然唇枪舌剑最后，她苦口婆心地劝导他们要“以心爱人，以智率人，和和睦睦，永不争斗”……他们终于悔悟，请求天母降罪，恩切布库女神说：“你们要是真心悔过，就把你们的头伸向虎口，让猛虎来验证你们的诚心……让神来判断你们的是非，让神来裁决你们的曲直。”②

从此，恩切布库女神留给后世以神判之法，这是满族先民最古老的公约和法规。文中写道：“恩切布库还与三怪及众位萨满妈妈共同商议，制定了神判戒规。以神明来判定公正，以神明裁决善恶。这是舒克都哩艾曼最古老的法规，这是舒克都哩艾曼最古老的公约。”这种神判之法由萨满提出和裁定，分为穿火海、跳水池、入兽圈等几种：“有时堆柴生火，有事之人走进火中，接受火的考验，接受火的洗礼，如果穿过火海，无虑无殃，视为心术纯正。如果穿越火海胆战心惊，证明心中有鬼，可以窥清其奸。或者选好池塘，凡有心怀不轨之人，令其跳入神池，数日无恙，便可测其心。或扔入虎豹之圈，或睡入毒蟒之围，数日安宁，虎豹、虫蟒不伤其身，证明其心纯正无私。”从此以后，人们不仅用神判之法判定是

① 富育光讲述；王慧新整理：《恩切布库》，长春：吉林人民出版社，2009 年，第 125—126 页。

② 富育光讲述；王慧新整理：《恩切布库》，长春：吉林人民出版社，2009 年，第 127—129 页。

非，连遴择萨满、确定首领和猎达等大事，有时亦用神判来裁决。“恩切布库女神自己有过，也必须经过，水火、猛禽、猛兽之关。神判大法，行效于艾曼族人之中，行效于艾曼首领之间。人人恪守，人人践行”。①

这种以“神判法”来判定是非的观念，深入人心，在东海女真人当中得到了很好的传承。在《满族说部》的其他作品中，对这种神判法也多有提及。如在《西林安班玛发》中，遴选新萨满的仪式就是神判式的；在《乌布西奔妈妈》中，神判的仪式更加严格也更加规范了。文中描写由于古德罕做了许多错事，虽然已经认错反悔，但还是难以取信众人。因而南罗锦女罕的义兄、长寿翁齐齐尔德怒气冲冲地嚷道：“谁能还敢相信你的誓言？按照乌布逊古老的祖训，只有让祖宗和神明裁决你的心迹，是真、是假、是虚、是实，我们众人才敢奉你为罕，听你的安排!”在场的人同声应对：“让神灵显示你的赤心吧！让祖宗评断你的忠诚吧!”② 可见，当时公认的判定是非、检验真实与否的标准仍然是古老的神判方式。

且不论这种神判之法是否科学合理，客观地说，这种方法在当时的社会中还是有一定的积极作用的。因为思想观念落后的原始先民，不识道德，更不懂法律，氏族内部的平等又使得即使是首领和萨满也没有足够的信服力，原始先民们最信服、最害怕也最听信的，唯有神灵。只有神灵的威权才足以降伏众人之心，因而以神的权威来判定是非也就成为当时唯一行之有效的办法。它对于震慑族

① 富育光讲述；王慧新整理：《恩切布库》，长春：吉林人民出版社，2009年，第129—130页。

② 鲁连坤讲述；富育光译注整理：《乌布西奔妈妈》，长春：吉林人民出版社，2007年，第59页。

众、平息部落间的争战和斗争，还是起到了一定作用的。当然，这种神判法还是具有相当的危险性和野蛮性，所谓的神判能否真正判断出是非对错也是值得商榷的。

(三) 团结互助的观念和宽容大度的胸怀

在《恩切布库》中，也可以清晰地看到满族先民道德观念的变化。在《恩切布库》中多次强调了互助的重要性，并把它上升到“阿布卡赫赫赐给人的宝”的高度上来。文中写道:“阿布卡赫赫，赐给人两宗宝——互助和火。人掌握的第一宗宝是——互助。俗语讲：滴水不成泉，单枝不成林。脆弱的同类，合抱方可无敌。不可以强凌弱，不可以大欺小，不能以熟欺生，不应以智欺愚。要懂得同心，要懂得忍让，要懂得理解，要懂得相帮。遇到双倍的艰难，也不可相互妒杀。残害同类，欺凌同类，就在残害自己，就在欺凌自己，就必走自绝之路。弄懂这个道理，人类就会强壮，人类就会兴旺，人类就会所向披靡，无任何力量可阻挡。”①

的确，在弱肉强食的严酷自然环境面前，人类是非常渺小的，随时会有山洪、地震、瘟疫等大大小小的灾难，单个人的力量是非常有限的，氏族成员唯有依靠集体的力量，互助互利，才有存活的可能。在《恩切布库》中，视“团结互助贵如生命”，个人英雄主义或小团体主义的打打杀杀是不被提倡的，因为这样做很可能带给氏族深重的灾难。如《恩切布库》中描写有三个互不相亲的部落在三个逞英雄的男性首领的带领下终年械斗，弄得三个氏族都一贫如洗，不得安宁。文中对这三个人物的描写是相当尖刻的，说他们像

① 富育光讲述；王慧新整理：《恩切布库》，长春：吉林人民出版社，2009 年，第 17—18 页。

三条“野乌哈山”（野犴牛），名字也充满贬义，叫“黑角爷爷、黄角爷爷、白角爷爷”，还说他们“简直像三只疯狼，两眼冒着火花，恨不能将对方烧化”，“又像三条毒蛇，张着血盆大口，恨不能毒死对方”，正是他们的争强好胜，互不相让，导致三个氏族都饱受灾难。事实证明，这种“以强凌弱，以暴抑暴，以武镇武，以势凌人”的方式不但根本解决不了问题，而且会使部落陷入无休止的灾难中去。①

值得注意的是，在大多数的氏族萨满和头领都是女性的时代，这三个闹事的氏族头领竟然都是男性，而且是为数不多的几个与恩切布库为敌的氏族如长耳野魔等，也都是男性头领。笔者认为，男性的本性更强硬，更喜欢以暴抑暴，理性、宽容、慈爱的精神显然不及女性，因而在当时的氏族社会中，男性领导的氏族间更易爆发战争，从而将氏族引向灾难，这也是当时社会多用女人为首领的原因。这也可以解释为什么在《天宫大战》中恶神会被描写成与男性有关了，因为当时大多数的氏族间的冲突和战争都为男性所引发。

在《天宫大战》的附录六则中，我们看到阿布卡恩都力对待敌人的态度是很宽容的，主张以武力服人、以宽仁为怀感人，能不杀就不杀，一切以大局为重，因而对待扫帚星来的四个魔头更不敢伤害，害怕杀掉他们也许会引起更大的战争。在《恩切布库》中，我们再次看到了这种宽仁为怀、大局为重的精神，对于那些胆敢来犯的部族，恩切布库的态度是很理性的，一切以部族的生存发展大局为重，不计个人得失，以宽容大度的慈爱之心赢得了族众的尊敬与厚爱。尤其是在作品最后部分，三耳野魔部众为了报当年被征服之

① 富育光讲述；王慧新整理：《恩切布库》，长春：吉林人民出版社，2009年，第123—124页。

仇，勾结恶魔耶鲁里大举进犯舒克都哩艾曼。为了打败耶鲁里，恩切布库付出了沉重的代价，不顾疼痛，“把自己的眼睛抛向了天空”，“又把自己的头发抛向了天穹”，几乎耗尽了自己的能量，但是她并没有因此而忌恨三耳野魔的部众，而是劝说道：“住手吧！仇越结越深，火越烧越旺。怨恨宜解不宜结，新仇宜消不宜记。不管是雪岛的族众，还是堪扎阿林的族众，都是阿布卡赫赫的好儿女，都是手足相亲的好兄弟。咱们要团结和睦，永世和好，世世代代相提携，世世代代息戈戒兵。咱们不能再手足相残，不能再做亲者痛、仇者快的事了。”① 还让他们世世代代牢记，不能再仇杀了。

虽然恩切布库女神因心力耗尽、体力用完，体魄开始消失，为自己的族众献出了全部心血和生命，但终于换得了与艾曼重归于好。舒克都哩艾曼的族众，宽恕了三耳野魔，他们握手言和，相互拥抱，并按照传统古习，跪饮血水，发誓永远“和睦、友好”，心心相印，肝胆相照。恩切布库的宽容大度、一切以部族集体利益为重的精神，也赢得了族众们的尊重和崇尚。后人为了纪念她，尊敬地称她为“奥都妈妈”，千秋万代受萨满们祭祀。

第二节 《西林安班玛发》研究

一 《西林安班玛发》与《天宫大战》比较研究

《西林安班玛发》是继《恩切布库》之后的又一部神话兼史诗性的作品，也是满族萨满神祭中“窝车库乌勒本”（神龛上的故事）

---

① 富育光讲述；王慧新整理：《恩切布库》，长春：吉林人民出版社，2009年，第146页。

《天宫大战》的从属篇目，同《天宫大战》《恩切布库》一样都是在黑龙江省黑河市瑷珲县、孙吴县沿江村满族诸姓氏中，主要传讲的文本。西林安班玛发之满语原为 silin（精锐的）amban（大臣，大，超）mafa（祖先），意为又精锐又大的祖先。他是满族神话中的技艺神、文化神、医药神、工艺神，在满族众姓神词中多有反映。如臧姓家族萨满祭祀中称他为“西伦马沃”、吴姓家族萨满祭祀中称他为“西伦贝色”、在郭霍洛家族中称其为“西林色夫”或称“西林安班玛发”。从神词所述内容分析，这是满族先民传说的神话人物，带有半人半神的特点。

作品中描述了一个古老的部落，因受北部嘎纽古伦部落的欺凌、侵扰，人口锐减，过着朝不保夕的日子，正当他们在海边扬起双臂向海神哭诉、向天呼救的时候，海中突然巨浪翻滚，巨浪上托举出一个小小的神人，脖子上还戴有象征着九位大神的九个骨人，他就是西林安班玛发。他不但凭借神力征服了欺负他们的邻近部落，而且选出了三位新萨满，带领族众逐渐过上了富足的生活，还帮助找到了“苦乌岛”，在那里发展壮大。后来，为了平息苦兀岛上的火灾兵祸，西林安班玛发利用神力水淹苦兀岛伤及无辜，被东海德力给奥姆女神贬为镇海石，长久静待海中，阻碍大海的狂涛。作品歌颂了萨满男神——管天、管地、管人的大瞒爷西林安班玛发，为了氏族利益呕心沥血、任劳任怨、自我牺牲的精神。同时也为我们展开了一幅幅满族东海女真先民们粗犷原始的生活画面，为我们了解那个时代的氏族生活提供了丰富的资料。

《西林安班玛发》同《恩切布库》一样，都与《天宫大战》有着千丝万缕的联系，作品的很多细节描写和情节故事同《天宫大战》一脉相承，可以互为补充。如描写西林安班玛发降生的一段：

就在一个黎明时分，大家正在呼喊中时，只听东海里一声声雷鸣，海浪高耸入天，在白茫茫钻天的白柱子一样高的浪峰上，恍惚可见，果真从海底深涡中，突然涌喷向天穹一股隆起的巨浪，巨浪托举出一个上身穿小红兜肚、下身系着虎皮绣带、穿条金色鳞纹连裆小皮裤，戴着耳珠坠子，光着小红膀子，两个有劲的小胳膊上，各都长着大筋包，头上披着半腰长的黑发，闪光放光。脖子上围着金丝圈，金丝圈上，串着九个小骨人，都是海豹和鲸骨磨出来的，情态峥嵘，栩栩如生，称作“乌云瞒爷”。这个“乌云瞒爷”，是著名的管天管地管人的大瞒爷，也叫“搜温赊克”。九个骨人大瞒爷，是东海女神德力给奥姆妈妈身边侍神，管天的神有“舜都云”“比亚都云”“都给都云”；管地的神有“阿林都都”“渥集都都”“窝赫都都”；管人的神有“尼莫格赫”“尼亚满格赫”“恩都发扬阿格赫”。这些众神，翻译过来就是——“太阳神”“月亮神”“云爷爷”“山神”、“岩石神”“治病妈妈”“心智妈妈”“神魂妈妈”。看啊！有了这些司掌宇宙的九位大神全系一身，都为这海中跃出的赤臂小神人效劳，万神敬慕，谁敢惹他，真是神勇无敌啊！……小神人说：“噢，我是东海之子，你们就叫我西林色夫吧！”于是，西林色夫的名字，就从此传叫起来了。①

在这段文字中，西林安班玛发脖子上的金丝圈上的九个骨人所代表的众神，都是东海女神德力给奥姆妈妈身边的侍神。西林安班玛发是“东海女神之子，又是有千年高寿的萨玛”。东海女神德力

① 富育光讲述；荆文礼整理：《天宫大战 西林安班玛发》，长春：吉林人民出版社，2009年，第144—146页。

给奥姆妈妈在《天宫大战》的女神神系中也有所提及，《天宫大战》玖腓凌中有这样一段：

是阿布卡赫赫把太阳和昆哲勒神派到水中，从此冰水才有了温暖，才生育出水虫、水草，重新有鱼虾、水蛇、水獭、水狸，又在东海有了人身鱼神，受太阳之光，不少水虫变为人首鱼身的河湖沼海之神，因是受阳光而育，应阳光而生，故常罩七彩光衫，称为“德立格”女神。①

这个德力格女神其实就是东海德力给奥姆妈妈的又一个称呼，因为德立格在满语中写作 dergi，是“东方”“上面”的意思，它同“东海德力给奥姆妈妈”中的“德力给”应是同一个字的不同音译。她的诞生之地在东海，又是人首鱼身的河湖沼海之神。因此，基本上可以肯定，这个女神同“东海德力给奥姆妈妈”是同一个女神，只不过是叫法稍有不同罢了。

从上面材料的对比中可以看出，东海德力给奥姆妈妈在《天宫大战》中介绍最为简略。《天宫大战》中描写了她的诞生过程，但没有对他的地位和侍神的具体描述。东海女神被作为四个方向女神中的东方女神，与西方洼勒格女神、北方阿玛勒格女神和南方朱勒格女神等四方神并列，显然还没有全面从方位意义上的女神中分离出来。在《西林安班玛发》中，不但明确了其作为东海女神的身份，而且介绍了她的九个侍神：“太阳神”“月亮神”“云爷爷”“山神”、“岩石神”“治病妈妈”“心智妈妈”“神魂妈妈”。在《乌布西奔妈妈》中，东海德力给奥姆妈妈的身份地位更加明确了，成为地

① 富育光讲述；荆文礼整理：《天宫大战 西林安班玛发》，长春：吉林人民出版社，2009 年，第 71—72 页。

神巴那吉额姆最显赫的亲随女神，并且是有了十三位下属的尊神。

西林安班玛发的原型亦同《天宫大战》的故事有关，他是阿布卡赫赫用与耶鲁里争杀时穿戴身上的石球化作的石雕萨玛变成的。书中记载西林安班玛发托梦给三位女萨满，讲述他的故事："天地开创不久，天母阿布卡赫赫与地母巴纳姆赫赫，见此地一片荒芜，各林莽生灵只是弱肉强食，互相残害，毫无礼数，便商定，此地应有萨玛治世。巴那姆赫赫嘱咐阿布卡赫赫，必设法选一位最精深造诣之师为萨玛，才能治理好此山此水。阿布卡赫赫用与耶鲁里争杀时穿戴身上的石球，摘下了一颗，化作石雕萨玛模样，称其名为'西林萨玛'，'西林'即含'精细''高深'之意。"①

为了治好族众们的怪病，西林安班玛发又在睡梦中灵魂出游到天界访问众神，希望遍访神医、神药，找出拯救世人的好办法。他所访问的几个天神的故事，同《天宫大战》一脉相承，可以看作是《天宫大战》故事的补充。"他先请问住在那丹乌西哈上的德鲁顿玛发，他是千年前穆林阿林的部落首领。因与坎达尔汗——西邻强悍部落的首领，征战中被所带的狼群杀害，族众将他埋在阿林花坛之下。因他生前一心为野人部操劳，感动了阿布卡赫赫，被德力给奥姆妈妈救上了天庭，成为一位光耀的星神。"②《天宫大战》中素来有很多立下汗马功劳的动物的灵魂死后成为天上的星神的故事模式，然而作为人类氏族首领，因功劳和品德感动天神而被列为星神的还没有出现，在《西林安班玛发》中开创了祖先、英雄的灵魂死

---

① 富育光讲述；荆文礼整理：《天宫大战　西林安班玛发》，长春：吉林人民出版社，2009年，第178—179页。

② 富育光讲述；荆文礼整理：《天宫大战　西林安班玛发》，长春：吉林人民出版社，2009年，第189页。

后位列神位先例。

随后，西林安班玛发又拜访了尼莫吉妈妈（雪女神）和依兰乌西哈妈妈（三星女神），先后讲述了有关她们的动人故事，这些故事也是《天宫大战》的情节模式的延续。

在《天宫大战》中也曾讲过雪神的故事，但《天宫大战》中的雪女神名叫曼君女神，我们不妨对比一下两则故事中的雪女神有何不同。《天宫大战》中所描述的雪女神是这样的：

> 在萨哈连之北，有神山名曼君乌延哈达。其峰尖在云际，山中终年存雪，唯夏间融化挂溪，湍流声啸数十里。射猎、罟渔、捕貉鹰之属皆以曼君乌延之雪，度卜天年。天穹初开时，阿布卡赫赫与耶鲁里争雄，此山为卧勒多赫赫布星阵中之巨星，称寒星，或称雪星，住有曼君女神，又称曼君额云。曼君实为尼莽吉，即为雪也。也就是雪神所居之神星。在阿布卡赫赫与耶鲁里搏拼时，阿布卡赫赫猛力一踩，因为身子被耶鲁里压住，喘不过气来，猛力一挣，只听轰隆隆一声，将雪星踏裂，天上留下一半，掉到地上一半。从此以后，雪神分两地居住，在天上居住时，北方无雪，春暖花开；在地上居住时，北方沃雪连年、洁白连天如银界。①

在《西林安班玛发》中，尼莫吉女神的故事是这样的：

> 银子峰是当年天地初开时，阿布卡赫赫同恶魔耶鲁里厮拼，被耶鲁里骗入银白的雪山，全仗众神襄助，阿布卡赫赫才逃劫难。这座银子峰就是当年，九十九座天大雪山融剩下的最

---

① 富育光讲述；荆文礼整理：《天宫大战 西林安班玛发》，长春：吉林人民出版社，2009 年，第 31—32 页。

高峰。它直插云霄，无际无涯，是世上最寒冷的白银世界。阿布卡赫赫制服耶鲁里之后，她恼恨这块陷她于危难之大雪山，下横心日后一定让世上温暖常驻，永无寒潮，廓清玉宇，荡尽冰雪、严寒，让世上生灵，再不为寒风瑟瑟，死亡僵尸不见。阿布卡赫赫命额顿妈妈（风神）用浑身气力，吹散茫茫大雪山。可是，额顿妈妈费了九牛二虎之力，好歹才吹剩这最后一座。额顿妈妈无法完成天母之命，急得跺脚挠腮。正愁苦无奈之际，不知从何处蹦出了个阿济格赫赫，头扎“钻天锥”，身罩白云衫儿，红红的脸蛋圆又圆，黑黑的睫毛弯又弯，蹲在雪堆儿上，双手拄腮梗梗个脖儿，凝望着额顿妈妈，施礼开言道：“萨克达妈妈，您呀累不累，愁容满面缘何故？别愁，别愁，听孩儿给神奶奶唱乌春。”额顿妈妈本无心哄孩子，可是瞧见了这个白净净的小赫赫，五六岁模样，挤眉弄眼，着实招她喜爱异常。于是，点头忙答应，大声地说：“唱吧！唱吧！”小银孩高兴地站起身，个子忽然长成像天上云彩一般高大，额顿妈妈大吃一惊。这时雪山迸发，沉雷震荡，从雪山顶上，传下动听的孩子儿歌：“唉——咿——唉——咿——安巴安巴阿布卡咿（大大的天呀），安巴安巴巴那咿耶（大大的地呀），孟温霍绰阿布卡咿（银色的美妙的天呀），孟温霍绰巴那咿耶（银色的美妙的地呀），明干乌勒滚咿（千喜）——图门乌勒滚咿（万喜）——布勒给咿——阿户耶（没有尘埃啦），尼莫呼咿——阿户耶（没有疾病啦）！”额顿妈妈为儿歌感动，问道：“你是什么人？”雪山中传下来悲愤之音：“我是伤害过天母的尼莫吉女神，也就是奶奶您要吹灭的大雪山呀！我们是天宇的清洁工，我们是万牲的驱疫散。甘溶自身逐浊世，喜看世间长

> 寿仙。”额顿妈妈转愁为喜。面对大雪山，敬佩感慨。她转变驱除雪山的念头，反而无限钟爱塞北那暴雪和雪山。尼莫吉（雪），安巴尼莫吉阿林（大雪山），光辉辉，白如玉。世世代代，巍巍峨峨。春夏秋冬，亘古一容。塞北生民，尊称其“北冰山”。额顿妈妈将爱雪的诚意，禀报天母。阿布卡赫赫，听从了额顿妈妈之语，便赐名尼莫吉女神，为尼莫吉妈妈，终生终世，执掌塞北冰雪。雪大时，将雪收入她的鹿皮褡裢里，雪小时，将褡裢里的雪撒向人间，她时时关照地上的雪，不多不少，让万牲永远不为雪多雪少而愁。①

笔者认为，《西林安班玛发》中所说的银子峰和《天宫大战》中所说的曼君神山应该是所指相同。因为银子在满语中拼写为menggun，读音与曼君非常相像，加上雪又是银色的，用它来形容雪山非常恰切，因而曼君神山也可能就是银子山的音译。但对比两个神话故事所讲的内容，却又完全不同，前者似乎是对北方半年有雪、半年无雪的神话性解释；后者则是表达了满族先民对雪的由恨转变为爱的情感历程，反映出满族先民对雪的喜爱和对雪的作用的深入认识。这两则神话应该是创作于不同时期、不同地区的两则不同版本的雪的神话。《天宫大战》的故事应该是较早的版本，那时满族先民还只是注意到了雪的半年有、半年无的季节性特色。《西林安班玛发》中的雪神故事应该是后来的版本，它反映了随着社会的发展，火的应用普及，人们不再惧怕寒冷，也逐渐发现了雪的种种有益之处。除了上述雪有除尘和驱瘟的作用外，西林安班玛发还

---

① 富育光讲述；荆文礼整理：《天宫大战 西林安班玛发》，长春：吉林人民出版社，2009年，第191—195页。

写了尼莫吉妈妈向西林色夫传授了“雪屋、雪疗、冰炙、冰丸、冰床、雪被，医治霍乱、伤寒、腐烂、热症、疯癫等杂症”，反映出当时医疗技术的进步。

在《天宫大战》中，也提到了依兰乌西哈[1]，说她是突姆火神变化所成：“耶鲁里喷出恶风黑雾，蔽住了天穹，暗里无光，黑龙似的顶天立地的黑风卷起了天上的星辰和彩云，卷走了巴那姆赫赫身上的百兽百禽。突姆火神临危不惧，用自己身上的火光毛发，抛到黑空里化成依兰乌西哈、那丹乌西哈、明安乌西哈、图门乌西哈，帮助了卧勒多赫赫布星。”[2] 在《天宫大战》中依兰乌西哈并没有独立的故事，但在《西林安班玛发》中有了另一个版本的依兰乌西哈的故事：

> 西林色夫谢过尼莫吉妈妈，又来到另一座银光闪烁的宫楼。这却是天下难有的奇观。整个楼舍一色去霓架构，红云为琼楼伞盖，绿云围成楼窗，白云披如彩带，黄云镶如围屏，黑云如玉，搭成高高的楼基。有无数的绵羊似的云朵，相传都是星神的儿女，环绕到琼楼玉宇……阿布卡赫赫跟恶魔耶鲁里，争夺天宇的主宰权时，耶鲁里凭着他有九头、自生自育的威力，变化出无穷尽的耶鲁里，把阿布卡赫赫纠缠得寸步难行，甚至憋得窒息。在阿布卡赫赫万分危难之时，全仗了妹妹卧勒多赫赫，紧急派来依兰乌西哈，带着她身边上万颗小亮星——依兰乌西哈的儿女们，一起用光芒的银针，刺向九头恶魔耶鲁里，使它无法睁开魔眼，疼得耶鲁里声嘶力竭地怪叫，只好放

---

① 依兰乌西哈：满语，意为三星。

② 富育光讲述；荆文礼整理：《天宫大战 西林安班玛发》，长春：吉林人民出版社，2009年，第48页。

开被困的阿布卡赫赫，逃进地下，躲藏起来。然而凶恶无比的耶鲁里，虽然双目失明，魔怪的毒气却伤害了无数小星神，就连依兰乌西哈，也被魔气损伤，坠落大海，化成海中冲天的暗礁。阿布卡赫赫感激她的忠勇、顽强，与妹妹卧勒多商议，又从自己的披肩中摘下三块宝石，交给卧勒多赫赫。由布星神卧勒多赫赫按照依兰乌西哈的模样，重造依兰乌西哈。新生的依兰乌西哈，在卧勒多布星袋中，安睡百日。有了光芒和神力，有了无穷的光辉，被卧勒多赫赫重新撒上天庭。从此，天域补上穹宇中，被失去的依兰乌西哈。这位依兰乌西哈，就是此次西林色夫拜访的显赫星神。星神的名字，叫董布乐妈妈。她是卧勒多赫赫给起的亲昵的名讳。由她专管世间人类的繁衍。西林色夫以无限敬仰之情，来造访董布乐妈妈。她最爱人间子女，一定会有奇妙的巧计，拯救地下的万物生灵……①

可以看出，依兰乌西哈的故事在《天宫大战》中只有寥寥几笔；在《西林安班玛发》中却有非常详尽的扩展，不但写了依兰乌西哈前生与耶鲁里之间的斗争故事、重生过程，而且还用非常优美的笔触描写了依兰乌西哈由各种彩云搭成的美丽居所。在这个故事中，依兰乌西哈还有了新的名字——董布乐妈妈，并且有了新的职业——专管世间人类的繁衍。不仅如此，在《天宫大战》中与依兰乌西哈并提的蒙温乌西哈（千星）、图门乌西哈（万星）两位女神，在《西林安班玛发》中也有了具体的职业，成为“两位辛勤管理宇宙中千牲万牲的勤劳牧神”。可以看出，随着经济社会的不断进步，

① 富育光讲述；荆文礼整理：《天宫大战 西林安班玛发》，长春：吉林人民出版社，2009年，第195—198页。

《天宫大战》中的古老神话故事，在《西林安班玛发》的时代，得到了很大的充实和发展，不但神名和职业越来越系统完善了，这些神话故事变得越来越丰满生动了。

在东海德力给女神的激励下，勤劳善良的西林安班玛发为了找到救治族人怪病的良药，想到了一个非常奇妙的办法："到地中去，看一看，地下水土的究竟。"于是他的魂魄情愿化作一只鼹鼠，深入地底，"去探究地下各层土质的情况，探知地下各方信息，预测地下潮湿寒度。西林色夫，化成的小鼹鼠，无冬无夏，在地下勤恳地忙碌，不论岩石坚固，不论土层密厚，凭着灵活的身躯，在地下往来如梭，从大海下面的地层，一直钻援到远离海滨的穆林阿林地下，所有山谷洼地"①。

在《天宫大战》中也曾提到鼠神，即兴克里女神，文中写道：

> 阿布卡赫赫身上搓落出泥，生出兴克里女神，能在黑暗里钻行，迎接和引导太阳的光芒照进暗夜，这便是永世迎日的鼠星神祇。鼠星是迎日早临的女神，离黎明时分还有若干时辰。阿布卡赫赫担心黎明前的黑暗里耶鲁里仍偷袭捣乱，就把身边的三耳六眼灵兽派了出去，永远永远地横卧在苍天之中，头北尾南，横跨中天，总是极目远望高天，寻找耶鲁里的踪影，一直到太阳的光芒照彻寰宇，星光隐灭，辛勤而忠于职守的迎日灵兽，才从中天中消逝。所以，他是朝朝不知懒惰爱日的神兽，满语古语称他为乌西哈布鲁古大神。②

---

① 富育光讲述；荆文礼整理：《天宫大战 西林安班玛发》，长春：吉林人民出版社，2009年，第207页。

② 富育光讲述；荆文礼整理：《天宫大战 西林安班玛发》，长春：吉林人民出版社，2009年，第60—61页。

对比《天宫大战》与《西林安班玛发》中有关鼠的描写，可以看到，《天宫大战》中作为神化对象的鼠直接参与到故事中来，被描写成一个永世迎日的鼠星神祇；而在《西林安班玛发》中，描写了大萨满西林安班玛发变化成了一只鼹鼠去考察东海地理环境，突出了大萨满的神力与萨满对自然界万事万物的学习模仿的精神。可见二者的神话思维模式有了重要的改变，显然后者是更加贴近氏族生活了，他们的思维已经由对自然界万事万物神话性解读，变为更关注现实生活实实在在的问题，即如何应用万事万物的神力为其氏族生活服务的层面了。

二 《西林安班玛发》与《恩切布库》中的萨满教发展对比研究

在《恩切布库》中，我们看到，当时的萨满教尚处于草创阶段，经历了一个对女萨满恩切布库从怀疑到逐渐信任并依赖的过程。在《西林安班玛发》中，显然不是这样，在西林安班所处的部落中，原本是有过萨满的，只是由于战乱，其部族的萨满被外族所杀。当西林色夫问："你们自己心爱的萨玛在哪儿?"部落中的老年妇女说："善良有神人啊，我们何尝不想念萨满呢？我们早年有伟大而威严的萨玛，可惜被魔鬼部落残忍地烧死。后来缺衣少食，挣扎在死亡线上，朝不保夕，哪儿还有心思寻找贴心的萨玛啊!"① 而且他们的邻近部落——北部的"嘎纽古伦"部落，人丁兴旺，有萨玛主持祭祀，族众团结，步调一致，远比西林安班玛发所处的部落发达，只是非常野蛮、好战。可见在那个时代，大部分部落都已

---

① 富育光讲述;荆文礼整理:《天宫大战 西林安班玛发》,长春:吉林人民出版社,2009年,第154页。

经有或者曾经有过萨满，萨满教的信仰已经深入人心，族众们深信只能寻找到贴心的萨玛才能使部族团结一致，发展壮大，不受外族的欺辱。

西林安班玛发所处的时代，族众在陷入走投无路的境地时，最先想到的便是盼望神的解救，渴求有个萨满来带领他们走出困境。

到了走投无路的绝境。男人和女人们爬上高山顶，向天神祈求，走进深海中，露着头，扬起双臂，向海神哭诉，堆起长长的石台，筑起高高的神坛。堆满柴草，山果、禽兽，罗拜遍野，以海水、河水代酒，洒向大地、海岸，刺伤自己额头和胸背，流淌出来的殷红血液，扬洒天宇、大地、丛林，此起彼伏地热泪呼喊“妈妈——，额勒根箔——，艾突木比①！恩都林威，——额根箔——，艾突木比②！”③

从上文中可以看出，西林安班玛发未到来之前，部落族众已经学会了筑神坛、祭祀海神的相关礼仪。在《恩切布库》中，也有对恩切布库所开创的海祭的相关描写：

恩切布库女神心中悲伤难抑。为了祭奠在海战中死亡的亲灵，她率众举行了盛况空前的海祭，拜祭淫威肆虐的海神，拜祭拯救生灵的鱼神，拜祭吹指恩爱的风神，拜祭为征服海域遇难的珊音赫赫、珊音哈哈。恩切布库女神和族众敲响鼙鼓，跳

---

① “妈妈——额勒根箔——艾突木比”，满语，意为祖母，救命啊！

② “恩都林威——额根箔，艾突木比”，满语，意为神呀，救命啊！

③ 富育光讲述；荆文礼整理：《天宫大战 西林安班玛发》，长春：吉林人民出版社，2009 年，第 143—144 页。

起裸舞，长筏火旺，拍肘豪歌，拿起一箩箩鱼虾、野花、珊瑚、抛向大海，诚愿神灵和亡灵品享。从此，世上留下了向大海投掷供品的习俗。海祭常用陆上野牲、野果敬神，又留下了向大海投撒鲜牲、鲜禽之习。千百年来，永不更改。①

对比二者可以看到，二者的仪式虽稍有不同，但都有将山果、禽兽等供品扔向大海的描述。另外，以鲜血刺破额头，以水代酒、洒向大地等祭仪，在《恩切布库》中都有所提及。如在祭图喇柱的仪式中写道：

恩切布库女神命野人们，到布尔丹比拉用皮兜舀来一兜兜清水，每个妈妈窝出一人，到恩切布库女神用藤条搭成的窝棚前，用鹰、虎肋上的月牙针，刺破额头。鲜血滴到一兜兜清水里，清水拌成红色……布尔丹比拉的人把自己的血滴在图喇柱上，所有妈妈窝的人叩拜、共饮。②

《恩切布库》中还描写了满族最早的祭祀仪式："开始的祭祀很简单，族人摆上野果及打来的牲畜，以水代酒，跪地裸拜。后来，南沟的妈妈剥来了虎皮，北岔的妈妈剥来了熊皮和豹皮，东山的妈妈剥来了东海的鲸鱼皮，大家将肉烧烤来吃，厚厚的皮张做帐篷。"③

---

① 富育光讲述；王慧新整理：《恩切布库》，长春：吉林人民出版社，2009年，第138—139页。

② 富育光讲述；王慧新整理：《恩切布库》，长春：吉林人民出版社，2009年，第61—62页。

③ 富育光讲述；王慧新整理：《恩切布库》，长春：吉林人民出版社，2009年，第64页。

可见，《西林安班玛发》所描述的时代比《恩切布库》所描述的时代要晚。在《西林安班玛发》的时代，恩切布库所开创的向海中扔献供品、以水代酒、鲜血刺额等各种海祭等仪式，已经成为东海女真人的习俗传统，为一般氏族族众常用的祭典仪式；即使没有萨满带领，他们仍能熟练地完成这一祭礼。

此外，与《恩切布库》中所描写的氏族图腾制一脉相承，《西林安班玛发》中描写，西林安班玛发在帮莎吉巴那人打败仇敌部落，并迁居新址后所做的第一件事，就是刻制宏伟的图腾柱。他们在莎吉巴那四周，伐来参天大红松九株，刻成宏伟的图喇柱，雕有活生生的鹰、虎、蟒、熊、长鲸，还有山川的图形，全是莎吉巴那的徽号和象征。

在《恩切布库》中看到恩切布库已经带领族人创制了祭祀礼仪，“头辈妈妈确立了祭祀。祭拜的第一位神，是通天地的神树祭及祭拜阿布卡赫赫、巴那吉额母的祭礼。堪扎阿林的第二祭是祭拜的堪扎阿林山神、地神的祭礼。对东海与布尔丹比拉等，湖川江河的祭拜为第三祭”。在西林安班玛发中，这种祭祀有了更进一步的规范和发展。首先，在《恩切布库》中，各种祭礼还属草创阶段，只是随时应祭而已，并没有制定常规的祭祀常例。在《西林安班玛发》中，祭祀已经被上升为氏族家规、生存之本的高度来重视，而且制定了春秋常祭的仪轨。西林色夫说：“一个噶珊，一个扈伦，要真正站起来，首屈一指的一条是要有氏族家规才行。这就要创制出一年春秋祭祀，不应随时应祭而已。我们有了萨玛，这就是常祭的保证，祭者祭天地和日月星辰，这是我们生存之本。天道顺，识天时，人方可安居永乐。”因而在西林色夫玛发诱导之下，各部不仅都有了萨玛，还创立了例祭族规，达到了“日夜鼓声歌声，此起彼伏，气息浓烈”的程度。①

西林安班玛发还制定了族规三则和图喇三则——完善了氏族各项制度。文中写道：

> 西林色夫又领着查彦部制定了制度和戒规，留传如下。
>
> 族规三则：一、部落届期会议，必来必到，不由一人专断，而要共商大事，共谋良策；二、部落届期致祭，必来必到，不可抗违，祭为号令，祭为神示，祭为常规。三、部落共选墓址，共同坟茔，违规者不入坟茔。凡入茔者，部落共祭，萨玛祝祷，有功者赐猪牙、獾牙或岩石串饰入葬。
>
> 图喇三则：一、图喇永固。族人要像鱼群一样，分秒向群，不学失群野猪，必遭一毙。二、图喇为号。号动人动，号损人亡，号壮人丰。三、图喇即族，族即图喇。同心戮力，视死如归。②

此外，还规范了祭礼、祭规、神谱、神歌，并且有了成文的记录，使之代代留传。由于原始社会条件简陋，又没有沟通信息的文字出现，所以常用“刻木记事”“结绳字事”“悬物铭志”的方法来记录和传递消息。萨满作为神的使者，为了使自己创作的神词、神歌及各种历史典章等保存下来，常常使用各种奇特的图纹、标记符号来加以记录。“西林色夫口耳相授查彦安班妈妈、查彦吉妈妈、查彦依兰妈妈祭礼、祭规、神谱、神歌，全铭记心中，画在山岩

---

① 富育光讲述；荆文礼整理：《天宫大战 西林安班玛发》，长春：吉林人民出版社，2009年，第175—177页。

② 富育光讲述；荆文礼整理：《天宫大战 西林安班玛发》，长春：吉林人民出版社，2009年，第167—168页。

上，刻在剥皮树上，望画念神，抚树咏歌。永不泯灭，神谕百世。”[①] 可见，满族先民当时虽无文字，但已经有了一种类似图画的表情达意的符号，可以大体上记录一些事情。但族中没有纸张，这些类似文字的符号，只能记录在山岩、树皮、骨片、猪皮等替代物上。

文中对萨满祭祀盛典也有详尽的描写。首先是贡品：“西林色夫命部落的人，进山捕三头公野猪、三只梅花鹿、三只穆林阿林的雪兔、三条东海九庹白皮海鲸，此外，还有东海沿岸众多南北纵横溪流盛产的水獭、细鳞、鲤鱼、鲶鱼、鳇鱼、江蟹、河虾、勾辛……供物如山，满目琳琅，一派生气!”[②]《恩切布库》中表现的时代，贡品还只有“一箩箩鱼虾、野花、珊瑚”。《西林安班玛发》的时代，贡品显然丰富多了，不但有野猪、梅花鹿、雪兔等陆上生物，还有海鲸等各式水产，显示出社会已经有了一定发展进步。其次是祭坛，在莎吉巴那东山腰，松林环绕的开满了红花、白芍药的草坪上，族众堆土垒石，摆设高大的祭坛。然后是祭礼：“西林色夫主坛，族众环绕四周，用穆林阿林的野玫瑰、黄瓜香、香草、野苏子，制成‘安巴年期先’，人人都抱一束薪柴放入九堆篝火中燃烧，又在大石舀中点起‘安巴年期先[③]’，香烟缭绕，直冲霄汉。这是昭示神灵周知，请众神灵庇佑，迎请最聪慧、最无敌的萨玛，

---

① 富育光讲述；荆文礼整理：《天宫大战 西林安班玛发》，长春：吉林人民出版社，2009年，第166—169页。

② 富育光讲述；荆文礼整理：《天宫大战 西林安班玛发》，长春：吉林人民出版社，2009年，第155页。

③ 安巴年期先：满语，一种满族特有的香料。

降临‘萨吉巴那’。”①

同《恩切布库》相比，可以看出此时的祭礼场面更加盛大。除供物更加丰富外，更重要的是比《恩切布库》时代多了烧“安巴年期先”的礼俗。据富育光《萨满论》中所说：“萨满自创许多驱虫蛇、除秽气的低微型麻醉幻化药。多采集辛辣芳香气味植物，在祭坛四周燃烧，既可驱虫害，又振奋祭众精神，制造神秘气氛。”② 笔者认为，这种香料似的气体燃烧，除了能驱虫害、振奋祭众精神、制造神秘气氛以外，更重要的是有一定的制幻作用，使萨满在这种香料的作用下，更易产生通灵的幻觉。在郭淑云的《致幻药物与萨满通神体验》一文中也说：“鄂伦春等族的祭祀香料多以爬山松的枝茎和花叶制作，满族的年期香则是粉面状，整个祭祀过程燃烧不息。这些香料清香、辛辣、气味浓烈，在祭祀时遍撒四周和在神坛前燃烧。如祭祀数日均在祭坛前活动，长时间吸入其烟，有刺鼻、辣眼、辣嗓、耳鸣、头昏之感，对于萨满进入异常意识状态有一定的作用。”③

最后，西林色夫还制定了规范的遴选萨满的标准和程序。恩切布库时代萨满是在族众中通过“比武”选才的方式产生的。当然，这种“比武”非一般性的比试武功，而是比试萨满神技，其展示之才能多为用神力招请鹰、虎或水生动物等，有些像驯兽表演。而西林色夫时代萨满是由老萨满按照一切的标准和程序在氏族成员中精

---

① 富育光讲述；荆文礼整理：《天宫大战 西林安班玛发》，长春：吉林人民出版社，2009 年，第 155—156 页。

② 富育光：《萨满论》，沈阳：辽宁人民出版社，2000 年，第 190 页。

③ 郭淑云：《致幻药物与萨满通神体验》，《自然科学史研究》2005 年第 1 期。

挑细选出来的，显示出在西林色夫的时代，已经有了规范的遴选萨满的程序和方法。对于遴选萨满的仪式，《西林安班玛发》中有详尽的描述：

萨玛在人间替身的诞生，诚谨地按照西林色夫传授的古老授神法进行，由西林色夫在部落中执选他认为有条件可充任萨玛的男女老少三十人，让他们净身、沐浴，然后离开自己的部落，远到清幽的海滨山谷之中，在三十株大树上架起了三十座树屋。每人进驻一屋，那里早已备办好水和肉，宿在上面，不准下来，在多日的求梦中，验证自己是否受到穆林阿林山灵和东海女神的眷顾？谁梦到自己手中有东海女神萨玛信物？经过主祭大萨玛——西林色夫验证认可后，确认萨玛仪式，才算最终完结。①”

验证萨满的方式，仍然是由恩切布库时代就流传下来的神判之法，即让他们跳上大树或海中或跃入火中舞蹈，能敢于尝试并且不受半点伤害的，才能被选为萨满。

在萨满教观念中，认为在人生活的世界之外，还有一个神的世界，神祇在宇宙间独立存在着、活动着、显现着。他们像人一样有情欲，有喜怒哀乐，有人的一切意念与个性，而且又有远高于世人的幻术与奇能，具有无所不能、无所不达、无所不有、无所不摧的超自然力量。神与人发生交往关系主要通过祈祷、祭祀、托梦、神授等不同途径。因而萨满的遴选仪式最主要的就是考验其与神交往的能力，也就是通过三十天内的祈祷能否使神降临，并通过托梦与

① 富育光讲述；荆文礼整理：《天宫大战 西林安班玛发》，长春：吉林人民出版社，2009 年，第 156—157 页。

检验信物来确认这种交往的发生。萨满教认为，只有通神者方能有高出于常人的神奇异能，能得到他人做不到的神奇本领，因而还要通过在高树上、海上、火中的舞蹈来检验其是否确实获得了这种能力。

在遴选萨满的过程中，预选萨满不仅要得到神的托梦，并且要拿到神的信物，才能被认为是通神并入选候选人。被选中的萨满手中所拿的灵物分别是布勒（海螺）、刷烟窝尔霍（黄色的草）、奥莫窝赫（海石）。“有了‘布勒’，便可在大海中自由自在地航行，象征吉祥永在身边。刷烟窝尔霍，是生活富庶的象征。预示着生活在海滩的人，总会丰衣足食。奥莫窝赫（海石），是大地最高权力的象征。只有手握海石，能占有大海，礁石、岛屿，才成为大海主人”①。此外，西林安班玛发诞生的时候，带着种种神奇的灵瑞，他脖子上戴的项圈上有九个小骨人，被认为是象征着东海女神德力给奥姆妈妈身边九个重要的侍神。西林安班玛发也被认为是灵魂寄于石棺中的神偶之上的神人，后经族人取回神偶并通过三百天的一系列神秘的方法精心加以培养，最后才变成真正的人来到族人中间，其培育的过程也与原始的巫术非常相似。族众将神偶取回部落后，按照西林色夫的嘱咐：“将木雕萨玛偶人，植入木槽盆中。木槽里装满从野地采来的野谷穗，用石臼研压，风吹扬晒，筛出鲜嫩的白小米，装入烧制的陶盆中，再将偶人摆入米中，完全用白小米覆盖，日日润海水十滴，牲血三滴，鱼血五滴，鲜花汁水九滴，百日后，白小米呈艳红色。日下有光，再经百日，白小米呈金黄色，经旭日阳光普照，再经百日，众族众视陶槽盆内白米已经空荡荡，

---

①　富育光讲述；荆文礼整理：《天宫大战　西林安班玛发》，长春：吉林人民出版社，2009年，第164页。

所放的木偶人不知销迹何处，仅余光洁槽盆一具。”① 西林色夫就在浪涛呜呜风吟之中，从浪桥走到族人中间了。

当时的萨满教观念已经发展为以神偶和神物作为象征和信物的阶段，这种信物同传统巫术中的神偶有些相似。萨满教认为，某些神物是某些魂、神的藏存之所，掌握了某些灵物就掌握了对某些神的控制权。萨满教信仰的“神”有几十种，其中属于自然崇拜的“神”有天神、地神、风神、雨神、雷神、火神，还有来源于众多动物名目的神，所有这些“神”，都有自己的偶体和偶像，比如“熊神”是以一张熊皮为其偶体。他们有的削木为偶，有的以石为偶，有的把被崇拜的“神”绘制在纸上或布上。萨满往往选取某一类物质最具特征，且认为其魂藏存的部位，作为萨满装饰自己的灵物。灵物种类繁杂，有不加雕饰的原形饰件，有象形的饰件，有意念替代物。萨满世代承袭着祖师们创制的灵物，并且自己又在为氏族安危祝祭中，不断新增加着灵物。有的名萨满一生中灵物有数千件之多，多数都要披挂镶在神服上，以显示其神威。当然这些偶像还不是真正的“神”，只能作为象征而存在，要通过这些偶像与“神”打交道，还需要能通“神”的萨满。

三 西林安班玛发与恩切布库主要功绩对比研究

西林安班玛发刚诞生时人们的生活应该比恩切布库刚诞生时人们的生活要好一些。首先来看衣食，《恩切布库》时代，野人们还以赤裸为美，“剽悍的肌肉，强健的筋躯，从长发到双脚，袒露竞

---

① 富育光讲述；荆文礼整理：《天宫大战 西林安班玛发》，长春：吉林人民出版社，2009 年，第 180—181 页。

美，黑透红，红透黑，唯有柳叶腰裙里，藏匿的神物，安然自息”。[①]《西林安班玛发》中的满族先民虽然还不会裁缝，但至少已经穿皮衣了，文中描写：“在老先人原本古老的爱曼里，只知道搂火盆，烤食哲沃，穿整个光板皮，筒子额都库。[②] ……不会剪裁缝补，做现在各种衣裳”。[③]《恩切布库》中，野人们还在“野餐血肉，难辨膻腥”；《西林安班玛发》时代，满族先民至少已经可以熟练地使用火了。尽管那时吃的方式还比较原始，“吃东西只是往火里一投，烧熟了就填饱了肚子，吃东西不知道用盐，不知道切碎吃，更不知道还要烹饪。肚子塞满了就是一天”[④]。

其次，当时社会的主要矛盾已经由各种天然灾害和猛兽、疾病威胁下的生存困境而转变为人为的部落战争之祸。在《恩切布库》中，我们看到大量的篇幅写了当时威胁部族生存的各种天然灾害和瘟疫等病害，只用了小部分篇幅写各部落的战争情景，可见当时部落战争并不是最主要的矛盾，怎样在天灾、兽害、疾病的威胁下求生存才是最关键的问题。而在《西林安班玛发》中恰恰相反。对天灾的描写几乎没有，对部落之间战争的可怕与残忍却作了详尽的描述：“不知何时刮来阿玛利厄顿格色[⑤]，突然地冲过来，人山人海，

① 富育光讲述；王慧新整理：《恩切布库》，长春：吉林人民出版社，2009 年，第 5 页。

② “额都库”满文原词应为 etukv，衣服的意思。

③ 富育光讲述；荆文礼整理：《天宫大战 西林安班玛发》，长春：吉林人民出版社，第 140 页。

④ 富育光讲述；荆文礼整理：《天宫大战 西林安班玛发》，长春：吉林人民出版社，2009 年，第 141 页。

⑤ 阿玛利厄顿格色：满语 amargi edun gese，像北方的风一样。

烧杀抢掠。不但抢劫财物，而且活捉男人①……嘎纽古伦②的额真③们，常来扰先民，因为祖先部落离他们最近，攻掠十分便利。所以是最受到伤害、最可怜的部落。何况随着时光的推移，我们祖先部落人口锐减，一天不如一天，眼看着快到了全部落分崩离析的地步。"④ 当西林安班玛发帮他们打败了敌对部落之后，他们很快就过上了富裕丰足的日子；渔猎所获，堆满了部落的洞窟和地仓。这表明当时的生产力水平已经相当高，远远超越了在自然灾害、疾病、猛兽的威胁下讨生存的阶段。

在西林安班玛发的带领下，族众在各个方面的生活都有了长足的进步，在服装文化、居室建筑、医药卫生、航海技术、防卫武器等方面的科技水平都得到了很大提高。西林安班玛发在这些方面居功至伟，起到了非常重要的作用，满族先民们把他当作技艺神、文化神、医药神、工艺神。下面笔者将分别从服饰文化、居室建筑、医药卫生、航海技术、防卫武器这五个方面对西林安班玛发的历史功绩加以总结概括。

① 母系氏族社会往往兴抢男之风，因为当时男人少女人多。书中写道："他们野人部落，女人当家。女人多，男人少；生女人多，生男人少。而且任何女人身边，都有几个男人。男人到中年后，脚腿四肢无力，被当成是个累赘，就杀掉，或投入大海。故相传大海里，有男人岛，全都是老年哈哈，老人岛又叫弃儿岛，岛上的男人，都变成了海盗，成为一方之患，弃儿岛还在不断增多，祸害无穷。"

② 嘎纽古伦：满语，凶怪部落之意。

③ 额真：满语，主人之意。

④ 富育光讲述；荆文礼整理：《天宫大战 西林安班玛发》，长春：吉林人民出版社，2009 年，第 142—143 页。

（一）服饰文化

在《恩切布库》中可以看出，在恩切布库到来之前，野人们基本上是不穿衣服的，以赤身裸体为美，只在腰间围上柳叶裙遮羞。后来，随着恩切布库的到来，服饰文化也有了一定发展，“大马哈鱼的鱼皮，经过鞣韧、捶打，柔软耐磨，可以缝制衣服，是当地一宝”。可见在恩切布库统治的后期，不仅有了缝制衣服的工艺，而且掌握了用大马哈鱼皮缝制衣服的手艺。《西林安班玛发》中，在西林安班玛发来到之前，族人们还只能“穿整个光板皮，筒子额都库（衣服）。大冷天头里，爱亲亲暖烘烘的夫尼赫（毛发）……往身上一裹就是一生。……不会剪裁缝补，做现在各种衣裳”。[①] 随着生产力的发展和经济水平的提高，在西林安班玛发时期，族众的服饰有了明显的改善，尤其是武器的发展、弓箭的发明，使得“俘获的猛兽积如山”。这些猛兽不但“分给四邻部落，成为各氏族，重要食物之源”，而且更使他们有了以兽皮制作衣服的保障，他们“更有了比鱼皮更保暖的皮革，更凶狂的暴风雪，也无所畏惧”。

除了使用现成的皮革做衣衫之外，在西林安班玛发统治的后期，族人已经熟练掌握了缝纫技术；除了懂得用猪毛编织衣服，还学会了用猪牙猪骨做各种精美的佩饰。“氏族向以猪肉为餐，以猪毛编衣衫，以猪骨磨纺锤、古勺、古针、古饰，以公野猪牙穿孔，做卜器、匕首。在最大的千斤公野猪牙上，雕刻各种精美图案，用野花汁液调制涂料，染成九彩纹饰，做成一件件象征英雄和首领的

---

① 富育光讲述；荆文礼整理：《天宫大战 西林安班玛发》，长春：吉林人民出版社，第140页。

传世挂饰。”[①]

再来看看西林安班玛发的萨满神服，“西林色夫披挂上沉重而威武的鲸皮和鲸骨连成的大神服，头戴虎骨、豹骨镶嵌而成的大神帽，彩色飘带两丈长，拿起鱼皮神鼓，咏歌神调”[②]。可以想见，此时氏族内制做服装的技术已经日渐成熟，否则难以做成如此有难度的神衣与神帽。

西林安班玛发在服饰文化方面的最大贡献是在其统治的后期一个偶然的机会中，他在麻雀的引导下发现了麻，并且逐渐掌握了制麻布的工艺。“大家都不认识野麻呀，遍地开花，绿草如茵，谁晓得‘给玛’‘窝罗’究竟啥长相啊？急得女萨玛们直跺脚。只听麻雀们说话了：‘西林玛发啊，勤打听，多问啊，你为何不找找吃麻籽的小雀们呐？它们是麻籽的好谙达（朋友）啊！’西林色夫如梦方醒，马上领着众人们观察麻雀行踪，果然认出成片的野麻秸丛，结满小黄穗子，香气扑鼻，群群小雀上下翻飞，喳喳叽叽，叫个不休，蹦来蹦去，戏悦吵闹，小肚子鼓得饱饱的，还在争啄着芬芳的小麻籽儿。”[③]

西林安班玛发领着查彦都鲁三位女萨满和族众们，“用磨得锋利的石刀，俯身割取野麻，一抱抱，一堆堆，全都背回噶珊包，像金黄黄的麻山，还请来了窝莫西妈妈传授织艺。在山谷中沤泡，剥出白麻百捆。又在海岛上剥下海树皮，鞣制纤丝。西林安班玛发深

---

① 富育光，讲述；荆文礼，整理：《天宫大战 西林安班玛发》，长春：吉林人民出版社，2009年，第245—246页。

② 富育光讲述；荆文礼整理：《天宫大战 西林安班玛发》，长春：吉林人民出版社，2009年，第159—160页。

③ 富育光讲述；荆文礼整理：《天宫大战 西林安班玛发》，长春：吉林人民出版社，2009年，第261—262页。

夜请来蚕蛾女神，用柳木棒，桦木杆，刻出纺轮百枚，用青纹石、红浪石磨出纺锤百枚，在石板上捣啊捣，捣出雪白的长丝挂满柞林，瞬间，全变成了缠制好的纤丝团儿。一转眼就织出了帆篷大布铺满海滩”①。

因为麻的成本低，易找寻，很快成为氏族常用的制衣材料。在满人神话中，还有一则《蚕姑姑》，其中讲述了满人服装史：“听我家太奶奶常讲，很早很早以前，住在松花江、乌苏里江、辉发河沿岸的诸申们，不懂穿绸缎，祖祖辈辈稀罕使用皮货。那咱，讲究穿皮制的衣裳，除了常用的猪皮外，还喜欢用熟好的皮板绣制各式各样。手工巧的，连鱼皮，鸟皮、蛇皮，都能用来制出各种图案的服饰。真是漂亮极了。不知又过了多少年年头，在满族人家里，才用上了麻布。”② 后来，蚕姑姑学会用蚕蛹制作丝绸的方法，从此又有了麻布衣到丝绸衣的转变。从中我们可以看出，满族先民穿着服装的历史演变的大致脉络，即从皮衣、麻衣再到丝绸衣。

（二）居室文化

《恩切布库》中对居室介绍较多。恩切布库时代，除了会搭建茅棚、皮革帐篷以外，还发明了洞居和树屋，已经算是有了很大进步。相对以前的篷帐来说，山洞中的生活真可谓是天堂了，一是山洞挡风遮雨，温暖如春；二是山洞是很好的御敌、防敌、避敌之所，只要守紧洞门，就安宁无恙；三是洞中不仅有居室，还有地仓，食物不易腐烂，可经久存放。此外，人们还围起木墙，盖上梁

---

① 富育光讲述；荆文礼整理：《天宫大战 西林安班玛发》，长春：吉林人民出版社，2009年，第262—263页。

② 富育光讲述、荆文礼整理：《苏木妈妈 创世神话与传说》，长春：吉林人民出版社，2009年，第178页。

木，发明了地下火灶。因山洞中常有地泉地水，阴暗潮湿，人们还发明了架木烘烤之法，使得地土干燥、坚硬，再没有潮湿、泥水和霉气。①

到了西林安班玛发时期，满族先民的居室又有了长足的发展，由原来的居住洞穴变成了半地穴式的房屋，并且有了火堂火炕。“他们在三个萨玛额真统领组织下，陆续迁到了东海滨，在新的东海沿岸、丛林、山谷、崖边、岛屿、海口等，披星戴月，搭盖房舍，营造火炕，再不畏惧地潮、地湿，天寒，生活从此快乐舒心。”②

对于房屋的制作工艺，文中也有非常详尽的描述，可以看出比起原来的地室已经进步了许多。

> 西林色夫大玛发教授族人就用野猪豁开的土地，稍加平整，用火焚烧，用石墩木棒凿实，又从山谷找来白粉石压成粉末，扬在地表上，再以水浇之，地室坚固如石板，墙壁四周搅出无数洞窟，设仓房、粮仓、育兔鼠、鹌鹑、禽鸟等笼舍。除此，还专辟屋室为幼婴间，中间硬地上再挖火塘，供生火做饭之用。一切安排妥善，在一人深的穴室四周，再采石垒墙，外围以土堤，使石墙坚固避风。一切就绪后，再找来柞桦榆柳，椴槐藤柏，纵横地室之上为棚，上面覆以干草枝叶，高崇如小山，为避风吹毁，压以木石，每个穴室门在顶上部，架梯内外通行，凡家族血亲人口多者则穴室尤大，故大室顶上门亦多，

---

① 富育光讲述；王慧新整理：《恩切布库》，长春：吉林人民出版社，2009年，第93—95页。

② 富育光讲述；荆文礼整理：《天宫大战 西林安班玛发》，长春：吉林人民出版社，2009年，第209—210页。

俗有北室“大家至接九梯”之说。古地室，为取暖避风，为防外族袭扰，常常是几家、十几家、数十家，甚或百余家麇集一起。为此，部落地室自古多优选林密茂盛的丘陵山地，树木林密，可避风雪，可防水患，冬秋落叶厚如绒毡，便在这空气清幽的林莽中，一排排、一行行、一座座地室相连，左右相助，南北呼应，成为北方古代的原始土堡。再加上高树上，专设有瞭望哨，瞭望人发现疑情，便随时击以石钟、鸣号角示警。①

与《恩切布库》中的描写相比，《西林安班玛发》中的房屋制造工艺已经有了长足的进步。首先，恩切布库时代还只能利用天然的洞穴作为居室，到了西林安班玛发时代已经不受有无天然洞穴的限制，而选择“用野猪豁开的土地，稍加平整”就可以建造屋宇。其次，恩切布库时代已经发明了“架木烘烤之法，使得地土干燥、坚硬，再没有潮湿、泥水和霉气”；《西林安班玛发》中，为了让地面更加坚固，不再潮湿，不仅是“用火焚烧”，还要“用石墩木棒凿实，又从山谷找来白粉石压成粉末，扬在地表上再以水浇之，地室坚固如石板”，显然工艺更复杂也更有科技含量了。

其次，房屋内部分割更细致，功能更齐全。《恩切布库》中还仅描写出“洞中不仅有居室，而且有地仓，食物不易腐烂，可经久存放”，就是说，仅有居室和地仓之别；而《西林安班玛发》中“墙壁四周，揽出无数洞窟，设仓房、粮仓、育兔鼠、鹌鹑、禽鸟等笼舍。除此之外，还专辟屋室为幼婴间，中间硬地上，再挖火塘，供生火做饭之用”，功能大大提高了。

---

① 富育光讲述；荆文礼整理：《天宫大战 西林安班玛发》，长春：吉林人民出版社，2009年，第242—245页。

再次，从外围的防护措施来看，《恩切布库》中仅有“人们还围起木墙，盖上梁木”的描写；《西林安班玛发》中则描写，为了让房屋避风性能更好，“在一人深的穴室四周，再采石垒墙，外围以土堤，使石墙坚固避风。一切就绪后，再找来柞桦榆柳，椴槐藤柏，纵横地室之上为棚，上面覆以干草枝叶，高崇如小山，为避风吹毁，压以木石”。

此外，地室规模更大了，防护措施也更加严密，俨然是一座座古堡了，“每个穴室门在顶上部，架梯内外通行，凡家族血亲人口多者则穴室尤大，故大室顶上门亦多，俗有‘北室大家至接九梯’之说。古地室，为取暖避风和防外族袭扰，常常是几家、十几家、数十家，甚或百余家，麇集一起。为此，部落地室自古多优选林密茂盛的丘陵山地，树木林密，可避风雪，可防水患，冬秋落叶厚如绒毡，便在这空气清幽的林莽中，一排排、一行行、一座座地室相连，左右相助，南北呼应，成为北方古代的原始土堡”。最后，防卫也更加严密了：“高树上，专设有瞭望哨，瞭望人发现疑情，便随时击以石钟、鸣号角示警。”

（三）医药卫生

在《恩切布库》中，曾介绍了恩切布库时代由于医药卫生知识的缺乏，人们的生存状况令人堪忧，在几乎是无医无药的状况下，满族先民饱受疾病折磨。“族众因为食用一些尘埃霉酵之物，受风寒雪雹、湿寒沼气的熏染，落下各种疾病，短命去世。而且，由于生活的艰辛，没有温饱，疾病更多。人未老，病沉疴，十岁聋哑，目力若盲；二十岁驼背、罗足，行路蹒跚；三十岁齿落白鬓，已现耄耋之态；四十岁已成高寿，难越半百；个别半百之人，被视为年瑞之寿。”[1] 可以看到，当时人们由于生活条件差，生病者很多，而且寿命很短。恩切布库带领族众躲过了瘟疫，在躲灾的路上，她让野人们采集路边的“卡兰”花草，用卡兰花扎成花环，戴在头上，还让他们吃卡兰花草。恩切布库女神说：“这样可以祛除妖邪，祛病壮身。你们还要高歌前行，心情坦荡，乐观忘忧。”[2] 又让野人们都到冰凉的泉水里，净净身子，洗洗眼睛，清清口鼻，冲冲后脚。显然，作为萨满女神的恩切布库，不是只会跳神祭祀而已，还有较高的预防瘟疫的经验，并且有中草药的相关知识。

此外，恩切布库还想方设法寻找“尼克坦”“西克坦”，（长生不老的药），使族众寿命延长、疾病不能蔓延，并通过征服海上的“菲格”部落，学到了不少医药知识。“菲格”人虽然其貌不扬，却有较高的医药知识，她们告诉恩切布库女神：“她们住过的海岛就有各种神奇草药。她们久居岛上，与外界没有联系，全仗吃这些神奇草药，才治愈各种疾病，救活众人……海中有很多珍贵植物、矿物和鱼类，都是宝贵的药材。可以医治百病，屡用不爽。‘曼可星’可以治昏厥，‘色尔丹’可以治疥疠，‘都布辣’治难产，‘留松’治骨折，‘狼毒’治癫痫，‘板吉坎’可以使人长寿，‘美立它’治小儿聋哑。夏天采‘蔓可星’‘留松’‘都布辣’，秋天采‘美立它’‘板吉坎’，四季皆可采集‘狼毒’和海中的百宝。恩切布库女神领着众人，除了采集海中生物的肉骨皮毛之外，还采集海藻、海草、海卉、石胆、珊瑚、海虫，加工晾晒，泡制成药。艾曼的人众吃了

---

① 富育光讲述；王慧新整理：《恩切布库》，长春：吉林人民出版社，2009 年，第 139 页。

② 富育光讲述；王慧新整理：《恩切布库》，长春：吉林人民出版社，2009 年，第 53 页。

海中圣药，百病不生，寿命增加，齐赞女神救世神功。”①

在西林安班玛发诞生之初，满族先民们的医学知识还是非常贫乏的。《西林安班玛发》文中描写道：“古代，在东海窝稽部落里，不懂得医病。族众一旦出现病患症候，都认为被魔鬼调弄，挺一挺，蹦一蹦，跳一跳，喊一喊，就会给吓跑啦！再厉害再沉重的疾病，病得已经爬不起来，甚至双目紧闭，呼吸微微弱弱，奄奄一息的时候，就习惯看成是魔怪把灵魂背走了。不可救药啦！于是族人们，大家动手，大家帮忙，把病者抬进深山老林，或乘筏送进茫茫大海深汀，直接投海给魔怪，凭他们怜悯、治理。”部落的人们把这视为在做好事，早点送给魔鬼，病痛能尽快解决，病者也早日得到解脱。“所以，往昔东海人，流传‘送活人葬’，反而视为天经地义之事”②。

这种古俗的改变，相传就是西林色夫扭转过来的。西林色夫教给莎吉巴那和查彦都鲁男女老少认识和学会采集当地的百种土药、草药，采集回来各种土、石、草卉、各种兽禽爬虫之类肢体和五脏。还教族人针灸、按摩、医药。西林安班玛发擅用草药为族众医病，医术十分神奇，每每都药到病除。“凡东海的千草百物，在西林安班玛发的手里，就变成了稀世珍宝，可医治百病。所有疑难杂症，妇人产前产后，童子癫疯白痴，都能转危为安，起死回生。”③

---

① 富育光讲述；王慧新整理：《恩切布库》，长春：吉林人民出版社，2009年，第140—141页。

② 富育光讲述；荆文礼整理：《天宫大战 西林安班玛发》，长春：吉林人民出版社，2009年，第170—171页。

③ 富育光讲述；荆文礼整理：《天宫大战 西林安班玛发》，长春：吉林人民出版社，2009年，第174页。

相比恩切布库时代来说，此时的医药业已经有了长足的进步，除了懂得用植物、动物入药以外，还有精细的制药工艺，以及针灸、按摩之术。

文中还记载了西林安班玛发初到人世时是如何战胜可怕的“天花”瘟疫。“往昔，曾在亨滚河，突发可怕的‘山搭哈’，脸生溃脓的‘天花’疮，太凶残了！蔓延得非常快，不到一个月缺月圆，附近不少部落里的人就快死光了，到处是尸体，白昼都抬死人。清晨好好的人，到傍晚扑腾一声倒下，腿一蹬就咽气了。竟有大海船上，来时不少外客，船还没靠岸，人都下不来了。原来，船上人也染上‘天花’，奄奄待毙。”①

西林安班玛发现病患来时，众人只知击鼓跳神，鼓励众人说“祭祀祈神，是求智慧，求办法，不能光敲皮鼓就地转”，他带领没有得天花的人进山采药。还把没有得病的族人都带进深山荒谷躲病。说起来还真有效，人群一分开，互不走动，病瘟就传播不开，保住了众多族众生命。还有许多青壮年，或初得“山搭哈”的病人，由于吃了西林安班玛发创制的草药汤，驱除大热，除掉毒瘟，治住了昏厥，补正了胃气，救治了部落许多人。从此在穆林阿林，有了专治‘山搭哈’几种中草药方剂”②。

“但多数住在穆林阿林的人，久居寒冷潮湿的山中。因山麓洞窟内潮湿寒凉，东海人不论男女老少好患两种地方怪症，一是白痴呆傻或哑不能言；一是头大、胸隆鼓、双腿双臂短小。成人像十岁

---

① 富育光讲述；荆文礼整理：《天宫大战 西林安班玛发》，长春：吉林人民出版社，2009年，第184—185页。

② 富育光讲述；荆文礼整理：《天宫大战 西林安班玛发》，长春：吉林人民出版社，2009年，第185—186页。

童子，走路双腿如罗环，上山下山艰难万分，无法打猎、网鱼、骑马，无法成为强壮的驭手。更为严重的是，东海人早年寿命短，还是青壮年有为时，就四肢不用，很早，离开人世了。”①

西林安班玛发为了治愈族众的这些怪病，采用了昏睡中“灵魂出游，遍访神界”的办法，找寻治病的良方。他先是拜访了德鲁顿玛发，又去请教尼曼吉女神②。“尼莫吉妈妈向西林色夫，传授了雪屋、雪疗、冰炙、冰丸、冰床、雪被，医治霍乱、伤寒、腐烂、热症、疯癫等杂症。”③ 这说明在当时的氏族中，已经有了用冰雪来疗治疾病的办法。

西林色夫想到人们的疾病很可能与土质有关，于是他为了分析土质，变成了穿行域的鼹鼠，“去探究地下，各层土质的情况，探知地下各方信息，预测地下潮湿寒度”。后来他带着族众，陆续迁到了东海滨，这里“气候宜人，夏季凉爽，冬季温暖，最适宜人们安居乐业”。④ 除了改善了人们的居住环境、使人们冬天有了火炕，增加了衣物保暖性之外，西林色夫“还创造了按摩术、针灸术、燔烤术、酿酒术，使东海人体态大变，四肢短矮的大骨节症，告别了东海”⑤。

---

① 富育光讲述;荆文礼整理:《天宫大战 西林安班玛发》,长春:吉林人民出版社,209 年,第 186 页。

② 尼曼吉女神:满语,雪神之意。

③ 富育光讲述;荆文礼整理:《天宫大战 西林安班玛发》,长春:吉林人民出版社,2009 年,第 195 页。

④ 富育光讲述;荆文礼整理:《天宫大战 西林安班玛发》,长春:吉林人民出版社,2009 年,第 208 页。

⑤ 富育光讲述;荆文礼整理:《天宫大战 西林安班玛发》,长春:吉林人民出版社,2009 年,第 222 页。

当西林安班玛发率领部落登上苦兀岛，并遇到当地野人时，“西林安班玛发用一根桦木筒，吹喷出雾状‘乌头摄魂药’”，使野人“一个个昏迷受缚”。后来她又用甘草水解药温中、用五味水调理心智，使他们恢复过来。[①]。可见当时他们已经学会使用麻醉药和解药。

在危急的时刻懂得寻求外族的援助，用学习外来知识来充实自己的医药知识，也是西林安班玛发常用的方式。当苦兀岛上“连天暴雨，遍地汪洋，地室成池塘，人死如漂叶，臭气冲天”时，西林色夫敏锐地发现当地阿其哈喇部和温卡哈喇部人死甚少，于是向他们请教，阿其哈喇众头领“齐言岛内河流纵横，常生水患，野民灾时采食‘苦乌毛’皮熬水可以祛湿瘟，果见良效，全岛邪秽迅除”。[②]。受岛上野民启发，满族先民又掌握了用苦乌毛熬水治疗湿瘟的技术，医药水平又得到了提高。“西林色夫和族众为了刻记土民馈赐救命良方，惠及百代。把这座郁郁葱葱的海中盛境，亲昵地称曰“苦乌”或称“苦兀”。“苦兀”岛的美名，渐渐蜚声海域，耳濡目染，常铭心中”。[③]

（四）航海技术

在《恩切布库》中可以看到东海女真人在航海业方面已经有了一定的发展，恩切布库领导下的木克部落就是生活在东海边的部

① 富育光讲述；荆文礼整理：《天宫大战　西林安班玛发》，长春：吉林人民出版社，2009年，第248页。

② 富育光讲述；荆文礼整理：《天宫大战　西林安班玛发》，长春：吉林人民出版社，2009年，第248—249页。

③ 富育光讲述；荆文礼整理：《天宫大战　西林安班玛发》，长春：吉林人民出版社，2009年，第252页。

族。文中还记述了“在远离堪扎阿林千里之遥的海滨，有许多生活在海岛中的艾曼。艾曼多以鸟的名字来表示，像斑纹鸟、紫兰鸟、彩羽鸟、花翅鸟，分别占据着海滨大小数百个岛屿……随着海岛人丁兴旺，海岛间相互侵犯争斗时有发生”。[1] 为了平抚征战不休的岛民，“恩切布库女神教授族众，伐木造筏，伐木刮舟。从此，有了交通工具——舟船”[2]。有了船，人们逐渐克服了对大海的恐惧，海被人们征服了，人成为海洋的挚友和主人。恩切布库在航海方面的重要功绩首先是教会了族众伐木造筏、伐木刮舟，其次是教会了族众在海洋中如何利用日出日落和夜观星辰来分辨方向。“海上人远离大陆，不易辨分方向，恩切布库女神教授族众，只要观察日出日落，就能分辨出东西南北；只要夜观星辰之象，就能分辨南北西东。艾曼人成了顺风耳、千里眼、晓测星云，不差分厘。星神、日神、月神是计时、计位、计岁之神，安全可靠，准确无误。”[3] 恩切布库海上远征的成果——发现了有个火山形成的海岛，并且救了海岛上的居民，把他们送到陆地，组成一个新的艾曼——“菲格”艾曼，木克妈妈任首领。这大概就是东海女真人最早的海上征服之旅。

同恩切布库时代的人们只知道“伐木造筏，伐木刮舟”相比，《西林安班玛发》中描写的造船业已经有了长足的发展，为了寻找合适的海上家园，西林色夫做了两年的准备，制作了很多大船。造

① 富育光讲述；王慧新整理：《恩切布库》，长春：吉林人民出版社，2009年，第131页。

② 富育光讲述；王慧新整理：《恩切布库》，长春：吉林人民出版社，2009年，第134页。

③ 富育光讲述；王慧新整理：《恩切布库》，长春：吉林人民出版社，2009年，第134—135页。

船的过程“最艰难莫过伐树，千根巨树个个几搂粗细，全靠先磨亮巨石，再笼火堆，绑石斧、石刀、石槌，在火上烧红，锯、磨、凿、刻，削刮巨舟……从白雪膝深忙到叶落归根，又从绿草发芽，忙到大雁南飞，终究将巨大方舟，排列海滨”①。此外，族众们已经学会了缝补船帆，用大原木造成有船帆的深海大船。“最早的时候，只靠四名、八名、十名搬桨‘海狼’用尽了全身臂力和脚力，拼命摇桨，与激浪拼争，与漩涡挣命，与飓风厮殴，与海鸥同鸣，凭着一身热汗，凭着一息尚存，将生命的船推向海中。”② 后来，在西林安班玛发的指引下，发现了野麻地，并学会了织麻的技术。制麻工艺的成熟，对于造船业的发展显然起到了很大作用。以前的船帆为兽皮所制不够轻便，有了麻布，人们首先想到的，就是用它来制作船帆，织出了“帆篷大布铺满海滩”，这使得东海人的船长上了能飞的翅膀，“阿布卡耶（天呀），恩都力耶（神呀），安班萨比耶（大吉祥呀）！这是莎吉巴那千古未见过的帆篷布啊，人人在开了眼界！”有了大帆篷，他们“在族中挑选壮汉子，爬上老鹰抱崽的高崖，砍来三十三根大桅杆，缝制三十三张大船帆，装置了三十三条扎卡大舟，大帆篷威风凛凛，遮云盖日，驾舟的尼雅玛（人）啊，迎着和煦海风，唱着婉转情歌，掣动十八股缆帆绳索，骏马听人命，舟帆遵缆行，神采奕奕，犹如天马行空”。东海女真人的篷帆越来越多，驾船的水平越来越高，船行速度越来越快，不再怕飓风之害，能行驶到更远的地方了。“熟能生巧，百练益精，

① 富育光讲述；荆文礼整理：《天宫大战 西林安班玛发》，长春：吉林人民出版社，2009年，第232—233页。

② 富育光讲述；荆文礼整理：《天宫大战 西林安班玛发》，长春：吉林人民出版社，2009年，第253页。

查吉巴那舟船，篷帆数目愈增，船行弥远，有四扇，六扇、八扇，海中可用八面飓风。不论海风从哪个方向吹来，灵活自如的桅帆，都能吸入海风，成为它海中飞翔的翅膀，再不怕巨浪、汹涛、旋风、海潮，信步远航。莎吉巴那的扎卡大舟，相传到过堪察阿林，楚科奇阿林，阿依努海滨和罗津、抚顺诸地”①。

其次是学会了用海鸥来预知海潮、海啸等。“他从海中带来十只白海鸥。这不是一般的海鸥……它们还能预知海潮、海啸和千丈巨浪的突袭。所以，赶海的人们都叫这种万里神奇的蓝脖红丝尾的海鸥是‘海神’，是‘信鸟’，或亲昵称它为‘莫德里萨里甘②’。”③

此外，他们还学会了“戏海、娱海、潜海、游海，百百千千‘莫德里巴图鲁’④ 扬帆远航，捕鱼谋生”⑤，海洋经济显出一派繁荣景象。《恩切布库》中仅写了族众学会了制作鱼皮衣的工艺；在《西林安班玛发》中，他们不仅有了鱼皮衣，鱼皮帐篷，而且多到用不完。“莎吉巴那、查彦都鲁哈喇人们，不仅海鱼堆满了仓廪，不仅鱼油装满了巨池，身上的鱼皮衣、鱼皮帐篷，年年用不完，还帮助了附近弱小的部落，鱼干的芳香味，百里内都能闻到。”⑥

---

① 富育光讲述；荆文礼整理：《天宫大战 西林安班玛发》，长春：吉林人民出版社，2009 年，第 263—264 页。

② 莫德里萨里甘：满语，mederi sargan，意为海妻。

③ 富育光讲述；荆文礼整理：《天宫大战 西林安班玛发》，长春：吉林人民出版社，2009 年，第 153 页。

④ 莫德里巴图鲁：满语，mederi batulu，意为海上勇士。

⑤ 富育光讲述；荆文礼整理：《天宫大战 西林安班玛发》，长春：吉林人民出版社，2009 年，第 210 页。

⑥ 富育光讲述；荆文礼整理：《天宫大战 西林安班玛发》，长春：吉林人民出版社，2009 年，第 210—211 页。

西林安班玛发的航海业的最大成就就是发现了苦兀岛。西林色夫带着三位萨玛祭海鸣螺，莎吉巴那老老少少，背儿抱女，东征渡海。几天以后，终于到达了无人迹的海中小岛，岛上的资源非常丰富，是一块美丽富饶的山川，不仅有九抱粗的冲天古木，飞驰直下的无名大河，还有无数大大小小的湖泊。更令人惊愕的是，“山中陡现：麋鹿百只，香獐成群，松枝上松鼠穿越。群兽遁后又现奇景：远处成群的野猪，在长满巨齿獠牙千斤公猪统领之下，像十里长蛇阵，在茁壮榛棵和柞树林中穿行，像万马千军，浩浩荡荡地从身边经过……”① 此外，还有“无数的小白鲸，无数的黄海鳗，无数的金盆蟹”。这是一块儿远比莎吉巴那故地富庶千倍的福地，在西林色夫的带领下，“岛上部落，渐渐扩展到了全岛南北，岭前岭后，沿岛四周，特别是岛南平畴沃野，地室密集相连”②。

在《恩切布库》中，恩切布库教会了族众在海洋中如何利用日出日落和夜观星辰来分辨方向，在此基础上，《西林安班玛发》中的西林色夫发明了铜制的信风鸟用以在海上辨明方向。西林色夫“与族众磨制扎卡大舟上的铜雀信风鸟——这是航海的向导，在茫茫大海中，不论遇到多大迷雾，不论遇到何等暴风，航桅上的铜雀信风雀，都会展翅奋飞，头永远指向固定方向，鸣唱着向航海人勤报方向，从不令大舟在海中徘徊不定，或遇灭顶之灾”。③ 这种铜

① 富育光讲述；荆文礼整理：《天宫大战 西林安班玛发》，长春：吉林人民出版社，2009 年，第 239—240 页。

② 富育光讲述；荆文礼整理：《天宫大战 西林安班玛发》，长春：吉林人民出版社，2009 年，第 251 页。

③ 富育光讲述；荆文礼整理：《天宫大战 西林安班玛发》，长春：吉林人民出版社，2009 年，第 264—265 页。

雀信风雀是用铜质煨成，下部有铜环，插在桅杆顶上，可以灵活转动；信风雀尾上带有彩色飘带，便于航海人仔细观察。它是一种铜制小巧精制的机械装置，是满族先民智慧的结晶，代表其航海业已经发展到了一定的水平。这种信风雀对后世的航海业影响非常大，“至今信风雀，为后世海上人代代普遍使用。它保护了海上的安全，躲过海上难测的祸患……女真诸申们，尊称它是‘西林嘎斯哈’——即‘西林雀’”[①]。

西林安班玛发所开发的苦兀岛，在以后很长时间，一直是满族先民以及东北各地民众生活的乐园、争夺的宝地。随着生产力的发展，这里后来成为东北商人频繁往来赚钱的地方。在另一部满族神话《千里寻亲》中，卫根为了养家，“年年顶着透骨的江风，摇着沉重的大帆船，到苦兀岛上去，装走一船船的皮张、木柈、稷子米；换回来一船船的盐块、海味和鲸鱼肉……远近部落都爱这艘做买卖的船，盼它带走当地的土产，捎来新奇的日用品”[②]。可见，此时的苦兀岛已经成为商人经常光顾的地方，海上贸易已经十分发达。

(五) 弓箭的发明

在恩切布库时代，部落战争方式还主要是以驯养动物作战为主、以各种石制武器为辅。《恩切布库》中，对武器也有一些描写：“夹昆妈妈、塔思哈妈妈、木克妈妈和大小艾曼的人，由恩切布库教领，选石块，磨石块，做尖矛，削劈刀，攒石蛋。教艾曼的人砍

---

① 富育光讲述；荆文礼整理：《天宫大战　西林安班玛发》，长春：吉林人民出版社，2009 年，第 265—266 页。

② 富育光讲述；荆文礼整理：《苏木妈妈　创世神话与传说》，长春：吉林人民出版社，2009 年，第 172 页

坚木，做棍棒，捆上刃石、尖石，锋利无比，齐向洞窟魔怪厮拼。”① 当时的武器是石器，虽然已经有了各种加工工艺，这种简单的武器在实际的应用中用处不大，并不如驯养动物用于战争来得更有效力，并且能减少人员的伤亡。因而那时的战争方式是以驯养动物为主、人力为辅。当恶魔耶鲁里巧施阴谋诡计，把族众困在山谷中时，夹昆妈妈化成千百只雄鹰，飞翔而下，救走在水中挣扎的族众们；塔思哈（虎）妈妈瞬间召来数不清的吊睛黄毛大虎，驮走在水中狂叫的族众；木克（水）妈妈召来千万只水獭和龟鳖，驮走在水中挣扎的族众们；恩切布库女神变成火珠，追烧着耶鲁里，对于武器的使用基本没提。再如在制服九尾貂部落的战争中，只提了水、火、鹰、虎，而未提及任何武器，在对五毒蝎魔窟的战争中，对武器也只是一笔带过，起到至关重要作用的仍是各种动物，“火焚、鹰啄、虎食、狂涛，恩切布库妈妈又请来土拨鼠、刺猬、蝼蛄、蚂蚁、蚯蚓……众精灵打洞，将狂涛、巨火引入五毒蝎居住的洞窟之中”②。

在西林安班玛发统治的初期，战争模式与恩切布库的时代是一样的，主要靠驯养的动物作为打败敌人的法宝，如西林色夫打败凶残的嘎纽古伦③，用的仍然是传统的“鹰群利爪”“黑熊、野猪、花豹”帮忙，还利用天气让“风雷雨雹铺天降下”，淹没敌人的

① 富育光讲述；王慧新整理：《恩切布库》，长春：吉林人民出版社，2009年，第89—90页。

② 富育光讲述；王慧新整理：《恩切布库》，长春：吉林人民出版社，2009年，第106—107页。

③ 嘎纽古伦：满语，意为凶怪部落。

“塔旦包”。[1] 后来，西林安班玛发所在的部落，也被数百名赶着黑熊的人杀得损失惨重。

当时的武器只是磨制的石器，根本对付不了身强体壮的动物的攻击。所以武器在当时的战争中的作用是微乎其微的。“族人们当时只有防御用的削尖的木棒，磨出棱角的石斧，削出刀刃的石匕，磨成圆形的石弹，还有用皮条包裹的飞石，并没有其他的锐利兵刃。黑熊袭来时，因人的膂力有限，石斧砍不远，石匕抛不远，石弹甩不远，不能抗御强敌，只能束手待毙。”[2] 多少年来，远古的先人们只知俘获鸟蛙蛇獾狐等小兽，却不敢猎捕虎豹，就连遇上野猪、狼、狈等，都要仓皇躲避，因为人们使用的猎器只有骨针和石块，遇到强敌部落则更是束手就擒。

一件件痛心的教训终于使族人们猛醒：要有安适的生活，更要有坚强的防备，否则抵御不了强敌，只能像早年一样，任人宰割，甚至连与大点的动物搏斗的能力都没有。西林安班玛发费尽心力，帮助族人学会巧制石球、陷阱、兽套等技艺。

然而仅靠这些技术，还不足以擒获猛兽，克制强敌。西林安班玛发苦思冥想，靠着自己的聪明才智，终于发明了弓与箭。关于弓箭的发明过程，文中有详尽的描述。首先，弓箭的发现是受其他动物的启发。西林安班玛发发现，一只只飞豹在树巅之上，踏着枝干，从这棵树跃上另棵树，追赶山鸡、山狸、飞鼠、飞鸟，冰豹的腾跃，多么灵巧，真像两肋生翅。飞豹所以能腾飞，转瞬之间便可

---

① 富育光讲述；荆文礼整理：《天宫大战 西林安班玛发》，长春：吉林人民出版社，2009 年，第 150—151 页。

② 富育光讲述；荆文礼整理：《天宫大战 西林安班玛发》，长春：吉林人民出版社，2009 年，第 213—214 页。

捕获腾飞的小兽，就是因为利用树干坚硬的弹力与飞豹的腾跃相结合，使它产生了无穷的飞升速度。

其次，书中还详细地描述了弓箭的制作过程。“聪慧的西林玛发，他领着查彦都鲁妈妈，从山中砍来各种湿木的树干，用猛火煨烤生弯，又取来野猪、马鹿、黑熊的皮革，刮掉皮上的毛，在盐水中浸泡、槌软，然后切成无数条长长细丝，又将细丝互相编织成为粗壮的皮绳，又用这些皮绳将已经煨烤的弯木干勒成弓形，用磨尖的石块，插在选好的细枝上，将它放在那把有皮绳的弓弦上，猛力手拉，然后突然放手，真没想到，这个小小的细枝，‘嗡’的一声，从弯弓上飞出，竟扎在三十步远的粗树桩上。族人欢欣雀跃地跑去，取那个细枝，一连费了很大劲儿，才把已经扎得很深的树枝薅下来。从此莎吉巴那真正有了‘玻离’[①] 和‘尼鲁’[②]。”[③]

最后，还写了弓箭在此后的进一步发展，不但更加美观粗壮，而且有了制作毒箭的工艺。“西林色夫，又帮助族众，把弓做得倍加粗壮美观，把箭头磨得更加锋利，而且，到山中采来乌头、毒蛇的胆、蟾蜍的背液，泡喂箭头，发明了毒箭。猛兽人畜，中箭立毙。”[④]

笔者认为，《西林安班玛发》中所记载的弓箭的发明过程非常重要，因为这一记载大体上可以推定这些神话故事所产生的年代应该是相当久远，甚至远在周代以前。因为中原对东北古民族肃慎的

---

① 玻离：满语，beri，意为弓。

② 尼鲁：满语，niru，意为箭。

③ 富育光讲述；荆文礼整理：《天宫大战 西林安班玛发》，长春：吉林人民出版社，2009年，第219—221页。

④ 富育光讲述；荆文礼整理：《天宫大战 西林安班玛发》，长春：吉林人民出版社，2009年，第221页。

最早记载正是周朝初年，肃慎向其进贡楛矢石砮。楛矢石砮为何物，最早作权威解释的是孔子。《孔子世家》记载了一个故事：某年春日，陈庭郊外绿草茵茵，突然，有两只大雁被箭射中齐刷刷地落于庭前，“有隼集于陈庭”。陈湣公近前拾起一看，见箭杆约长一尺八寸，“楛矢贯之，石砮长尺有咫”。此箭非木、非石、非铁，他便打发人拿着箭杆去问孔子，“陈湣公使问仲尼”。孔子解释，这大雁是远途来的，这箭来自数千里之遥的肃慎国，“隼来远矣，此肃慎之矢也”。这是最初的关于楛矢石砮的故事。《后汉书》则详细地描绘了肃慎人生存状态及使用楛矢石砮情景：

> 挹娄，古肃慎之国也。在夫余东北千余里，东滨大海，南与北沃沮接……土地极寒，常为穴居，以深为贵，大家至接九梯。好养豕，食其肉，衣其皮，各以豕膏涂身，厚数分，以御风寒……自汉兴以后，臣属夫余。种众虽少，而多勇力，处山险，又善射，发能入人目。弓长四尺，力如弩。矢用楛，长一尺八寸，青石为镞，镞皆施毒，中人即死……①

“常为穴居，以深为贵，大家至接九梯”，这种记载同前文引述的《西林安班玛发》中所描写的居室几乎一样，“好养豕，食其肉，衣其皮，各以豕膏涂身，厚至数分，以御风寒”，“又善射，发能入人目。弓长四尺，力如弩。矢用楛，长一尺八寸，青石为镞，镞皆施毒，中人便死”，同《西林安班玛发》中所描写的石箭，特别是其中山中采来乌头、毒蛇的胆、蟾蜍的背液，泡喂箭头，发明了毒箭，猛兽人畜，中箭立毙的记载，何其相似。因此笔者大胆推断，《西林安班玛发》的故事所记载的应当是远在周代以前的故事。通

---

① 《后汉书》卷八十五《东夷列传》，北京：中华书局，1965 年，第 2812 页。

过对比研究可以看出，恩切布库女神的故事所发生的年代应该远在《西林安班玛发》之前，《天宫大战》的故事则应该是比《恩切布库》的故事更古远，所以满族神话《天宫大战》《恩切布库》应该是比周代更古远的时期的远古神话故事。

四　敬神祭祖、奋发图强、民生为本、宽仁为怀

在《西林安班玛发》中，可以看出其萨满教观念相比《恩切布库》更加成熟和理性了。他们认为“人生于世，靠世间万物滋养，须臾难离”，所以务必要“敬谢之，诚感之”，祭万牲万物，“务祭、务奠、务献”，才能通于“万物之灵气”，也才能达到“万牲有灵，皆可惠我”的境界。

满族先民生活在以渔猎为主的社会，大自然和万种生物是他们的衣食父母，同时自然危害和猛兽侵袭也是他们生命安全的最大威胁，所以他们对自然与万物既感念之，又敬畏之。他们视万物皆有灵，但同时也认为这种神灵是内在存在于万物之中的规律和本性的表现，唯有善于模仿、学习万物的优长，并通过敬神祭神来通“万物之灵气”，才能达到“万牲有灵、皆可惠我”的目的。他们相信只有借助于神的力量，才能让氏族团结，凝聚成一体，才能让氏族顽强生存并发展壮大。因而他们形成了春秋祭神与遴选萨满的族规，让部落中日夜祭神的鼓声不断。

在西林安班玛发的时代，道德观念也普遍提高，表现为非常重视祭祖。西林安班玛发曾说：“人生于世，念父母之功，慎终追远，祖德宗功，继往开来，奋志蹈进。”相信唯有“祭先祖、祭远祖”才能“源远流长，永世其昌”。他们不仅在祭神的同时也祭祀祖先，而且在他们的萨满神话中将某些有功德的先祖推崇为神，加以敬奉，并认为那些为氏族生存和民族利益牺牲的先祖死后定会被阿布

卡赫赫垂怜，让其灵魂升入星际，成为可以保佑后代子孙幸福的先祖神。因而，书中描写西林安班玛发为了医治族人的怪病，神魂离体，首先找到的神就是那丹乌西哈上的德鲁顿玛发，“他是千年前穆林阿林的部落首领。因与坎达尔汗——西部强悍部落的首领征战中被所带的狼群杀害，族众将他埋在阿林花坛之下。因他生前一心为野人部操劳，感动了阿布卡赫赫，被德力给奥姆妈妈救上了天庭，成为一位光耀的星神”①。

满族先民虽然敬神祭祖，也希望通过神灵的帮助更好达到氏族繁盛的目的，但绝不仅仅依靠神和祖先的力量，而更多地靠自己的积极进取和顽强拼搏精神。他们清楚地知道，神的力量虽然可以借助，但毕竟神离他们的生活很远，神也有其自己的生活，如果仅靠神的庇佑，不去自己努力，还是永远无法达到自己的目的。西林安班玛发访遍天上诸神，所得到的帮助很小，诸神对于氏族的怪病都有心无力，无法帮忙。不但如此，当西林安班玛发来到德力给奥姆妈妈居住的海宫，得到的却是东海女神的一番教训：

> 还没等他开口，德力给女神早已猜到，说道：“西林色夫，你现已重返人间，万事就要多多动脑。凡事得身体力行，多多去品味感受。只有你自己辛苦，找出来的任何办法，该是最合理的，最有实用价值的，也可能是世人最需要的。为世间谋福，首先就要肯于尝苦头，不怕失败、不怕折磨，才会苦尽甜来永享福！”②

---

① 富育光讲述；荆文礼整理：《天宫大战 西林安班玛发》，长春：吉林人民出版社，2009 年，第 189 页。

② 富育光讲述；荆文礼整理：《天宫大战 西林安班玛发》，长春：吉林人民出版社，2009 年，第 203 页。

这反映了满族先民萨满教观念中的重要内涵，就是“祭祀，祈神，是求智慧，求办法，不能光敲皮鼓就地转”。神助毕竟有限，也并非万能，不能单纯依靠神的力量，最重要的还是要依靠自己的努力，只有“肯于尝苦头，不怕失败，不怕折磨”，才能“苦尽甜来”。因而，在四季屯富察哈拉著名大萨满、穆昆达依崇阿，向“标昆萨满”（家萨满）说：“神者能也。神不在外，而在内，神不在表，而在里；神不在肤而在心也。心有则神有，心无则神失。神处处有，神处处在，广聚万神独善己身。要学勤蜂劳蚁。百草可知其药性，百兽可知其禀性、百鸟可知其翔性，百鱼可知其水性，山川星月可知其动作，不知不解不能不做非萨满也。”① 可见，他们心目中的神，既是外在的客观存在，同时也是他们主观对这些神物的逐渐深入的认识和了解，以及富有智慧的开发和利用。也就是说，虽然萨满教观念中承认万物有灵、承认有诸神的力量，但满族先民们更多的是依靠自己的智慧去学习和模仿宇宙中万物的本领，从天地自然中寻找灵感，来努力开创自己的幸福生活。

在东海德力给女神的激励下，勤劳善良的西林安班玛发为了找到救治族人怪病的良药，想到了一个非常奇妙的办法“西林色夫化成的小鼹鼠，无冬无夏，在地下勤恳地忙碌，不论岩石坚固，不论土层密厚，凭着灵活的身躯，在地下往来如梭，从大海下面的地层，一直钻援到远离海滨的穆林阿林地下所有山谷洼地。”② 可见，满族先民心目中的萨满英雄，并不是仅凭着某种神秘的通神本领来掌管部落的，更重要的是靠一颗热爱民族的真心、实干精神与坚定

① 富育光:《萨满论》,沈阳:辽宁人民出版社,2000 年,第 65 页。

② 富育光讲述;荆文礼整理:《天宫大战 西林安班玛发》,长春:吉林人民出版社,2009 年,第 207 页。

的毅力，凭借过人的本领和智慧，不惜为氏族的发展贡献自己的生命的精神来赢得族人的尊重。

尽管西林色夫有许多惠民的功绩，又在族众中深孚众望，很受拥戴，但施展神力水淹苦兀岛，而被东海德力给奥姆妈妈召回受罚，变成一个镇海石。东海德力给奥姆妈妈的话反映了萨满教的一切以惠民爱民为要的思想观念，女神说："我把你派到人间，是为拯救万牲逃脱苦海。你该深悟吾意，精心为民谋福，处处爱民、怜民、体民、护民，民有小疵，诱之，导之，谅之，安可为一时之急，枉施神力？神威岂可滥施，民何以哉？惩治无辜，使多少生灵被你洪涛淹没，悲兮，痛兮。你不能再留在人间，做一个镇海石吧，长久静待海中，去阻碍大海的狂涛。"① 女神的话，代表了满族先民对萨满、对神灵的殷切期待。在他们心目中，好的萨满不应该只是拥有神力，更重要的是要有利民、惠民、爱民、护民、谅民之高尚品德，否则枉施神威，危害更大。

最后，要想让族众获得最大的利益、氏族得到更大的发展，还要有博大的胸怀和宽仁的品德。他们深切地认识到，那种只计个人恩仇的狭隘思想很可能会导致氏族间争战不断，生产力遭到极大破坏，唯有大局为重，宽仁为怀，才能让族众生活安定，让氏族获得长远的发展。这种不计个人恩仇，宽仁为怀，大局为重的精神，同《天宫大战》附录六则中的神话故事，以及《恩切布库》中的精神特质是一脉相承的，也是满族人非常重要的处事传统。

① 富育光讲述；荆文礼整理：《天宫大战 西林安班玛发》，长春：吉林人民出版社，2009年，第267页。

第三节 《乌布西奔妈妈》研究

一 一部百科全书式萨满英雄史诗

《乌布西奔妈妈》以乌布西奔妈妈一生的经历为线索，纵情赞美了乌布西奔女罕为东海部族文明发展做出的重大贡献，更颂扬她为寻觅太阳之宫，五次航海东征，一直北进到白令海域，最后因急症死在海上，结束了她奇幻多彩的一生。《乌布西奔妈妈》是乌布西奔的后世弟子们对她一生的丰功伟绩的追忆和赞颂，也是满族先民对于对其部落发展壮大立了不朽的丰功伟绩的女神的深情怀念和衷心赞美，成为氏族成员在祭祀等非常严肃庄重的场合宣讲的本民族历史的文本，因此它具有非常丰富、突出的宗教性和神圣性。

全诗的视角绝不仅仅局限乌布西奔妈妈一个人，它关注的是整个部族发展的历史轨迹及对其各方面文化生活的全景式扫描。全诗生动感人地记载了东海广袤地区氏族部落母系时代漫长的社会历史，记录了原始社会人类走向文明进程中众多社会历史文化形态实况；不但保存了东海女真人母系氏族社会时期的祭礼、信仰、观念、古俗，还尽情讴歌了东海的秀美和物产的丰饶，像一幅斑驳陆离、栩栩如生的历史生活画卷，堪称一部东海人文地理百科全书。

在乌布西奔妈妈的领导下，满族先民的萨满教信仰达到了前所未有的完善和发展，不但建设了规模宏大的神坛，而且祭祀礼仪也日渐完善，建立了完善的神谱神系。由于当时的捕鱼业已经有了很大发展，族人们不仅以各种鱼类祭神，而且能够捕捉海洋深处的巨鲸来祭神，还有烧死所俘之野人祭祀的现象。在部族内部，早已经以家族继承制代替了原来的氏族推选和内部的禅让制。类似中原的“家天下”的观念已经根深蒂固地存在于每个氏族成员的内心当中。在法制方面，我们看到《恩切布库》时代所开创的神判制，在乌布西奔妈妈的时代仍然盛行不衰，而且神判的仪式更加严格也更加规范了。在统治者的性别问题上，东海各部仍然是女性掌权为主。各部落首领大部分是女性，但显然已经有所松动，如乌布逊部乌布西奔妈妈在执政之前，南罗锦女罕昏庸，大权基本被手握重兵的古德罕掌握，形成了“由兄妹俩并肩为罕、执掌着百里熊山鹿苑”的局面。在南罗锦女罕死后，乌布逊部群龙无首，又不得不迎回古德罕执政。显然当时虽然女性有优先继承罕位的传统，但如果没有女罕的情况下，是允许男罕执政的。如珠鲁罕部和黄獐子部祖根同源，先人发端于一条水系安查干，百年前，兄妹反目成仇，突里吉小妹远离安察干珠鲁罕兄长，在海口鹅头脖子拜奠黄獐子神坛。珠鲁罕部和黄獐子部本为一家，但由于兄妹争罕位而反目成仇，结果各据一半，分成两家，可见在当时，已经有了男人掌权的部落，但通常都是同女性斗争中取得的。

由于选举萨满、萨满祭祀以及萨满神断等都必须载歌载舞，所以满族先民的歌舞发展很快，在乌布西奔时期已经非常发达，不但有了各种祭祀的舞蹈，而且在生活中随处可见各种各样用来表达各种情感的舞蹈。在某些野人部落，舞蹈甚至可以成为保障族众安全、迷昏敌人的奇特工具。

书中还描写了乌布西奔萨满医术高明，很多东西在她手里都是可以医病的神药，“像桂罂草的白汁，像海冬花蕊的白粉，像火缤鱼雌雄追逐相喷的甘汁，像望海梅晚霞中喷放的香雾，像石岩小麂胯下的香麝，像海涛日夜冲涤的草乌花……萨满通往神界的灵药，任何一滴都可使魂魄荡漾，任何一束都可医治族人的病疴”。在西林安班玛发中曾经用到过乌头等迷药，《乌布西奔妈妈》中介绍的迷药品种则多了很多，“萨玛迷晕隐药，已知乌头、蛙酥、一品鲜、爬地蛛，都是乌布西奔梦得的峻剂。她以神鼓为云雷，身怀百药为利刃，驱如东海寰宇众神灵”①。

书中还记载了乌布逊部与中原之间的贸易往来，因乌布西奔帮助西邻彻沐肯大玛发躲过了天花之灾，又给他们送去了不少草药及医药知识，使得“彻沐肯大玛发万谢千恩，同古德罕王亲如股肱，弑搏獠猪刺额鉴心。从此乌布逊又打通了西路，可直接与乌喇酋长相联，皮革鱼货直入松阿里霍通。中原布帛、珠宝、茅纸、釜器、输进东海众部和乌布逊”②。从上文可知，东海女真人在此时已经打通了西路，通过与乌喇部的交往，构建了一座与中原贸易的桥梁，使得中原的商品源源不断地涌入东海。在乌布西奔几次航海的过程中，曾记载她“将乌喇部送来的珍宝、金银饰物，选最好的宝箱盛装，带到窝尔浑岛送给伯单大玛发和苦杰大妈妈”③。

此外，中原的建筑技术也在此时传入东海，“望日楼”就是由汉匠按照中原的风格而建，而且建得十分精美壮观。望日楼“居高临下，在小山巅顶，红松梁栋，木楼三层，内地汉匠雕建，飞檐斗

① 鲁连坤讲述；富育光译注整理：《乌布西奔妈妈》，长春：吉林人民出版社，2007 年，第 81 页。

② 鲁连坤讲述；富育光译注整理：《乌布西奔妈妈》，长春：吉林人民出版社，2007 年，第 98—99 页。

③ 鲁连坤讲述；富育光译注整理：《乌布西奔妈妈》，长春：吉林人民出版社，2007 年，第 176—177 页。

拱，颇称壮观，名传海东”[①]。在乌布西奔首次出海前，还曾命人精选“永州的翡翠，愁州的古瓶”[②] 作为探海结友的礼品，准备奉送各比干[③]岛酋额真。书中注释中说，永州和愁州是古代图们江南岸朝鲜李氏王朝的州府名，说明当时的东海女真各部与李氏朝鲜亦有贸易往来。

在航海业方面，东海女真人在乌布西奔带领下五次航海，并得到了众多海岛野民的帮助，航海经验与技术迅速得到提高，不仅能造出经得起风浪考验的大船，而且初步掌握了各种航海技巧。虽然女罕不幸在第五次航海中身染重疾，最终殒命海上，但从他们多次经过火山，并且发现白熊与冰山来看，他们的海队早已经超越了西林安班玛发到过的苦兀岛，进入了白令海域。

郑和七次下西洋是从1405—1433年，据笔者推测，乌布西奔五次航海的时间，大概在1500年以后，因为书中有“奇闻出在成化甲辰年”的记载。成化甲辰年，为明成化二十年，即公元1484年，而那时乌布西奔尚未执政。大约七年后，乌布西奔才来到乌布逊当萨满，又过了几年后才正式执政。从书中可以看出乌布西奔第一次航海应在乌布西奔执政至少十年以后，所以她的五次航海应晚于1500年，仅比郑和下西洋晚了一个世纪左右。

总体说来，虽然《恩切布库》《西林安班玛发》和《乌布西奔妈妈》这三部作品都同样是反映了萨满教盛行的母系氏族社会的原

---

① 鲁连坤讲述；富育光译注整理：《乌布西奔妈妈》，长春：吉林人民出版社，2007年，第182页。

② 鲁连坤讲述；富育光译注整理：《乌布西奔妈妈》，长春：吉林人民出版社，2007年，第137页。

③ 满语：birgan，野人。

始生活图景，但其反映的社会发展阶段有所不同。《恩切布库》反映的社会生活在三者中是最古远的。当时人民尚不能纯熟地使用火，性观念和婚姻制度尚未成熟，氏族内部还没有形成强大的凝聚力，关系比较松散，萨满教信仰也尚在蒙昧的初级阶段。人们对萨满有一个逐渐由疑生信的过程，这一时期的主要矛盾是天灾疾病，其次才是部落战争。在这样一个生产力水平极低、氏族秩序尚未建立、核心凝聚力尚未形成、文化观念极为落后、知识水平非常低、各氏族间争战抢掠不断，而且又面临着各种灾难和生存困境，随时有灭亡危险的原始社会中，显然需要一个有权威、有魅力的领导核心的力量来统领、教导、帮助他们。在原始人心目中，万物都是有灵的，天地间充满神灵，人的力量是有限的，而神的力量是无边的，只有神灵才能解救和帮助他们。因而他们遇到困难，只知求神灵护佑。这就是萨满教赖以产生的历史文化背景。最早的萨满是氏族成员中的精英，天生具有某种禀赋和异能，在生产生活实践中逐渐取得了族众的信任，得到族众的拥护。在原始人的心目中，奇特的能力必是神的赐予，有奇才异能者必然是通神的，所以这些精英往往被编入神话中，成为他们心目中的神。《恩切布库》中的恩切布库就是这一时期氏族成员心目中的女神。

《西林安班玛发》所反映的社会生活已经有了一定进步，生存问题已经不像早期那样困难，当时人们虽然衣食还很简单，但已经能纯熟地使用火，有了一定抵抗自然灾害的能力，社会的主要矛盾已经转变为以氏族之间的战争为主、疾病和天灾为次。虽然氏族之间还会有频繁的战争，但氏族内部已经形成很大的凝聚力。萨满文化在不断发展过程中逐渐走向成熟，人们的萨满教信仰和一系列原始萨满崇拜观念已经成形，人们急切盼望萨满出现，懂得按照萨满的教导去生活，深情拥护并努力维护萨满对氏族生活的统治，萨满和氏族领导人基本上合而为一，没有明显政教分离的迹象。

在《恩切布库》和《西林安班玛发》中，各氏族间地位平等，没有明显的高下之别。但在《乌布西奔妈妈》中，随着生产力的发展，部落间强弱发生变化，氏族的图腾与徽号就不仅仅只是氏族的标志，同时也代表着氏族尊卑地位和强弱等级的不同，不能有丝毫的僭越。这表明当时的满族先民各部之间，已经不再是平等的兄弟关系，而是有了鲜明的强弱等级之分。《乌布西奔妈妈》所反映的社会生活也更进步了，不但人民的基本生活已经不成问题，且有了贫富分化；奴隶制已经形成，氏族上层阶级的享乐生活同下层奴隶的悲惨生活形成强烈对比；社会制度方面已经有了较为成形固定的几个大的氏族和部落，关系相对比较稳定，并懂得用图腾来标志和区分大小不同的氏族部落。萨满教文化已经发展到最为成熟和辉煌的时代，萨满在氏族中地位崇高，但已经有了政教分离，即氏族领导人和大萨满分离的苗头。这一时期的主要矛盾则是部落内部各氏族间的战争以及氏族统治阶级与奴隶阿哈之间的矛盾。

二　《乌布西奔妈妈》对《天宫大战》神话故事的扩展和深化

在具有神话色彩的史诗《乌布西奔妈妈》中，继续延续着《天宫大战》的模式与思路，创造并讲述着阿布卡赫赫与耶鲁里的斗争故事，热情地讴歌了女神们创造天地、救护人类的丰功伟绩。《乌布西奔妈妈》同《恩切布库》《西林安班玛发》在情节脉络上一脉相承，有着三条互相依存、并行不悖的情节线索：第一条是女神的前生，即神话世界中的女神世界以及围绕女神前生所展开的一系列女神故事及神谱神系的描述；第二条是女神的今生，描写现实世界中女神一生，从出生到长大成年，再到取得领导权并领导族众，操劳一生，一直到死亡的全过程的描述；第三条是女神所在的氏族的历史脉络及其在女神领导下发展壮大过程、与周边氏族之间的关系变化线索等。

第一条线索：女神的前生以及围绕女神前生所展开的一系列女神故事及神谱神系的描述，其实正是传统《天宫大战》故事的再发展与创造的过程。在这些故事中，我们既能时时从中看到天宫大战中类似人物、故事的影子，感到有熟悉之感，同时又能惊喜地发现一些《天宫大战》所没有或言之不详的故事在这里得到充分的展开。

《乌布西奔妈妈》中首先讲到的是东海形成的神话故事：

> 在不知岁月、不知年代的古昔，东海滨没有花果，没有涧溪，没有林木，只是一抔凋败的黄土。无声无息，像枯瘪的柏枝，死一样沉寂。又不知熬过多少日落日出，忽然，天降白冰，冰厚如山，银色的苦寒世纪如晶明的寒岩，照射天穹阔宇。一天，东天忽然响起滚滚的雷鸣。雷声里一只金色的巨鹰，从天而唳，鹰爪紧抱着一颗白如明镜的鸟卵“乌莫罕”。巨鹰在冰川上盘旋数周，将白卵“乌莫罕”抛地，顿时耀眼的光芒闪聚。这光芒迅即将雪岩，融化出一汪清水。水声汩汩，喷起堆堆的水泡银珠。水泡中跃起火燕一只，红嘴红羽，在冰川中穿梭不息。寒凝冻野，冰枪雪箭，威压火燕。火燕被清泉荡涤，毛羽净消，化成一位鱼面裸体的美女。鱼面美女随冰水滚动，灼热身躯使冰河越融越宽，幻成万道耀眼的霞光，覆盖冰野之巅。照化冰山、冰河、冰岩、冰滩……寒苦的北方，从

此凝生一条狭长无垠的狂涛。因她是裸体鱼面人身神女，疲累中，头仰北方，足踏南海，在陆地上化成了一条橄榄形奔腾的海洋——东海。

火燕幻化神女时，竟忘阿布卡赫赫百般叮言："你降世送福，融暖冰山、冰川，苏醒万生，掘地造海，务要紧束发髻，切不可让光发蓬松零乱。若忘谬吾谕，必难返我九霄神楼，遗恨成深渊般的灾难!"火燕本是阿布卡赫赫侍女日神幻化，天性勤勉忠憨，只顾践行天母命她为世间造海，哪来得及管神光如日的发髻散乱。发髻是她——日神光毛火发，本应可以照穿冰野，豁开海洋，重返天庭神坛。

……阿布卡赫赫嗔怪惋惜火燕笨拙，将其永留海底，化作千道海沟，永世不得幸睹晨曦。①

如果把这篇小神话故事单独拿出来讲，也是一篇非常优美的神话。这则神话讲述的是东海的形成过程：神鹰衔来鸟蛋，化成火燕，融化冰川，化成东海。此火燕又是阿布卡赫赫的侍女"日神"所化，却因为没有听从阿布卡赫赫的嘱咐，忘记把日神光毛火发束紧，而化作千道海沟，再也无法回到天庭神坛。日神的光毛火发令人想起海上波光中闪耀的缕缕如金发、如鸟羽般的粼粼阳光，正是温暖的阳光隔化了冰川，使得人们赖以生存的东海得以生机勃勃。在原始人的心目中，一切都是神的象征、神的化身，阳光—火燕—日神，太阳产生的温暖融化了冰川，也许正是这种对应的联想与象征，使得故事的框架得以形成，加上满族先民自《天宫大战》神话

① 鲁连坤讲述;富育光译注整理:《乌布西奔妈妈》,长春:吉林人民出版社,2007 年,第 7—9 页。

中就形成的神话性思维传统，把一切自然界中好的东西都归之于善的女神。善的女神像妈妈一样哺育着东海的儿女，为了孩子们的幸福和完成天母的使命，殚精竭虑，她们通常会为了天宇的繁荣、人类的利益而牺牲自己的生命。

笔者认为，在满族说部的故事中，有强烈的感情色彩，每一个神话故事都充满着满族先民们对宇宙、自然、万事万物诚挚的感恩之心，同时也代表了他们心中美好的向往和希望，希望能有一个像妈妈一样爱护他们的神的使者、像妈妈一样富于自我牺牲精神的英雄萨满，带领他们走出生存困境，走向发展壮大。

关于东海女神，《天宫大战》玖腓凌中的这样一段：

> 是阿布卡赫赫把太阳和昆哲勒神派到水中，从此冰水才有了温暖，才生育出水虫、水草，重新有鱼虾、水蛇、水獭、水狸，又在东海有了人身鱼神，受太阳之光，不少水虫变为人首鱼身的河湖沼海之神，因是受阳光而育，应阳光而生，故常罩七彩光衫，称为“德立格”女神。①

满族说部中的故事是通过一代代萨满逐渐丰富起来的集体创作。《天宫大战》中的这一段同上述《乌布西奔妈妈》中的故事属于同一主题的不同版本，《天宫大战》中的描写相当简略，没有展开，但已经有了阳光、温暖、人首鱼身女神等相关主要要素；而在《乌布西奔妈妈》中，这一素材或者说是主题元素，被抽取出来加工完善，变成了更加完整的故事。

关于东海鱼首裸女大神——德里给奥姆妈妈，在《乌布西奔妈

① 富育光讲述；荆文礼整理：《天宫大战 西林安班玛发》，长春：吉林人民出版社，2009年，第71—72页。

妈》中还有另一个版本的故事：

天地初开之时，阿布卡赫赫战恶魔耶鲁里，不慎被耶鲁里擒缉。在最危难时刻，地母巴那吉赫赫用口水喷射耶鲁里。耶路里被狂热地泉惊遁，躲隐入小岛屿，使阿布卡赫赫无法辨识。地母口水恰巧滴落在神鼓上，化形出一位半坐在鼓上的鱼首裸女大神——德里给奥姆妈妈。巴那吉赫赫无比欢喜，请星辰小妹卧勒多赫赫女神将这面奇妙神鼓，迅交天母阿布卡赫赫驭使。天母炯炯日火照育神鼓，顿使鱼首裸女焕生双倍伟力。阿布卡赫赫击响神鼓，天地摇撼，海啸、山崩、雷鸣，震得恶魔耶鲁里，目眩头晕，瑟缩颤抖，滚进地心熊焰里呼号呻唤。阿布卡赫赫转败为胜，使宇宙万物得以生聚。从此，在萨玛铿锵祝祭中，鱼首裸女奥姆妈妈圣容，便是东海神鼓上最荣耀的英姿。

东海奥姆妈妈女神，因是地母巴那姆赫赫口水幻化，又是阿布卡赫赫炯炯日火凝生。故此，她具有地母天母，双神体魄、体魂，慧目、慈心，无上神威神圣，永世给人类播送热与光明。东海奥姆赫赫女神，在众宇神之中，位列在阿布卡赫赫光明大神、巴那吉赫赫沃土大神、卧勒多赫赫星辰大神之后，统驭宇地、海洋、生死、光明。是尊贵万世的第四位母神。①

这显然又是一个典型的《天宫大战》模式的神话，《天宫大战》情节模式表中的大部分项目都可以在这个神话中看到。如下表所示：

---

① 鲁连坤讲述；富育光译注整理：《天宫大战 西林安班玛发》，长春：吉林人民出版社，2007 年，第 17—18 页。

神　名	东海德力给奥姆妈妈
与三女神的对应关系	地母巴那姆赫赫口水幻化，又是阿布卡赫赫日火凝生。
对应自然物或动物	鱼首裸女
能力与特长	她具有地母天母，双神体魄、体魂、慧目、慈心，无上神威神圣，永世给人类播送热与光明
与恶神斗争故事	天地初开之时，阿布卡赫赫战恶魔耶鲁里，不慎被耶鲁里擒缉。在最危难时刻，地母巴那吉赫赫用口水喷射耶鲁里。耶路里被狂热地泉惊遁，躲隐入小岛屿，使阿布卡赫赫无法辨识。地母口水恰七滴落在神鼓上，化形出一位半坐在鼓上的鱼首裸女大神——德里给奥姆妈妈。巴那吉赫赫无比欢喜，请星辰小妹卧勒多赫赫女神将这面奇妙神鼓，迅交天母阿布卡赫赫驭使。天母炯炯日火照育神鼓，顿使鱼首裸女焕生双倍伟力。阿布卡赫赫击响神鼓，天地摇撼，海啸、山崩、雷鸣，震得恶魔耶鲁里，目眩头晕，瑟缩颤抖，滚进地心熊焰里呼号呻唤
主要功绩	使阿布卡赫赫转败为胜，使宇宙万物得以生聚
对应星座	
纪念及相关民俗	从此，在萨玛铿锵祝祭中，鱼首裸女奥姆妈妈圣容，便是东海神鼓上最荣耀的英姿

在同一书中，出现了两个版本的东海女神的神话，前一个火燕的故事讲述的是东海的形成，第二个地母口水幻化的东海女神则讲述的是东海德力给奥姆妈妈的诞生故事。笔者认为，这两个版本的东海神话故事创作于不同时期，后人对前代萨满所讲述的神话不断加工与细化，形成了越来越丰富的同一题材与主题的不同角度的展开与发展。

在《西林安班玛发》中，西林安班玛发脖子上的金丝圈上的九个骨人所代表的众神，都是东海女神德力给奥姆妈妈身边的侍神。西林安班玛发是“东海女神之子，又是有千年高寿的萨玛”；而东海女神德力给奥姆妈妈的地位与下属众神在《乌布西奔妈妈》的女神神系中有更详细说明与展开：

巴那吉额姆显赫亲随女神二十七位，辅佐地母。其中，最亲要属大神，

首推执宰东海的光明神——德里给奥姆妈妈，乃东海生命之光、之源、之基。

德力给奥姆妈妈下属的十三尊神：追日神、送日神、海豹神、海熊神、鱼神、龟神、海蛇神、蛙神、海风神、礁石神、海鸟草卉神、蜥蜴神、岛鬼值日神。①

从上面材料的对比中可以看出，东海德力给奥姆妈妈在《天宫大战》中介绍最为简略，《天宫大战》中描写了她的诞生过程，但没有对他的地位和侍神的具体描述。在《西林安班玛发》中，不但明确了其作为东海女神的身份，而且介绍了她的九个侍神。在《乌布西奔妈妈》中，东海德力给奥姆妈妈的身份地位更加明确了，成为地神巴那吉额姆最显赫的亲随女神，并且有了十三位下属的尊神，名称与《西林安班玛发》中的名称不太一样，分别为追日神、送日神、海豹神、海熊神、鱼神、龟神、海蛇神、蛙神、海风神、礁石神、海鸟草卉神、蜥蜴神、岛鬼值日神。显然这些神名更具体、更丰富了，显示出东海女真人的神话人物关系和谱系是历代萨满根据自己的生活逐渐充实并完善起来的，并不是一个一成不变的系统。此外，由于东海女真人世居东海岸边，随着社会的发展，他们的经济生活各方面都离不开东海的恩赐，对东海格外重视，也分外有感情，因而东海女神德力给奥姆的地位逐渐提高，成为继三女神之后最重要的第四位女神。

① 鲁连坤讲述；富育光译注整理：《乌布西奔妈妈》，长春：吉林人民出版社，2007 年，第 74—75 页。

在《乌布西奔妈妈》中还讲述了一则乌鸦的来历故事，也可以看作《天宫大战》故事的补充：

天地初开的时候，恶魔耶鲁里猖獗寰宇，风暴、冰河、恶浪弥天，万物不能活命。阿布卡赫赫是宇宙万物之母，将太阳带到大地，将月光送到宇内，让身边的众神女捏造万物，让身边的众神女用露气造谷物，让身边的神女用岩粉造山川，让身边的众神女用云水造溪河，才有了宇宙和世界。耶鲁里不甘失败，喷吐冰雪覆盖宇宙，万物冻僵，遍地冰河流淌。阿布卡赫赫忠实侍女古尔苔，受命取太阳光坠落冰山，千辛万苦钻出冰山，取回神火温暖了土地。宇宙复苏，万物生机。古尔苔神女困在冰山中，饥饿难耐，误吃耶鲁里吐出的乌草穗，含恨死去，化作黑鸟，周身变成没有太阳的颜色，黑爪、壮嘴、号叫不息，奋飞世间山寨，巡夜传警，千年不惰，万年忠职。①

这又是一则典型的《天宫大战》模式的英雄故事是传统叙事模式的延续。这一乌鸦故事也不例外：古尔苔神女是阿布卡赫赫的侍女，对应自然物为乌鸦，特征是颜色全黑，与恶神的斗争故事是受命取太阳光附坠冰山，因误吃耶鲁里吐出的乌草穗而含恨死去，化作黑鸟，其主要功绩是取神火温暖土地。乌布西奔妈妈在临死时嘱咐侍女要“学乌鸦格格，为难而死，为难而生”。相关民俗虽未写，但女真人自古有敬乌鸦的习俗，很可能与这一神话有关。

在《乌布西奔妈妈》中，女神的谱系比《恩切布库》和《西林安班玛发》更全面具体，分工也更加微细了。这表明了萨满教的神

---

① 鲁连坤讲述；富育光译注整理：《乌布西奔妈妈》，长春：吉林人民出版社，2007年，第190—191页。

谱也是在不断地发展变化之中，历代萨满根据不同时代的具体需要不断地丰富并发展着其神的谱系。

首先，天界有了明确的分区，文中写道：

> 阿布卡赫赫三姊妹女神，活泼聪慧，终日不知休闲，把中天划分天区十二方，便于观察、主宰，周身秀发全为警戒之目。中天分二方，她们三姊妹踞于中天之右，左天神鹿是她们的坐骥，神龟是她们的天舟，天云是她们的小威呼。中天又分为东南西北和四角十方，巡游周天，十方各为四方，均由各星属女神执管。星海有路，各归其属。千载万代，循复无已。①

笔者认为，满族说部中的天分区、分层等观念同蒙古族神话中的天的观念有些相似，蒙古人称天神为“腾格里”，还有以七星天为中心的九十九尊天神之说，他们的祷词中常说“上天有九十九尊腾格里”(后又增加了三个，成为102尊)。蒙古族的“萨满教”认为天分为若干层，有9层、33层，甚至99层的不同的说法，还认为腾格里分为善恶两大类，即西方的55尊善神与东方的44尊恶神。腾格里还按照各自职能分成固定的集团，诸如四角腾格里、风之王腾格里、闪电之王腾格里、九尊怒神等。在其营造的庞大天神体系中，不仅包括自然的神灵，而且包括社会神，如权利神、诉讼神、战神、勇敢之神、胜利之神、命运之神等，还包括各种保护神、狩猎神、牧业神、财神等。畜牧业是蒙古人的衣食之源，所以蒙古的掌管畜牧业的腾格里也最多，每一种牲畜，乃至牧业生产的每个环节，都有自己的腾格里。蒙古人认为天神不仅关乎狩猎和牧

---

① 鲁连坤讲述;富育光译注整理:《乌布西奔妈妈》,长春:吉林人民出版社,2007年,第73页。

业的丰收、人类的繁衍，而且关乎是非的判断、社会的稳定，是人类一切幸福的源泉。

值得注意的是，在《乌布西奔妈妈》中，首次出现了关于铜镜的神话故事。铜镜是萨满教中非常常见的法器，不只是满族先民的萨满教法器中必不可少的神物，在蒙古族的萨满教法器中也是如此，至于二者之间是否存在互相影响，尚待考证。在蒙古族萨满教法器中，铜镜是必不可少的法器，据说主要有锁邪驱魔的作用。满族萨满大多缀挂在胸前背后，而蒙古族则以挂在腰间的铜镜为其特色。近代科尔沁族的老萨满（蒙古人又称其为博）要戴 9 至 13 面镜，徒弟至少要挂 5 面。铜镜以单数居多，用皮绳串起来挂在腰间，跳起来叮当乱响。

有萨满神器和相关仪轨，就要有相应的神话作为其佐证和根据。在《乌布西奔妈妈》中，出现了关于铜镜的神话，文中写道：

> 德里给奥姆妈妈，受三女神之命，为了把太阳光辉，世世代代普照万物生灵，将自己的心灵火光，吐出一块儿，凝生成一个新日——光芒万丈。它能常栖居在万物的心灵中，使万物聪慧、照明，总能识途，不会迷茫。这就是万物心灵的“托户离”（铜镜）——明镜啊——光芒之神。
>
> “托户离”驻在心里，在意识里；在信念里；在意志里，在幸福里；“托户离”在生命的自强不息里。它与消沉、颓务，永世无缘。这是奥姆女神给万物的最高护神。“托户离”妈妈统管着“安班额勒尊妈妈”——大光明女神，“阿吉额勒尊妈妈”——小光明女神，“图门额勒尊妈妈”——万道光辉妈妈，主宰着世间万物心田中的光明。照耀、眼明、心亮、温暖，坦

途无疆，灾凄永遁。①

可见，在满族先民眼里，铜镜是女神的心灵火光凝结而成，代表人类心灵的火光，代表着信念与意志，代表着自强不息的生命之火。

此外，《乌布西奔妈妈》的神谱中还多了众多的各类分工的神，连恶神也细化分工，变成诸多小恶神组成的集团。至乌布西奔妈妈统治时期，萨满教的女神谱系经历代萨满的不断充实与完善，已经建立了一个分工明确的神系。其神系中医抚百症的神群有二十个之多，分别主治各种疑难病症，恶神的神群中也有不少是各种疾病之神。这表明，在当时的社会中，人们普遍对各种疾病已经有了清醒的认识，其医药技术也有了普遍的提高。每一种疾病在当时的东海女真人眼中，或许都是恶神耶鲁里的分身在作祟；每一种疾病的治疗，都要求助于神的威力，也许这正是萨满教治病之神如此之多的原因吧！

三　全盛时期的萨满教文化

乌布西奔妈妈统治时期，萨满教盛极一时，发展到顶峰，具体表现为严格的图腾等级制和完善的神偶、神坛、神判、神祭仪式。

（一）图腾等级制

乌布西奔妈妈时代的东海女真社会仍然是由大大小小的女真氏族或部落各自为政，不相统属，彼此之间还时常爆发战争。为了彼此区分，每个部落都有自己的图腾柱和图腾标志，这在《恩切布库》一书中就有详尽的描述，乌布西奔妈妈的时代也是如此。但与《恩切布库》和《西林安班玛发》中所描写的不同，在《恩切布库》

---

① 鲁连坤讲述；富育光译注整理：《乌布西奔妈妈》，长春：吉林人民出版社，2007年，第75—76页。

和《西林安班玛发》中，各氏族间地位平等，并没有明显的高下之别；但在《乌布西奔妈妈》中，随着生产力的发展，部落间强弱出现变化，氏族的图腾与徽号就不仅仅只是氏族的标志，同时也代表着氏族尊卑地位和强弱等级的不同，不能有丝毫的僭越。显然，其图腾制度要比以前成熟完善许多。这表明当时的满族先民各部落之间，已经不再是平等的兄弟关系，而是有了鲜明的强弱等级之分，书中写道：

东海岸大小部落，自古就有互认称谓的俗约。
部落的强弱、大小，声名的卑微、显耀，
在锡霍特山阿林的旗号，是否蔽云遮日，
是否仅踞巴掌大小山岳，全凭旗徽称谓谕晓：
鼠号——地鼠、灰鼠、飞鼠，
狐号——黄狐、白狐、飞狐，
狼号——白狼、黑狼、海狼，
麇号——草麇、山麇、江麇，
豹号——火豹、海豹、飞豹，
蟒号——九文蟒、飞蟒、海蟒。
德乌咧哩，哲乌咧，
众号中雄踞榜首，最高升阶便是鹰隼；
鼠—狐—狼—麇—豹—棕熊—鹰隼；
锦雉—海鸥—白雁—天鹅—鹰隼；
白鱼—鲨鱼—海蟒—海龟—长鲸与海鹰①。

---

① 鲁连坤讲述；富育光译注整理：《乌布西奔妈妈》，长春：吉林人民出版社，2007年，第34页。

文中描写黄獐子部欲废掉黄獐子旧徽号，更换棕熊大纛壮门面，“珠鲁部三世罕图耶玛发气不平，暴跳如雷，七窍生烟，哪容忍小黄獐子得势张狂，让法吉女罕傲慢逞强，点派七百驾鹰奴攻伐法吉罕。法吉罕闻风怯缩，焚弃棕熊大纛，申扬黄獐子旗幡永不降”。只是想更换个更高等级的徽号和旗贴，却差点引起一场战争，可见以旗徽为标志的图腾制度在当时的女真各部中的重要作用。

（二）神权与王权

在《恩切布库》中，萨满和部落首领合而为一；在《西林安班玛发》中，部落首领是在萨满的主持下推举出来的，不存在争权的问题。而在《乌布西奔妈妈》中，萨满与部落首领显然已经完全分离，部落首领“罕”是世袭制的，萨满则是由罕王任命和授权的，权利受到罕王的限制。若是没有古德罕的支持和允许，乌布西奔是不能登上萨满神位的。因而乌布西奔在主持完古德罕的神判仪式后，众族人虔诚地挽留她做乌布逊萨满时，古德“依旧迟疑难允”，乌布西奔就知时机未到，推说法吉妈妈有事相商，悄然离开。

然而，萨满凭借神的权威，也成为制约罕王的强大势力，神权与王权构成了既互相合作又互相牵制的关系。几年以后，在族众一致拥护和天神降谕的情况下，乌布西奔“用手语告谕罕王族众，她自称是东海太阳之女，选中了熟鱼皮的哑女，奉谕来乌布逊执管，身领东海七百噶珊萨玛神位，可使乌布逊永世安宁。……如果不准领受萨满神主，乌布逊老幼必遭罪咎”①。这时，古德老罕王虽摇头难信，但迫于情势所逼，也只好照谕奉迎。后来，随着乌布西奔的

---

① 鲁连坤讲述；富育光译注整理：《乌布西奔妈妈》，长春：吉林人民出版社，2007年，第65页。

声望日隆，众部都拥护乌布西奔统掌锡霍特阿林萨玛祭事，古德罕也心悦诚服，心甘情愿地把罕位让给乌布西奔。于是乌布西奔集女罕与大萨满于一身，实现了政教的合一。

（三）神判、神偶、神坛、神祭

在法制方面，《恩切布库》时代所开创的神判制在乌布西奔妈妈的时代仍然盛行不衰，而且神判的仪式更加严格也更加规范了。古德罕做了许多错事，虽然已经认错反悔，但还是难以取信众人。当时公认的判定是非、检验真实与否的标准仍然是古老的神判方式。

文中详细描述了乌布西奔主持的神判仪式。乌布西奔闭目坐在神坛前花床上，敲着有德力给奥姆妈妈神像的鲸鱼椭圆大鼓，族众虔诚默求乌布逊众神降临，让古德罕赤裸上身跪在神坛前，身上抹满献牲的鹿血、鹅血和鱼血，祈告神灵。其验示按祖规分为三验。第一验示为火裁：设火坛，走九杆长二杆深火堆，让火神验示古德罕诚心；第二验示为水裁：设水坛，走九杆长三杆深的水塘，让水神验示古德罕的真心；第三验示为鹰裁：设鹰坛，走在五只凶隼、四只凶雕之间，鹰雕饥饿三日，让鹰神验示古德罕的献心。

神偶作为神的象征物在氏族生活中亦占有重要地位。文中描写道，在神判期间，验考神断时，精心自制神位也是神明裁验的重要祖制。乌布西奔“命古德罕不准雇佣奴仆，刻榆、槐、柳神像三十尊；编做藤、葛、茅神像三十尊；堆做石、砂、红石、黄土兽神九尊；树起木椿神柱九尊，古德罕从第一个黎明忙到第七个黎明，赤臂、赤脚，汗流浃背，虔诚至极。①可见当时的神像有木制的，也有

---

① 鲁连坤讲述；富育光译注整理：《乌布西奔妈妈》，长春：吉林人民出版社，2007 年，第 60 页。

石、砂黄土或藤、葛茅所做，氏族成员不但普遍掌握神偶的制作技术，而且视能否制成大量神像为验考神断的方式之一。此外，乌布西奔妈妈死后，遗训不准人殉，创立了新制，即刻制神偶代替："特刻制九小男，裸体露阳物，特刻制九小熊，裸体露阳物，木刻小男，小熊偶体，三人乘筏送归大海，祈求多赐壮男乌布逊。"① 可见这种用人偶代替人殉的方法，也有祈求多赐壮男，以助繁衍生息之意。

在乌布西奔的领导下，满族先民的萨满教信仰达到了前所未有的完善和发展。首先是神坛的建设和礼仪的完善。文中写乌布西奔萨满得到古德罕特允，在乌布林毕拉荒芜的莽原规创宏图，选址筑就神坛、神位、神柱神棚，立坛拜神、颂神。其规模和宏伟程度远远超出了西林安班玛发的时代。"乌布西奔萨玛，在乌布林建起十一座神殿，像乌布林毕拉河畔十一座金楼，矗立云天，百部来朝"②，神佩万响，日夜相连，嘤嘤不绝。往日乌布逊部人是断线风筝，居无定址，斗殴胡混。而今啊，神坛学礼，和睦相亲。

再次，祭神的仪式更加庄严盛大，由于当时的捕鱼业已经有了很大发展，族人们不仅以各种鱼类祭神，而且能够捕捉海洋深处的巨鲸来祭神。"咚咚鱼皮鼓声中，浪尖里划来十只柏木长舟，十只长舟中，拘俘着一只巨鲸，巨鲸喷跃着巨浪、排山倒海，激涛像天雨辅卷了十里长林。天雨降着黄花鱼、鲭鳞鱼、扁头鱼、长带鱼、小团鱼……木鼓咚咚，皮鼓咚咚，骨枷铮铮，石枷铮铮，阖族齐向东天祭拜，遍山遍野，欢声雷动。一声螺号，二声角号，三声桦号，

① 鲁连坤讲述；富育光译注整理：《乌布西奔妈妈》，长春：吉林人民出版社，2007 年，第 199—200 页。

② 鲁连坤讲述；富育光译注整理：《乌布西奔妈妈》，长春：吉林人民出版社，2007 年，第 70 页。

四声骨号，数十名族众用木杈猛刺鲸鱼鱼尾，一声爆啸，鲸鱼像有神力助举，安详地跃上祭坛石案。乌布西奔身穿洁白的圣服，双手掐着双柄捆着锋刃的尖刀，身后跟着五名捧着榆木盒的侍女，在急迫的神鼓声中，跪祭在鲸鱼之前，诵念神诗。”① 仅一次祭祀就用去这么多供物，可以想见当时东海女真人的富足强盛。

由于奴隶制的发展，此时的祭神仪式中有了烧死所俘之野人祭祀的现象。“九名萨玛扮装的侍女，夹着用海龙草捆缚着的从海岛擒来的长毛男女魔。两魔双眼紧闭，奄奄一息，被献到鲸鱼祭坛案前。众萨玛捧来干黄如锦的海草，蔓苫男魔、女魔身上。鱼皮鼓响了！龟板鼓响了！洒洁海水，点起海豹油抛在男魔、女魔草捆之上。在嘶号声中，然后站起，用双手四只利刃划开鲸鱼的颈部。”这种祭典仪式是相当残忍的，“鱼血与鲜红的海水相映……神坛下的鱼血在奔流，染红了祭坛的北墙，殷红了祭坛的南墙，印红了祭坛的西墙，遮住了祭坛的东门”。然而，这些鲜血却被视为圣血，象征着神赐予的不尽的福祉，“族人欢跃着跳进血海中，滚躺着，蹦跳着，喝着，与晚霞映红一色，象征着天母赐予了不尽的福祉和阳光……”② 这种描写也暴露出萨满教文化的致命弱点，就是祭祀的手段相当残忍，不但祭神时需要杀死大量动物，而且还有杀人以祭神之的古俗。

---

① 鲁连坤讲述；富育光译注整理：《乌布西奔妈妈》，长春：吉林人民出版社，2007 年，第 82 页。

② 鲁连坤讲述；富育光译注整理：《乌布西奔妈妈》，长春：吉林人民出版社，2007 年，第 82—83 页。

第三章
清代以前英雄传奇

第一节　清代以前英雄传奇故事系列和历史分期

清代以前的满族说部作品，按其所主要描写部族，大体上可以分成四个故事系列：一是渤海国故事系列，二是生女真完颜部故事系列，三是海西女真和建州女真故事系列，四是东海女真故事系列，分别叙述了历史上生活于东北不同地域的满族先民的历史故事。这同满族先民在不同时期、不同地域的部族分布有关。历史上满族先民属肃慎族系，大体上先秦以前称肃慎、汉魏改称挹娄、南北朝时称勿吉、隋唐时期称为靺鞨，靺鞨最初有数十部，后逐渐发展为七大部。主要分布在粟末水（今松花江）和黑水（今黑龙江）一带，以粟末靺鞨和黑水靺鞨最为强大。至唐代，分布于粟末水（今松花江）的粟末靺鞨最先发展起来，建立了盛极一时的“海东盛国”渤海国。“满族说部”中的某些故事，如《红罗女三打契丹》《比剑联姻》等就是以渤海国为历史背景。黑水靺鞨在辽金时期逐渐发展为以完颜部为主体的生女真，并在完颜阿骨打率领下创造了灭辽和伐宋的英雄业绩，建立了大金国。满族说部中有相当一部分作品，如《女真谱评》《阿骨打传奇》《苏木妈妈》《金世宗走国》等，就是以这一时期的完颜部生女真人的故事为主，反映了生女真人逐渐发展壮大并战胜辽国、建立大金国时的英雄故事。

在明代以前，并没有东海女真的称谓。辽代有“濒海女真”，设濒海女真国大王府管理之，主要分布于今俄罗斯滨海州地区，即今乌苏里江以东至日本海广大区域，这大概就是东海女真人的前身。辽代女真部族众多，生女真与濒海女真仅是众多女真部族中的一部分，分布如下表所示：

辽代女真各部分布表

名称	分布	隶属	相关历史
曷苏馆女真	自辽阳以南，至辰(今辽宁省盖州)、复二州皆曷苏馆女真诸部之地。后发展为七部。	辽设曷苏馆路女真国大王府，其治所位于今辽宁省盖州市九寨乡五美房村。	
南女真	今辽东半岛熊岳城以南地区。	辽置南女真国大王府、汤河详稳司(亦曰南女真汤河司)管理这一地区。	
北女真	主要分布于今辽宁省新民、铁岭、开原、昌图一带。	辽置北女真国大王府、北女真兵马司管理其地。	
鸭绿江女真	主要分布于鸭绿江流域至朝鲜清川江一带。	辽置鸭绿江女真大王府管理之。	辽太宗会同三年(940)二月，“鸭绿江女直遣使来款”开始与辽朝保持政治、经济关系。
黄龙府女真	主要分布于今吉林省农安县一带。	设治，称“黄龙府女直部”。	辽道宗大康八年(1082)三月，“黄龙府女直部长术乃率部民内附，予官，赐印授”。
回跋女真	主要分布于松花江支流辉发河流域一带。	辽置回跋部大王府、详稳司管理之。	
长白山女真	主要分布于长白山中部至朝鲜半岛北部地区。	辽于该地区设置长白山女真大王府和详稳司，负责管理这里的女真人。	

续　表

名称	分布	隶属	相关历史
蒲卢毛朵部	主要分布于吉林省延边地区海兰江一带。地近渤海遗族比较集中的兀惹地区（即今牡丹江地区）。	辽将蒲卢毛朵部列为“属国部”中之大部，设蒲卢毛朵部大王府以治之。	辽圣宗时归附于辽。
濒海女真	主要分布于今俄罗斯滨海州地区，即今乌苏里江以东至日本海广大区域。	辽设濒海女真国大王府管理之。	
生女真	主要分布于松花江中下游、黑龙江中下游广大区域。地处完颜部东北部广大区域的五国部，是生女真诸部中比较活跃的部落。五国部包括：越里吉部、越里笃部、奥里迷部、盆奴里部、剖阿里部。	完颜乌古乃被辽封为生女真节度使。生女真与辽建立了不稳定的附庸关系。辽代五国部属黄龙府都督署司管辖，兴宗重熙六年以越里吉国人尚海等以诉酋帅浑敞贪污，罢五国尊帅，设节度使以领之。	辽初，生女真分为若干不相统属的部落，大约在11世纪中叶辽兴宗统治时期，生女真完颜部部落联盟形成。其五国部在辽圣宗时来附，“命居本土，以镇东北境”。

注：表格据《吉林通史》相关部分制成。①

明代，女真人又分为建州女真、海西女真、野人女真三部分，分布情况为：

明代女真各部分布表

名称	原居地	后迁居地
海西女真	今吉林省扶余以东，松花江大曲折后的江南岩，即从今扶余到哈尔滨以东，阿什河流域。	后逐渐南迁，定居在开原边墙以北，今吉林省中部一带。
建州女真	原居于今黑龙江省三姓一带。	15世纪初南迁至今延边朝鲜族自治州一带，15世纪中叶又南迁至今吉林省通化地区和辽宁省浑河、苏子河一带。
“野人”女真（又称东海女真）	原居于松花江中下游、黑龙江南北两岸，至沿海地区。	后逐渐南迁到海西女真原来的居地。

注：资料来源于《吉林通史》第65页相关部分。

---

① 刘信君主编：《吉林通史》，长春：吉林人民出版社，2008年。

在满族说部中，《扈伦传奇》是反映明末清初海西女真的建国及其后的历史发展的传奇故事；《元妃佟春秀传奇》则是反映建州女真人首领努尔哈赤的原配妻子佟春秀主持家政、辅佐太祖的故事。

“野人”，女真明初用来代称女真人，在明代中叶建州女真、海西女真形成时，用来代指这两支女真人以外的女真人，因这部分女真人的社会经济和文化比较落后，故名。《大明会典》载，在建州女真、海西女真“极东为野人女直，野人女直去中国（中原）远甚，朝贡不常”。东海女真与野人女真这两个称谓，在很大程度上可以互换。明朝初年，由于明朝政府的招抚、先进的农耕文化的吸引、北部“野人”女真的侵袭、西部蒙古各部的侵扰以及原居地自然环境的恶劣等原因，导致居住在黑龙江和松花江下游一带的女真各部不断南迁。各部的迁徙大致分两个方向：建州女真向东南方向迁徙，海西女真向西南方向迁徙。经过南迁及各部落间的混战兼并，明朝中后期以后，在今吉林省境内居住的女真各部形成几大集团，主要有海西女真的扈伦四部：包括哈达、乌拉、叶赫、辉发四部，建州女真的建州部、长白山部，“野人”女真的东海部等。到16世纪初，建州三卫已确立，扈伦四部也已形成，并各自形成了稳固的联盟集团和势力范围，在他们区域之外的女真人统被称之为东海（野人）女真。在建州女真、海西女真南迁后，东海女真也趁机南移，进入他们的原居地。

总之，东海女真主要指分布在“极东”“甚远”地方，即今黑龙江以北和乌苏里江以东地区的女真人。由于所处地域“极东”“甚远”，且多山高林密，地广人稀，与中原文化接触较少，因而社会发展程度相对来说较为落后。然而，也正因为相对落后的自然环境与封闭的社会环境，才使得东海女真人较好地保存了其原始质朴的民风民情。也正因为这一地区离中原较远，史书对这一地区民众的生活状况、社会历史发展脉络大体上是一片空白，记录历代满族先民口耳相传的满族说部故事才显得弥足珍贵，可以填补了这一时期对这一地域的满族先民历史记录的缺失。另一方面，东海女真人与中原文化接触较少，社会发展程度相对较为落后，其萨满教发展得最为充分，母系氏族社会遗存最多，其神话与史诗资源也相对其他地区更为丰富，可以说，东海女真人大体上系统完整地保存了其本民族的萨满教神话和英雄史诗。前述的神话与史诗，如《天宫大战》《恩切布库》《西林安班玛发》《乌布西奔妈妈》等作品都是源自于东海女真。此外，《东海沉冤录》中讲述了元末明初东海女真人帮助明朝将领清除盘踞东北的纳哈出残余势力，建立起东北统治可歌可泣的动人故事。《东海窝集传》则反映了东海女真人在明代中后期中原文化的影响下，逐渐由母系氏族奴隶制统治转变为父系统治的艰难过程。

虽然满族说部中的各类故事，都是反映满族先民的英雄传奇，但由于所反映的部族地理环境稍有不同，受中原文化影响不同，社会发展阶段各不相同，所以其英雄主题故事中所蕴含的文化观念与英雄心理也不尽相同。大体上说，渤海国的故事系列虽然故事发生年代较早，但由于地处东北最南部，受中原文化影响较深，因而其英雄观念中，原始的萨满教文化气息相对弱些，民族文化的包容性与开放性特征相对突出，表现出强烈地向中原大国文化学习，借以改变民族落后面貌的自觉性与积极性。在生女真完颜部女真以及其后的海西女真、建州女真的历史故事中，由于其处于原始的萨满教文化与中原文化双重影响之下，表现出二者兼容并蓄的特点来中原文化虽传入不少，但也并非如渤海人那样全盘吸收，而是按其实用主义的理念选取有益其发展的方面。其英雄观念中重技术、重实用、务实肯干、积极进取的精神较为突出，视能工巧匠如神明一般，格外重视。东海女真故事系列中萨满教文化气息则是最浓的，萨满观念、萨满巫术及萨满英雄人物在故事中占有相当重要的地位。

第二节 唐代英雄传奇

渤海国是满族先民在唐朝时期创建的较为强盛的地方政权，政治、经济、文化相对发达，有“海东盛国”之称。

武则天统治中期，粟末靺鞨人在向汉人学习过程中，逐渐强大起来。公元698年，首领大祚荣首先在今松花江上游和牡丹江流域建立起本民族的政权，号震国，自封震国王，建都敖东城（今吉林省延边州敦化市境内）。唐中宗时，大祚荣接受唐王朝招抚，并送其子大门艺入唐为侍，留作质子，宿卫京师，以换取唐朝的承认和信赖。唐睿宗时派郎将崔忻册封大祚荣为左骁卫大将军、渤海郡王，并以大祚荣统辖的地区为忽汗州，加授忽汗州都督。随着渤海政权的发展壮大，唐王朝对其册封也逐渐升级，从最初封其部落首领为国公，进而封为郡王，再由郡王晋封为国王；渤海政权的名号也由最初的震国改为渤海郡国，再改为渤海王国，属唐管辖下的封国。因此，渤海国的君王有双重身份：一为渤海政权的最高统治者，二为受命于唐朝天子的臣下。在唐朝先进的政治、经济、文化制度等全面影响下，渤海国日渐强盛，除第二代王大武艺与唐冲突最终败北外，其余历代渤海王皆与中原王朝和睦相处。渤海国从公元698年建立到公元926年为契丹所灭，历时二百余年，历经十五世王。

一　红罗女英雄形象的建构

形成于渤海国时期的红罗女传说，是满族叙事文学的重要组成部分，也是反映渤海国前期政治、经济、文化面貌的珍贵历史文化遗存。在吉林省的敦化、珲春，黑龙江省的宁安等地，均有红罗女的故事流传。在口头传承的过程中，红罗女的故事形成了不同的版本，也构成了红罗女形象的多重性。如在黄斌等人的《渤海国史话》中，红罗女是与契丹英勇作战的巾帼英雄；在王吉顺的长篇小说《红罗女》中，红罗女是老渔夫冒元固的独生女儿，能歌善舞，荡舟湖上，来去自如；在《红罗公主》的传说中，红罗女是渤海郡王之女，善吹洞箫，与年轻的渔民相爱，但受到渤海郡王的阻拦，最终忧愁而死；在宋德胤的《镜泊湖民间传说》之《红罗女》传说中，红罗女是镜泊湖上的渔家女，渤海郡王贪其美貌欲逼亲，并杀了其心上人——捕鱼青年支布，红罗女最终跳入黑龙潭。在译自日本的《满蒙传说集》的《白马银鬃》故事中，红罗女是宁古塔金牙太子的宠妃，不仅美丽、贤惠，而且机智、勇敢，在危难之际坚守城池，最终在激战中中箭身亡。上述故事大都发生在镜泊湖一带，基本都与渤海郡王有关，是具有满族历史文化元素的优美传说。

从红罗女传说的传承情况看，关墨卿和傅英仁两位先生所传讲的内容最为完整，且故事主线与人物设置等更接近说部“讲古”“说史”“唱颂根子”的特征。由二人传讲的红罗女传说目前整理出版为《红罗女三打契丹》《比剑联姻》和《绿罗秀演义》（残本）三篇说部。《红罗女三打契丹》讲述的是渤海王大钦茂的义女红罗女三打契丹保家卫国，铲除朝中奸相大英士，却因爱侣乌巴图为奸人所害，最终投湖殉情的悲剧故事。《比剑联姻》讲述的是渤海国公主红罗女女扮男装充任遣唐使、护送贡品朝唐的经历，以及朝唐后参加科举、与晋王比剑联姻、沉重打击以杨国忠为首的恶势力的传奇故事。《绿罗秀演义》今传为残本，讲述的是渤海第二代王大武艺时期与大唐初兴时期的纷争，现有部分仅重点介绍了唐朝汉将的女儿马文琼四姐妹，未及呈现红罗女、绿罗秀的形象。三篇说部相较，《红罗女三打契丹》偏重于历史叙述，其“卫国女将红罗女形象更接近原始形态”①；《比剑联姻》则更多受明清时期历史演义小说影响，传奇成分更盛，所以红罗女英雄形象的构建，在三打契丹中更具历史真实性，也更具传奇性。

（一）三打契丹的“战争英雄”

红罗女三打契丹的传说发生于渤海第三代王大钦茂时期，是渤海君民抗击契丹的长篇历史传说。主人公红罗女本是敖东将军的女儿奥都格格，在她幼年时，父亲遭恶人暗算丧命，八九岁时，她被长白圣母收去学艺，因穿红罗裙而得名红罗女。红罗女艺成下山后，担当起保家卫国的重任，成为渤海王大钦茂的义女红罗公主。她三次领兵抵抗契丹的入侵，在丈夫遇害的沉痛打击下，忍辱负重，击败契丹，智除奸相，最后投湖殉情。它不仅反映了渤海国初期的政治、经济、社会生活画面，也反映了渤海国与契丹等北方民族的关系，如一篇壮丽的英雄史诗。

在《红罗女三打契丹》中，塑造了众多英雄形象，既有红罗

---

① 王宏刚：《田野调查视野中的满族说部》，《社会科学战线》2007 年第 5 期。

女、珍珠、喜鹊等巾帼英雄，也有乌山将军、乌巴图、乌黑里等须眉勇士。显示英雄本色的几种模式，或为比武，或为战场杀敌，或为与对立面的斗争，或为降妖除怪。英雄不仅以武力服人，也以智慧、品德、气节服人。红罗女的英雄形象正是通过卫国、保民、爱情等多方面得到完整展现的。

其一，战争造英雄。

较之汉族封建文化中对女性的轻视，满族女子的社会地位较高。在满族神话和史诗中，创世、卫国、保家的女神或女英雄形象比比皆是。如《天宫大战》中女神阿布卡赫赫、地母、星辰女神及她们统辖下的300女神，是萨满教信仰的诸神；《尼山萨满》和《乌布西奔妈妈》的核心人物都是具有高强法力的女萨满；《红罗女三打契丹》中的红罗女八岁便能引弓射箭，喜鹊也是幼时即能盘马弯弓、上山打围。

战争是塑造英雄形象的最佳途径。正所谓时势造英雄，历代英雄传奇如《说岳全传》《杨家府演义》《三侠五义》等，无不塑造了战场英雄的经典形象。红罗女的英雄形象也是在战争中树立起来的。红罗女艺成下山后，一心思报国、惩奸除恶。在敖东比武胜出后，红罗女第一次立下大功是“围场救驾”一战。渤海国右相大英士第一次串通契丹人刺杀大钦茂，企图弑君篡位，在阴谋即将得逞之时，红罗女单枪匹马与敌拼杀，辅国大将军乌黑里率兵来援，大钦茂获救。经围场救驾一战，红罗女被渤海王赐予“巴图鲁”（满语“英雄”）称号，并被收为义女。

在经历了敖东比武胜出、围场救驾立功、武科夺魁扬名等大事件后，红罗女已然成为众人瞩目的巾帼英雄。当奸相大英士勾结契丹来犯时，抗击契丹的重任自然落在红罗女的肩上。红罗女挂帅出征，在一打契丹中显露了过人的智慧和英勇，终于一展报国夙愿。

二打契丹中，红罗女智擒契丹主帅耶律黑，显示出过人的智慧。她深明大义，明知耶律黑是杀父仇人，但为顾全大局，在迫其签下永不犯边的协议后将其释放，可谓大仁、大义、大勇的真英雄。

三打契丹是在乌巴图遇害后，大英士与契丹勾结，趁渤海王举行祭祖大典时将大钦茂君臣包围，又是红罗女将个人悲痛放置一旁，挺身而出，再次救驾，并挂帅出征三打契丹。此次作战，红罗女沉稳应对，细思破敌之计，终于破了耶律黑的九钩九环阵，射杀耶律黑。此后，渤海与契丹长期友好相处，百姓安享太平。

其二，比武论英雄。

英雄传奇小说中，有很多比武论英雄的情节。较之中原王朝，边疆各族的统治者崇尚以武治国的理念，满族更是尚武重义的民族，因而文学作品中比武论英雄的情节也很常见。在《红罗女三打契丹》中，有多场比武的情节。如第一次随乌黑里将军进敖东城，红罗女和喜鹊姐妹女扮男装，参加敖东比武，无论是射箭还是真刀真枪对打，都取得了优异的成绩，由此扬名敖东，得以参加渤海王的秋围盛事，才有了后来的围场救驾立功。其后，渤海王为翦灭契丹边寇，效仿大唐开科取士，举行武科大比，红罗女一举夺魁。

在东海部落时，红罗女与乌巴图也是以比武的方式战胜萨哈部首领，从而化解了两个部落多年的争端，并促成两个部落“结成联盟，世代友好，永不相犯”的协议。

其三，民间爱英雄。

红罗女从艺长白圣母期间，奉师命走村串户，治病救人；在她艺成下山时，家乡正闹瘟疫，她又带着长白山的仙药救助乡里；在家乡勇救珍珠、喜鹊姐妹，成为打虎英雄；妖道通灵法师以绳子幻化的三条巨蟒在忽尔汗海兴风作浪、危害百姓，百姓们求助红罗女，红罗女与乌巴图齐心协力，除掉怪蟒，成为“为国王分忧，为百姓解愁”的民间英雄，深得百姓爱戴与称颂。

从“三难红罗”的故事中，可见红罗女的善良、智慧与英勇。一难：黑水靺鞨部有怪兽抢食猎物，处罚当地人，当地却无人识得怪兽，于是黑水靺鞨王派特使求助渤海王。红罗女为识怪兽进山洞探察，发现怪兽正是她当初救治的兽神布罗布恩都力，遂问清兽神惩罚黑水靺鞨人的缘由，乃是因当地人打猎时不祭山的缘故。红罗女解了黑水靺鞨的难题，使黑水靺鞨与渤海国的关系更加友好，也解救了黑水部族民众。二难：木匠神莫一法科西恩都力在渤海王宫内修建了一座七星阁，壮丽辉煌，但机关精巧，外人一进入即迷路。木匠神扬言若无人能从原门进入再从原门走出，就要将七星阁拆掉。一时间，渤海上下无人能解七星阁之谜。木匠神给出三天期限，红罗女细心观察，反复琢磨，终于参透其中的奥秘，破解了难题，为渤海留下了鬼斧神工的建筑。三难：忽尔汗海的龙太子看上了美貌的渔家女海兰，不顾海兰已有婚约，强行逼婚，若海兰不从，就要将当地渔民都杀死。为救渔民，红罗女假扮新娘，打败了龙太子，并剪掉其一个犄角以示惩戒。红罗女不仅解救了一方百姓，也使龙太子改邪归正，为渔民们做了不少好事。这三段传奇故事，使得红罗女的英雄形象更加丰满，也使渤海国上下更加敬佩、喜爱红罗女。

“新罗平盗”的故事也流传甚广。新罗海盗猖獗，杀烧抢掠、祸及渔民，但新罗国无力驱赶，只好求助渤海国。红罗女远赴新罗成功平盗，不仅让两国关系更加友好和睦，也让新罗的百姓享有太平日子，赢得了新罗百姓的爱戴。

其四，英雄儿女，铁骨柔情。

红罗女武功高强，智慧过人，但绝不是性别模糊的“女汉子”。红罗女相貌柔美，说部中有描述：她粉红的脸蛋上长着一双含笑的大眼，发如青丝，眉如翠黛，面似芙蓉，身同杨柳，神清目秀，仪态娴雅；她为人和善，与珍珠、喜鹊情同姐妹，在射杀恶虎救下珍珠、喜鹊姐俩后，与二人结为姐妹，将自己的东西分给二人共同享用；她与渤海王后亲如母女，在动情或伤心时会扑在王后怀中哭泣，尽显小女儿情怀。

红罗女还多才多艺。在比武夺魁的庆功宴上，红罗女以一支红罗巾舞艳惊四座；在东海部落时，她深得胡苏里妈妈及部民们的喜爱，不仅教当地人骑射、武艺，还教他们学习民歌、舞蹈和刺绣。

红罗女既有女侠的英雄豪气，也有至真至性的痴情。对与她自小指腹为婚的乌巴图，她时常挂念，亲手为恋人绣鸳鸯戏水配莲花的箭袋。她对乌巴图情深义重，在乌巴图以戴罪之身被发配到东海部落后，红罗女不离不弃，在没有嫁妆、没有亲朋的寒酸情境下，毅然与乌巴图成亲。最让人悲戚的是，奸相大英士离间红罗女与乌巴图的感情，导致乌巴图含恨而死。红罗女认清奸人嘴脸，终于设计除奸，为夫报仇，不禁让人大呼痛快。至情至性的红罗女，在处理完国事、为亡夫报仇雪恨之后，誓随夫去，毅然决然地驰红马、牵白马，跳入了镜泊湖。

（二）《比剑联姻》中的“收服英雄”

《比剑联姻》中的红罗女是渤海王大祚荣的女儿，其英雄形象主要通过被收服者衬托出来。红罗女之所以能收服众多英雄归附，应归功于她几乎完美的人格。

《比剑联姻》重点塑造了红罗女、绿罗秀、夹谷兰三个巾帼英雄形象。唐玄宗遣天使崔忻到渤海国册封大祚荣，红罗女分析利弊，劝父接受册封并派朝唐使臣赴唐谢恩。红罗女、绿罗秀二人女扮男装，分别化名蒲查隆、蒲查盛，被任命为渤海国军队虎贲营副总管，与夹谷兰一起，随同朝唐谢恩使、左平章夹谷清一同出使大唐。朝唐路上，艰险不断，红罗女等人依靠智谋、武功，一路过关闯寨、收降纳叛，经历了重重困难。又经科场比武、西征吐蕃、比剑联姻等多重考验，红罗女终于完成朝唐使命，与晋王李炫配成完美姻缘后同回渤海。

此故事中的红罗女英雄形象，主要通过一路收降纳叛、与杨国忠一伙的斗争中表现出来，塑造了一个胆大心细、有勇有谋的完美女英雄形象。

首先，红罗女武功高强、谋略过人，更兼有宽仁之心。红罗女艺成首次出山，就调兵遣将、设计布阵，智退高丽、契丹联军的进攻，显示了过人的智慧与能力。红罗女等人一路护送贡品朝唐，每闯一关、过一寨，都经过一番比武打斗，红罗女等人总能以技压敌却不杀敌，而敌将都是佩服其高超的武功，又感激其不杀之恩，因而投于门下，誓死效忠。朝唐之初，途经高丽边境额穆梭，蒲查隆（红罗女化名）告诉蒲查盛（绿罗秀化名），渤海接受唐朝册封会招致高丽愤怒，高丽定会派人扮成强盗劫贡品、杀天使崔忻；高丽劫杀成功后必将嫁祸渤海。基于以上推测，蒲查隆定下计策，故意途经额穆梭险要处，以使高丽上当，暴露其险恶用心。在之后的行程中，又经历了乌拉比武败四怪、海湾岛收服拓拔虎、赫连英夫妇等人、五顶山收服五寨主王常伦、瞿塘峡收服罗振天一家等，屡次征战中显示了红罗女等收服英雄以武胜人的英雄气概和以德服人的宽仁襟怀。

其次，红罗女不仅有武功、智谋，更兼才思敏捷、文采非凡。从最初唐朝使臣崔忻前来渤海，红罗女、绿罗秀就因精通汉语而充当通事（翻译官），还能写臣服唐朝的奏折，且因书法不俗、行文措辞得当而得到崔忻赞许。杨国忠在比武科场故意贴出有辱郡国的对联，引发郡国风波，唐玄宗命红罗女重拟两副对联。红罗女当堂磨墨提笔，写出了“笔劲意切，文词巧妙”的两副对联，不仅让唐玄宗龙颜大悦，更让高丽、百济等郡国的应试者心悦诚服。

再次，红罗女不仅文韬武略皆精，还有着仙女般的美丽容貌，：“青丝如墨染，长可及膝盖。面如桃花初绽、荷花映水，眉如春叶，唇如吐朱，牙排碎玉，一笑两颊显出了梨窝。两眼有神，白眼球如一潭秋水，黑眼珠如墨球晶莹，俊俏中暗藏柔媚，伶俐中透出贤淑贞静。身材合度，‘比花花有色，比玉玉生香’，真是千娇百媚、冷若冰霜、艳如桃李的英气勃勃奇女子”①。

如果说在《红罗女三打契丹》中，红罗女是经过一系列为国征战、为民除害的英雄行为，才成长为智勇双全的“卫国女将”，那么《比剑联姻》完成了对其英雄形象的塑造。《比剑联姻》开篇就交代，红罗女与绿罗秀、夹谷兰三人从小共同学艺，师从只手托天红衣女道姑学艺12年，学得一身文武艺，长拳短打，十八般兵刃样样精通，又兼学过三韬六略、孙子兵书，三人均是“上马读书、

① 傅英仁、关墨卿讲述；王松林整理：《比剑联姻》，长春：吉林人民出版社，2009年，第577页。

下马杀贼的女风流儒将，巾帼英雄”①（《比剑联姻》第一回），而红罗女更是三人中的佼佼者。红罗女一出山，即成为大祚荣的左膀右臂，及至随同左平章朝唐，更将她才、智、勇、武的英雄形象全面铺展开。她一路过关闯寨，凭高强的武艺和慈悲的心肠收服各路英雄来投；路遇阻碍，总能设下妙计一一破解；稍有困难，就有高人相助或遇名师指点；就连姻缘也是师傅事先为其配好的，让她拿着莫邪剑，“找到使干将剑的准能配个好丈夫”。《红罗女三打契丹》在结尾处描写红罗女投湖殉情，使故事终结为一部爱情悲剧，也增加了红罗女殉情的悲壮色彩。相较之下，《比剑联姻》却是红罗女与晋王李炫结成秦晋之好，唐玄宗封晋王为东王、驻渤海长史，封红罗女为渤海郡神武大将军、飞卫红娘子、东王贤淑妃，二人携梅妃娘娘同回渤海，闹个皆大欢喜的大团圆结局。这样的处理，虽然削弱了故事的真实性和悲壮美，却符合人们对英雄历经磨难终于功德圆满的心理期待。

在满族先民创作的英雄传奇中，英雄人物都具有近乎完美的形象。满族说部中所载自不必说，一些民间传说如《阿骨打学兵法》《计破三十五部叛乱》《金兀术点将台》等，将阿骨打、金兀术等人塑造成无所不能的英雄人物。“为了歌颂自己的民族英雄，把人民中一切生产能手、战斗奇迹、风流韵事、聪明智慧都赋予了他，使他高大无比，形象完美雄伟。”②

---

① 傅英仁、关墨卿讲述；王松林整理：《比剑联姻》，长春：吉林人民出版社，2009年，第11页。

② 汪玢玲：《民俗文化论集》，长春：吉林人民出版社，2000年。

（三）红罗女英名的传播范围

在《红罗女三打契丹》中，红罗女为国为民做了诸多好事，立下丰功伟绩，英名传播甚广。关于这一点，从现今民间流传红罗女传说的分布区域也可见一斑。

其一，家乡扬名。《红罗女三打契丹》中，红罗女的家乡在忽尔汗海。忽尔汗海，史称阿卜湖、阿卜隆湖、呼尔今海，唐玄宗开元二年（713）称忽尔汗海，明志中始称镜泊湖，清朝称毕尔腾湖，今通称镜泊湖，位于今黑龙江省东南部张广才岭与老爷岭之间，是世界著名的高山堰塞湖之一。红罗女又称“镜泊神女”，她的传说与镜泊湖紧密相连。

其二，威震东海、扬名北疆。东海与北疆，即指东海部落和江北的萨哈部落。因奸相大英士的挑拨，乌巴图被发配到东海部落服役三年。东海部是一个荒僻的部落，离京城很远，相当于渤海国的边塞，那里有最粗野、最荒蛮的部落。乌巴图、红罗女等人来到东海部落之后，教这里的人射箭、武艺，提高渔猎水平，又帮助他们打败江北的萨哈部，因此，红罗女的事迹在东海和江北的萨哈部很出名，当地人将其当神仙供起来。据传，在珲春、汪清一些地方，直到现在，还有满族人祭奠红罗女。

其三，黑水靺鞨扬名。红罗女识辨出兽神布罗布恩都力，解救了黑水靺鞨部，从此，黑水靺鞨与渤海国的关系更加亲密，红罗女的名字也在黑水一带传开。

其四，新罗扬名。红罗女为剿灭新罗海盗，曾到离东海部不远的豆满江（今图们江）一带寻找解毒白玉石，据附近部落的人讲，这一带人也早知红罗女英名，都传她是活神仙。新罗平盗之后，红罗女的名字更是家喻户晓，甚至传到后来的朝鲜。

其五，大唐闻名。乌巴图出使大唐，在宴会上唐天子说："渤海国真是地灵人杰，听说有位巾帼英雄红罗女，武艺出众，两次挂帅征讨契丹，屡获胜绩，东土才得以安宁，民众视之如神。"① 从唐天子熟悉渤海事上可见红罗女故事传播范围之广。

其六，"五京卜六府"皆知。红罗女三打契丹，除掉了耶律黑，这一喜讯传遍渤海国"五京十六府"，红罗女的名字更是老幼皆知。历史上，渤海国所辖疆域广大，包括今吉林省、黑龙江省大部、辽宁省部分，北达俄罗斯滨海地区，东南至朝鲜咸境北道、南道、两江道、慈江道和平安北道的一部分。渤海国下辖五京、十五府、六十二州、一百二十余县。

渤海国的行政区划是仿唐制而设的，唐时称都城长安为西京、东都洛阳为东京、北都太原为北京。至唐肃宗至德二年（757），西京凤翔府、中京京兆府、东京河南府、北京太原府、南京成都府合称五京，遂形成五京制。"渤海五京当设于大钦茂统治时期，也当是陆续建置，最后仿唐制而奠立五京，并且也是以五府加号为五京，与唐肃宗做法一脉相承。"② 据《新唐书・渤海传》及《辽史・地理志》等史料记载，五京十五府分别为：上京龙泉府（今黑龙江省宁安市西南的渤海镇）、中京显德府（今敦化市境内）、东京龙原府（今珲春市东）、南京南海府（今朝鲜东北部沿海一带）、西京鸭渌府（今白山市临江镇古城遗迹）及长岭府、扶余府、鄚颉府、定理府、安边府、率宾府、东平府、铁利府、怀远府、安远

① 傅英仁讲述；王宏刚、程迅记录整理：《红罗女三打契丹》，长春：吉林人民出版社，2009年，第202页。

② 佟冬主编：《中国东北史》第二卷，长春：吉林文史出版社，2006年，第136页。

府，此为五京十五府。[1]

此外，在《比剑联姻》中，对红罗女英名远播也有所提及。红罗女等人从渤海都城出发，一路向长安进发，闯关过寨、收降纳叛，受英雄敬仰、受万民拥戴，所到之处，英名远扬。待红罗女等人受唐朝皇命西征，左平章说道“去征吐蕃远涉瀚海，要扬名西域了”，虽说是渤海扬名，但红罗女作为渤海的主要战将，借战争扬名也是必然的。

(四) 反面形象对英雄塑造的作用

在满族说部中，英雄往往具有强烈的道义观念，是非分明，所以叙事过程中往往是忠奸可辨、正邪两立的简单风格，忠奸斗争、正邪对抗是这类故事惯用的模式。《红罗女三打契丹》中红罗女、乌巴图等正义之师与奸相大英士、契丹元帅耶律黑之间的较量，《金世宗走国》中金世宗与海陵王之间的权力争夺，《飞啸三巧传奇》中赛冲阿、穆哈连、飞啸三巧等正义英雄与奸臣穆彰阿、沙俄侵略者邪恶势力的激烈对抗中，都沿用了这种模式。

叙事文学中，矛盾与冲突是推动情节发展的重要因素。正邪、忠奸的对立，制造出不可调和的矛盾与冲突，使事件发展起伏跌宕、引人入胜。最终，正义战胜邪恶、英雄铲除奸佞是必然结局，这既符合主流意识形态的要求，也符合人们的审美习惯。与英雄相反的恶势力、对立面，是推进英雄成长的必要因素；英雄的形象、精神和气质，也通过与奸臣、恶人的对比而得到升华。

在《红罗女三打契丹》中，塑造了大英相、耶律黑、妖道等反

---

① 佟冬主编:《中国东北史》第二卷，长春：吉林文史出版社，2006年，第137—145页。

面角色。

奸相大英士为谋权篡位，几次勾结契丹入侵渤海国。为了得到美丽、善良又英勇无敌的红罗女，多次设奸计陷害乌巴图，致使乌巴图含冤而死。大英士的存在，是红罗女与乌巴图二人劫难的主要制造者，但忠奸对比，也更衬托出二人的光明磊落与正气凛然。

另一反面形象耶律黑，本是长白圣母的二徒弟，虎背熊腰，力大无穷，武艺出众，刚猛的铁头功无与伦比，能将凶暴的野猪撞到脑浆迸裂，有“黑铁头”的名号。但其人性情暴烈、利欲熏心、反复无常，在契丹奸细的利诱下，叛国求荣、助纣为虐，射杀了红罗女的父亲敖东将军。在二打契丹中，他被红罗女捉住，签下契丹永不犯渤海国的协议，事后背信弃义，最终在三打契丹中死在红罗女的剑下。

相较《红罗女三打契丹》故事的简单、短小，《比剑联姻》的叙事更为复杂、文学色彩更浓，因而故事也更加生动。红罗女一路朝唐，与高丽、契丹的斗争，均转化为“收服战”，唯有与杨国忠一伙的斗争，才是真正的正邪之争。故事中对杨国忠、杨贵妃、安禄山等反面人物着墨不多，通过“杨国忠勾结白马寺凶僧劫贡品”“安禄山施奸计刁难三女杰”“杨贵妃暗设诡计让渤海征蕃”等情节，表现恶势力的凶狠奸诈。但以红罗女为代表的渤海英雄均用过人才智与武功一一化解，又以大团圆结局强化了“邪不胜正”的主题。

二　《比剑联姻》的“收服英雄”母题

《比剑联姻》是一部以“收服英雄”构成情节主线的作品，主要讲述了红罗女等人从渤海到唐都长安朝贡，途中遭遇重重阻碍，但众人齐心协力战胜恶势力，终于完成朝唐使命的故事，重点塑造了渤海国巾帼英雄红罗女等人的英雄形象。

“收服英雄”是传统英雄主题下的类型模式之一，在满族说部中，这一类型较为常见，如《东海窝集传》《阿骨打传奇》《金世宗走国》《平民三皇姑》等说部中都采用了“收服英雄”的模式。这种模式使战争形式简化，人物形象得以重点突出，故事也更加精彩。

（一）“收服英雄”的情节主线与游记体的叙事结构

《比剑联姻》中，收服英雄的行为基本上是通过“遇阻—比武（或战场拼杀）—收服”的模式体现出来的。红罗女一行从渤海国都城出发，一路奔向长安，到达天门岭附近时遇高丽大将全盖世、席旺嗣会同额穆梭猛将迟勿异劫夺贡品，红罗女以武力战胜迟勿异，将其收服；行至乌拉城，遇突厥守将东门兄妹强留贡品，红罗女与二人比武，技胜一筹，将其收服；行至海湾岛，草莽英雄拓拔虎、赫连英夫妇欲劫贡品，红罗女用计捉住他们派出的海盗，又用登萍渡水等绝技胜了寨主夫妇，将其收服；行至登州后，贡品被劫，红罗女等人奉命追回贡品，在瞿塘峡葫芦峪采用分化瓦解大寨主罗振天一家的策略，辅以武力征服，收服了罗家父子；在西征吐蕃过程中，红罗女在五顶山放走的四个寨主前来助战，并率难民前来归降。“遇阻—比武（或战场拼杀）—收服”的模式，显现了红罗女等人的足智多谋、武艺高强、胸怀宽广的英雄侠义形象，也展现了被收服者弃暗投明的明智之举。除以智取或力敌收服众多英雄外，红罗女还以她的良善仁厚吸引许多江湖侠客前来相助，甘愿随其左右。

从整体故事框架来看，《比剑联姻》受到明清游记体小说影响，按照主要人物的行程路线及途中所发生的事件结构全篇。红罗女等人的朝贡之路，就像《西游记》里唐僧师徒的取经之路一样，每到一处，都会遇到阻碍，于是众人或智取或力敌，一路闯关夺寨，收服了众多英雄，也斗败了以杨国忠为首的一伙权奸和恶势力，完成朝唐使命。

(二)《比剑联姻》中的角色设置

《比剑联姻》中的收服英雄，是抗敌保国和维持其既定集团利益的主要体现者，也是英雄传奇小说中的“正统英雄”，他们不仅以抗敌救国为主旨，在有外敌入侵的情况下，英雄与奸佞的斗争往往成为英雄传奇的中心。

一般的英雄传奇故事中，往往设置“外敌、皇帝、正统英雄（忠臣）、小人（奸臣）与喜剧英雄五方力量相互牵制和冲突”,①在这些角色力量对比中，正统英雄往往智勇双全，能够战胜外敌，但对付奸臣或昏君时既无勇又无谋；外敌往往能轻易地战胜或收买以奸臣为代表的朝廷势力，却天然地不敌正统英雄；那些奸佞之徒，在对付外敌时往往束手无策或卖国求荣，但在迫害英雄时却得心应手；那些具有无上权威的君主，往往能得到英雄的誓死效忠，却被奸臣玩弄于股掌，如同他们的傀儡。明清时期的英雄传奇《说岳全传》《五虎平西演义》《杨家府演义》等作品，几乎都合乎这种模式。

《比剑联姻》中的角色设置除喜剧英雄缺失外，大概与此相类。但在英雄力量的突显和英雄命运的结局中，完全颠覆了明清英雄传

① 罗书华:《分配与合成——明清英雄传奇小说角色论》,《学习与探索》1998 年第 2 期。

奇的模式。以红罗女为代表的渤海国英雄，不仅对抗外敌轻而易举，对抗内奸也是稳操胜券。红罗女等英雄人物，代表的是渤海国的官方力量，但渤海国既受唐朝册封，那么渤海国君臣上下亦为大唐天子的属下臣民。对于红罗女等人来说，一路朝贡去向长安，所经高丽、契丹边境发生的战事，以及至朝唐后的西征吐蕃，均是以抗敌、救国、自保为主旨的斗争，但这些斗争似乎并未构成故事的主要矛盾。因为在与高丽的斗争中，红罗女在额穆梭收服了敌方猛将迟勿异，迟勿异归降后反戈一击抓住了两名高丽大将，使高丽劫夺贡品、离间唐朝与渤海的阴谋破产；在与契丹的斗争中，红罗女在乌拉城收服了突厥守将东门豹、东门芙蓉兄妹，二人率众来投，并与渤海英雄共同击退契丹兵；在西征吐蕃的斗争中，红罗女等人轻易破解瓜州之围，水淹、火烧敌军 18 万之众，收复嘉峪关，智夺猩猩峡，凯旋回长安。

与抵御外敌相比，英雄在对抗奸佞的斗争中，往往更为劳神费力。但并未像明清时期的一般英雄传奇一样，任奸臣迫害，毫无还手之力、反抗之心。红罗女等人与奸臣的斗争大致可分两个部分：一为与唐朝杨国忠一伙的斗争，二为与渤海国中台相大查忽一伙假朝唐使臣的斗争。与杨国忠一伙的斗争，主要表现在红罗女众人行至登州、贡品被劫之后，经过智审凶和尚、夜闯白马寺、瞿塘峡葫芦峪破贼兵等一系列斗争，红罗女等人成功追回朝唐贡品，直奔长安，面见大唐天子。随后，奸臣一伙妄图让渤海众将在西征吐蕃的过程中被歼灭，设计多场阴谋，但都被渤海众将一一破解；凯旋回长安后，奸臣一伙又诬陷渤海众将试图谋反，唐玄宗轻信谗言，欲治渤海国主将死罪，红罗女等人在晋王李炫、五国公等大唐正义人士的帮助下，促成皇太后封堂大审，揭破奸党的阴谋，使奸恶之徒认罪伏法。揭穿渤海国中台相大查忽的叛变真相，其中掺杂了与内奸、外敌的斗争。实际上，中台相一伙冒充渤海国朝唐使臣是受契丹胁迫，又兼杨国忠一伙奸臣勾结西夏叛军、设计利用中台相等人，陷害渤海国众将，最终都在封堂大审中真相大白。具有无上权威的大唐皇帝唐玄宗，倒真与明清英雄传奇小说的模式无分别，轻信奸臣谗言，不信良将忠心，被杨国忠一伙玩弄于股掌，险些误杀忠良，种种表现，带有昏君的烙印。事实上，唐玄宗在登基初年也是有道明君，史册丹书"开元盛世"，但"自从杨国忠当了丞相，杨贵妃入宫，迷乱圣聪，沉于酒色，国事日非"[①]，所谓"奸、淫误国"是也。

至于喜剧英雄，《比剑联姻》中似乎缺失，如果勉强算有，就应着落在瞽目神叟等江湖侠客身上了。红罗女等人夺回贡品，杨国忠仍不死心，与白马寺恶僧定下奸计，欲诬陷渤海借献贡谋反。江湖侠客瞽目神叟为帮助红罗女等人，夜入相府，装神弄鬼戏弄杨国忠，使其昏厥无法入朝，上奏诬陷渤海的诡计落空。显然，在这些情节中，瞽目神叟扮演了喜剧英雄的角色。红罗女这些代表官方的正统英雄，受规章、礼法的制约，一般不会做出狎邪不羁之事，而那些江湖人士则不然，他们不受正统礼法约束，行事乖张狂放，任侠豪气。较之正统英雄的抗敌救国行为，喜剧英雄的侠义行为只是正统英雄的辅助和补充，但他们的行为往往更加自由、野性，也更加具有反抗精神，相较之下，正统英雄的种种行事作风有时倒显得刻板和矫情。在《比剑联姻》中，二者互为补充，既体现出正统英雄善于招贤纳士的宽广胸襟，也显示了喜剧英雄在对敌斗争中的重

① 傅英仁讲述;王宏刚、程迅记录整理:《红罗女三打契丹》,长春:吉林人民出版社,2009年,第479页。

要作用。

（三）英雄类型

收服英雄：渤海国群英中以红罗女、绿罗秀、夹谷兰三位巾帼英雄为主要塑造对象，大概与唐朝及渤海国时期满族女性地位高有关。《比剑联姻》中，就连红罗女、绿罗秀的侍女也是身怀绝技的人物，在对敌斗争中显示出智勇双全的一面。红罗女一行开始从收服各路英雄转为与杨国忠奸党的斗争，其间也不断有各路英雄归附，听其调遣。至西征吐蕃，又开始每收一处城寨，都是众将来降、百姓来归的局面。这些都是为说明收服英雄的高强武艺、过人智慧和侠义胸怀。红罗女写的两副对联，一副写："凭精功东安西抚万民乐业，仗武力南征北战天下升平。横批是：武为国本"，一副写"忆昔年十载寒窗勤学苦练，喜今朝名列金榜四海扬名。横批是再接再厉"①，深受唐玄宗赏识，可见红罗女深厚的汉文化修养。渤海国虽然地处偏远，但重视对唐朝汉文化的学习，渤海国君臣精通汉文化者众多，如左平章就是一位熟悉唐朝文化的渤海文臣，在评论杨国忠弄权乱国之事时，引古论今，有理有据。

收服英雄不仅以武力征服人，也以宽仁感化人，但在杀恶人时是毫不留情的。如在"蒲查隆追贼剑斩三达摩"一回中，因混天达摩、混海达摩、混五岳达摩三个恶道杀官兵、劫饷银，蒲查隆连斩三名恶道，为民除害，毫不手软。

满族说部主要是讲满族先民们建国立业的英雄事迹，经过代代口耳相传，又有说书人的加工，自然有美化自己民族和民族英雄的

---

① 傅英仁讲述；王宏刚、程迅记录整理：《红罗女三打契丹》，长春：吉林人民出版社，2009 年，第 445 页。

主观色彩在里面。因此，《比剑联姻》中将红罗女等人塑造成完美的英雄，也是合情入理的。

被收服英雄：在《比剑联姻》中，被收服的英雄形象各异，但都武功高强、豪侠重义。其中，又可分为敌方将领，如迟勿异、东门兄妹，在两军对战中，或直接拼杀武力不敌，或相约比武愿赌服输，最后归于渤海将领麾下。还有一类被收服者本是江洋盗匪，有的以杀富济贫为己任，如海湾岛的拓拔虎夫妇；有的本是良知未泯、被逼落草为寇的英雄，一旦遇到正面力量，即能明辨善恶，毅然归降，如五顶山五寨主王常伦；有的受奸人利用做了坏事，如瞿塘峡罗振天家族，最终都被红罗女收服。无论是弃暗投明的敌国将领还是弃恶从善的江洋盗匪，他们本来都是各为其主，但都在被收服后走上为渤海国效力的“正途”，这一方面是收服者的襟怀宽广、愿意招贤纳士所致，另一方面也是被收服者明辨是非的结果。被收服的英雄又有向收服英雄的角色转换过程，他们进入渤海阵营后，在接下来的行程中会成为收服英雄，再去收服其他人，如迟勿异、东门兄妹都在之后的攻城夺寨、招降纳叛中立下过汗马功劳。被收服的英雄中，大部分都是敬服红罗女等人的武功、德行主动来降的，只有罗振天在众叛亲离的情况下被迫来降，但罗氏家族也在后来的斗争中奋力拼杀，勇立奇功。

江湖侠士：这类英雄不是被收服的，他们是不受约束的英雄。他们锄强扶弱，任侠好义，要让这些人主动归附，只能“德”字当先。四化郎、瞽目神叟等侠客，都是名震江湖、武功一流的高手，红罗女看见肮脏病弱的南化郎不仅不嫌弃，还请医送钱，施以援手，南化郎感其善心，不仅苦劝圆觉高僧传授红罗女三人绝顶武功，还一路助战，直至功成。这些江湖侠士在红罗女等人的朝唐、西征之路上鼎力相助，不计名利、不求回报，只是出于江湖道义，这种英雄精神最让人感佩也最令人向往。

清代侠义小说盛行，满族说部在传承的过程中受此影响也不足为怪。鲁迅在评议清代侠义小说时说，“凡此流著作，虽意在叙勇侠之士，游行村市，安良除暴，为国立功，而必以一名臣大吏为中枢，以总领一切豪俊。”①《比剑联姻》中被收服或归附的英雄豪杰皆为红罗女武功和德行所折服，愿为其效力，也颇合侠义小说模式。至于其中多处出现的比武情节，则更像武侠小说中江湖人士之间的来往。

少年英雄：《比剑联姻》中还有一些小英雄值得关注。以“四生”为首的拓拔重生、西门再生、夹谷猛生、东门庆生四个小孩都只有十一二岁，却都是天赋异禀的神童级人物，不仅出身、相貌异于普通的儿童，所使兵刃、所骑坐骑、所使法宝也都让人大开眼界。四个孩童均出身将门，到大唐后，科场比武获唐玄宗钦点解元，又在战场上屡立奇功。还有四化郎的徒弟（除迟匆异外）三个小叫花子——狮儿、虎儿、豹儿，也叫“三丑”，外貌奇特，武艺惊人，就连所用兵刃也都是“兵刃谱上没载、武林中没见”的独创之器。

《比剑联姻》反映的是渤海国时期的社会图景，为增加英雄传奇的真实性，依托或附会历史之处颇多。《比剑联姻》以渤海大祚荣时期为故事背景，通过渤海派使臣朝唐为引子，将途中所发生事件串联起来，形成精彩的英雄传奇故事，展现了当时的渤海国与唐朝的社会、历史、文化图景。说部中还借真实的历史人物——李白、贺知章等唐朝名士作为铺展故事的要素，为以武戏为主线的英雄传奇小说增加文戏砝码。又借与奸臣杨国忠等人的斗争，增加说

① 鲁迅：《中国小说史略》，北京：商务印书馆，2011 年。

部的历史真实感。此外，在人物出身上，说部也有附会历史之处，如南化郎是唐朝徐敬业后人、瞽目神叟是隋朝元勋后裔伍建章后人、圆觉高僧是隋炀帝儿子赵王杨景，等等。

至于说红罗女的师傅只手托天红衣女道姑是唐初风尘女侠红拂、乌拉四怪之一闻乐天是唐朝著名侠客虬髯客的徒弟，这种出身及武艺传承的安置来源于唐传奇。相传，红拂为隋唐时女侠，姓张名出尘。在唐传奇《虬髯客传》中，红拂女为司空杨素府中的婢女，因手执红色拂尘，故称作红拂女。她仰慕李靖的英雄侠义，与之结为夫妻。虬髯客有意于红拂女，但见红佛赫身李靖，遂与二人结拜，称“风尘三侠”或“风尘三剑客”。《比剑联姻》附会此处，增强了渤海英雄的传奇色彩，也使故事更具武侠气息。

三　红罗女传奇中的“宝物叙事”

人们心目中的完美英雄，不但要有高强的武功、超人的智慧，还要有高尚的人格、卓越的领导能力。然而，英雄毕竟是人不是神，不可能做到呼风唤雨，无所不能。明清时期的小说中，为了让英雄具有超人般的能力，往往借助“宝物”提高英雄地位，或在英雄陷入险境的时候，借“天助”或“神助”，帮助英雄化解危机，成全英雄的全能与完美。尤其在明清时期的神魔小说中，宝物叙事占有很大的比例，甚至形成了固定的情节模式。

明清时期，不仅好勇斗狠、场面热闹的历史演义、英雄侠义小说很受欢迎，由宝物想象支撑的神怪小说也很受青睐，因为这些类型的小说符合人们尚奇猎趣、好怪喜新的心理需求。许多带有宝物描写的小说引起大量仿制和民间说书艺人的生发，宝物叙事成为英雄传奇、历史演义、神魔小说中常用的元素。宝物本身是人们想象出来的物件，往往具有超常的魔力和威力，可以夸示英雄人物和豪侠之士的勇武，使超现实想象具有诱人的梦想成真的可能，构成了文学消费中的“卖点”，符合受众尤其是下层民众的潜在接受心理，同时也是民俗神秘信仰在小说中的间接体现。

在红罗女的英雄传奇中，“宝物”更多时候作为兵器的延伸，在战争中起到辅助作用。在实际作战经验中，人们逐渐认识到，战争就是在较量彼此战争武器的装备和运用，战争中所用兵器或装备，往往决定作战者的生死存亡和战争胜负，武器或装备落后，就可能导致整体战事失败。因此，“整个明清小说中与战争相关的宝物描写，的确都或多或少蕴含着‘落后就要挨打’的可贵的深层反省文化观念”。[1] 在极富想象力的英雄传奇小说中，人们将宝物赋予神奇功能，使其具有超现实的审美想象。与小说中单纯的冷兵器交战描写相比，诸多宝物的参与战斗，不仅有人的自身力量、意志和技术的较量，同时也使那些宝物本身的威力显得更加重要而被人所关注。神怪小说《封神演义》中每场战斗的成败，几乎都取决于法力、法器即技术的高低与武器的优劣。借用宝物，不仅增加了小说本身情节和场面的神秘性与可读性，还在总体上给接受主体一种现实中难于寻求的满足感和心理平衡感，从而产生审美愉悦。小说人物可借宝物更加超人化，变得神奇不凡，而宝物也凭借人物的使用而功勋卓著、名声显赫。

（一）宝物与法术

有关红罗女的英雄传奇多有对“宝物”的描写。“宝物”在小

---

① 刘卫英:《明清小说宝物崇拜的社会心理学审视》,《上海师范大学学报》(哲学社会科学版)2013 年第 4 期。

说中作为叙事元素，体现了作者超凡的想象力，也迎合了受众的审美心理，又为英雄人物增加了奇幻色彩。而“宝物”又常常与“法术”相伴存在。

《红罗女三打契丹》中，红罗女师从长白圣母学艺。相传，长白圣母是靺鞨人的始祖神，她神通广大，心地善良，扶危济困，有求必应，具有通天、地、人三界的神通，被人称为佛陀妈妈。红罗女艺成下山，一路奇遇不断，先是与巨蟒作战，之后得到七颗像珍珠一样晶光闪烁的黑豆，这黑豆便是具有神奇魔力的“宝物”。红罗女之所以能得此宝，原来是有高人（与长白圣母有渊源的人）相助，赠给她七粒黑豆兵，助她日后临敌陷阵时破敌之用。黑豆之所以能化为黑豆兵，是要有法术助力的。在与契丹军队的战争中，红罗女就多次使用黑豆兵解除危难。

撒豆成兵，是中国历史典故之一，出自元代无名氏的《十样锦》第二折：“变昼为夜，撒豆成兵，挥剑成河，呼风唤雨。”传说中是散布豆类即能变成军队的一种法术。世人大多听过撒豆成兵，却鲜有人知道撒豆成兵的真相。所谓撒豆成兵并不是将黄豆或者谷米变成士兵，而是以谷物为载体，每一粒谷物承受施法者一息灵气，告祭天地之后画符召请地府阴兵现身阳世。阴魂最喜欢的食物是豆腐，但豆腐是无法承载灵气的，只能退而求其次用豆子。阴兵现身之后会抢食黄豆，吞入黄豆的同时也吞食了黄豆上承载的灵气，由此而接受施法者的神识控制。撒豆成兵也是中国旧小说、戏曲中常提到的一种法术，除增加人们的欣赏趣味，也是神化英雄人物的一种表现手法。

红罗女的另一重要法宝是“红罗巾”。红罗女心地善良，在下山途中救助了一位病弱的老妈妈。原来，这位老妈妈是受长白圣母之托，一是考验红罗女是否心地纯良，二是为给她送驱妖镇邪的宝物——红罗巾而来。这红罗巾具有无穷的威力：“红罗巾，像彩虹，飞行百里不费工，要在河里摆一摆，千条鱼儿落网中。要在地上摆一摆，六畜兴旺五谷丰登。红罗巾，照天红，只要红罗一摆动，千军万马难阻行。红罗巾，显神通，只要红罗一摆动，遇难呈祥保太平。”① 使用红罗巾需用法术驱动，先念动咒语，再向空中抖三抖，红罗巾方可发挥威力。正是因为红罗巾法力无边，才引出大英士设计让渤海王的小妃盗巾之事。然而红罗巾一入坏人手就会褪色失去法力，又引出长白圣母遣绿罗女费尽周折重染红罗巾以恢复其威力等诸多麻烦事。在后来红罗女忽尔汗海除蟒、契丹对敌、东海部脱困等情节中，恢复法力的红罗巾都发挥了巨大威力，为红罗女除怪、破敌起到重要作用。除此之外，红罗巾还具有更富神话色彩的功能，就是在上面绣什么现实中就会真有什么出现，于是，红罗女为家乡忽尔汗海绣了花鸟鱼虫、飞禽走兽，把家乡变得山清水秀、风景如画。

特定的宝物能契合英雄关键之时的需要，而需要者与宝物的所有者一般都存在既定的师徒或其他亲密关系。因此，宝物所有者的“赠宝”行为具有义不容辞和责无旁贷的使命感，而得到宝物的英雄在使用宝物时自然带有庄严、神圣的责任感。

“铜镜”是红罗女的又一件法宝。一打契丹中，红罗女与耶律黑斗法，假红罗巾无法发挥威力，红罗女身陷险境。这时，长白圣母的神鹰送来一面金光闪闪的铜镜。红罗女赶紧念动咒语，命铜镜驱除妖兵。铜镜的威力是可以发射出强劲的白光，将对方幻化的

---

① 傅英仁讲述；王宏刚、程迅记录整理：《红罗女三打契丹》，长春：吉林人民出版社，2009年，第24页。

狼、虫、虎、豹或妖兵扫射一空。红罗女借助铜镜的威力，才在一打契丹中取胜。铜镜在红罗女和乌巴图合力除三蟒的时候也发挥了作用。

比拼宝物的同时，“斗法”也是《红罗女三打契丹》中常见的情节。在红罗女与耶律黑的几次交锋中，都有二人斗法的环节。如耶律黑用小黑旗幻化出兀鹰破解红罗女黑豆兵之法，又用小红旗幻化出狼、虫、虎、豹冲乱渤海兵，红罗女以铜镜破解。一打契丹得胜返朝时，渤海王的小妃在城墙上挥动红罗巾想置渤海王与众将士于死地，被长白圣母用法术将红罗巾收回。待到绿罗女受师命为红罗巾恢复神力时，又有妖道出山横生枝节。妖道是通灵法师，武功高强又会法术，有日行一千、夜行八百的轻功，因炼返老还童丹而抓童男童女为害人间，人称老妖道。通灵法师因不修正道曾被官府申斥杖责，从此对渤海王怀恨在心。他在云游时偶然结识耶律黑，二人狼狈为奸，妖道还教了耶律黑一些妖术，共同与渤海国为敌。为夺取红罗巾，通灵法师利用红罗女的善心，变化为一个摔断腿的老爷爷，红罗女好心相救，却使宝巾再次被盗。幸得通灵法师的师兄游云法师收服妖道，宝巾才又复归红罗女手中。

除了具有神奇魔力的“宝物”，英雄传奇中更常出现的“宝物”是兵器类和坐骑类，即宝剑（或宝刀）和宝马（或异兽）。因为广义上的宝物，实际上是人们对日常工具的一种夸张和神化。宝物可以突出英雄的行为价值，也是英雄们积蓄力量、获得更大本领、迈向成功之路不可或缺的工具或阶梯。《比剑联姻》中的悟玄寺高僧圆觉有几件宝物：一为宝刀“落叶金风扫”，后来送给了拓拔重生。这把宝刀长约一尺一寸，切金断玉，树下舞刀，落叶纷纷，相传是当年波斯国女王送与周厉王的宝物，上有七口宝珠，除夜明珠外，还有避瘟珠、避邪珠、避风珠、避火珠、避水珠、避毒珠，有万毒不侵的功能。另一宝物为玉肚带，有寒暑不侵的功能，三伏天系在腰间遍身不出汗，三九天系在腰间身着薄衫如穿重裘不觉寒。圆觉高僧传授红罗女、绿罗秀、夹谷兰三人武功，艺成下山前，圆觉送三人蒙皮宝铠，这宝铠专避蛇毒，可避刀枪，可谓作战临敌的宝物。红罗女传奇中提到的宝刃有青龙剑、干将剑、莫邪剑、碧血玲珑剑、匕首小听风、短刀落叶金风扫等，都是能“海斩蛟龙、陆劈犀象、切金断玉、削铁如泥、吹毛断刃”的宝刀、利剑。宝马有日月骕骦马、丹顶碧云骓、白龙驹、胭脂马、雪里钻、呼雷豹、墨云蛟、百花骢等，单从名字上，就可看出都是千里追风、踏雪无痕的宝马。《比剑联姻》中另有多名小将以异兽为坐骑，如拓拔重生骑虎架鹰，西门再生骑熊带猴，夹谷猛生骑豹带卷毛狮子狗，东门庆生骑豹带老鸠；还有四员小将骑塞外天门岭特产野兽“犴达犴”，又四员小将骑黑水鞣鞨古林中爱吃盐的兽不兽、畜不畜的“四不像”。

除宝物外，还有不少异能人士为英雄助战。红罗女等人西征吐蕃，军中有懂鸟语者名为公冶子，听一群乌鸦说吐蕃兵半夜攻城，因此才早早做好准备，大败吐蕃兵。这里的公冶子，大概是附会有异能、通鸟倍的孔门弟子公冶长来的。《比剑联姻》受明清小说影响，借奇人异能之事，以张渤海国英雄之功，是结构故事的需要。

（二）神话与玄幻

满族先民构筑了庞杂的神灵体系，这在满族的上古神话或史诗中均有体现，如原始创世神话《天宫大战》中大大小小的原始神祇多达数百位，都是满族萨满神系中世代崇祭的各类大神。

《红罗女三打契丹》的神话色彩极浓，首先表现在满族先民动植物崇拜的原始信仰上。红罗女 8 岁时，其父敖东将军遭人暗害，她便与母亲相依为命。在她 9 岁时，母亲带她去祭奠父亲周年，改变红罗女命运的神奇事件就发生在此时——长白圣母派神鹰把她带上山习武学艺，并派神鹿给将军夫人送信，让其宽心。这一方面为说部增添了神话色彩，另一方面也反映了满族先民的动物崇拜观念。靺鞨人视鹰为自己的保护神，相传，原以打猎为生的靺鞨人最早以渔猎为生，后来学会了种庄稼，但粮食总被山雀糟蹋，人们只好向苍天祈祷，天神受感动，派山鹰驱赶、捕杀山雀，保护了庄稼，后世百姓即将鹰视为神灵供奉起来，一直流传后世。在描述长白圣母的神通时，还提到圣母用柳树枝为患病的孩子治病禳灾，以及长白山周围八百里内的各部闹瘟疫，人们跪在大柳树下打鼓祈祷，请求长白圣母救百姓于危难之中的细节。这应是满族先民崇拜柳树神的原始信仰。

兽神布罗布恩都力惩罚黑水靺鞨部，木匠神莫一法科西恩都力修七星阁，忽尔汗海龙太子抢亲的故事，绿罗女念动分水咒带红罗女、珍珠、喜鹊到瀑布里继续洗炼红罗巾等情节，都是富有神话色彩的描写。红罗女为兽神布罗布恩都力除刺、破解木匠神莫一法科西恩都力“七星阁”的奥秘、制伏忽尔汗海龙太子等，这些带有神话色彩的情节增加了英雄形象的神秘色彩。

此外，每当红罗女陷入危机无力解困的时候，亦总有“神力”相助。如前面提到的，游云法师帮其夺回红罗巾，神鹰送宝镜助其解困。二打契丹中，红罗女即将打败耶律黑时，通灵法师前来施妖术放黑烟，红罗女中毒落马，长白圣母及时出现，赐天池法水，红罗女才得生还。

在一些神话、演义、武侠小说中，英雄陷入危局无计可施时，也常借“托梦”解围或有道之人预告“天机”助其避险。这是此类小说惯用的手法，既可增加故事的传奇性，又能满足人们的猎奇心理。“托梦”等情节的出现，反映了人们的宗教观。当人力无所及时，借用神秘力量或假想中的神奇人或事达成目标。梦兆预吉凶的情节带有玄幻色彩，如红罗女不知忽尔汗海蟒灾因何而起，当晚即有一个老太太给她托梦“要知海中事，请出红罗巾”；在奸相大英士的精心设计下，成功离间了乌巴图与红罗女的感情，致使二人互相猜疑。红罗女在看了乌巴图留下的绝情书后，大病一场，昏迷多日，恍惚间看见一只白面狼蹿出扑向乌巴图，将乌巴图扑到水里了。这一梦兆与乌巴图在长安半梦半醒间看见的白面狼一幕如出一辙。两相印证，预示了二人悲剧命运的到来。所谓的“天机”也常被穿插在故事中，增加玄幻色彩。修道之人，一般被认为能查天机，但往往不会说破。比如红罗女的师傅长白圣母早就算到，红罗女与乌巴图若结成姻缘，将来必有大灾难，告诫二人“你们只能看见白天的人，看不到暗中的鬼；只能感到眼前的福，未能察觉背后的祸；只能体察眼前，不能预知未来”，又说“你们想要白头到老，必须做到我说的几件事，一步失误，难以挽救”，几件事就是“见花轿不坐”，“见书信不信”，“见美酒不饮”，至于“暗中的鬼”是谁，“背后的祸”是什么，以及为何要做到三件事，若做不到有何后果，都属于“天机”，是万万不可泄露的。到后来二人在大英士的奸计下分别犯了三条戒规，终致乌巴图遇害，一方面说明长白圣母预知的“天机”很准确，另一方面也说明不按“天机”行事必生祸端。

明清神魔小说中常借离奇阵法推进故事的发展，《封神传》中即有截教之通天教主设万仙阵，阐教群仙合力破阵，斗智、斗法相当激烈。鲁迅评价明朝神魔小说“似志在于演史，而侈谈神怪，什九虚造，实不过假商周之争，自写幻想”,① 布阵、斗法多有玄幻色彩。在《红罗女三打契丹》中，契丹主帅耶律黑布下了九钩九环阵，分别为虎头关、蟒蛇关、老雕关、黑熊关、金豹关、金沙关、烈火关、飞刀关、乱箭关，九关中有五关为兽兵摆阵。破解阵法，一般不是真打实拼的武功较量，更多是斗智、斗法的比拼，玄幻色彩很浓。在《比剑联姻》中也提到悟玄寺圆觉高僧传授红罗女等人“九宫迷离迷魂法”，大概与诸葛亮的八卦阵相似。

宝物叙事增加了小说的神话与玄幻色彩。小说中的宝物描写及相关的斗法等艺术表现，从根本上说是现实社会中人们对于兵器或工具因需要而珍惜、依恋进而赋予其充分想象的结果。人的想象创造出各种宝物为人所用，而宝物也再造了小说中的人物形象，使得一些平凡人物变成超凡的英雄，从而构成了一系列作品的神奇英雄谱系和英雄群像。

四　红罗女传奇中的社会文化观

渤海国与中原唐王朝是隶属关系，向唐称臣，受唐节度，对唐负有纳贡称臣的义务。自大祚荣接受唐朝册封后，立即遣子入唐为质，留备宿卫；贡献方物，以示臣服。其后世诸王相沿不改，竭诚履行臣属义务。“所谓宿卫，即留在禁宫中值宿警卫，侍奉皇帝，既是一种服役，又是一种殊荣。通过王子入朝为质，保持与朝廷同德一心，固结隶属关系，随时沟通信息，相携相依，共存共荣。”②

① 鲁迅:《中国小说史略》,北京:商务印书馆,2011 年,第 158 页。

② 佟冬主编:《中国东北史》第二卷,长春:吉林文史出版社,2006 年,第 180—181 页。

见于文献记载的渤海国入朝宿卫王子有十余人。经过不断地交流、学习，渤海国与唐王朝之间成为“车书本一家”的不可分割的整体。晚唐诗人温庭筠《送渤海王子归本国》诗云：“疆理虽重海，车书本一家。盛勋归旧国，佳句在中华。定界分秋涨，开帆到曙霞。九门风月好，回首是天涯。”[①] 诗句不仅指明了唐朝与渤海国的隶属关系，也道出了二者是“车书本一家”的亲密整体。渤海国依附唐朝的荫庇得以繁荣发展，唐朝也有赖渤海国在一方的管辖而边疆稳固。如此密切的关系，使得唐朝文化对渤海国的社会文化观影响颇深。

渤海国的社会文化既继承了靺鞨族固有的文化传统，又曾受到高句丽文化的影响，但随着历史的发展，在中原汉族高度发达的封建文化的深刻濡染之下，终于融入了唐朝文化的行列。渤海文化实质上是具有一定民族特点和地方色彩的唐朝文化的组成部分。渤海国时期，效仿唐朝修建新都、学习唐朝科考制度和礼仪、网罗名士、四海纳贤等举措，使渤海国的社会文化观念较为开放。《红罗女三打契丹》和《比剑联姻》等说部中反映的社会文化观即体现了渤海文化主要受唐朝文化影响，又兼有与本土文化融合的特征。

《红罗女三打契丹》的故事发生在渤海国第三代王大钦茂时期。据史书记载，儒学在渤海的兴起，即始于大钦茂时期。大钦茂是一位具有开放意识的君王，首先，体现在外交方面。除接受唐朝册封外，大钦茂还积极与唐朝修好，如派乌巴图去朝唐，并送去“海东

---

① 曾益等笺注：《温飞卿诗集笺注》，上海：上海古籍出版社，1998年，第188页。

骏马一百匹，人参一百斤，鹿茸一百架，貂皮一千张”① 等贡品，表明渤海国积极维系与唐王朝的关系，朝贡不绝。此外，大钦茂还积极与日本交好。据记载，渤海国时期，共遣使日本三十三次，其中大钦茂当政时就先后遣使十一次，可见与日本交往之密切。与渤海第二代王大武艺的武力扩张政策不同，大钦茂推行文治，并积极倡导汉文化，据《唐会要》卷三十六记载，大钦茂在即位第二年就派人到唐朝，“求写《唐礼》及《三国志》《晋书》《三十六国春秋》”②，可见其十分重视与中原文化的交流，这类举措提高了渤海人的文化素质，使得渤海人才辈出，更涌现了许多文士诗人。这种与外邦交好、积极学习进步制度的举措，在《比剑联姻》中也有较多体现。

（一）女性观

在原始社会早期的母系氏族时代，女性主宰社会生活。但随着社会生产力的发展，男性逐渐在社会生活中占据主导地位。尤其是在以武力和勇猛角逐胜负的战争中，女性更因体能上的弱势而基本失去参战的资格，即便偶尔参与其中，也只能作为男性的配角存在。

然而，在红罗女的英雄传说中，一改传统做法，女性不仅作为主角参与战争，还领导着很多男性战将并取得了最终的胜利。从女性参战情节和女性对待战争的态度上，可以看出渤海国时期女性地位较高，所受束缚相对较少。

地处边陲的番邦外夷的女性地位，历来要比深受三从四德等封

---

① 傅英仁讲述；王宏刚、程迅记录整理：《红罗女三打契丹》，长春：吉林人民出版社，2009 年，第 202 页。

② 王溥撰：《唐会要》卷三十六《蕃夷请经史》，北京：中华书局，1955 年，第 667 页。

建礼教约束的中原女性高。渤海女性地位较高，从渤海婚制上即可得到旁证。渤海为一夫一妻制，据载，渤海妇人皆悍妒，不容侧室，“故契丹、女真诸国皆有女倡，而其良人皆有小妇、侍婢，唯渤海无之”①。《红罗女三打契丹》中乌巴图使唐，受到唐天子青睐，欲将公主许配于他，乌巴图声明自己在渤海已有妻室，是不可再娶的。渤海王在得知此事后，也回书唐天子，言明按渤海国婚俗章法，乌巴图不可再娶，婉拒唐天子美意，将乌巴图提早召回。

渤海属中原眼中的“蛮夷”，是未经教化之地，不受汉文化体系中清规戒律对女性的约束，女性与男性一样参加骑马射箭的活动。

此外，唐朝时风气开放，女性地位较之前朝提高很多，而渤海文化深受唐朝文化影响，因此，女性地位较高也是理所当然的。

唐朝是在经历了北朝民族充分的融合后建立起来的，主要继承了北朝的文化传统。因此，北朝妇女较高的社会、家庭地位在唐代得以继续保持并得到进一步强化。唐代有命妇朝谒制度，即在正殿受到天子接见，这在之前的历代汉族王朝中是极其罕见的。唐代是中国封建史上少有的女性相对自主独立的时代，这从唐传奇的许多篇章中也可以得到证明。如唐传奇中描写的出身将门、剑法奇异的聂隐娘，谋略过人、机智勇敢的复仇女神谢小娥，明辨是非、豪爽大气的风尘侠客红拂女……她们不仅少有脂粉气、不拘守闺阁，相反，倒都是敢作敢为、义勇双全的奇女子。她们或身负绝技，或奇谋妙断，或豪侠仗义。事实上，唐传奇的作者多为男性，但他们笔下的这些女性能够有着与男性一样，甚至超越男性的豪迈和英雄气概，足见唐代女性地位的高涨，无怪乎有人评论“女性以新的面貌

① 洪皓:《松漠纪闻》,《长白丛书》,长春:吉林文史出版社,1986年,第19页。

朝气蓬勃大规模地占据文学作品中的主角地位，唐传奇首开先河”。[1] 中国历史上第一位也是唯一一位女皇武则天就出在唐代。此后，唐代宫廷中还出现过妇女直接祭祀天神地祇的场面。须知，祭祀天地是隆重的典礼，由男性主持是秦、汉、魏、晋相沿不改的传统，武则天、韦后等人却一反旧制，在祭祀天地时出面献酒，可谓冒天下之大不韪。

渤海国是与唐朝并存、受唐朝册封、归唐朝管辖的地方政权，以渤海国时期为背景的满族说部，也主要表现了巾帼英雄的传奇故事。

在《红罗女三打契丹》中，对唐朝女子可以参加科考、入朝为官有所表述。渤海国一向积极模仿、学习唐朝各项制度及礼仪，对女子登科入朝不仅不加排斥，还推崇有加。这就让红罗女的卫国女将军身份成为可能。加上红罗女的确智勇双全，几次危急关头奋勇救驾。再从长白圣母收其为徒，目的是让红罗女“报仇雪恨解国难”“为国效力、为民除害”等情形看，当时的渤海社会并无对女子的诸多禁忌。乌黑里将军也嘱红罗女“继父遗志，扬名四海，为国争光”，可见，在渤海人的思想中，女子想有作为并无阻力。

红罗女能够以女子身份上战场，除渤海女子地位较高外，与唐朝的女权风气相关。《比剑联姻》中，红罗女、绿罗秀女扮男装去朝唐，得到渤海郡王大祚荣的允许；在大唐参加科场比武也得到左平章、大门艺等人的支持并一举夺三甲；其女性身份暴露后，唐朝君臣上下并未治其欺君之罪……当时无论是渤海国还是大唐，对女性的态度都比较宽容，对女性参与战争也并不排斥。

---

① 陈颖:《中国战争小说的女性观》,《福建师范大学学报》(哲学社会科学版)2008 年第5 期。

“女权的强化必然导致男权的削弱”[1]，尤其在家庭内部，女性地位的提高也得到了男性的认同。《红罗女三打契丹》中，国王大钦茂认为王后是一位颇有见解的女性，因此，朝堂上每有议事，他都会回后宫说与王后，王后也会帮其参详或出谋划策，在国事、家事上替国王分忧。

当然，女性地位再怎么提高，也无法动摇男性主宰社会的绝对权力。唐代和渤海国女子地位高，只是相对而言，并非说明女性地位高于男子。唐初，靺鞨部男子为部落骨干力量，确立了在家庭和社会中的主导地位。由夫妻关系组成的家庭已全面建立，与中原封建社会的婚姻关系一样，妻子是丈夫的附庸，男人穿皮衣，女人穿布服。男性是社会生活的主宰，且渤海“男子多智谋，骁勇出他国右，至有‘三人渤海当一虎’之语”。[2] 红罗女传说中的将军多为男性，只是说部为了突显红罗女的英雄形象，才将这位巾帼英雄塑造得出神入化。在《比剑联姻》中，这种塑造是通过将红罗女等人女扮男装完成的，其他几位巾帼英雄如东门芙蓉、赫连英等，也几乎是性别模糊的存在。不仅在满族说部的故事中，中国古代战争小说中的女英雄多具有男性化的特征，作者基本按照男英雄的标准塑造她们的形象，尤其是战场拼杀的环节，女性除与男性外表不同外，其余基本相同。但不管怎样，女性英雄走出闺房奔向战场，与男性共同保家卫国，是对传统性别文化的一种反叛，具有进步意义。

---

① 李炳海:《女权的强化与妇女形象的重塑》,《学术交流》1996 年第 3 期。

② 洪皓:《松漠纪闻》,《长白丛书》,长春:吉林文史出版社,1986 年,第 19 页。

（二）义利观

渤海国时期的两部满族说部，表现了儒家思想占统治地位的义利观。

两汉以来，在中国封建社会中占统治地位的主体思想是儒家思想。因统治者的重视与提倡，唐代的儒学又进入一个新的发展时代，对儒家经典的钦定让众说纷纭的诸家思想逐渐平息，科举取士让读书人意识到只有专攻儒学才能走上入仕为官的正途。在这种崇儒之风的影响下，从内地到边疆，儒学得到更广泛的传播。时值渤海国向封建社会的转变时期，鉴于本土固有文化较中原汉族文化落后，为巩固其王权统治，统治者自然加强与唐王朝的政治、经济、文化联系，尤其是主流意识形态层面，宣传封建伦理道德的儒学成为渤海国学习、移植唐朝文化的中心内容，作为强大的思想武器，灌输于普通民众中。

渤海第三代王大钦茂时期是儒学兴起的肇始。前文提到，大钦茂派遣使臣、留学生到唐朝求学、学习儒家经典、典章制度，回国后带回许多汉文化的典籍，成为儒家思想的积极传播者。渤海国用儒学教育贵族子弟，培养统治人才，其中很多在唐朝学成归国的都居高位，连掌管行政最高机关政堂省的六部，都以忠、仁、义、智、礼、信命名，足以证明儒学在渤海的盛行。

《红罗女三打契丹》中，无论是红罗女、乌巴图等英雄的父母、师傅，还是其父生前好友、朝廷将帅，都谆谆教诲他们要以“保家卫国、不负祖先”为己任，待学成扬名后，更是上至君王、下至群臣，甚至普通民众，都对他们寄予“为国争光、扬名四海”的厚望。英雄们自己也从来都是胸怀天下、为国为民、大公无私。英雄的这种观念，可以说来源于他们所接受的儒家思想。

因为英雄身上具有超越凡人的能力和品质，所以更易得到众人的仰慕与信任。“故凡侠义小说中之英雄，在民间每极粗豪，大有绿林结习，而终必为一大僚隶卒，供使令奔走以为宠荣。”① 《比剑联姻》中的“大僚隶卒”，显在的就是巾帼英雄红罗女，因为，无论是那些战败来降的敌国强将、山寨草莽，还是那些自愿前来助阵的江湖侠客，甚或那些西征途中饱受战乱之苦、殷殷来归的难民百姓，都是钦敬红罗女高强的武功与高尚的德行。而红罗女代表的是渤海朝廷，按官职论，红罗女之上是左平章，左平章之上是渤海国王。各路英雄、豪杰所愿归附的不止红罗女个人，更是以红罗女为主将的、有招贤纳士之名的渤海王和渤海国。20 世纪出土的渤海《贞惠公主墓志》与《贞孝公主墓志》是渤海儒学盛行的证明，其中有“配重华而旁夏禹，陶殷汤而韬周文”② 之语，将渤海王与儒家一向标榜的虞舜、夏禹、殷汤、周文王等圣君相提并论。

在儒家思想的引导下，“学成文武艺，货卖帝王家”的义利观在说部中得到彰显。以收服英雄为主题的《比剑联姻》为例，收服英雄具有超凡的凝聚力，而被收服英雄的归附可视为一种信仰的力量。“学成文武艺，货卖帝王家，帝王不识，流落于行侠”，这是《比剑联姻》中一再强调的义利观，也是被收服英雄信仰的一种观念。多数人的观念中，只有货卖帝王家，博个封侯拜相、仕途通达，自身所学的文才武艺才算没被埋没。亦即传统思想中所谓的“入庙堂之高”，才是正道。否则，一身文武艺，只能走江湖，行侠仗义，但这只是退而求其次的选择，一个“流落”，尽道无奈。能

① 鲁迅:《中国小说史略》,北京:商务印书馆,2011 年,第 260 页。

② 王承礼:《渤海简史》,哈尔滨:黑龙江人民出版社,1984 年,第 197 页。

“入庙堂之高”，谁又愿“涉江湖之险”呢？这也是当时儒家思想影响下的义利观所致，庙堂与江湖仍有高下之分，庙堂总是正统，而江湖，毕竟不那么光明正大。行侠仗义固然无愧于天地、无愧于心，又不失自由潇洒，但传统观念中义利思想还是根深蒂固的。被收服的英雄都是本着这样的思想，或另择明主奔光明前途，或技输于人甘拜下风为人驱遣。那些入庙堂受阻的，往往会心灰意冷，自然生出“功名好比花间露，富贵犹如瓦上霜”的感慨，这感慨既是世事洞明的智慧，也是与黑暗现实妥协的无奈。有一些原本做过恶事的山寨草寇被迫归降，除大势所趋不得已而为之外，大概还有他们内心存在“善恶分福祸，正邪定吉凶”的观念，总相信“报应分明，昭彰不爽”，所以愿意弃恶从善，选择传统观念中的正途。

至于那些真正的江湖豪侠，则不受儒家义利观的影响，以“除恶人即是善念”为宗旨，行侠仗义、除暴安良，却视功名利禄如粪土。在中国传统侠文化的视野中，江湖豪侠是正义者的化身，他们靠个人之力，自觉担负着维持人间正义、惩奸除恶、消解人间不平之气的使命。这也是江湖侠士与代表官方的正统英雄之间的区别。

（三）宗教观

满族先民的原始宗教信仰是萨满教，人们通过萨满乞求各种神的保佑。他们崇拜祖先，有祭天、祭祖的习俗。渤海时期，随着与唐朝政治、经济、文化交流的频繁，唐朝盛行的佛教、道教很快传入渤海，并与本土宗教信仰同生共存，文化上又兼受儒家思想的影响，使渤海民众的宗教观变得多元化。

宗教在阶级社会是阶级剥削和阶级压迫的产物，历史上的统治阶级都大肆宣扬宗教，以巩固、加强自身的统治地位。东汉时期，佛教传入中国。至魏晋，东北有些地区的少数民族人士就有到内地剃度为僧者，内地僧侣也有来到东北地区落脚建寺、布坛传教者。从渤海国祭祖大典仪式上可见，除设祭坛、摆三牲、燃九香、三拜九叩之外，还有护国方丈念祈祷文及诵经的程序，可见，在渤海国，原始宗教信仰与佛教相融合而存在。

渤海建国之前，粟末靺鞨曾依附高句丽，而高句丽在东晋时已有佛教传播。渤海第一代王大祚荣曾徙居佛教盛行的营州和辽西一带。可见，渤海受佛教影响由来已久。至佛教在唐朝盛行，而渤海在各方面效法大唐，佛教在渤海的推广也是理所当然的。大祚荣接受唐朝册封后，立即遣子入唐，请求入寺礼拜，得到唐玄宗许可，表明佛教在渤海已有一定基础。至大钦茂时期，佛教已同渤海政权紧密结合，大钦茂尊号为“孝感金轮圣法大王”，代表佛的意志统治民众，也促使佛教在渤海得到迅速传播。在渤海故地的辖域内，随处可见寺庙和佛塔遗址、出土的佛像、佛事用物等，可以证明当时佛教活动的繁盛。在日本古籍中，也留有与渤海佛教相关的纪事。从隋唐传奇到明清通俗小说，都不乏对道、僧、尼等宗教人物的描写，尤其在传统武侠小说中，道、姑、僧、尼的形象更是随处可见。在《红罗女三打契丹》中，乌巴图使唐时在长安听方丈讲经，老方丈向乌巴图打听渤海国的佛事，“二人谈得很投机，那老方丈便赠给他亲手抄的一部《金刚经》，乌巴图恭恭敬敬地接过来，如获至宝一般，拜谢告辞”①。同时，乌巴图也去道观进香拜神，请教修禅炼道之事，经道人指点，于半梦半醒间出现幻象，看见一只白脸狼迎面扑来，又看见白脸狼向红罗女扑去。红罗女与契丹大

---

① 傅英仁讲述;王宏刚、程迅记录整理:《红罗女三打契丹》,长春:吉林人民出版社,2009 年,第 203 页。

将耶律黑斗法，撒豆成兵、呼风唤雨使用的是道教法术；新罗宰相夫人常在道观修行悟道，还曾到大唐峨眉山学过炼丹术，可见当时道教流行之广。《比剑联姻》中也多有对和尚、尼姑、道士、道姑的描写，可见佛教、道教在渤海国是混杂存在的。

除佛教、道教两大宗教信仰，汉族的民间信仰也在东北地区产生了较大影响。清朝宫廷祭祀有萨满祝祷、唱神歌，其祭祀对象包括佛教的释迦牟尼、观音，道教的关帝圣君，还有原始萨满教的佛赫妈妈等。据《吉林外纪》卷六《祠祀》记载，当时吉林地区供奉有长白山望祭殿、松花江神庙等当地诸神，又有至圣先师庙、关帝庙、观音堂、崇礼龙王庙、瘟神庙、财神庙、火神庙、山神庙等，其中关帝崇拜在东北地区尤为普遍。总之，外来宗教信仰传入东北地区后，形成了多宗教并存、融合的局面。

这种多宗教融合的特征，在《比剑联姻》中有一段极富趣味的描写：蒲查隆（红罗女）擒获五顶山大寨主——花和尚悟真，但无论如何威逼，悟真拒不交代贡品下落。于是引出左平章设巧计、假扮阴曹审凶僧的精彩情节。审凶僧的地点是一仓库，伸手不见五指，阴风嗖嗖，“只听吱吱怪叫……一群披头散发，浑身是血的妇女扑到面前，脚踢拳头打，惨惨哭诉：‘凶和尚，你害我好惨啊，我们前来要命的，赔我们命来。’……吱吱荧光闪闪，一群男鬼扑了过来，哭声凄惨地说：‘向凶和尚要命吧。’……见两个身穿青衣，头上帽高二尺，透出绿光大字的黑无常、白无常，手抖锁链把凶僧锁上，说：‘奉城隍命令前来拿你。’把和尚头朝下脚朝上提起就走。”①两旁是青面獠牙的鬼卒排列堂下，被凶和尚害死的冤鬼都在求城隍

① 傅英仁讲述；王宏刚，程迅、记录整理：《红罗女三打契丹》，长春：吉林人民出版社，2009年，第126—127页。

老爷替他们报仇。凶僧吓得魂飞魄散，一一招供。阴曹审凶过程中出现了众多宗教形象：城隍是冥界的地方官，产生于古代祭祀并为道教信仰所发展。“无常”本是佛教用语，在民间传说中作为勾魂使者，受阎王差遣。阴曹、城隍、无常、鬼卒等本来都是宗教的产物，却在历史发展过程中演变为影响广泛的民间宗教信仰，也是宗教世俗化的体现。假扮阴曹审凶是民间文学中常见的情节，尤其在公案小说中更为常用。《杨家将演义》中寇准计审潘仁美、《狄公案》中狄仁杰破周氏谋害本夫案，以及《聊斋志异·胭脂》中毛大伏法，用的都是类似的审案方式。实际上，阴曹审凶主要是利用人的恐惧心理完成的。一是贼人胆虚。悟真虽是和尚，但以其作为看，是一个不信神佛、胡作非为的大恶之人。俗话说，“善有善报、恶有恶报，不是不报、时候未到”，作恶之人都有怕遭报应的恐惧心理。二是萨满教、佛教和民间信仰中都有灵魂不死之说，凶和尚见鬼魂索命，在极端恐惧之下便信以为真。三是环境对心理造成的压迫，使其恐惧异常。除心理因素外，身体受刑也是凶和尚招供的一个因素。凶和尚之前被鞭打、废了武功、锁住琵琶骨、割断脚后跟大筋，已是浑身是伤，几度昏迷。再受审时先一顿惊吓，又被“鬼卒”手持荧光烧得周身伤流污血，痛得晕过去几次又被冷水泼醒。这种身心俱受摧残的情形下，凶僧焉能不招供？

渤海国民众对外来宗教既接纳，同时也存在抵制和偏见。除前文提到的凶和尚悟真，《红罗女三打契丹》和《比剑联姻》中还有多处对僧、尼、道反面形象的描写。《红罗女三打契丹》中老妖道通灵法师，抓童男童女炼丹，与耶律黑狼狈为奸，行凶作恶、为害百姓。《比剑联姻》中三名道人混天达摩、混海达摩、混五岳达摩，杀官兵、劫饷银；凶僧悟真占山为王、奸淫妇女、杀害无辜；受奸人指使，一群“妖僧野道秃尼姑”不守本分，助纣为虐，伙同山贼劫贡品、害忠良；佛门净地白马寺是奸臣窝赃、藏污纳垢之所……无论僧道，全然没有宗教人士的品行。

从《红罗女三打契丹》和《比剑联姻》等说部中，还可以看出满族先民早期的自然崇拜信仰。自然崇拜是一种原始的宗教观，生产力水平低下、社会文化程度不高的部落和民族，祈求神灵保佑，祛病禳灾、驱祸避邪，是人们的心理需求。渤海国民众的自然崇拜主要表现为动植物崇拜。

古人对植物的崇拜，主要是对森林、树木的崇拜，由于南北方植物物种的差别，不同地区崇拜的树种也存在差别。北方民族崇拜的树木主要是柳树、桃树、槐树、枣树等。肃慎时期，东北亚民族已经赋予了柳树三大功能，“被‘伐’祭成为神杆所赋予的人神中介功能；被‘帝’祭成为生殖神所具备的生命缔造功能；被‘取衣’所规定的遮羞与庇护生命功能。”满族有崇柳、祭柳的习俗，认为柳是雨露的象征，民间多用柳枝祈雨。《红罗女三打契丹》中就有长白圣母用柳树枝替人治病禳灾以及人们跪在大柳树下打鼓祈祷的情节，可见满族先民崇拜柳树神的原始信仰。

在萨满教观念中，鹰是萨满神力——魂魄翔天术的象征。满族创世神话中记载“宇宙初始，天母阿布卡赫赫打败了恶神耶鲁里，派下了身边的鹰首女侍从卧勒顿做了人世间第一个女萨满”，卧勒顿女神已明确是女萨满，女神奇异的鹰首象征她萨满神术的高强。《红罗女三打契丹》中，红罗女小时候即是被长白圣母的神鹰带到山上学艺的，其后又多次得到神鹰救护。《比剑联姻》中，悟玄寺高僧圆觉养着两只斑斓猛虎和两只黑鹰守卫寺院。守山老虎从不吃人，而且还会救误入此山迷路的人，小孩重生就经常骑着老虎巡山。黑鹰也不吃小鸟，专吃周围山上的獐狍野猪，吃不了还叼回来给小孩重生烤着吃，还用两只大爪“抓”着重生去山里玩。骑猛虎巡山、架黑鹰玩耍，表明人类与动物的关系亲密。其余如西门再生骑熊带猴、夹谷猛生骑豹带卷毛狮子狗、东门庆生骑豹带老鸠，以及“犴达犴”“四不像”等动物，也都被描述为通灵的灵禽异兽。

禁忌本身也多是从宗教角度出发。满族忌杀狗、吃狗肉、用狗皮。因为满族原是渔猎民族，在长期的狩猎过程中，狗是不可或缺的帮手，又是拉爬犁的主要劳力，所以满族有敬犬之俗，他们从不打狗、杀狗，不吃狗肉、不戴狗皮帽子、不铺狗皮褥子，狗死了要埋葬，等等。这也应视为动物崇拜的一种表现。

野蛮时代纷繁的部落战争，相互间的厮杀和掠夺是残酷的，无关正义与非正义，只关乎生死存亡。部落战争所信奉的法则，是猛禽野兽间弱肉强食的自然法则，原始部落的图腾崇拜，即与此相关。鹰、豹、虎、狼等凶禽猛兽常被一些原始部落作为神灵崇拜。少数民族的上古史诗、神话中，对此多有记载。“动物猛兽真正给予人们美感的因素，是它们本身所具有的无畏不懈，凶猛、敏捷的禀性和品行。”①

第三节　辽代英雄传奇代表作

——《女真谱评》

一　《女真谱评》的编写传承和情节模式

《女真谱评》是大金国建立前的完颜部生女真人的系列英雄传

① 穆塔里甫:《英雄史诗中的勇士形象与兽形艺术类比的审美观念》，《民族文学研究》1994 年第 2 期。

奇，它从九天女与函晋结为夫妇，被完颜部族人推为始祖开始写起，历述了德帝乌鲁、安帝跋海、献祖绥可（随阔）、昭祖石鲁、景祖乌古遒、世祖劾里钵、萧宗颇刺淑、穆宗盈哥、康宗乌雅束、太祖阿骨打时期的历史传说，其中世祖劾里钵之后，则主要以叙述阿骨打的英雄事迹为主，止于金朝建国。我们可以看到一幅幅波澜壮阔、有声有色的历史画卷，堪称女真族的无韵史诗。

《女真谱评》的原作者傅延华是一个蒲松龄式的人物、光绪年间的落第秀才，出于对本民族族源传说和英雄故事的特殊感情，刻意搜集了这方面的传说故事，整理成文，并在一些重要的传说故事后面写上自己的评价，故起名为《女真谱评》。其后，《女真谱评》的手抄本传到马亚川（傅延华是马亚川的外祖父赵焕的表弟）手中，感到其小时候听外祖父和其他族人讲的许多故事在手抄本中都能找到，便产生了极大兴趣。后来，虽然原手本失落无存，但它的内容已经深深印在马亚川先生脑海中，许多故事仍能脱口而出。我们现在所看到的《女真谱评》为马亚川先生后期整理的手稿。《女真谱评》故事内容实际上包括：女真起源、完颜崛起、大金兴亡、后金风云、清朝盛衰等整个女真——满族发展史，但为了便于阅读，仅将女真起源、完颜崛起至金朝建立部分历史传说命名为《女真谱评》，所以我们现在所看到的《女真谱评》仅是原版《女真谱评》的其中一部分。

当然，上述傅延华与马亚川先生仅是此《女真谱评》的搜集整理和传承人，其传说故事应该是很早就形成，并在满族先民中口耳相传的。实际上搜求女真遗事并整理出版的工作早在金代初年就已经开始了，最早的整理者应该是完颜勖。据《金史》记载：“（完颜）勗，字勉道。本名乌野，穆宗第五子。好学问，国人呼为秀才……受宋帝降。太宗使勖就军中往劳之。宗翰问其所欲。曰：'惟好书耳。' 载数车而还。"① 可见其文学素养颇高。史载："天会六年，诏书求访祖宗遗事，以备国史，命勖与耶律迪越掌之。勖等采摭遗言旧事，自始祖以下十帝，综为三卷。凡部族，既曰某部，复曰某水某村，以别识之。凡与契丹往来及征伐诸部，其间诈谋诡计，一无所隐，事有详有略，咸得其实。"② 可以说，记载女真族史事的传说故事在辽金时期就已经形成，金初已经大部分整理完毕。笔者认为，傅延华先生编写、马亚川先生传承并重新整理出来的这一《女真谱评》，很可能就是金初完颜勖所整理的故事经历代满族先民口传心授，遗存下来的版本。可惜由于年代久远，我们已经无法看到完颜勖所整理的最初版本了。

《女真谱评》是由众多流传在满族民间英雄传说故事联结而成的长篇说部作品，虽然经过整理与改编，但从中仍然可以明显看出许多民间故事的传统模式套路。《女真谱评》不同于一般的有长篇连续故事的传奇小说，是由多种情节模式的单个短篇故事按其时间顺序连接而成，每个小故事既可以独立成篇，各个故事间又有一定的联系，总体上可以形成一幅由完颜部生女真始祖函普到金代建国期间由各个侧面组成的历史画卷。其情节模式更多传统民间故事的色彩，既有传统民间故事中常见的除暴安良、斩妖除魔的模式，也有表现满族先民尚武精神与进取意识的比武竞技、拜师学艺的模式；既有民间传说中常见的报恩救主模式，也有类似公案小说的传奇故事；虽亦有传统的英雄救美模式的传奇故事，更多的还是美人救英雄最终成就良缘的传奇模式，显示出女真人对女性英雄人物的

---

① 《金史》卷六十六《完颜勖传》，北京：中华书局，1975 年，第 1557 页。

② 《金史》卷六十六《完颜勖传》，北京：中华书局，1975 年，第 1558 页。

尊重与认同。

当然，《女真谱评》中还有一些反映辽帝荒淫和辽金战争，以及金朝军民上下一心一次次化解辽朝派来的间谍刺探军情的情节。除此之外，《女真谱评》中除有一些地名与民风民俗的来历传说外，更多的还是一些关于本地物产的发现、技术的发明、外来文化与物产的传入等方面的来历故事，连医药知识、种菜园艺、药草甄别等方面也都被编成故事的形式收入其中，展示出满族先民开放博大的胸怀和积极进取的精神，也给满族说部蒙上了一层百科全书的色彩。

《女真谱评》中关于各种物产和发现、技术的提升，以及外来文化与物产的传入的传奇故事非常丰富，有 24 篇之多，加上各类医药知识为主要线索的传奇故事 9 篇，共 32 篇，占总篇目 170 篇的 20%左右。在各少数民族的民间故事中，很少见这样大比例的对经济、物产、医药等实用技术层面的传说故事，这也充分地说明了女真人思想观念的实用性与功利性。他们对经济生产的每一项发现与发明，每一次技术的提升与文化的传入都相当重视，编成说部故事加以流传，并视在某一方面有所成就的人如“神”一般敬重，充分展示出女真族开放博大的胸怀。

此外，《女真谱评》中虽有个别的传统的英雄救美的模式，但更多的则是美人救英雄的传奇模式，阿骨打的七个老婆中有五个都是美人救英雄的模式，女主人公个个英勇善战，不仅能主理家政、相夫教子，更能同夫君并肩作战，在危难之中帮助或救护夫君。这同中原女子的柔弱多情形成鲜明对比，充分反映出女真人男女平等的观念，女性英雄与男性英雄一样成为满族说部中所主要描写的对象。

再次，《女真谱评》中还颇多拜师学艺和竞技比赛的内容。女真人普遍从几岁开始就在名师指点下苦练各种基本功，十几岁的孩子就能上阵杀敌。阿骨打等领袖人物还经常服劳讲武，比武竞技，从上至下提倡一种积极进取的精神和为集体争取荣誉的团队意识。

最后，《女真谱评》中斩妖除怪模式的作品也很多，有10篇左右，其妖魔类型有龙族、鬼怪、九头蛇、狐狸精等。帮助英雄人物降妖除魔的既有像艮岳真人那样的中原道家人物，甚至还有菩萨、萨满教古老的始祖母神佛赫妈妈，以及各种山神、土地、河神、龙王、各类精灵神怪等。可以看出女真人的信仰相当驳杂广泛，佛教、道教、萨满教都能兼收并蓄，是实用主义的宗教观。

二 《女真谱评》的思想观念与英雄情结

（一）珍惜自然、保护环境

女真族世代依山林水草而居，以渔猎的生产方式为主，对自然环境的依赖性很高，因而自然而然地形成了一种自觉地保护环境、珍惜赖以生存的自然的质朴观念。在《女真谱评》中，也描写了一些女真老人自觉自愿地承担起了保护环境的责任，视其生存环境如同自己的生命，“他对水套子的关心，比关心自己还胜十分”。他们不仅把保护自然落实到思想行动中，而且上升到一定的理论高度。可以说，女真人的保护自然观念是相当成熟和科学的，有些地方甚至可以成为现代人学习的榜样。如在“荷包杏”一节中描写：“自从荷包杏告状之后，阿骨打经常抽时间考虑自然界的生存和人类的关系，感到任何生物和人的生存都是息息相关的，对任何植物都不能轻易毁掉，践踏损毁，都是罪过，不能以自己的爱好去对待任何植物。有的当你没认识它的时候，认为它无用，可你认识到它有用的时候，它就是宝物，所以阿骨打对自然生长的植物非常关心，经常注意保护各种植物。”[1] 在“护腊改叫乌拉”一节中也讲道：“世上的一切生物，不是归某人所有，而是生于人类，用于人类，造福于人类。它是同人类共生，与人类共亡，只要有人类存在，就有万物存在，怎能随意断生某一植物，岂不逆天而行？”[2]

女真人认为只有爱护环境中的一切生物，不破坏自然的和谐发展，才能使得女真族事业兴旺，迅速发展。甚至连水里的鱼神都能保佑大金的建国事业大大发展。最典型的是“鱼水相助破阿悚”一节中，描写大水神帮助阿骨打打败了阿悚的故事，并在结尾中总结道：“所以说，人总得爱护对人类有益处的生物，才能相互依存。阿骨打爱护鱼的繁殖和生存，感动了天和地，鱼和水神相助于他，助他兴金灭辽当了皇帝，得到好的报应啊！”[3]

他们不仅思想上高度重视，而且也凭借丰富的经验，掌握了一套保护环境的办法和措施，并得到了阿骨打等人的支持。如在“崇拜养生专家”一节中描写：

> 阿骨打和老头坐在堤岸上，老头用手一指说：“你看，这水套子有多大呀，方圆十来里，这是阿布凯恩都里为人类留下的‘蓄宝池’！为啥叫它蓄宝池啊？我这么多年品察着，涞流里的鱼，一到繁殖的时候，它就都跑到这里来产鱼籽，鱼籽全扔在草棵上，才能变成小鱼，在水套子里渐渐长大点了，才回

---

① 马亚川讲述；王宏刚、程迅记录整理：《女真谱评》（下），长春：吉林人民出版社，2009 年，第 536 页。

② 马亚川讲述；王宏刚、程迅记录整理：《女真谱评》（下），长春：吉林人民出版社，2009 年，第 542 页。

③ 马亚川讲述；王宏刚、程迅记录整理：《女真谱评》（下），长春：吉林人民出版社，2009 年，第 417 页。

到涞流水里生存，长成大鱼，供咱们女真人吃。你说没有草能行吗？可麻产这个祸害精，连人带马都在水套子里践踏，不仅将草践踏死了，小鱼也死了不少，简直无法计算。”

阿骨打一听，这老头可是有心劲的人，他不为名，不为利，悄悄在此保护着自然，真是令人见而起敬也。①

阿骨打也把自觉保护环境并有一定保护环境的专业知识的班惑老人为专家，视其为老师，对其由衷钦佩，并积极保护和支持他的保护环境之举。后来阿骨打下令，有到水套子里洗澡舀鱼者，要受责罚，将保护自然环境列入军法之中严格落实。

（二）男女平等、嫡庶无别

女真传统观念中并没有中原传统的男尊女卑、嫡庶有别的思想，无论男女，不分嫡庶，一律凭本事来获取地位。如在“阿骨打种西瓜”一节中，阿骨打下达让他各房妻室开荒种地、自耕自食的命令时，图玉奴不用阿骨打帮忙，主动与阿骨达展开竞争，提出不在一起开荒，个人开个人的，比试比试，看谁开得多，收成得好，后来各房妻室都参与了竞争，最后输得最惨、毫无所获的是阿骨打。

在平常的男女交往中，女真人也没有什么忌讳，不讲究什么“大门不出，二门不迈”“男女授受不亲”的封建礼仪，处处显出天真自然，淳朴天成的本来面目。如在“婆卢火观菜”一节中，描写了阿骨打与弟媳妇之间无拘无束的对话，并且评议道：“阿骨打是大伯子，怎么能和兄弟媳妇说笑呢？这不胡诌八扯吗？非也。那时

---

① 马亚川讲述；王宏刚、程迅记录整理：《女真谱评》（下），长春：吉林人民出版社，2009年，第484—485页。

候女真人可不像后来封建社会，是不分大伯子兄弟媳妇的，彼此毫无忌讳，吃饭同桌，彼此无拘束，无话不谈。要说有忌讳还是后来受汉族影响，女真人才逐渐兄弟媳妇见大伯子，好像避猫鼠似的，连头都不敢抬。”又如在“一件大事”一节中，阿骨打巡视途中遇到一个青年妇女啼哭，问她究竟为了何事，那女子悲泣地说：“是我不争气儿，成婚后，二年了，还没开怀，额娘婆母背前眼后，珠泪儿滚滚，叨叨说，当年媳妇，当年孩，当年不孩得三年！儿子当兵训练，眼看征辽要走了，要有个三长两短，我上哪抱孙子去呀！”文中评论说：“这也就是女真人的妇女能说出口来，汉族、契丹人的妇女，说出这番话来，得臊死！因为她们很封建，大门不出，在家锁着的闺门绣女，妇女不能随便出头露面。而女真人的妇女则没有这一说，妇女可随便出头露面，说话打闹，姑娘可随便自寻配偶，有的还女人当家。所以这个青年妇女敢将当年孩的话，对阿骨打说。”①

阿骨打虽有七房妻妾，但都平等对待，对其子女也几乎没什么嫡庶之别。如在“教子练武”一节中，陪室自感身为妾室，孩子也低人一头，“练好武艺又能咋样，还不是个庶子吗?”阿骨打反驳陪室说：“汝此言差矣，我女真不同于辽宋，分什么嫡庶贵贱之分。咱们是以才用人，没有一身本领，正室生的也得去当庶人。庶人生的儿子，能有一身本领，能征惯战，同样可封爵为勃极烈，就看能不能学身本领啦。”②

① 马亚川讲述；王宏刚、程迅记录整理：《女真谱评》(下)，长春：吉林人民出版社，2009 年，第 653 页。

② 马亚川讲述；王宏刚、程迅记录整理：《女真谱评》(下)，长春：吉林人民出版社，2009 年，第 499—500 页。

（三）勤劳创业为荣，不劳而获为耻

《女真谱评》表现出鲜明的以勤劳创业为荣、不劳而获为耻的思想，充满了积极进取的创业精神。如“九天女怒逐乌鲁”一节中，乌鲁凭借着媳妇菜花带来的能变出山珍海味的“宝葫芦”，不参加集体劳动。九天女知道之后气得浑身直哆嗦，说：“你俩人凭着天宫的‘宝葫芦’，坐享其成，忘了父母，忘了族众，只管自己，不管别人，要你何用!”并喝道：“你们俩马上给我滚！立刻离开我，去找坐享其成的地方吧!”[①] 把宝葫芦摔个粉碎，还把儿子和儿媳赶出了部族。可见，女真部族中存在尊重劳动，以劳动为荣，以不劳而获为耻的光荣传统。

女真族还有极高的创业精神。从女真始祖到历代领袖，几乎每一代英雄领袖都为部族的发展壮大做出了突出的贡献。在“随阔创建纳葛里”一节中，跋海看见儿子随阔在树林里摆泥人和泥房子玩，十分生气，说：“你爷爷让你太奶撵走，获马而归，我抢回闭海针，夺回土地，看你能创造点儿什么事业。要是总这么淘气，啥业绩创不出来，不准你再回来!”十一岁的随阔真的走了。姐儿着急想儿子，被跋海制止了说：“我们女真讲的是创业，不让他创，就靠老人这点基业能行吗？别找他，创业后就找咱们来了。”[②] 随阔听了父亲的话，决心真正做出一番事业来，让父亲看看。于是十一岁就离家出走，到树林里独立生活，自力更生，盖起了“纳葛里”，即有火炕的房子，开荒种地，还娶到了媳妇。两年后父亲找

① 马亚川讲述；王宏刚、程迅记录整理：《女真谱评》（上），长春：吉林人民出版社，2009 年，第 19 页。

② 马亚川讲述；王宏刚、程迅记录整理：《女真谱评》（上），长春：吉林人民出版社，2009 年，第 55—56 页。

到他时，对他所建造的房子大加赞赏。

（四）尊重工匠，保护独创

女真自古以渔猎为生，传统手工业和文字、文学很落后，所以女真人对有一技之长者和有文化的人非常尊重，甚至视其为“神”。溪伯坡虽然只是一个逃跑的奴隶，却因为发现了乌拉草可以保暖的功能，被尊为“草神”；吴明世虽然也只是一个瘦小的奴隶，就因为能写字，也被尊为“字神”。统治者还专门发布政令，在奴隶中不拘一格提拔有一技之长者，凡是有本事的人，都可以免于劳役。

阿骨打更是重视工匠，视之为发展女真经济、振兴女真文化的顶梁柱。如在“多欢站里的奇事”一节中，阿骨打听说扁鹊被害死的故事后，长叹一声说：“咳！可惜呀，我女直遇不到如此神医，有这样的神医我必敬之！若不咋三令五申，对有一技之长者，均应待之如宾，发挥其技能，对各种工匠均应优尊待之，才能百业俱兴，其理在此也……。”阿骨打一贯倡导珍技重匠，而且他说到做到，听说哪有技艺之人，阿骨打必亲自拜访，请他到安出虎来，发挥其技长，振兴女真各业。

笔者曾统计过，在全部170节的《女真谱评》中，有32节主要内容为各种物产的开发、各种技术的使用以及各种外来文化的传入为主的传说故事。在《女真谱评》的续篇《阿骨打传奇》中，更用大量的篇幅描写了阿骨打征辽的过程中，虽然已经贵为皇帝，但遇到有一技之长的匠人，都亲自拜访，甚至三顾三请，同桌饮酒，礼贤下士，所以深得工匠们的拥戴，不少人都在阿骨打派兵保护下，千里迢迢到金源内地来谋生，为女真族的发展和金源内地的开发做出贡献。

（五）敢闯敢干的“啥不怕”精神

女真人自古生活在荒凉苦寒之地，野兽成群，要想生存发展并不容易。所以女真人自古就视敢闯敢干、有不怕死精神的人为英雄和神明，相信只有这样的人才能成为他们的领袖。这一思想在一个女真人沙布伯身上表现得最为明显。沙布伯不但力大无穷，而且胆大心细，号称“啥不怕”，文中说他“上不怕天，下不怕地，老虎鼻子上敢玩把戏”。他勇敢地同猛虎搏斗，骑到老虎背上，被老虎驮到很远的地方，最终把老虎杀死。这种打虎英雄在女真各部中无论到哪里都受尊重和欢迎，被称为“阿布卡恩都力”，人们纷纷把最好的姑娘嫁给他。

这种“啥不怕”的精神，表现为沉着冷静、将生死置之度外的勇气，也表现为光明磊落、于心无愧、心安理得的坦荡胸怀。无私才能无畏，沙布伯遇事从不为自己考虑，也从不做亏心事，这也是他能敢说“啥不怕”的内在原因。正如他与塔塔尔美女骑马出逃时所说：“鬼，就是你行的事儿不正大光明，于心有愧，愧者鬼也，因为不敢见人，不敢公于世面，这叫心中有鬼，自然怕鬼，连打雷都心惊胆战；如果你行的事正大光明，于心无愧，敢公于世面，你心中不仅无鬼，而且心安理得而自豪，你还怕什么呢……记住，到任何时候，都要沉着冷静，将死置之度外，连死都不怕，还怕什么？只要有这样的坚石般的信念，自然，一切有灵感的东西，它都怕你了，你就可征服一切，一切都属于你的！”

（六）同仇敌忾的集体主义精神

女真人之所以能取得对辽战争的胜利，还与女真族众团结一致、上下一心，发挥了同仇敌忾的集体主义精神有关。这在《女真谱评》中女真人巧妙应对辽朝奸细的侦察活动中可以看得出来。如在王彪做辽朝奸细到阿骨打所居住的安出虎地区来侦察的过程中，到处打听其养女图玉奴，“王彪做梦没想到，女真人可不像宋朝汉人，各扫门前雪，不管他人瓦上霜。从店小二，一直到民众，凡是王彪问过的人，都悄悄到国相府，向撒改禀报了这件事，因为女真完颜部当时，国王也好，其他勃极烈也好，均和民众一样，他们的院落民众可随便进出，就是后来阿骨打当了皇帝，他的皇宫都随便出入。从这点说，不脱离民众，还是大有好处的”。

女真族众为了集体的利益，为了抗辽战争的胜利，甚至可以大义灭亲，舍小家为大家。如“爱生杀妻”一节，描写爱生娶了一个年轻美丽又能干的妻子，没过多久，爱生却将妻子杀了，为什么呢？原来他妻子是叛变的阿悚的女儿，破城时逃亡在外，阿悚受辽指使，让爱生的妻子帮忙偷偷侦察勃极烈暗修的城寨。为了防止女真武装的底细被探到，作为一个普通的女真族众的爱生，杀妻报国，一颗忠君爱国之心令人敬佩。

第四节　明代英雄传奇的代表作
——《东海窝集传》

一　《东海窝集传》与《天宫大战》等神话与史诗比较研究

《东海窝集传》是明代野人女真族的作品，反映了满族民族共同体形成之前，生活在原始森林深处、宁安地区的边缘的“林中之人”，即“野人女真”（或称“东海女真”）人的生活。虽然早在辽金甚至更早的渤海国时期，距离中原地区较近的满族先民早已经摆脱了原始“蒙昧时代”的生活，但由于地处偏远，东海女真人还过着较为原始的“野蛮时代”的生活，其社会制度、经济生活与其他地区相比，较为落后。

从《东海窝集传》的情节模式上，明显能看到与上述萨满教神话与史诗之间一脉相承，有着千丝万缕的联系。首先，《东海窝集传》开头引出全文的就是天界“乌克伸玛发”和“佛赫妈妈”的争论。乌克伸玛发认为女人当家是治理不好天下的，因为她们不敢大力发展；佛赫妈妈却认为从古至今都是男的在女的指挥下过来的，且男人不懂人情，没有人味，非闹事打仗不可，还是女人当家稳妥。二人各不相让，于是各自到下面去培养自己的力量了，这就引出了东海窝集部男女争权的一场大战。这一引子令笔者想起《天宫大战》附录六则中的神话故事。其中附录一：“佛赫妈妈与乌申阔玛发”讲述了洪水过后，地上只剩下一男一女，乌申阔和佛赫，他们在天神的指点下结合生下四男四女，成为地上各类生物的始祖的故事。显然，《东海窝集传》正是利用了这一则神话中的两个人物作为故事的引子，并且在结尾处呼应开头，描写了随着东海女真人统治者由女性变为男性，神仙境界中的乌克伸玛发和佛赫妈妈之间的论争也以乌克伸玛发的胜利而告终。很可能《东海窝集传》的故事发生时，《天宫大战》附录一中的故事已经流传很久，乌申阔和佛赫妈妈作为东海女真人始祖父与始祖母的形象在东海女真各部落中已经深入人心，家喻户晓。当时的东海女真人也习惯于将历史上任何事件都同他们心目中根深蒂固的萨满教神话联系起来，因而在讲述《东海窝集传》的男权与女权之争时，自然将其视为天上始祖父与始祖母争论与竞争的结果。

《东海窝集传》中的某些情节，还带有一定的神话色彩，隐约能品出东海萨满神话的味道来。如在第七回“大格格带病出征，二兄弟临阵失踪”中，丹楚和先楚在出征穆伦部时，突然被旋风卷走，在神马的带领下到各地学技术，后又有四只大鹰，把他们从马背上叼起来飞走，带他们见到了“乌克伸玛发”，就是前文所述的始祖父神，乌克伸玛发瓮声瓮气地说：“我和阿布卡赫赫为男女谁当家的事争论过，天上也是阿布卡恩都里当家了。”二位阿哥听了后，非常惊喜，赞叹说：“天上也换了男人当家了！”神马、神鹰显然是以萨满教神话中的动物神为原型的，乌克伸玛发更是原封不动地搬来了萨满教神话中的传统人物。

丹楚和先楚二位英雄也被赋予了萨满教神话人物的特点，被看成是乌克伸玛发最小的弟子转生成人，掌管天下，承受大业。这一点在原文中有明确的说明，乌克伸玛发点出了丹楚和先楚的真实身份：“你们是先楚贝子和丹楚贝子。你们原在天上，今下来转生为人，是我最小的弟子。你们应经得住灾难的折磨，承受大业，应让男人掌管天下了。”①

此外，还介绍了几个新的技能祖师型的人物，如佛勒玛发是织布、做衣服的祖师；色勒恩都力是开国玛发，是铁工祖师；蒙文勒窝陈是开矿祖师；色其布色夫是铁木工祖师；阿尔干玛发和阿尔法玛发是农业神，等等。这同萨满教神话中各类分工神非常相近。在满族先民心目中，有一技之长的师父，通常被赋予神一样的身份，每一行都有相应的神与之相对应，因而这几个各有所长的技师，都被看作是男性始祖神“乌克伸玛发”的徒弟，成为半人半神式的人物也就不奇怪了。

《天宫大战》附录六“神魔大战”描写的是天宫中与耶鲁里的斗争过程中，男神逐渐代替女神取得天宫领导权的斗争。对比《东海窝集传》可以看出，二者内容上很相近，都是描写男性代替女性取得领导地位的故事，只不过“神魔大战”是描写天宫中的神话故

---

① 傅英仁讲述；宋和平、王松林记录整理：《东海窝集传》，长春：吉林人民出版社，2009年，第35页。

事，《东海窝集传》则是描写现实中的斗争故事。东海女真人的神话故事往往是生活中事件和风俗的曲折反映，神话中由男神代替女神成为天界领导人的神话，很可能是现实生活中男性代替女性取得领导权的曲折反映。

在《东海窝集传》中，虽然女王已经不是由萨满兼任，政教已经分离，但可以看出其生活中仍随处可见萨满教文化的影子。在当时的东海女真人心目中，萨满教文化仍然是其生活中不可或缺的重要组成部分。首先，东海女真人的婚俗就很有萨满教色彩。《东海窝集传》记载，每年九月初九那一天，按照东海窝集部祖传的婚俗，不管双方父母是否同意，男女双方必须在神树下自由结合才行，不然，婚姻大事谁说了也不算数。且在那一天要举行隆重庄严的祭神树仪式，由 27 位女萨满戴着虎皮帽子，穿着鹿皮裙子，点燃八十一盆年祈香，击鼓跳神，高声颂唱祭神歌。显然这种点燃年祈香、击鼓跳神的仪式与萨满教神话和史诗中所描述的跳神仪式是相同的，是对神话和史诗中所描述的萨满教传统文化的继承。婚姻大事可以不听父母之命，却一定要在神圣的祭树神的仪式上自由结合才算数，显示出在当时的东海女真人心目中，神与萨满仍是其生活的绝对主宰，必须是听从神的指示的婚姻才能得到世人的认同。

在《东海窝集传》第六回“四位姑娘奋力救知己，正义女奴战败遭杀戮”中，还描写已经形成了一个叫萨满部的小部落，东海一带的所有萨满都由这个部落产生，所以人们对这个部落都是毕恭毕敬，连女王也不例外。可见当时的萨满已经成为一种固定的职业，并有了固定的“生产”萨满这一职业的专业部落，连女王都对其毕恭毕敬，可见当时萨满地位之高。

此外，《东海窝集传》中的万路妈妈，是一个与神话中的萨满教女神和史诗中的女萨满首领相类似的人物，从她身上可以隐约看到萨满教女神的影子。文中描写，万路妈妈是丹楚和先楚的祖母，满族人把祖母称为妈妈。“他们的祖母是这一带有名的活神仙，是老大萨满，方圆百里，一提起万路妈妈，九村十八寨无人不知，无人不晓。当万路妈妈七十岁时，哥儿俩刚七八岁，她为了救三个部落的瘟疫病人，三天三宿没有睡觉，活活累死了。”[①] 家人把她装进石头棺材里，送到树林里停放几天后，又苏醒过来了。从此就周游各地，一直走了二十多年。看到中原文化的先进，决心要改变家乡，使各个部落强盛起来。如果只看万路妈妈七十岁之前的经历，与《天宫大战》等神话以及《恩切布库》等史诗中所描述的萨满教女神和萨满教领袖非常相像，都是为了救治部落中人的病苦而竭力尽心，受到广大部众的爱戴和拥护。只是后来因缘际遇使她接触到了中原文化，这点与传统的萨满不同。

其次，其战争方式仍然带有强烈的萨满教文化色彩。在前文所述的萨满教神话与史诗中，可以看出东海女真人最主要的战争方式不是靠先进的武器和战略战术，而是靠过人的驯兽本领，靠驯养的虎、豹、熊、野猪、狗、鹰等动物来夺取战争的胜利。甚至在其神话中还将鹰等动物视为神来供养崇拜。在《东海窝集传》中，动物仍然参战，并在战争中发挥了重要作用。如在第三回“首次出征卧楞部，万岁楼前险丧生”中，一百多头大野猪充当先锋，把卧楞部女王的五百大兵冲得不知东南西北，死伤了百八十人。此外，他斯哈驯练的虎、色楞训练的熊都在战争中发挥了重要作用。

---

① 傅英仁讲述；宋和平、王松林记录整理：《东海窝集传》，长春：吉林人民出版社，2009 年，第 18 页。

萨满祭祀也是《东海窝集传》中所描述的传统战争中不可缺少的部分。如第七回“大格格带病出征，二兄弟临阵失踪”一回中，东海部征讨穆伦部时，首先是祭祀天神，淘米①、震米②，萨满跳神祈祷东海部得胜。可见战争前要准备专门的萨满祭祀仪式，其仪式已经有了成套的规矩和仪式。

此外，萨满也是统治阶层中重要的组成部分，如老女王的统治集团中四个萨满和八个老臣都是其统治阶层的重要成员，在老女王与丹楚所率领的大军作战时，老女王所依赖的主要力量仍然是萨满。文中描写丹楚所率大军夺取第三关五寨后，女王立即把总将、十个老太太和十八个萨满都请了来。“那时作战双方都配有萨满，丹楚军营中的萨满仅仅是祈祷，不直接上阵；老女王的萨满是直接参加战斗。”“军营中的一切调动和指挥都听从老太太、萨满和女王的。同时不管是行军和打仗，都有萨满祈祷天神保佑。”③

在最后的决战时刻，萨满跳神比武甚至成为战争胜负的关键。在第二十四回“萨满跳神来参战，双方比武决雌雄”一回中，描写女王虽然战败，但仍然不服输，不投降，提出必须经过萨满跳神比武，萨满跳神胜利的一方才能得到族众的承认，象征着其胜利是神授威力。这显然和萨满教神话和史诗中所形成的以神判的方式决定战争胜负以及是非对错的方式一脉相承，是其神话型原始思维方式的延续和传承。

---

① 淘米是指将祭祀用的小米，用刚从井中打来的水或是泉水陶洗干净。

② 震米是指将淘洗干净的米煮熟后，放在石板上，用木槌捶打，打好后，做饽饽给神。

③ 傅英仁讲述；宋和平、王松林记录整理：《东海窝集传》，长春：吉林人民出版社，2009年，第82页。

最后，在丹楚等人取得战争胜利后，其建立的王国也必须要得到萨满的承认并在萨满教仪式祝福下才能登上王位。依其旧俗，建国时若没有萨满的祭祀，老百姓是不会承认其合法性的，因为萨满代表着神意，只有萨满降神祈福后，才能代表其君权是天命神授。在第二十六回“女超哈奇袭新政权，新王朝击败女儿兵”中，描写丹楚登上王位的庆典仪式，也离不开萨满的参与，文中描写，丹楚、先楚、浑楚三王宣誓后，“那些老大萨满撇占，请神灵，祈求神灵降灵。这些萨满都是从东海窝集部劝降过来的。那时建国没有萨满老百姓是不承认的。等萨满把神灵请下来安排好后，宣布庆贺大典开始，下边各路阿木巴萨满妈妈把旗帜按固定位置插好，三大王即行三拜九叩大礼”①。

综上所述，《东海窝集传》虽非神话或史诗，但其情节模式、人物设置等各方面都保留着某些传统的萨满教神话与史诗的特点，显然其中存在着某种十分密切的传承关系。

然而，《东海窝集传》又并非神话或史诗，它与传统的东海萨满教神话与史诗相比有明显的几点不同。首先，《东海窝集传》虽然赋予了丹楚和先楚兄弟一个较神圣的“乌克申玛发”的徒弟转世的身份，但在行文中绝少提及此事，二人也并非以萨满的身份从事各种活动，而是以一个普通的、历经磨难的东海女王的女婿的身份来行事，他们的夺取女王江山，以男权代替女权的斗争，并非如萨满教史诗所描写的那样神话化、神圣化，更多带有人物传奇和历史故事的色彩。

其次，《东海窝集传》中，萨满也有好有坏。虽然有万路妈妈、

① 傅英仁讲述；宋和平、王松林记录整理：《东海窝集传》，长春：吉林人民出版社，2009 年，第 129 页。

双石妈妈请来的老萨满等很有本事的女萨满，但更描写了一些昏聩无能、保守落后的恶萨满，她们在部落发展的过程中起到的是一种负面作用。如当丹楚、先楚兄弟向女王献计献策，提倡大力改革，引进先进文化的时候，遇到的最大阻力是老萨满。这些萨满出于一己私利，强烈反对丹楚等人的改革，甚至污蔑说："这两位阿哥是恶鬼，他们发表了一些我们从未听说过的计策，准没安好心。"正巧那年春天闹瘟疫，包括四个萨满在内的十二个老臣就到处散布"是二位阿哥献策得罪了神灵，降罪于人们。四位萨满穿上神衣、扎上腰铃、戴着神帽、手击抓鼓，跳着神，进入王府要见女王。并说：'我是某某神等，这次病瘟是二位阿哥从南方带来的。'"[①] 吓得女王不得不放弃改革，还将两个阿哥打入水牢。可见，随着社会的发展，萨满已经不再如传统史诗中所描述的代表着推动社会进步的正面力量，反而变成了阻碍社会进步的强大力量。这就消解了史诗中萨满教的神秘和神圣的色彩，较为客观地审视了萨满在当时社会中的作用，使《东海窝集传》更具有一种历史故事般的客观色彩。

再次，在《东海窝集传》中虽然萨满教文化色彩很浓，但大多是将其作为传统的旧的文化遗存来描述的，显然作者的感情色彩更偏向于向中原文化学习、改革旧的陈规陋习、大力发展生产等方面，萨满教的某些方面，甚至成为其主要要革除的方面之一。如在第二十回"对头崖九虎迎客，双石寨三女遇夫"中，描写了萨满教的传统陋习，"每年萨满跳神时，总要抓几个外来的人把他们杀死，用人头放在桌子下面镇邪，意思是谁要在这里兴妖作怪，就如同桌子

---

① 傅英仁讲述；宋和平、王松林记录整理：《东海窝集传》，长春：吉林人民出版社，2009年，第37页。

下面人头一样下场。”并将其视为“不合理的陈风旧俗”，[①] 让三个格格开导她们的头领，慢慢改变了这种陋习。

在先进的中原文化对比之下，传统的萨满教文化被揭开了神秘的面纱，显露出其落后和愚昧的一面，成为女权的维护者和改革的绊脚石。当然，《东海窝集传》中也描写了一些好的萨满，但这些好的萨满更多的不是表现为传统的萨满神技等方面，而是表现出开放性与兼容并蓄的特点，她们并不是完全保守传统的萨满教文化观念，而是以传统萨满文化为基础，努力吸收并学习中原文化等先进文化，本着为氏族发展开拓道路的心态来做人做事。如万路妈妈虽然也是萨满，但她积极支持丹楚、先楚等人向中原文化学习，并让他们请来中原的孙真人担任军师，具体指导他们与女王作战。乌克伸玛发虽然也是萨满教的始祖神，但却与趋于保守的佛赫妈妈不同，他“周游了七十二个部落和中原大片国土回来，经历多，见识广，从知识到技术都比佛多妈妈要高明得多”[②]，他努力学习先进文化，把丹楚和先楚等人培养成为锐意改革、积极进取，努力向中原文化学习的好领袖。显然，他们与那些竭力维护女权统治、奴隶制度和一己私利的萨满是不同的，代表了一种改革旧的萨满文化，使之适应新形势的正面力量。

总之，丹楚等人所领导的以男权代替女权的斗争，是一次引进先进的中原文化、最终战胜并改良了旧的萨满文化的过程。这与传统的萨满教神话与史诗中对萨满教文化的一味推崇、赞颂，对萨满

---

① 傅英仁讲述；宋和平、王松林记录整理：《东海窝集传》，长春：吉林人民出版社，2009 年，第 99 页。

② 傅英仁讲述；宋和平、王松林记录整理：《东海窝集传》，长春：吉林人民出版社，2009 年，第 1 页。

教英雄的神圣化、神秘化的描写显然是不同的，更带有客观公正地描述历史的特点，是站在中原先进文化的高度上，对其进行批判与改良。显然，在当时的社会历史条件下，萨满教文化已经辉煌不再，不再代表着推动社会进步的积极力量，而是走向衰落的旧的腐朽的文化代表了。

二　转型期新旧观念的冲突与斗争

《东海窝集传》所反映的历史时期正是东海女真人由封闭走向开放、由守旧趋向革新、由女权转变为男权的关键时期，因而这一时期的英雄观念与文化心理也是复杂的、充满矛盾冲突的。一方面，东海女真传统的文化观念根深蒂固，形成了相当强大的思维定式；另一方面，随着社会的发展，旧的文化观念已经严重不适应新的形势的需要，成为阻碍其经济社会发展的障碍，新的观念已经随着中原文化的传入，逐渐开始影响人心，在新旧的冲突中逐渐占了上风。

东海女真人的传统英雄观念是怎样的呢？笔者认为，由于东海女真人所处的环境人烟稀少，经济和文化不发达，东海女真人中土生土长的英雄一般都有两个特点：一是野性，二是兽性。首先，东海女真的英雄一般都野性十足，喜欢打打杀杀，甚至杀人吃肉都不在话下，性情直来直去，憨厚淳朴，没什么心眼儿，一旦认定了主人，都能忠心不移。其次，东海女真的英雄们大多兽性十足，不但与野兽亲密无间，能驯之养之，而且连举止行为也很像野兽，如色楞、胡楞兄弟，不但有着如熊一样的蛮力，而且性情举止也如熊一般，一生气就开始打场子砍树，直到把体力耗光为止。文中描写熊瞎子很久没见到色楞、胡楞兄弟竟然能撵上来，见到他们时，高兴地用前爪扒啦他们的主人，有的还用嘴去亲胡楞的脸，胡楞见了它们都要掉泪了；他斯哈一生最爱的就是老虎，虎就是他的亲兄弟，哪天见不到虎，就像缺了魂似的。当孙真人问他斯哈为了抓到老女王，保住江山，他斯哈愿不愿意舍弃二十只老虎时，他斯哈说："二十个人，二百个人我舍得，但二十只老虎我舍不得！"① 最后丹楚答应将一半江山让给他，他才勉强同意。索尔赫楚还能听懂鸟语、兽语，并多次利用这一项技能渡过了难关。如索尔赫楚通过听鸟语，知道了某一部落中的所有男人不到三年就都死光的秘密，原来是因为吃了灵丹果树的果实的缘故。

他们不懂什么兵法谋略，更不知道安邦定国之策，所依赖的只有六个方面：

一是萨满神技，包括占卜、巫术、医药知识和各种神技等。文中丹楚等人多次遇险，都是依靠乌克伸玛发、万路妈妈等人救助。乌克伸玛发是萨满教的始祖父神，万路妈妈是丹楚的祖母，都是远近闻名的大萨满。文中也描写了萨满神奇的本领，如招来神鹰、飞马，用药草熬水增加力量，把羊骨放脚下能奔跑如飞等。

二是力量与武功。东海女真人中不乏力大如熊、能拔树举石的大力士，如丹楚手下的色楞、胡楞、石鲁、他斯哈等都是如此。他们的力量有的是天生神力，有的是与野兽一起后天练成，也有的是服食一些草药强身健体的结果。东海女真人武功虽没有中原武术文化的博大精深，却也有自创的东海刀法。据文中描述："东海刀法是九九八十一路，刀法有几个秘诀，这就是你来我躲，你弱我攻，你成套打，我乱打，反正我让你摸不着头脑。上下左右不讲路数，

---

① 傅英仁讲述；宋和平、王松林记录整理：《东海窝集传》，长春：吉林人民出版社，2009 年，第 123 页。

让你措手不及，断杀起来也有一番气派。”[①] 显然这套东海刀法是讲求实用的功夫。

三是驯兽本领。东海女真人自古就以驯兽本领见长，各种野兽不仅是他们的衣食之源，而且是他们战争时的主要帮手。所以在萨满神话中，动物神占了很重要的地位。在《东海窝集传》中描写了很多驯兽高手，女王手下还专门有兽奴为其驯养野兽，后来这些兽奴大多投奔了丹楚。丹楚手下众多大将都是驯兽高手，他们驯养的猛兽都在战争中发挥了很重要的作用。

四是依赖毒药和自制的特殊的武器。如石雷，石雷是用五种毒药与水混合起来，把石头放在水里浸泡很久，只要打在身上，沾着皮肤就没治，人就会活活烂死。此外，还有毒箭、毒药等。还有的部落以能下毒、投毒见长，如东海窝集部南面的珲春部有一种本部落特有的毒药，这种药不但能制毒箭，还可以造成大面积瘟疫。在东海老女王去世后，珲春部就用这种毒药在东海部制造了大规模瘟疫，多亏万路妈妈相帮，才最终化险为夷。

五是依赖护体大衫或将身体涂松油后刀枪不入。文中记载，他斯哈的母亲为了使他能够抵挡住兵刃，每个月都在他身上涂一层松油，一来二去，身上松油没有一寸厚，也有几分厚了，再锋利的兵器也伤不着他；甚至连训练多年的野猪身上都涂有松油等保护层，任何兵器都射不进去。在第三回“首次出征卧楞部，万岁楼前险丧生”中，一位老者还送给丹楚先楚两套护体大衫，“穿上这两种衣服，可以躲过毒雷，也可以躲过毒箭，因为这两套衣服都是用松子

---

① 傅英仁讲述；宋和平、王松林记录整理：《东海窝集传》，长春：吉林人民出版社，2009 年，第 11 页。

油泡过的，已经泡了几十年了”。[①]

六是依赖一些小技巧，如放鹰传信和用石斧的节奏来传递消息等等。

《东海窝集传》中记载了东海女真人千百年来在部落战争中自然形成的传统战争方式，这种战争方式更像是两个部落集团之间的公平竞技。当时打仗有个“三不”规定：一是不准抄后路，必须直上直下，直冲直上；二是对掉下马的人不能在马下刺杀；三是凡是战败的人不能再追杀，只要跑出去一箭地，站着不动，你也不能伤害他了。东海女真人的传统战法中不允许偷袭，都是按事先规定好的规矩来打，中原兵书中所记载的一系列“兵不厌诈”战略战术在这里根本用不上。因而当丹楚想用中原汉人的偷袭之法来攻打卧楞部的时候，大家一听都摇头不赞成，说：“因为咱们的战术是祖宗传下来的，如果去偷袭人家营寨，那是无能之辈干的事。”因而当丹楚坚持用偷袭法取得胜利后，却被卧楞部的女王瞧不起，女王气得眼睛发直，手指着东海窝集部说：“你们简直欺人太甚，打仗还有这样打的吗？用偷袭办法取胜是可耻的，就是胜了也不算胜！”[②]另外，那时打仗不管你败了多少次，只有递了投降书才算真心的认输，如果没有递投降书，就是没有心服。

受这种战争方式的影响，东海女真人往往相对淳朴憨厚，较少用心计，其传统英雄观念重视武功与体魄，勇武强壮的勇士在其文化中受到尊重。笔者认为，东海女真人的传统战争方式，在人烟稀

① 傅英仁讲述；宋和平、王松林记录整理：《东海窝集传》，长春：吉林人民出版社，2009 年，第 16 页。

② 傅英仁讲述；宋和平、王松林记录整理：《东海窝集传》，长春：吉林人民出版社，2009 年，第 13 页。

少、经济落后的原始社会是有一定积极意义的，它有效地保护了战败的一方，最大限度地减少了部落战争的伤亡，使得东海女真人的人口数量不至于因部落战争而大规模减少，对于保护生产力是有积极意义的。

然而这种落后的战争方式只适用于小范围的内部战争，一旦面对外来强敌，就会显得呆板、落后，相对于中原文化的种种兵法战略更显得单薄无力。在实力雄厚的部落和一些与中原文化接触频繁的部落中，很早就引入了很多中原先进的攻守方式，在其部落战争中发挥了重要作用。书中描写丹楚等人碰到的难关，都是来自引进中原文化中的机关暗器等，如万岁楼上的机关暗器、东山城的层层机关、双石城守城的滚木雷石等，如果没有高人的指点，任武功再高、力气再大也都无可奈何。丹楚等人因急着救先楚，没有按万路妈妈所言去中原请孙真人，直接去攻打女王，被杀得惨败。直到后来，丹楚去中原学了两年，并请来孙真人助战，这才打败女王。

书中所描写的当时主要矛盾就是以乌克伸玛发、万路妈妈、丹楚等人为代表的革新派和以老女王、丹楚的母亲等人为代表的女权主义和保守传统文化的一派的矛盾斗争。丹楚等人为代表的革新派代表了先进的推动生产力发展的主要力量，主张废除女权，男子掌权，引进中原文化，改变原有落后面貌，而守旧派却积极维护女权，不肯锐意改革。上述斗争相当激烈，女王等人的保守势力相当强大，如果没有孙真人等所代表的中原外来文化的支持，丹楚等人推翻老女王的斗争几乎是不可能成功的。

随着斗争的进行，东海女真人的传统观念也逐渐有所改变，东海女真人心目中的英雄也不再只是传统的力量与武力，而是是否见多识广、是否拥有先进的技术和知识。因为在当时的历史时期，谁拥有了先进的技术与文化知识，见多识广，谁就是能带领部族走向富足的英雄。《东海窝集传》中丹楚就是这一类新型英雄的代表，他与色楞、胡楞、他斯哈等人的区别也正在于此。色楞、他斯哈等人虽然勇武有力，驯兽技能高超，但只是一介勇夫而已，不能成为领导者；丹楚、先楚则不同，他们有心胸、有抱负，一心想要改变东海女真部落愚昧落后的面貌。

早在他们做老女王的女婿的时候，他们就向女王提出了一系列兴利除弊的改革措施。共十条计策，其中前三项就是：一、兴农业，耕种五谷；二、种麻织布做衣服；三、兴木工、冶铁业，开矿炼铁，制造器具。这三项正是针对当时东海女真人与中原相比最主要落后的三点：一是农业落后，还主要以猎食动物为食；二是服装落后，东海女真人当时还以皮衣为主，基本很少布制衣物；三是工业落后，武器落后，当时东海女真人还主要以石刀石斧为武器，比铁制武器落后很多。然而，这些好的改革措施却遭到了以女王为代表的守旧势力的抵制，最终以失败落幕。这才逼得丹楚等人走上了武力反抗女王的道路。

总之，《东海窝集传》中，描写了东海女真人在文化转型时期激烈的斗争与冲突。其文化心理与英雄观念也出现了新旧交替、共同存在的特点。

第四章

清代英雄传奇

明清时期社会动荡，人心思治，对于明主、清官、侠士的思慕和崇拜也应运而生，而满族叙事文学素有英雄情结，英雄传记、英雄史诗在已整理出版的满族说部中占了相当大的分量。这与满族民众中普遍存在的英雄崇拜有着极其密切的关系，《国语·鲁语上》所言："夫圣王之制祀也，法施于民则祀之，以死勤事则祀之，以劳定国则祀之，能御大灾则祀之，能捍大患则祀之"，古代英雄往往是人们祭祀的主要对象。同时，英雄又是历史进程和社会进步的推动者，在社会文化生活中扮演着重要的角色，"英雄者，人间世之造物主也。人间世之大事业，皆英雄心中所蕴蓄而发现者，虽谓世界之历史即英雄之传记，殆无不可也"①。因此，英雄又是传奇文学所乐于表现的主题。在民族历史发展过程中曾经取得过重要功绩的英雄，一直以来都是说部的主要题材，神话时代的女神阿布卡赫赫，史诗时代的乌布西奔妈妈、恩切布库、西林安班玛发，渤海国时期的红罗女和绿罗秀，辽金时期的完颜阿骨打，金世宗完颜雍等都是满族说部歌咏传诵的对象。在《三国志通俗演义》《水浒传》

---

① 梁启超:《理想与气力》,呼和浩特:内蒙古人民出版社,1999年,第111页。

等具有典范意义的明清小说影响下，清代说部塑造了萨布素、飞啸三巧、佟春秀等一系列英雄人物形象。

第一节　萨布素形象的构建

清初著名诗人吴兆骞在赠给时任宁古塔副都统萨布素的诗中写道："彤墀诏下拜轻车，千里雄藩独建牙。共道伏波能许国，应知骠骑不为家。星门昼静无烽火，雪海风清有戍笳。独臂秋鹰飞鞚出，指挥万马猎平沙。"萨布素是清代康熙年间著名将领，富察氏，满洲镶黄旗人，其主要历史功绩在于平定沙俄入侵之乱，以及在黑龙江将军任上经营地方多年。《清史稿·萨布素传》评价他"以勇力闻"，"有文武干济才"。萨布素的传说在黑龙江省牡丹江地区、黑河地区、吉林省的敦化、珲春一带广为流传，在清代说部中就有《萨布素将军传》《萨大人传》和《萨布素外传》等三部以萨布素为原型的小说，足见其历史地位之重要、在民间影响之广泛。萨布素系列说部以清代康熙年间军民携手共同抗击沙俄入侵为历史背景，叙述了著名抗俄将领、黑龙江首任将军萨布素的成长历程及历史功绩，特别是他带领八旗军民赢得雅克萨保卫战的胜利，显示出了满族民众共御外侮、捍卫国土的爱国主义精神。

一　"偏记小说"体式对于萨布素形象建构的意义

《萨布素将军传》又名《老将军八十一件事》，以抗俄名将萨布素将军的经历为主要线索，广泛反映了清初顺治—康熙年间东北地区的社会状况和边疆政治。"偏记小说"的提法始见于唐代史学家刘知几的《史通·杂述》，偏记小说所记为"即日当时之事"，不以叙事时间线索完备为目的，所谓事罕圆备，而在人物弘多，人物行事难以周悉的情况下能够举其所知，以“短部”的形式记录人物行止。刘知几从史学的角度对偏记小说的价值进行认定：“言皆琐碎，事必丛残，固难以接光尘于五传，并辉烈于三史。古人以比玉屑满箧，良有旨哉。”刘知几以“玉屑”作比，说明尽管偏记小说的体量不大，但其史学价值不可低估，“是知偏记小说，自成一家，而能与正史参行，其所从来尚矣。爰及近古，斯道渐繁，史氏流别，殊途并骛”①。

《萨布素将军传》采用偏记小说的体式塑造萨布素这一人物形象，采录了大量与萨布素生平有关的故事段落。从所录事迹的内容来看，大致可以分为三类题材：其一以“激战松花江”“血染五童岭”“招抚木伦河”“平定乌苏里”“瑷珲大练兵”“三打鄂尔图”“兵围雅克萨”等故事段落为代表，以军事战争为主要题材，主要反映萨布素在对外战争中所取得的历史功绩；其二以“断案结良缘”“智破恶俗”“秉公分田地”“严惩恶庄头”“智破无头案”“老将军巧断杀人案”等故事段落为代表，表现人物的政治活动，尤以公案题材和英侠题材为主；其三以“南马场驯牛”“义服刘黑塔”“萨公教顽子”“兵犬与神鹿”“将军识宝马”等故事段落为代表，反映人物的日常生活片段，具有较强的生活气息。

总体而言，尽管说部的叙事笔触带有较多的民间文学色彩，特别是在后两类题材的创作上，但总体上《萨布素将军传》中所辑录的故事与史实之间是有所对应的，并非完全是向壁虚构的传奇文学。如第二十六回“初探长白山”对应的是萨布素踏查长白山的史

① 浦起龙释：《史通通释》第2册，上海：上海书店，1988年，第80—84页。

事，在《清史稿》中亦有相关记载："康熙十六年（1677），圣祖遣内大臣觉罗武默讷等瞻礼长白山，至吉林，欲得识路者导引。宁古塔将军巴海令萨布素率兵二百，携三月粮以从。水陆行，至长白山麓，成礼而还，事具《武默讷传》。"① 又如说部中"贝勒尔巧惩作令阿""奥兰特血祭爱辉城""智捣魔窟""将计就计""镇叛除邪""先礼后兵""雅克萨外围战""兵围雅克萨""收复雅克萨"等诸回目，实际上敷演的是《清史稿》中关于"雅克萨之战"的记载："（康熙）二十五年（1686），（萨布素）疏言罗刹复踞雅克萨，请督修战舰，俟冰泮进剿。上遣郎中满丕往诇得实，乃命萨布素暂停墨尔根兵丁迁移家口，速修战舰，率宁古塔兵二千人往攻。又命郎坦、班达尔沙会师，抵雅克萨城。城西濒江，萨布素令于城三面掘壕筑垒为长围，对江驻水师，未冰时泊舟东西岸，截尼布楚援兵，冰时藏舟上流汊港内；马有疲羸者，分发墨尔根、黑龙江饲秣，计持久。"②

东汉桓谭《新论》和班固的《汉书·艺文志》将小说视为"丛残小语"或者是"街谈巷语，道听途说者之所造也"，这与小说发展初期较为简单的形式有关。早期小说实际上可以视作是一种人物轶事，这从《汉书·艺文志》著录小说十五家的零星遗文中也是可以看出来的。实际上以人物轶事为核心的叙事文学起源很早，在中国传统小说门类中本就有以杂事、异闻、琐语为主要形式的一类小说，《四库全书总目》小说的分类中包括了"叙述杂事""记录异

① 《清史稿》卷二百八十《萨布素列传》，北京：中华书局，1977 年，第 10137 页。

② 《清史稿》卷二百八十《萨布素列传》，北京：中华书局，1977 年，第 10138—10139 页。

闻”“缀辑琐语”等，对于此类小说《四库全书总目》的评述是：“记录杂事之书，小说与杂史最易相淆”，正说明此类小说与史传文学的关系。以人物轶事、杂事为主要形式的小说，最典型者莫过于南朝刘义庆的《世说新语》。以《世说新语》为代表的人物轶事类小说，看似内容驳杂、线索散乱、篇幅短小、人物关系简单，对于人物形象的塑造仅具有一种片段式、印象式的效果。如果在此基础上，以同一个人物形象勾连起与之相关的一系列事件，则在看似毫无关系的散乱事件基础上建构出一个丰满的人物形象，而且在不同的故事段落中，人物的性格即便是发展变化的，也是体现在事件之中的逻辑发展的结果。

在满族说部中以人物轶事的方式来记述、表现英雄的历史功绩，并不只是体现在萨布素身上，实际上在完颜阿骨打、苏木妈妈、努尔哈赤、佟春秀等人物形象的塑造上都采取了类似的方法，这是史官文化在叙事文学中留下的痕迹。唐代史学家刘知几在《史通·杂述》中所论“偏记小说”，其中“逸事”“琐言”“杂记”构成了小说的主要要素，尽管刘知几肯定了偏记小说的史料价值，但也站在史学家的角度批评其内容芜杂散乱，价值仅在于“博闻旧事，多识其物”，而从时代来看，刘知几对偏记小说的批评主要是针对唐传奇而言。随着叙事文学的成熟，偏记体小说样式在人物塑造上形成了自身的特色，以核心人物的经历为线索，将与之相关的一系列人物事件附着其上，使得“丛残小语”变为情节曲折的框架叙事，从而出现结构长篇故事的可能。明清时期小说致力于构造一个庞大而结构严谨的故事，《萨布素将军传》按照萨布素的生平经历来构建长篇故事，通过不同类型的故事段落多方面表现人物，正是偏记体小说发展成熟的产物。

而偏记体小说对于历史叙事的依赖，也在一定程度上减少了怪诞迂阔的想象成分，与出于“博物”和“好奇”的动机，以采摘辑录轶闻怪谭连缀成文的志怪类小说也拉开了距离。萨布素的故事在满族民众中具有深远的影响，正如富育光先生在评价《萨大人传》和《萨布素将军传》两书的区别时所说：“虽然两本书不同，但都是记载的他（萨布素）的事情。《萨布素将军传》里很生动，都是家族里印象非常深的事情，都是常常讲到，耳熟能详的事情。家族为出现这样一位抗俄的将领，族人都引以为豪。满族的说部就是自己家族的家族史，讲自己家族出现什么英雄人物对民族，对地区，对百姓做出的惊天动地的事情，并以此作为家族的荣耀激励后人。”① 萨布素在雅克萨之战所起的巨大作用，以及他在黑龙江将军任上所做的卓著贡献，使其在文化心理上贴近满族普通民众，在萨布素故事长期流传的过程中，说书人将相关甚至是无关的“丛残小语”逐渐集中在这一人物身上，从而形成了完整的长篇小说结构。

以轶事、笔记、札记的叙事方式来表现人物，在叙事上具有传奇性和散文性的特征，部分内涵丰富的独立叙事单元还可以套用到不同的历史人物身上，如《萨布素将军传》中的“义服刘黑塔”“盛京招贤人”“私放李昆魏海”等回目，实际上是满族说部中传统“收服英雄”主题的延伸；而将不同类型的轶事集中在核心人物身上，则以一种独特的方式构成了人物性格的多面性，使得人物形象更为完整。以《萨布素将军传》中三类故事类型为例，军事战争题材的故事段落主要表现萨布素勇武多谋的一面，以政治生活为主要

① 王彦人:《满族说部〈萨大人传〉和〈萨布素将军传〉的比较研究》，《满族研究》2014 年第 2 期。

内容的故事段落凸显了萨布素过人的智慧和清明公正的政治品格，而反映日常生活趣味的片段则显现了萨布素平易近人、有情有义的一面。

我们还应该看到偏记小说体式在口头叙事文学中的优势。职业说书人的行为方式将持续的、流动的叙事时空人为地进行分割，同时又要照顾到听书人的接受习惯，因此每一段的人物轶事实际上构成了一个独立的叙事段落，在此段落内具有完整的时空关系，人物轶事的构架使得人物的生平以完整而相互联系的段落得以呈现。《萨布素将军传》在此基础上，结合说书人的习惯和听众的审美心理，有意地将故事线索截断，置放于不同的故事回目中，在照顾到故事完整性的同时，又将具有前后时间顺序关系的故事段落勾连起来。这种处理方式并非应用于所有的故事回目，而是根据叙述的需要，如“南马场驯牛”“护病得兵书”“断案结良缘”等分别是一个完整的故事段落，在同一个回目下完成叙事过程。对于较为重大的历史事件，则通过几个相互关联的故事段落组合来讲述，如“激战松花江”“计救赫哲人”“水淹尚坚乌黑”等几个回目共同构成了一个完整的故事，在回目之间以叙事逻辑和时间线索建立联系，如在“激战松花江”和“计救赫哲人”两个段落之间，即以萨布素单人匹马追赶敌军在途中遭遇意外设下悬念，以引出下一个故事段落的内容。

二 “依史以演义”

萨布素将军的传说与红罗女传说、罕王传说和黑妃传说一起，被誉为满族民间文学的四大人物传说。萨布素是历史上真实存在的英雄，他的事迹青史有名、正史有传；而说部叙写的是在民间长期流传的英雄故事，在遵照史实的基础上，加入了大量传奇性的情节。这些虚构的情节服从于人物形象的塑造，相较于《清史稿》中的简略叙述，更具有文学性。

《萨大人传》中描写萨布素的降生即带有神异色彩："天聪四年，庚午年，女真的天马年，大明崇祯三年五月端阳之后的第三天，万里无云，春光明媚，白鹭鸣天。白鹭是北方特有的一种鸟，生在河边……在白鹭的叫声中，从三棵杨富察氏家的大院儿上房，传出了清脆的婴儿啼哭声，声音是那样的洪亮、有劲儿。"① 在说部《萨布素外传》中对于萨布素诞生的描述更为离奇，先是借身份神秘的"老要饭"之口，断言傅老好夫妇"将来你们的儿子可一步步地高升到将军"②，其后又叙及萨布素之母梦黑虎入怀而有孕，黑虎意象的出现表明这类描述是对英雄降生主题的继承，以神迹和预兆清楚表明了英雄非凡的身份，以及英雄传奇与历史史实之间的距离。

神化英雄的出身，这是从《乌布西奔妈妈》等英雄史诗开始形成的传统。乌布西奔妈妈是从长尾黄莺叼来的皮蛋中孕育而出，在还是蛋形时，首领古德罕让饿狗吞食，狗群望见四散惊遁，抱来干柴焚烧，却忽然之间雷雨交加，篝火不燃，盘天的山雀翔聚喳鸣，日夜不安，即便用黄土堆埋后，黄土堆突然惊雷巨响，尘土崩飞，现出酣睡在貉窝中的女婴乌布西奔妈妈。恩切布库的出生也显示了神迹："当天上响起九十九声惊雷的时候；当地上卷起九十九团飓

---

① 富育光讲述；于敏记录整理：《萨大人传》(上)，长春：吉林人民出版社，2007 年，第 134 页。

② 关墨卿讲述；于敏整理：《萨布素外传 绿罗秀演义(残本)》，长春：吉林人民出版社，2007 年，第 7 页。

风的时候；当海上掀起九十九座波涛的时候；当草地传来九十九声蛙鸣的时候；当枝头叫起九十九声蛐蛐鼓唱的时候；当阔野上九十九朵古葵向阳开放的时候，红色的花蕾迸裂八瓣小叶，里面坐着一个可爱的小女孩。"[①]"九"在萨满教信仰中是重要的吉祥数字，有极尽、完满之意，《满洲祭神祭天典礼》有"贯九以盈"的赞词，用以形容美好且神圣的事物降生。西林安班玛发的出世亦是如此，西林安班玛发是由巨浪托举而出，史诗中描写道："小神人站在半空的海浪尖上之下，四周放射出七彩神光。"[②] 在汉族神话传说中对于帝王或部族始祖出世的神异描写并不鲜见，其中尤以感生神话居多。早期的感生神话大多带有原始图腾崇拜的意味，儒家学说将"天"推到了至高无上的位置后，表现帝王的神异出身又突出反映了君权神授的思想观念。帝王作为人间的最高统治者，其能否继承帝统，需要"天意"的佐证，神异的出生方式实际上是为王权的合法性与权威性提供神秘主义的理论依据。在少数民族英雄史诗中，则通常以此表明英雄的特殊禀赋，因此与汉族神话中多以龙凤等祥瑞为象征不同，在英雄史诗中与英雄相关联的意象多为鹰、隼、虎、豹等猛禽和凶兽。

英雄不仅秉持天意降生，在遭遇险境的时候更常常因为得获天神相助而脱困。在《萨布素将军传》"计救赫哲人"回目中，就有一段这样的描写："萨布素单人匹马，在古木参天的原始老林里日夜奔驰，追赶着敌人三天三夜，直逼得那个百人长连人带马，滚下

---

① 富育光讲述；王慧新整理：《恩切布库》，长春：吉林人民出版社，2009年，第37页。

② 富育光讲述；荆文礼整理：《天宫大战 西林安班玛发》，长春：吉林人民出版社，2009年，第146页。

了万丈悬崖。萨布素才舒了一口气，却累得跌下马来，昏倒在一棵白桦树下。不知是在梦境，还是来到了仙界，萨布素只觉得身子虚飘飘的，眼前出现了一个白头发、白胡子的老阿玛，正往自己嘴里填东西。那东西又清凉又解渴又滑溜，吞到肚子里，浑身就来了力气。"① 文中点明老阿玛是战神超合占爷的化身，在萨布素系列说部中类似的文字还有多处，如"巧得人参宝"回目郎家阿玛鬼魂托梦、"兵犬与神鹿"回目老鹿能解人语都是其例。在1981年6月召开的"关于满族民间传说《萨布素将军传》流传情况"的座谈会上，《萨布素将军传》传承人傅英仁说明说部内容形成过程时提到，在说部初次成书时，删除了传说中大量具有神怪色彩的描述，后来又进行了增补，傅英仁老人的原话是："这传说中迷信色彩还不少，好比说，'托利'怎么来救他（萨布素），他从吉林回来在山洞里得到一个神杵，说上面的神鹰能飞出去一百步远，能把敌人的眼睛叨瞎。这么能耐，只要你一招手，它就回来，别人招呼还不行，非得萨布素去。这是迷信色彩，以后这神鹰在故事中也没有再出现，我就把它去掉了。后来你们说先保存原貌，我又作了补讲。"② 因此在萨布素系列说部中保存了大量民间文学色彩的叙述内容。

磨难是对于英雄性格的锻炼，英雄的成长需要经历众多的艰难困苦，这些遭遇有可能是史实，但更可能对英雄落难的描述是出于艺术创作的需要，讲述者强化了英雄所面对的困境，并通过细节的

---

① 傅英仁讲述；程迅、王宏刚记录整理：《萨布素将军传》，长春：吉林人民出版社，2007年，第47页。

② 傅英仁讲述；程迅、王宏刚记录整理：《萨布素将军传》，长春：吉林人民出版社，2007年，第6页。

虚构烘托出英雄成长的传奇性。黑格尔对浪漫诗中的理想人物性格描述道：“人物性格首先必须至少在形式上是伟大坚强的，有能力抵挡住一切消极因素，有勇气接受他的命运，既不否认增加所做的事，也不因此就垮塌下来。此外，这种人物也绝不忽视祖国，家庭，王室和王权之类实体性目的。”[①] 萨布素的形象是民族美感心理沉淀的反映，其故事内容的繁杂和琐屑正说明了说部是作为集体性创作的产物，反映的是民族共同的心理质素，是民族历史传统、经济模式、风俗习惯、生活方式、宗教信仰等多方面要素的集合。作为文学作品所塑造的人物形象，萨布素从外在形貌、性格特点到思想观念都符合普通民众的审美需求，而对于反映民族本质力量的人物形象的观照，自然能激发起接受者愉悦的审美感受。

《萨大人传》以萨布素的传奇一生为题材，叙述了他从少年到青年的成长经历，从穷苦的放牛娃到镇守北疆、抗击沙俄入侵的封疆大吏，在萨布素的成长经历中充满了浓郁的传奇性色彩。如说部中通过描述萨布素解救郑亲王庄园中的索伦部奴隶、孤身前往雅库茨克侦查沙俄敌情，以及配合兵部尚书明安达礼打击沙俄侵略者斯捷潘诺夫等情节，塑造了萨布素多方面的英雄品质。在刀戟交错、白刃相接的战争描写中，讲述者还穿插了部分具有喜剧色彩的故事情节，使情感走向随着情节发展起伏跌宕。如《萨大人传》中“东海解纷争”回目充分体现了叙事文学中的民间智慧，这一故事段落讲述了萨布素奉旨招抚东海窝集部，在调解阿克敦寨和恩克图拉部落之间的土地纠纷时，萨布素在仔细观察之后，向两边部族民众解释：“刚才我到那块儿地去了，看得十分仔细，阿克敦部的土豆地

---

① 黑格尔:《美学》第三卷(下),朱光潜译,商务印书馆,1981 年,第 299—300 页。

虽说也长了荞麦，但这荞麦的根生得浅，且稀稀薄薄的，不会是恩克图阿部播种的。”接着又说：“自然，这荞麦更不是阿克敦部种的。天下哪会有这般傻子呀！啊？不过，阿克敦你可留意过去年秋收时节，土豆地里有没有飞过麻雀？”在获得阿克敦肯定的回答后，萨布素根据现实状况和生活经验做出了自己的推断：“正是这群偷嘴的麻雀，把荞麦掉落在土豆地里，今年才生长着许多的荞麦来。”① 在处理土地纠纷的过程中，体现了萨布素的智慧和见识。

三　旅社荒凉雨又风，苍天着意困英雄

悉尼·胡克在《历史中的英雄》一书中，分析了公众对于英雄人物感兴趣的心理根源有三个方面，包括心理安全的需要；要求弥补个人和物质局限的倾向；逃避责任，这有时候表现在掌握简单的解决办法上，有时候表现在把政治利益交到职业政客的手里。② 在萨布素这一人物形象身上，集中体现了人们对于理想英雄的塑造。说部中表现萨布素在治理地方时的清明决断，反映的是民众心理安全的需要。萨布素以“父亲”式的权威主持正义和秩序，为处于社会底层的民众提供了安全感和情绪上的稳定性；萨布素身上所体现出的完美人格，体现了群众想象中领袖所应具有的光彩、权力和热情。萨布素赢得对外战争，拯救弱小孤独，使得民众将原来对待历史传统、制度、象征和意识形态的感情转移到他身上，对于萨布素功绩的极力渲染，补偿了由于外敌入侵和黑暗现实产生压迫感的人

---

① 傅英仁讲述；程迅、王宏刚记录整理：《萨布素将军传》，长春：吉林人民出版社，2007 年，第 112 页。

② 胡克：《历史中的英雄》，王清彬译，上海：上海人民出版社，1964 年版，第 14—18 页。

们的心理缺失；而萨布素勇于承担历史责任，甚至具有一种知其不可而为之的悲壮，则与中国传统的英雄情结和满族长期以来存在的英雄崇拜实现了对接。

满族是一个具有悠久历史的民族，在历史上这个民族的命运经历了无数的起伏和荣衰，背负了深厚的历史记忆和强烈的民族荣誉感，开国君主的传奇故事在满族说部中占据了绝大部分。除了证明政权存在的合理性之外，还在于以筚路蓝缕的开创艰辛提醒后人坚守祖业，恪守祖训。清朝历代统治者都格外重视保持其民族传统，入关之后，清太宗皇太极奉行“参汉酌金”的基本国策，崇德元年(1636）十一月，皇太极召集诸亲王、郡王、贝勒、固山额真及都察院各官于凤凰楼下，命弘文院笔帖式读金国第五代汗世宗“兀鲁汗本纪”，皇太极向座中诸人提到：“世宗继位，恐子孙习染汉俗，屡谕毋忘祖宗旧制，衣女直衣，习女直语，时时练习骑射……昔儒臣巴克什达海及库尔禅，屡劝我弃满洲衣冠，用汉人服饰，以效汉俗，我坚辞不从，遂以为我不纳谏。我试以我等比喻，如我等于此聚集，宽衣大袖，左佩撒袋、右挟弓而立，忽遇劳萨硕翁科罗巴图鲁独身突入，我等能御之乎。若废骑射，必宽衣大袖，食他人切割之肉。如此，与左道之人何异耶。我之此言，非指今世，在我身岂有变更之理耶。恐后世子孙弃旧制、忘骑射而改习汉俗耳。我国士卒，初有几何。因善于骑射，故郊战则克，攻城即取，天下人称我兵立则不动摇，进则不退缩，扬名在外。”① 后代统治者更是对汉文化的浸染保持警惕，注重民族语言风俗上的独立性，如顺治皇帝在南苑设狩猎围场；康熙皇帝在承德建木兰围场，并且每岁举行秋

---

① 中国第一历史档案馆整理编译:《内阁藏本满文老档·太宗朝》,沈阳:辽宁民族出版社,2009 年,第 792 页。

狝大典，其目的在于通过骑射传统的弘扬，稳固和传承民族文化精神。在御史以围猎花费甚巨而请求停止时，乾隆皇帝批复称“皇祖行围，既俾戎伍，复举政纲”，着眼点仍在通过恢复骑射传统达到维持政纲的目的。满族说部强调慎终追远，重视求本寻根，与这种民族文化意识具有内在的一致性。

萨布素身上具有浓郁的悲剧性，这是因为他身处清朝政权由盛转衰的转折点上。对俄战争胜利在很大程度上鼓舞了国民的士气，但强敌环伺的局面以及长期的对外战争实际上是一个国家逐渐走向衰败的表现，虽赢得局部和暂时的战争，付出的代价却是民力和财富的大量消耗，并且仅仅只是御敌于国门之外，远没有达到“风云万里清”程度。外患并未得到彻底的解决，沙俄仍然觊觎大清疆土，伺机而动。因此，尽管萨布素将军在战争中取得了阶段性的胜利，但那种江河日下、盛世远去的萧条仍然是无法遮蔽的。

《萨布素将军传》第四十四回“云遮黑虎星”中萨布素以莫须有的罪名免官，英雄含冤蒙诬，“全营笼罩着悲愁、愤怒、不满”，这种叙事笔调在武侠文学中是较为少见的。陈平原在论述侠客和英雄之间的区别时说道：“侠客锄强扶弱，是为平人间之不平；英雄夺关斩将，是为解国家之危难——两者动武的目的不同。侠客‘不轨于正义’，隐身江湖，至多作为‘道统’的补充；英雄维护现存体制，出将入相，本身就代表‘道统’——两者动武的效果不同。侠客仗剑行侠，浪迹天涯，擅长单打、步战、使短兵器、打巧仗；英雄带兵打仗，运筹帷幄，注重阵战、马战、用长兵器、打大仗——两者动武的方式也不一样。”[①] “朴刀杆棒”和“士马金鼓”

① 陈平原：《千古文人侠客梦》，北京：北京大学出版社，2010 年，第 42 页。

分别代表了武侠文学和英雄传奇的不同发展路向，用《三侠五义》第九十八回的说法："虽则是失了征战的规矩，却正是侠客的行藏。"这也决定了上层统治者对于侠客和英雄的不同态度。在社会政治清明或者明主清官主政的历史状况下，侠客与统治者之间可以达成妥协甚至是合作的关系；然而如果政局腐败或者奸臣当道，统治者为了维护统治秩序，自然会对豪侠进行打压和平叛。由于英雄对当权者的依附和从属关系，在前一种情况下英雄尚有施展抱负的余地，在后一种情况下则不可避免地走向英雄末路的境地，无论是哪种情况，英雄较之侠客都具有更强烈的悲剧色彩。

以清代说部为例，在佟春秀和飞啸三巧身上还有较多侠士的影子，叙事中偶尔闪现出侠客自由无羁的浪漫色彩；而萨布素则纯然是一个英雄的形象。正如《萨大人传》中萨布素向康熙皇帝剖立誓效忠时所言："奴才自幼受哈勒苏爷爷的祖训和虽哈纳阿玛鲤庭之教，忠心为国、鞠躬尽瘁、死而后已，卫吾富察氏之家风。奴才及壮，不敢少怠，崇仰古人乃霍大将军，愿学他（匈奴未灭，无以为家）跃马黑水，做一个黑水霍去病，以报圣上对臣家几世隆恩。"在萨布素身上始终弥漫着庄重而沉郁的英雄气，这也决定了他的言行带有强烈的意识形态色彩。如《萨布素外传》第十一回"将军生死场申大义，酋长酒席宴认亲人"中，当时战局吃紧，粮草不足，萨布素为表明诚意，孤身入险境向阿苏里大酋长借粮，却被仇视清政权的酋长设计缚住，生死关头萨布素的一番慷慨陈词，凸显了他英雄的胸襟和气魄："吾乃堂堂大清的将军，出于爱护百姓，不愿对国人施以武力。若不然，一个小寨何堪清军一击？你早做刀下之鬼了。大酋长，不要敬酒不吃吃罚酒哇！我死了，是为国捐躯。一个小小的江东六十四屯，即使投了罗刹，照样逃脱不了天兵的征讨。那样做，只会给黎民百姓带来灾难，你也成了地地道道的叛国逆贼了，遭世人唾骂。本将军要是怕死就不来了，一声令下，立即剿平你。”① 大酋长闻言感佩，不仅无偿借粮草给清军，还抽调人马协助作战。

萨布素这一英雄人物身上所具有的悲剧性色彩，在他病重逝世前的场景描写中达到高潮：嫩江洪涝冲垮了大堤，萨布素不顾自身体衰力弱，坚持与军民一道堆堤防洪，终因力竭导致病情加重而去世。据说书人讲述，雍正年间萨布素小儿子常德任吉林副都统，在将父亲棺椁迁回宁古塔旧地，途中遭遇盗匪，误抢了萨布素的棺椁，棺椁被众匪遗弃沉江，自此失去踪影。“三姓官兵与常德等人沿江走出数百里，仍然只闻江涛咆哮，却不见萨大人棺椁的踪影。常德万分悲怆，长跪江岸，痛苦不已，失声儿地呼唤着：‘阿玛，你在哪里呀，回孩儿一声吧！’应答他的唯有江涛拍岸的啪啪声和呼呼的风声。”②

第二节　《飞啸三巧传奇》中的民间侠义观

《飞啸三巧传奇》讲述了清朝嘉庆年间，三等侍卫穆哈连受皇命治理北疆，成为沙俄和北疆恶势力的眼中钉，被他们设计杀害。为报此仇，身负绝学的皇家武师林云鹤、林彤鹤兄弟将祖传的飞啸剑法，传给了穆哈连之女巧珍、巧兰、巧云。“三巧”学成武艺之

---

① 关墨卿讲述；于敏整理：《萨布素外传　绿罗秀演义（残本）》，长春：吉林人民出版社，2007 年，第 134 页。

② 富育光讲述；于敏记录整理：《萨大人传》，长春：吉林人民出版社，2007 年，第 715 页。

后，为父报仇，惩治了以杜察尔家族为代表的北疆恶势力，演绎出飞啸三巧惊天动地、可歌可泣的传奇故事。《飞啸三巧传奇》的“引子”中有一句唱词：“看哪，听啊，香烟里降临了晓彻祖先勋业的千岁妈妈，千岁妈妈来了！她骑着神鹿，背上背的褡裢袋里，装着什么？装满了昨天的故事、昨天的血泪、昨天的足迹。”“千岁妈妈”在满语里意为原祖的始母神。也就是说，《飞啸三巧传奇》具有满族说部的共同特征，是对于本民族历史的书写，传述了民族历史上真实存在的英雄的传奇经历。从人物角色的设置和故事结构来看，说部《飞啸三巧传奇》又是在武侠小说的框架内叙写的一段英雄传奇。

一　奇幻诡谲的武侠世界

《元妃佟春秀传奇》中对满族的尚武传统有一段议论：“女真人的孩子，从五岁就学骑马，六七岁就练拉弓学射箭。小孩子、半大孩子，甚至二十岁的年轻人，无论做什么游戏活动，玩什么花样，都离不开比试习武，自小就使孩子练就了强身健体，英武勇敢，自强不息，明枪明刀对着干的尚武精神，把英勇捐躯看作是光荣，引为自豪。”① 尚武精神和英雄情结，成为武侠文学在满族民众中得以接受和传播的文化土壤。另一方面，清代东北被视为“祖宗肇迹兴王之所”，为保护故土物产资源和传统习俗，清政府对东北地区实行长达二百余年的封禁政策。封禁政策的实行使得东北地区社会控制存在“真空”，与武侠文学的叙事空间有相似之处。学者陈平原认为：“原有的阶层划分和道德规范失落，秩序混乱，尊卑贵贱

① 张立忠讲述；张德玉、张春光，赵岩记录整理：《元妃佟春秀传奇》，长春：吉林人民出版社，2009 年，第 142—143 页。

不再是铁板一块，个人有利于社会组织与社会结构的可能性大大增加，这就是游侠之得以驰骋的特定时空。”① 封禁政策隔绝关内和漠北边地，为以东北为背景构筑奇幻诡谲的武侠世界提供了想象的空间。

《飞啸三巧传奇》具有一般的武侠文学的套路，在叙事手法、人物塑造、情节设置等方面受到《水浒传》为代表的英雄传奇的影响，塑造了包括穆哈连、图泰等在内的一系列英雄群像。颇具意味的是，在介绍武师图泰的徒弟时用了较多笔墨叙写四人的绰号来历，如图泰的心腹雷福绰号“小清风”，是因为他以轻功见长，迅捷如燕；图泰的徒弟麻元因为长期在长江上生活，穿行若鱼，谙熟水性，在水中如陆上行走如常，因此得了一个绰号叫“水耗子”；牛老怪的绰号是“一声雷”，得名源于其人身材魁梧，性情暴躁，却嗓音洪亮，如同牛吼，在对敌时依靠吼声震慑对方心魄；绰号为“千里雁”的常义则擅长奔行，能够夜行百里，快跑如飞，甚至能在树间行走，专司通风报信之职。绰号实际上是对人物性格和能力的概括描述，也从侧面说明了《水浒传》对《飞啸三巧传奇》成书的影响。

侠义题材的说部《飞啸三巧传奇》利用东北边地独特的自然地理环境，构筑了一个具有异域色彩的武侠世界，如第一章中图泰和乌伦巴图鲁击毙的歹徒身穿鱼皮坎肩。说书人介绍，鱼皮坎肩出产于在长城以外的漠北地区、乌苏里江以东的赫哲族人，以及在黑龙江出海口一带在北海精奇里江下游居住的满洲人，还有部分以渔猎为主的部落，都有以鱼皮缝制衣服的习俗。据此，图泰推测出歹徒的身份与北疆有关。三巧所用的宝剑也是如此，除了其铸剑原料采用北海地区特殊的晶石之外，其剑鞘以鲸鱼骨制成，而包在骨头外

① 陈平原:《千古文人侠客梦》,北京:北京大学出版社,2010 年,第 4 页。

的也是北海特有的松花蟒皮。海外绝域有异宝珍奇本是一种基于华夷观念的诗意想象，以《山海经》中对于殊方异物的描写为肇端，在秦汉方术思想影响下，求仙寻宝使得对海外的神奇想象，成为后世传奇文学的重要思想来源。

这些来自于海外异域的珍奇异物超越了普通民众的生活经验，构成独特的审美意象。东北地区物产丰饶，其中人参、熊胆等具有珍贵药用价值的动植物资源，是武侠小说中具有起死回生效用的珍贵药品。在冷兵器时代，侠客行走江湖，或与人较量武艺，或为仇家追杀，或遭小人陷害，难免有所伤病，甚至有性命之虞，由此来自异域外邦的神奇药物或神异法宝成为武侠小说的重要组成部分。用形象学的观点来看："形象就是对一个文化现实的描述，通过这种描述，制造了（或赞同，宣传）这个形象的个人或群体，显示或表达出他们乐于置身其间的那个社会的、文化的、意识形态的、虚构的空间。这个我们所设定的研究空间是一个剧场，是以形象化的方式（当然要承认文字游戏仅是表面的），即用形象、描述等方式，表达各种范式的场所。按照这些范式，一个社会在审视和想象着'他者'的同时，也进行着自我审视和反思。毫无疑义，异国形象事实上同样能够说出对本土文化（审视者文化）有时难于感受、表述、想象到的某些东西。因而异国形象（被审视者文化）就能将未被明确说出、定义的，因此也就隶属于'意识形态'的各个'国别'的现实，置换为一种隐喻的形式。"① 塞外独特的自然地理环境和丰富的动植物资源，在传奇文学中演变为带有神幻色彩的文化符号。

① 孟华主编:《比较文学形象学》,北京:北京大学出版社,2001年,第156页。

对武学技击的展演是武侠文学的题中之意，唐传奇《嘉兴绳技》《僧侠》《兰陵老人》等作品已经出现了对于神奇武技的描述。早期的武侠文学中并不重视武学技艺的描写，《史记·游侠列传》《汉书·游侠传》中的朱家、剧孟、郭解、原涉等侠客，并不详述其武艺高低，直到唐宋传奇时才开始注重打斗场面的描写。如《兰陵老人》中写剑术："（兰陵老人）紫衣朱鬓，拥剑长短七口，舞于庭中，迭跃挥霍，擁光电激，或横若烈盘，旋若规尺。有短剑二尺余，时时及黎之衽，黎叩头股栗"；而《昆仑奴》中磨勒能够"负生与姬而飞出峻垣十余重。一品家之守御，无有警者"，已经接近带有玄幻色彩的道术了。在《飞啸三巧传奇》中有多处对于武学技艺的描写，如对武师马龙夜行功夫的描写、对八宝禅师黑头僧禅杖威势的刻画，都精彩至极。其中对于"黄赤白金若闪电，易水同风腾飞龙"的福建林家剑的介绍极为详尽。林家拳和林家剑属于闽南宗派，偏轻灵一路，剑法中的进刃法、破刃法、虚刃法、滚刃法、飞刃法等，都以身法灵巧为根基。书中描写林云鹤兄弟还长于轻功，穿行林间山崖如履平地，有一身纵跃腾挪的功夫，因此被时人形容为"没有翅膀的老鹰""没有四条腿的雪山跳猫"；而其弟子"飞啸三巧"在与八宝禅师黑头僧打斗之时，剑法轻捷迅疾。文中描写道：

> 他（八宝禅师黑头僧）耍起禅杖，刷刷刷，整个就把身子包住了，耍的时间长了，他也受不了，有的时候，一闪失，中间就露出空隙。三巧在外头要躲禅杖，因为禅杖一甩就随时砸人，砸在身上就得粉身碎骨。三巧既要防禅杖钩自己，又要找空隙，在禅杖不在的时候，想办法刺老禅师。巧珍、巧兰、巧云她们采取扑的办法，因为禅师高，有力量，他是从上往下打，一般不从下往上挑，这容易打着自己身子。三巧蹲下身

子，让他看不着。她们个小，蹲在地上，把两条腿的脚跟挨着臀部，腿一弯，她们是蹲着跟他打。剑嗖嗖就这样打了一会儿，把老禅师累得满身是汗，眼睛直冒花，就在他眼睛冒金星的时候，他就觉得自己后腿，刺溜一下子，一阵热，他的禅杖一哆嗦……老禅师就觉得有一剑从他腿肚子一穿，腿立刻一热。这剑耍的速度特别快，都热了，烫人哪，霎时老和尚觉得腿麻木，禅杖就拿不住了，身子便倒下去了。①

剑与武侠的关系最为密切，无论是“少年壮且厉，抚剑独行游”（陶渊明《拟古》），还是“抚剑夜长啸，雄心日千里”（李白《赠张相镐之二》），抑或是“一箫一剑平生意，负尽狂名十五年”（龚自珍《漫感》），佩剑是英雄最主要的标识。剑更被赋予特殊的文化意义，《续小五义》中言及宝剑唯“有德者得之，德薄者失之。倘若错用此物，必遭天诛地灭”。宝剑归于有德者，源于《大戴礼》“剑之铭”：“带之以为服，动必行德，行德必兴，倍德则崩”。为了说明林家剑的正义性，林云鹤老人先叙述了林氏先祖林兴珠兄弟追随郑成功建立功业的历史功绩，然后特别说明了铸紫光、蓝光、青光三剑的用意，是因为此宝剑承载着平定北疆、治国安邦的历史使命。

由于宝剑所负载的伦理意义和文化精神，对于剑的描写有脱离剑法和剑客，具独立审美价值的趋向，以至于将名剑与寻宝夺宝主题相结合。中国传统文化中素有赏鉴古剑、名剑的传统，《庄子·说剑》中说天子之剑、诸侯之剑和庶人之剑；《荀子·性恶》中录

---

① 富育光讲述；荆文礼记录整理：《飞啸三巧传奇》，长春：吉林人民出版社，2007年，第281页。

有桓公之葱、大公之阙、干将莫邪、巨阙、辟闾等古代名剑；南朝梁陶弘景更撰有《古今刀剑录》，记载自夏启到梁武帝时期的各种宝刀名剑。林家剑之精要集中在剑的锻造之上，以其铸剑原料为例，需要采用北海地区一种特殊的晶石。晶石获之不易，需要将石头凿开，偶尔才发现一颗；熔化此类晶石也十分困难，一般的木头火不起作用，需要用特殊的强火以及各样的血和的骨头烧制。

为说明铸剑过程的复杂和困难，文中还大量使用“一百三十七种草药”“这个剑得喂七七四十九天”这样的表述，唯有这样才能保证铸造出来的剑独一无二。宝剑的锋利也达到了匪夷所思的程度，“宝剑的光就能伤人身子，刺激人的眼睛。随着它的光，剑刃割进你的身子，你的骨头就碎了，慢慢成为粉末，变成骨头渣了，肉就往里溃烂”①。但正是依靠剑本身的巨大威力，“三巧”以十余岁的年纪，甫出山就接连斗败潘天虎、潘天豹兄弟，狠命鬼仇彦，长枪将鲍龙，滚地雷徐蟒等武功高强的恶人。

二　芙蓉出匣照寒铓，上带仇家血影光

在所有的叙事矛盾中，恩仇是推动故事情节发展最为有效的动力，提供了人物行动的因果、方向、预期目的，以及所期待的社会效果。无所事事、漫无目的的漫游，尽管同样可以在行侠仗义、扶危济困的主题下展开，然而难免有道义上是否正义的疑虑，而且虬髯客式但问人间不平的英雄未免太少，赵氏孤儿式身负血海深仇式的英雄显然在行动上更有说服力。行侠仗义凸显的是侠客的社会属性，侠义的正当性需要以社会公义进行裁量，其中有一个是非功过

① 富育光讲述；荆文礼记录整理：《飞啸三巧传奇》，长春：吉林人民出版社，2007年，第169页。

的判断问题。侠义若不是出于正义目的，则难免有滥杀之嫌；而恩仇是纯粹私人性的，其行为有着充分的伦理动机，中国传统文化伦理赋予血亲复仇以戒律和道德之外的肯定。在复仇和报恩的主题下，表现英雄的磨难和成长，以及英雄性格的塑造成为武侠文学的一种模式化写作。

满族传统历来有血亲复仇观念。《元妃佟春秀传奇》中提到："女真人一向有这么个传统观念，复仇的心理十分强烈，他们抱着'君子报仇十年不晚'的信念，时时准备复仇，从来没有服输的时候，就像两个人打架一样，被打倒的人没有能力反抗了，可嘴上还硬，不认输，不认输就再打，这么打也不认输，这可能就是女真人的性格吧！"① 额亦都十三岁手刃仇人为父母报仇，张义立誓血洗萨尔浒城贼人为妻子哈扎复仇都属此例。努尔哈赤起兵反抗明朝，其中一个原因是他的姥爷王杲、祖父觉昌安，父亲塔克世均为明朝所杀。其中，王杲被辽东总兵李成梁所俘，在北京城为明朝廷斩杀；觉昌安和塔克世则在古勒城之战中直接死于李成梁之手。努尔哈赤的复仇是说部《元妃佟春秀传奇》中的一个重要线索。最集中表现复仇主题的是说部《飞啸三巧传奇》，"三巧"的父亲穆哈连、母亲丫丫为奸人所害，林云鹤、林彤鹤兄弟将毕生武学授予姐妹三人，正是希望她们能够学成之后，依靠自己的能力手刃仇人。

《飞啸三巧传奇》以"三巧"寻找杀害穆哈连的真凶、替父母报仇作为故事的主要线索，突破了由"偏记小说"体式造成故事结构松散的弊端，形成一个较为完整的复仇故事。在复仇的动机下，展开一系列的打斗和厮杀，正是武侠文学擅用的套路，尤其是如果复

---

①　张立忠讲述；张德玉、张春光、赵岩记录整理：《元妃佟春秀传奇》，长春：吉林人民出版社，2009 年，第 147 页。

仇的对象十分强大，或者处于隐蔽的状态下时。由于复仇而分成正邪两个阵营，双方形成对峙的状态，又有各路豪侠或不同门派的高人助战，复仇的过程充满曲折艰险，正是传奇文学惯常的写法。然而由于复仇的动机过于强大，在“三巧”手刃仇人之后，其侠义行为失去了心理支撑。

《拍案惊奇》卷四中韦十一娘议论杀人复仇也应当有所凭据：“就是报仇，也论曲直。若曲在我，也是不敢用术报得的。”① 也就是说，即使是复仇也应当遵循社会公义，因此对于“专诸助篡，聂政借躯，报一人之仇，皆不轨于正义”② 的行为，从社会公义的角度进行评判，也是持批评和否定的态度。因此尽管“三巧”是为父母报仇，在行动上已经具有伦理的合法性，但师傅林云鹤在训示三人时，首先提到的是应当以所学武艺仗义救民，忠贞报国，平定北疆；其次是彰善瘅恶，爱人以德；最后才是立志为民除害，洗血家恨。说部中飞啸三巧出手教训的皆是大奸大恶之徒，通过尽可能地展示对立面的恶，血亲复仇与锄强扶弱两个截然不同的主题达到了统一。

然而，这也造成了行侠仗义、报效朝廷对复仇主题在一定程度上的遮蔽。说部上半部主要讲述了穆哈连遇害的前后经过，在以三巧为主要人物视角时，血亲复仇的观念是较为鲜明的。通过穆哈连遇害留下的诸多线索追查真凶，也是武侠文学常见的叙事模式，故事情节的发展符合叙事逻辑。说部下半部主要叙述三巧学成武艺之后在北疆和京师的见闻经历，在复仇过程中，三巧为父母报仇的故事主线，受到朝廷派遣图泰调查穆哈连死因真相的支线干扰。由于

---

① 凌蒙初:《拍案惊奇》,成都:四川人民出版社,第 35 页。

② 陈平原:《千古文人侠客梦》,北京:北京大学出版社,2010 年,第 75 页。

思想观念中存在强烈的皇权色彩，说部中反复提及国事相对于私仇的优先性，作为清政府意志象征的图泰实际上取代了三巧的核心人物地位，叙事重心转向讲述勾结沙俄侵略势力、破坏边疆安全的杜察尔家族的覆灭经过，淡化了说部的复仇色彩。

纠缠于个人恩怨难免陷入“冤冤相报”的怪圈之中，正如王度庐《鹤惊昆仑》中所说：“江湖侠义，舍己救人却是对的，似这样仇雠无已，是永没个休止的”（第二十回）。在武侠文学中常借佛理或者是爱情来实现对恩仇的超越，像罗密欧朱丽叶式的故事在现代武侠小说中是十分常见的。以爱情和佛理来超越冤仇也许难以周全，但如同《飞啸三巧传奇》中这样以国仇取代家恨的做法，同样很难取得很好的艺术效果。如一开始三巧认定潘天虎兄弟是杀害其父穆哈连的真凶，用计擒住潘天虎兄弟，逼他们交代了谋害穆哈连的整个过程。然而三巧在制服二凶之后听到此番叙述，其后又亲眼看见了父亲惨死的状况，在整个过程中却仍然表现得十分理智，并未伤害二人性命；而且在其后穆哈连的葬礼上，三巧面对杀父仇人，心中想的却是：她们三姊妹早就知道卡布泰的安排，因为京师图泰大人，还没有来到，还有许多的事情需要审问，需要理清。特别是贼王，北噶珊的杜察朗等人，还逍遥法外，潘家寨的全部贼人还没有伏法。这里的内幕很复杂，需要做艰难的深入调查，暂时还得留下这两个贼人的性命，既让他们惧怕，又乖乖地为我们所用。所以，暂时先给这两个贼人留条活路，看他们能为平定北疆出多大的力气。这样的处理使得三巧的悲愤之情带有表演性质。尽管说部始终以“顾全大局”“明白事理”“先公后私”等说辞为三巧等人开脱，但这与说部中通过师父训示、灵堂设教、豪侠助拳等环节刻意渲染的复仇意识之间显然存在强烈的冲突，故事的情感走向有所分裂，冲淡了复仇故事所应具有的审美快感。

在复仇故事中融入民族意识，是现代武侠文学中较为常见的做法。所谓“为国为民，侠之大者”，借用民族大义来消弭复仇主题的狭隘性，提升了侠客打斗拼杀的社会意义。在说部《飞啸三巧传奇》中，个人恩仇与家国大义之间存在矛盾，本是深化武侠文化精神的关键，但只看到顺从而缺少冲突，对情感的单向处理减弱了人物的艺术魅力。

三　世间大不平，非剑不能消之

唐代李德裕在《豪侠论》中将侠与义统一起来：“义非侠不立，侠非义不成。”这里所说的“义”，不仅是私人领域内基于血缘伦理关系的义气，更是在公共范畴中以追求社会正义为主旨的道义。公正和正义是侠文化的核心价值，若是不以社会正义为追求，侠文化就沦为破坏社会秩序的暴力行为。《韩非子・五蠹》中有言“儒以文乱法，而侠以武犯禁”，侠客的行为是对社会规则和社会秩序的破坏；但如果其面对的是一个法度混乱秩序失效的社会，则侠客所掌握的义就成为理想化的新秩序，以实现对于“天下不平”和“颓靡世风”的纠偏。

实际上，行侠仗义的侠客和铁面无私的清官之间存在内在一致性，都是满足弱者对于社会公正的需要，只是前者靠的是武力。清代以前，满族长期以来没有建立起连续性的政权，缺乏完备的政治制度以及与之相关的制度文化环境，自然也无法产生清官文化的土壤。司马迁所言“缓急，人之所时有也”（《史记・游侠列传》），则是普通民众所可能遭遇的现实困境，这时候打抱不平的侠士就取代了清正廉明的清官，成为解救困厄、维持社会公正的保障。正如郑振铎在《论武侠小说》一文中所言："欲以这种不可能的幻想，来宽慰了自己无希望的反抗的心理。"① 在弱小无助的底层民众眼中，侠客成为最后的心理屏障。假手更多时候只是存在于想象世界中的侠客，看起来是消极的，实际上却反映了在社会管理失效、秩序混乱时，侠士成为了解除危难、重建秩序的主要力量，其背后是普通民众对社会公平的吁求。明代张潮就在《幽梦影》中感慨："胸中小不平，可以酒消之；世间大不平，非剑不能消之。"

为表彰穆哈连忠烈殉国，其女三巧得到道光皇帝恩赏，承袭五品护卫衔，协助巡查使图泰等人管理边疆事务。其官职可谓不低，而且三巧出身于满洲贵族家庭，才学识见上都与一般武夫有天壤之别，但在处理当地部落冲突的时候还是需要依靠武力解决。东北地区民风彪悍，特别是山林雪野之中的氏族部落间争斗不休，难以法度律令进行约束。根据说部中描述，部落首领和成员看到清朝官员不仅不予理会，甚至还使用土炸药对付清政府的官兵。说书人解释了其中缘由：当时北疆管理松散，因为语言限制、民族隔阂、居住环境限制等原因，长期居住于此的土著部落之间难以形成社会组织结构。沙俄通过挑拨和离间部落关系来扰乱北疆，以便于其侵略势力的渗透，加剧了部落之间的冲突和矛盾；而清政府对于各部落不能实现有效管辖，仅是在地方建立据点进行货物交易，对于部落间由于争夺水源猎场发生的争斗，往往采取置身事外的态度。三巧与图泰等人在处理獐子部和獾子部的冲突时，也是前打后商量，先需以武力立威，然后弄清事情真相，最终实现调解纠纷。北疆平定之后，三巧等人受王命征召入京，在一净庵教训铜头太岁西里布为首的群恶。

---

① 郑振铎：《中国文学研究》（下），北京：人民文学出版社，2000 年，第 334 页。

侠士之作为“可以济王法之穷，可以去人心之憾”（李景星《四史评论》），在政治制度失效的时候，武侠理所当然地担负起匡扶正义、铲奸除恶的社会使命。武侠文学具有浓重的个人英雄主义色彩，突出表现在侠客自己就是正义的化身，可以不需经过官府裁决而独断生死。因此如《江湖奇侠传》中孙癞子捉拿强盗，却称“我们都不是做官的人，他们犯的国法，应该把他们送到官府里去”（第一百五十二回），颇有画蛇添足之嫌。在《飞啸三巧传奇》中，三巧等人所面对的北疆正是一个秩序混乱、法令不明的社会，在这里能够主持正义的不是法律制度，而是个人的武力强弱。以三巧复仇为故事主线，也助长了以暴制暴的行为，“根据英雄信条，一位好汉如果感到自己或他的亲友蒙冤受屈，必须亲手伸张正义，而不依靠那拖沓多变的法律”①。穆哈连为奸人所害，三巧要为父报仇，其复仇对象是以杜察尔家族为代表的北疆势力。杜察尔家族在漠北经营多年，关系盘根错节，不但拥有自己的军事力量，还得到沙俄侵略势力的扶持，以王命绳之根本无济于事。因此说部中写杜察尔家族的覆灭，依靠的是武力征服。

值得注意的是，在说部中并非没有清官的形象，从唐代的红罗女到金代的完颜阿骨打、金世宗完颜雍，再到清代的萨布素、佟春秀、三皇姑等，他们在裁判是非善恶的过程中，不仅动用自身的权威和势力，也采取了以武服人的方式，以及带有民间文化印记的“智审”。以《平民三皇姑》为例，其中“姐弟治贪”“巡检视威”“庙会风云”“争地风波”“尼姑奇案”等多个回目，都有意塑造三皇姑清正明断、赏罚分明的“清官”形象，然而其断案的理据不过

① 夏志清:《中国古典小说史论》,胡益民等译,南昌:江西人民出版社,2001 年,第 95 页。

是一般的乡约民规，对断案的情形也往往只是一笔带过，其个人价值和自我意志主要还是通过高超武艺和过人胆识来展现的。在民间传奇文学中，真正吸引人的也是对以三皇姑为首的正义阵营的武力和智力的渲染，对法制的过分依附和倚重和对社会组织的从属和依傍，反而降低了侠文化所具有的自由内涵。在三皇姑用计惩治九门提督、教训地痞流氓张西林等故事中，张扬了人的主体个性，是对于独立人格的文化意识的肯定。三皇姑、飞啸三巧等侠客意识超越清官身份的人物形象，体现的是满族对于具有浓厚个人英雄主义色彩的侠义精神的肯定和颂扬。

四 僧道侠客——异能人士的宗教身份

明代通俗小说《水浒传》是英雄传奇的典范作品，基本上囊括了明清时期不同的僧道形象类型。叙事文学中的僧道形象，沾染世俗情感，参与世俗生活，是宗教世俗化的表现。

宗教世俗化是宗教发展的一个阶段，表现为对宗教自身及其成员神圣性的消解。随着历史的发展，人对于自然和未知世界的理解逐步加深，对于自身力量的认识也不断深入，人的地位不断上升，神的地位和作用渐渐下降。尽管在宗族崇拜、灵魂不死等观念的影响下，人们在日常生活中仍然需要借助宗教和巫术的力量治病禳灾，但宗教观念不再处于支配地位，宗教也不再被置于日常生活的首要位置，只是在特殊的领域如医药、祭祀等方面发挥作用。明清小说中的宗教因素，集中体现在对神奇法术的描写、对宗教人物世俗欲望的刻画，以及宗教人物形象的塑造上，宗教因素的引入增添了叙事文学的艺术性和观赏性，但不能将之与宗教义理的表述混为一谈。正如鲁迅对《西游记》的评价：“此书则实出于游戏，亦非语道，故全书仅偶间五行生克之长叹，尤未学佛，故末回至有荒唐无稽之经目，特缘混同之教，流行来久，故其著作，乃亦释迦与老君同流，真性与元神杂出，使三教之徒，皆得随宜附会而已。”①《飞啸三巧传奇》中对云游僧、八宝禅师黑头僧、白剑老神仙白剑海等大量僧道侠客的形象的塑造，丰富了说部叙事的表现力。

首先，在《汉武故事》和《西京杂记》中，大量离奇怪诞的神仙世界的想象，赋予叙事文学以独特的审美趣味。然而，儒家“不语怪力乱神”的观念以及史家对“小说家言”的成见，使得对于鬼怪神仙虚构世界的描述难以进入历史题材小说中来，僧道形象的出现则为这些虚妄之言提供了载体。说部中与僧道形象相关联的场景都带有神秘甚至是诡异的色彩，如《飞啸三巧传奇》中图泰的师傅云游僧出场时，“有一天，突然刮来一阵旋风。这个旋风可不一般，昏天黑地，像黑柱一样，从远方滚来，呜呜直响，惊天动地。小图泰一看，有个黑柱子从西北角呜呜过来。黑柱子一过来，把柴草、房屋都卷起来了，他身上洼凉……小图泰紧紧抱着一棵小树不放。龙卷风从他身边过去，他身上像冰似的。有的牛羊被卷走了，有的小树连根都被卷走了。小图泰死死抱着小树不放，等他醒来时，他身边站着一个挺胖的和尚”②。

满族说部中的僧道们往往具有高强的武艺，甚至是神奇的法术，这是从表现宗教的神圣性转向对宗教神异力量的描写和渲染。在中国民间传说中，僧、道、巫等并不侧重于义理的分别，而为市井之津津乐道者是其驱妖役鬼的神奇法术。将本应当用于宗教祭祀

① 鲁迅:《中国小说史略》,长春:时代文艺出版社,2009年,第109页。

② 富育光讲述;荆文礼记录整理:《飞啸三巧传奇》,长春:吉林人民出版社,2007年,第25页。

和宗教目的的法术和法宝用于打斗，本是偏离了宗教自身的教义和教理；但这些法术和法宝的使用，确实显示了超人间的力量，具有极强的想象力和神话色彩。

其次，僧道作为故事情节的推动者，可以在任意重要的时间节点上出现，在完成所需担负的角色和任务后，又从故事中自然而然地消失。如说部中点明图泰的师傅是一位云游僧，是在游方过程中经过东北，从而有机缘救下遭遇困厄的小图泰，并教授以武艺，在图泰学成武艺之后指点其出山的去向，之后就杳然无踪。这还是以正面形象出现的僧道形象，在清代说部中大量出现的却是类似《飞啸三巧传奇》中八宝禅师黑头僧人的角色。八宝禅师在五台山出家，武艺高强，游走于北疆地方，却听命于穆彰阿为代表的黑暗势力，为虎作伥，犯下诸多恶行和杀孽。

八宝禅师形象的出现以及对尼姑庵淫行的描写，与明清小说中僧道形象的污名化有很大关联。淫僧形象较早出现在唐代，《大唐新语》中的僧人惠範为满足情欲，倚仗权势，强夺他人妻子。淫僧污尼的形象大量出现是在明清时期。明清小说中不仅出现大量淫僧污尼的形象，寺庙和尼姑庵更成为藏污纳垢的污浊之地。如凌濛初《拍案惊奇》卷三十回《闻人生野战翠浮庵》中记载了一则尼姑与俗家孀妇蓄养青年男子作面首的异闻，为掩世俗耳目，竟然将青年男子削发装作假尼姑，最后青年男子精力不济，染病身亡。《初刻拍案惊奇》卷二十六“夺风情村妇捐躯，假天语幕僚断狱”的入话诗“美色从来有杀机，况同释子讲于飞。色中饿鬼真罗刹，血污游魂怎得归”，正是对此社会现象的慨叹。在“三言二拍”、《今古传奇》等公案小说中，尼姑僧人更是充当了淫媒的角色，他们教唆子弟，拐骗良人，特别是当时尼姑能够较为方便地出入世家闺门，主持家庭内部仪式，更易引起世俗社会的怀疑和诟訾。

这固然是受到明代中后期思想文化活跃因素的影响，表现为政治思想控制松弛。程朱理学受到阳明心学的冲击后，对于人性和欲望的肯定超过了对于天理纲常的谨守，使得明清叙事文学中描写人伦情感和世俗享乐成为潮流，甚至出现宣扬诲淫导欲、色情露骨的文学作品。而于社会各色人等独选择僧道作为污名对象，除了受明代狂禅思想的影响，实与僧道的行为方式有很大关联。在《飞啸三巧传奇》中八宝禅师、云游僧等人与北疆发生联系，都与僧道游方的修行方式有关。如其中的白剑老神仙白剑海具有高强的武艺，尤精于剑术，原居住在京师，结识庞掌醯、穆彰阿等京城权贵，为了炼丹特意到北疆采药，长期在北海冰山岛、冰山崖一带采集北方冰雪中的药材。白剑海一开始受奸人蒙蔽，为杜察尔家族所利用，在得知真相后，他协助图泰和三巧等人诛除奸恶，是说部中的一个重要角色。农耕生产方式为基础形成的中国文化传统讲究安土重迁，游方僧道职业的流动性在一定程度上是对于安土重迁、怀居安处文化传统的破坏，因此僧道人物实际上在叙事文学中正起到了打破稳态结构、增加叙事传奇性色彩的作用。

再次，僧道不再以“世外高人”自居，不仅宗教人物及其教徒受到人性和欲望的挑战，还积极参与世俗生活之中。如《喻世明言》《二刻拍案惊奇》中的诸多僧道人物，足不出户却能知晓世事，点化世人，甚至在战争中以神秘力量和奇异法术扭转战局。佛教教义中的度化众生与行侠仗义结合起来，又提供了他们与世俗交接的通道，借此僧道人物还参与到英雄的成长过程中，或教授武功，或提供思想上的指导。如图泰的武功就来自于一个不知姓名的云游僧人，云游僧授以武艺，还叮嘱他应当端正人品，决不能将武艺用到邪道上，武艺学成之后应当翦灭土匪，为国效力。

僧道在宗教教义上是超脱于世俗的存在，然而现实社会中僧道不可能脱离世俗社会存在，甚至还参与到政治活动之中，过着亦僧亦俗、亦僧亦官的生活。以佛教为例，佛教传入中国就与汉明帝崇佛有关。《高僧传·道安传》载道安语："不依国主，则法事难立"，南朝刘宋时名僧慧琳就"遂参权要，朝廷大事，皆与议焉。宾客辐辏，门车常有数十辆，四方赠赂相系，势倾一时"。因此，在《飞啸三巧传奇》中既有图泰师傅那样超脱于世俗社会的僧人，也有八宝禅师那样依附于世家贵族或地方势力的僧人。

在世俗想象中，僧道的修行与世俗的习武具有一定程度的同质性，甚至通过修行可以达到更高的武学境界。明清小说中还出现了侠僧的形象，如《喻世明言》卷十九"杨谦之客舫与侠僧"和《警世恒言》卷三十二"黄秀才缴灵玉马坠"中的胡僧。与僧道有关的武器和技艺往往不同凡俗，部分还带有宗教色彩按照佛家的教义，学武并不以杀伤和破坏为目的，为体现佛教好生之德，佛门所用武器也多不选用剑戟刀枪等锋利的武器，图泰师傅所教授其使用的武器双杵就是如此。书中描述双杵形似擀面杖，可用于对付利刃、宝剑、长枪，其最大的特点是使杵的人能在对敌时灵活快速地躲避伤害，防御性大于进攻性。即便如此，游方僧还嘱咐图泰不可轻易使用这件武器，更不可伤人甚至杀人，以免枉杀无辜。

第三节　政治·女性·武侠

——佟春秀英雄形象解析

《元妃佟春秀传奇》的故事流传于辽宁省东部地区，讲述了出生于明代“勋阀世家”的剑侠佟春秀在一次偶遇中，与后来成为清太祖的努尔哈赤喜结良缘，她积极协助辅佐努尔哈赤，又主持家政，相夫教子，为努尔哈赤统一女真各部、建立政权做出了巨大贡献。然而，她终因为操劳过度、积劳成疾，英年早逝。

一　斩得名王献桂宫，封侯起第一日中

战争与英雄有着至为密切的关系，战争成就英雄，英雄主导战争，只有在战争中才能涌现出数量众多、功绩卓著的英雄。在叙事文学中，英雄也多是通过战争塑造的。满族先民的形成和发展，在很大程度上是由无数次规模或大或小的战争推动的，他们用战争影响了中国的历史和格局，推动了民族形成和发展的历史进程。英雄崇拜，以及英雄与战争之间的关系就构成了满族说部的重要内容。对英雄人物的塑造和对战争的表现反映了满族先民社会在各个历史时期的战争状况和文明程度，体现着民族的历史兴衰以及民族文化性格的发展变化。

然而叙事文学毕竟与真正的历史记载有所区别，在表现一个历史事件时，既需要有宏大的战争场面的描写、有史实的客观叙述，更需要去塑造一个个鲜活的英雄形象，使战争描写因为鲜明生动的人物形象而变得有血有肉。战争与英雄之间具有不可分割的联系。佟春秀辅佐努尔哈赤建立政权，是民族统一事业的开创者，同时也是终结氏族战争的乱世英雄。从在这个意义上讲，佟春秀、努尔哈赤等英雄形象身上寄寓的是普通民众“宁为太平犬，莫为乱离人”的深层文化心理。

对于尸横遍野、血流漂杵的战争场景的过分渲染和细致刻画，除非用以表现残酷战争给国计民生带来的巨大伤害，否则并不符合

在儒教熏染下形成的“温柔敦厚”的审美文化心理。所谓“上兵伐谋，其次伐交，其次伐兵，其下攻城，攻城之法，为不得已”（《孔子兵法·谋攻篇》），中国传统文化特有的重生思想，对多杀伤人命的战争总体上持否定态度，《尚书·武成》对牧野之战也仅止于“血流漂杵”的描写，不过多描绘血腥的战争场面。另一方面，中国传统叙事文学的语言并不适于表现宏大的战争场面，如上古时期的黄帝与蚩尤之战本是惊心动魄、令人毛骨悚然的重大战役，而在神话中也只表述为“蚩尤作兵伐黄帝，黄帝乃令应龙攻之冀州之野，应龙蓄水。蚩尤请风伯、雨师纵大风雨。黄帝乃下天女曰魃，雨止，遂杀蚩尤”（《山海经·大荒北经》），平铺直叙，记述简略。以代表中国古代战争小说艺术高峰的《三国志通俗演义》为例，相对程式化的战争场景描写，其中描写军事谋略的精巧安排，战场之外的权谋外交、笼络人心，英雄阵前的武力对决、斩杀敌首等场景，丰富了战争描写的表现力。

明末清初在满族民众中最为流行的小说就是《三国志通俗演义》。据历史记载，清太祖努尔哈赤和清太宗皇太极都特别喜爱《三国志通俗演义》，崇德四年（1639）皇太极下令翻译《三国志通俗演义》等书，“以为临政规范”。三国故事最吸引清朝统治者和上层贵族的就是其中精彩的谋略描写，可以说《三国志通俗演义》是提供战略兵法的一部教科书。满族猛将额勒登保曾经是海兰察部下，海兰察很欣赏额勒登保，曾言：“子将才，宜略知古兵法。”因为额勒登保不识汉字，海兰察“以清文《三国演义》授之”，由是额勒登保“晓畅战事”。

《三国志通俗演义》不仅是中国古代战争小说的杰出代表，其意义和价值还在于为后人提供了制造英雄的范本。此外，三国故事将政治贴上了阴谋和权术的标签，又以谶纬谜语和天文星象的神幻图景将历史导入不可说之境，并运用了贴合传统文化心理的巫术、权谋、人际等故事元素，这些叙事元素对清代以军事战争为题材的满族说部有着重要的借鉴意义。

克劳塞维茨在《战争论》中就说："军事天才的高低还取决于一个民族智力发展的总的水平。我们只要考察一下野蛮好战的民族，就会发现尚武精神在这些民族中比在文明民族中普遍得多，在野蛮民族中，几乎每个能打仗的人都具有尚武精神……但是，我们在野蛮民族中从未发现一个真正伟大的统帅，可以称之为军事天才的也极少，因为这需要智力有一定的发展。"因此，他提出在战争对军人的要求中，"智力是最主要的"。[①]《元妃佟春秀传奇》中通过兆甲城之战、图伦城战役、智破萨尔浒城、齐吉达城之战、二攻翁科洛城、界凡城战役、哲陈部攻讨战、鄂尔珲城血战、古勒山大战等多次战役的记述，塑造了军事将领努尔哈赤的形象。其中，努尔哈赤计除诺米纳的记载，充分体现了军事智慧在战争中的作用。萨尔浒城主诺米纳本拟诱骗努尔哈赤合兵攻打浑河部的巴尔达城，以削减其军事实力，努尔哈赤将计就计，以己方主力攻城为名，骗取诺米纳部的铠甲和武器，待努尔哈赤军队的士兵穿上铠甲，拿起武器以后，转而全歼诺米纳、鼐喀达的部队。此后，努尔哈赤又领兵调转头来攻破萨尔浒城，经此一役，壮大了努尔哈赤的军事实力。尽管努尔哈赤这次军事计谋的运用并不算太高明，但对比满族先民早期的战略战术来说已经有了明显的进步。

清初战争形式渐趋复杂，人们认识到单纯依靠武力已无法应付

① 克劳塞维茨：《战争论》，中国人民解放军军事科学院译，北京：商务印书馆，1978年版，第67—68页。

复杂的战争形势，因此军事谋划在说部故事中所占的比重增加。《元妃佟春秀传奇》中借佟老爷之口向努尔哈赤教训道，单纯依靠百步穿杨的骑射本领和拳脚刀枪功夫只不过是将帅之才，而要夺取天下、建立政权，除了笼络人心，拔擢人才，“更主要的还是有计谋，讲策略，才能夺取天下。……在中华几千年的历史上，秦始皇能统一六国，朱元璋能击败元朝势力建立大明王朝，他们靠的是什么，除了靠强大的军事力量外，还要靠有头脑有谋略的人给策划，靠天下人的支持拥护”①。因此努尔哈赤在辽东总兵李成梁麾下，击王兀堂、退蒙古，在积累军事作战经验的同时，更重视军事理论的学习。

努尔哈赤的军事战略战术学习主要来自于《三国志通俗演义》、《水浒传》等。说部第二十八章中，努尔哈赤在攻甲板城时，更是借佟春秀之口点明三国故事在军事谋略上的借鉴作用。佟春秀表示：“你不是常说些《三国》故事吗？那里就有许许多多的用大计小计取胜的事，最著名的是连环计，诸葛亮用连环计在赤壁大败曹操，把曹操打得落花流水。我们能用武力征讨的就用武力，能用计的用计，这就是征抚并用，计战结合。”② 这也从侧面说明了这些故事对清代满族说部的影响。

总体而言，与《三国志通俗演义》相比，满族说部对战争的描写远没有上升到政治和哲学的层面上，而是使其处于一种自然和合目的的状态之下。在说部中战争的正义性是无须阐发的，尤其是英

---

① 张立忠讲述；张德玉、张春光、赵岩记录整理：《元妃佟春秀传奇》，长春：吉林人民出版社，2009 年，第 38 页。

② 张立忠讲述；张德玉、张春光、赵岩记录整理：《元妃佟春秀传奇》，长春：吉林人民出版社，2009 年，第 228 页。

雄主导的战争占据了道义的制高点，所以对其对立面的道德性碾压和征服成为理所当然的事情，对于战争和主导战争的英雄人物的修辞性描述，具有强烈的道德色彩。在《元妃佟春秀传奇》中，这种道德感通过复仇意识得到了强化。为证明努尔哈赤师出有名，说部中对古勒城之战进行了详细的描述：

> 忽然，狂风大作，把大地的积雪刮得岗烟起，李总兵一看，心中惊喜："破城有方了！"他立即下令，以火攻城。转瞬间，几万明兵，人人举火，聚柴集草，用火烧城。六七万的军兵全部积草堆柴，纷纷举火，向城中射火箭，刹那间，古勒城内外烈火熊熊，浓烟冲天，火借风力，瞬间，古勒城中一片火海。正在城中一片慌乱的时候，明兵中突发一箭，正中阿台，阿台倒地而亡。古勒城失去了城主，陷入了一片惊慌失措当中，无人敢于抵抗，纷纷只顾逃命。①

战争是敌对势力之间的对抗，随着战争形式的发展，单纯的武力对于战局的变化作用日益趋于弱化，以个体能力突出见长的武侠在战争中看似失去了用武之地。然而，叙事文学以人物塑造为主，因此要显示英雄的作用，就不能按照战争的实际状况来叙述。于是战争的描述重心就放在了战前叫阵，或者是于百万军中取上将首级如此带艺术夸张成分的场景描写之上，也唯有这样，方能彰显出具有高强武艺的英雄的作用。

在战争中，高强的武艺也能发挥出奇制胜的作用。如第二十五章讲述努尔哈赤率兵攻打马尔墩城，由于马尔墩城防守严密，在攻

---

① 张立忠讲述；张德玉、张春光、赵岩记录整理：《元妃佟春秀传奇》，长春：吉林人民出版社，2009年，第151页。

城受挫的情况下，努尔哈赤奋勇当先，隐身在枯木桩子之后，奋力射出一箭，正中在城墙上指挥兵丁运送木石守城的城主纳木占，纳木占脸面中箭，直贯其耳，立时倒地身亡。努尔哈赤接着又射中多名守城兵丁，使得守军军心溃散，扭转了整个战局。

二　英雄至性与儿女心肠

《儿女英雄传》有言："殊不知有了英雄至性，才成就得儿女心肠，有了儿女真情，才做得出英雄事业。"英雄的个性是社会历史文化的积淀，英雄至性固然符合民族审美文化，然仍需儿女心肠才能血肉丰盈。

小说第五章是主人公佟春秀第一次出场，书中对于她的相貌有一番极为细致的描写："青丝秀发巧梳盘龙髻，斜插一只绾发凤钗，银红绸帕盖顶，双翅儿燕子尾，耳戴珍珠八宝环，微微一晃动，珍珠便闪耀光辉。看面容，明眸皓齿，凤眼桃腮，不擦粉自来白，不粘胭脂桃红色，星月眉，樱桃口。穿一件银红绣花纳袄，腰系丝罗带，荷红色绣花武打短裙，油绿色绣花中衣，粉红缎子绣花蓝底儿武功鞋，金黄鞋带，白绫长袜，外披一件粉红翠绿缎子富贵图大氅，左腰斜挎一支镶金嵌银的龙凤青锋宝剑，看年纪也就在十四五岁的样子……"① 英气勃勃又明媚照人，刻画出一个花季少女的形象。

历代的满族说部对于女性美的体现仅止于一般性的描述，如描写马文琼的样貌："生得花容月貌，年方一十八岁。自小从师练武，一身轻功，低来高去，飞檐走壁；马上一柄绣绒刀，技法纯熟，骁

① 张立忠讲述；张德玉、张春光、赵岩记录整理：《元妃佟春秀传奇》，长春：吉林人民出版社，2009年，第16页。

勇无畏；掌中一口宝剑，名曰青锋，杀人不见血，削铁如泥。”①总体而言对于女性英雄的描写是粗略的、程式化的，或者只是以佩剑、装束等描写有意突出其高强武艺，换言之，说部中缺乏典型的女性意识。

佟春秀不仅有如花般的容颜，更有敏感细腻的小儿女心肠，这也是她与其他说部女性英雄有所区别之处。佟春秀与努尔哈赤的相遇缘起于二人共斗劫匪，说部中还安排了练武场上两人试剑定情的情节，用以表现两人之间情感的深入，入情入理，丝丝入扣，为说部中少有的写情文字。

佟春秀与努尔哈赤试剑之时已经春心萌动，因此面对清风朗月，不自觉地吟出“良宵一刻值千金，花有清香月有阴”的诗句。在说部中引用诗词歌赋并不罕见，如《比剑联姻》（第二十七回）写红罗女、李白等人行至孤峰山，见孤峰脚下绿柳摇曳，一水绕之，河岸上野花争妍，景色宜人，李白见此情景不觉吟诗道：“君不见，孤峰坐拥湖中水，粼粼溪波称臣来。”但如同《元妃佟春秀传奇》这样在文中大量穿插诗词的是例外，佟春秀不仅以诗歌暗通款曲，还引用陶渊明的古诗“精卫衔微木，将以填沧海。刑天舞干戚，猛志固常在”来激励努尔哈赤奋发图强。诗词歌赋的大量引用，赋予叙事以文雅古典的特殊韵味，也正烘托了佟春秀与努尔哈赤之间的情深意笃。

整篇说部中最为动人的文字，要算最后一章佟春秀去世的场景，佟春秀玉魂消散，英灵归天，说部不是直接地表现众人的悲恸之情，却笔锋一转，写道“秋风阵阵，一叶焦黄的柳叶，飘飘摇摇地落在

① 关墨卿讲述；于敏整理：《萨布素外传　绿罗秀演义（残本）》，长春：吉林人民出版社，2007年，第190页。

窗前”，又引用晏殊名句“无可奈何花落去”寄托无限情思，在粗豪满纸、梗概多气的满族说部中如此婉转动人的文字实属罕见。

努尔哈赤作为大汗，兼之女真婚俗不禁男子多娶妻妾，仅《元妃佟春秀传奇》中提及的努尔哈赤的配偶情人就有五六人之众，而唯独在佟春秀临死时极力描写努尔哈赤之真情。这是因为佟春秀与努尔哈赤两人之间有深厚的感情。说部第十章“结姻缘金玉满堂彩，识知己终生伴侣情”的回目名称，实际上表明了努尔哈赤与佟春秀之间的关系既是“伴侣”，又是“知己”。除此之外，文中还有多处暗示俩人之间真挚的情感关系，如努尔哈赤祖父交昌安为佟春秀所取的女真名字“哈哈纳扎青”，就有“爱恋英俊青年”的意思。

佟春秀和努尔哈赤以“知己”相称，不仅心意相通，而且能力对等。因此说部中的佟春秀形象只能是英烈侠女而不能是温柔佳人。《元妃佟春秀传奇》铺写的是风云诡谲、局势变幻莫测的明末清初的历史，佟春秀在向努尔哈赤剖白心迹时说道：“我虽然不敢说是贤内助，可我绝对不是让丈夫缠绵于温柔之乡的女人。”

说部中佟春秀对于努尔哈赤的帮助不仅在于为其相夫教子，操持家务，她高强的武艺在努尔哈赤统一女真各部的事业中起到了重要作用。第二十二章中哲陈部的托谟阿城主趁努尔哈赤率大部进攻尼堪外兰的图伦城时，向后防空虚的波罗密山寨发动偷袭，值此危难之际，佟春秀组织剩下的老幼妇孺守卫城寨，不但扭战战局，还收服了贼人的残部。

鲁迅先生在论及清代侠义小说盛行一时的原因时指出：“值世间方饱于妖异之说，脂粉之谈，而此遂以粗豪脱略见长，于说部中露头角也。”① 清代专写男女私情的才子佳人小说受世情熏染，满

① 鲁迅：《鲁迅全集》第9卷，北京：人民文学出版社，1981年。

纸脂香粉艳，以至于流于淫词艳曲，气息纤弱，格调低下，为振弊起新，有文人士大夫主张以侠义小说所能“感发人之正气”者补救之。光绪辛丑年（1901）月湖渔隐为《七侠十三侠》二集所作序即言说：“小说之作不一，或写牛鬼蛇神之怪状，或绘花前月下之私情。一种陈腐秽俗之气，障人心目。盖作者陈陈相因，而读者亦厌乎数见不鲜。今于世风颓靡中得几个侠士，以平世间一切不平事，此虽属君激发之谈，而要其侠肠义胆，流露于字里行间，不特令阅者赏心悦目，而廉顽立懦之义，即于是乎在。”在清代满族说部中则反其道而行之，历代说部的主人公多为粗豪刚毅的英雄形象，即使是女性英雄也是英姿挺拔，因此从整体上而言说部是英气有余而脂粉不足。《元妃佟春秀传奇》中塑造的女性英雄形象佟春秀文武双全，才貌过人，她与努尔哈赤的婚姻爱情更是增添了说部英雄传奇的情感色彩，弥补了以塑造粗豪的草莽英雄形象为主而造成的审美缺憾。

在传统观念中，儿女心肠与英雄至性本是不相容的，所谓“英雄不好色”，或者说“英雄气短，儿女情长”，二者似乎是处于完全对立的两面。在早期的侠义小说中，就有摒弃私情的倾向。学者龚鹏程认为唐代剑侠“无情”，明代小说中更是以绝情禁欲作为英雄的衡量标准然而从唐宋传奇中出现女侠形象开始，侠情小说就成为武侠文学的一个重要分支，随着小说艺术的发展，以及人们对于英侠观念的转变，通俗文学开始将风月小说中写情的成分融入侠义小说的创作之中。从才子佳人结合到英雄女将组合的转变，既提升了风月小说的创作格局，也增强了侠义小说的世俗性色彩，社会身份的结合更为以历史题材为主的说部提供了新的思路。

《元妃佟春秀传奇》中的佟春秀书中身份是辽东首富佟氏、甘肃挂印总兵佟登的小女儿，良好的家庭教育使其成长为文武双全、才德兼备的女英雄。满族社会礼法不严，但是闺阁中女子随意抛头露面、寻觅佳婿毕竟有损传统女性形象，若是采用才子佳人小说中常见的后花园模式，不仅与英雄传奇的整体风格不相符合，而且从故事逻辑和角色设置上才子佳人的模式也难以成立。若是家族联姻则缺乏成为知己的感情基础，且影响叙事的曲折生动。说部中安排两人的道中偶遇，既展现了佟春秀的高强武艺和努尔哈赤的自重身份，又为下文两人缔结婚姻埋下了伏笔。

三　江湖与庙堂

说部中有一段颇耐人寻味的文字，其时佟春秀与努尔哈赤初遇，两人互生情愫。在留宿努尔哈赤的当天晚上，佟春秀做了一个梦，她梦见“自己变成了一只美丽的凤凰，飞到了一个想象不到的仙境里。那里山川秀美，绿水莹莹，百花争艳，百鸟竞鸣，男人女人都欢歌笑语，一片乐融融的景象。人们见到了她，都把她捧为月亮，捧为星星，抬着她高高地坐在台阶上面的大太师椅子上，一群群的男人，一帮帮的女人，簇拥着她，好像她是女王一样”①。梦兆、异象、祥瑞等是中国政治文化的重要组成部分。《左传·僖公二十八年》记载：“晋侯梦与楚子搏，楚子伏己而盬其脑，是以惧。子犯曰：‘吉，我得天，楚伏其罪，吾且柔之矣。’”晋文公梦见自己与楚王搏斗，被楚王压在底下，因此心生忧惧，晋国国卿狐偃为晋文公解梦。狐偃解释为，晋文公仰面向天是天意眷顾之兆，而楚王伏地是服罪之意，晋文公此梦是晋得天下之兆。汉武帝时期，董仲

---

① 张立忠讲述；张德玉、张春光、赵岩记录整理：《元妃佟春秀传奇》，长春：吉林人民出版社 2009 年，第 41 页。

舒提出“天人感应”的学说，将自然现象神秘化，与其君权神授的观念相对应。自此之后，谶纬之说大行于世，特别是每逢改朝换代，梦境、灾异、祥瑞等自然现象常被用于阐释、论证政权的合法性。

佟春秀梦中所出现的凤凰、月亮、高椅等意象，在传统文化中是皇权的象征，因此佟春秀所梦为皇后之兆，不仅预示着佟春秀与努尔哈赤之间的姻缘天定，而且暗示努尔哈赤建立政权，夺取天下是顺应天意的结果。

《元妃佟春秀传奇》的故事从整体结构上可分为两段：从第一章到第十九章，前半部分所叙以江湖豪侠为主、努尔哈赤重组建州卫为转折；从第二十章到第四十章，转向讲述努尔哈赤建立帝业的艰辛历程。鲁迅在评述清代侠义小说时说：“这等小说，大概是叙侠义之士，除盗平叛的事情，而中间每以名臣大官，总领一切。其中所叙的侠客，大半粗豪，很像《水浒传》中底人物，故其事虽然来自《龙图公案》，而源流则仍出于《水浒传》，不过《水浒》中人物在反抗政府；而这一类中的人物则帮助政府，这是作者思想大不同处。”① 江湖作为侠客活动的场所，有其特殊的文化蕴意。

江湖一词较早见于《庄子·大宗师》：“泉涸，鱼相与处于陆，相呴以湿，相濡以沫，不如相忘于江湖。”结合道家隐逸思想来看，江湖实际上具有远离庙堂的山林化倾向。现代武侠小说中的江湖独立于朝堂府邸之外，不过是为了实现以江湖规则取代人间戒律的需要，不仅如此，江湖世界同时还远离红尘市井，制造出了一种纯然自由和超脱世俗的幻境。但这是现代武侠小说的

---

① 鲁迅：《鲁迅全集》第 8 卷，北京：人民文学出版社，1956 年，第 352 页。

做法，满足的是现代人对于自由的精神需要；在古代中国，朝政军国和里巷闲谈之间并没有不可逾越的鸿沟，没有必要人为地将二者完全对立起来。

英雄崇拜是人类文化和历史发展的产物，在史诗时代英雄是从神祇向凡人转变的桥梁，文明发展以后，他们又服务于皇权政治或门阀势力，英雄崇拜为政治目标所利用，则必然趋向于对暴力和权术的崇拜，信奉武力征服和力量博弈，甚至有流露出残暴的倾向。卡西尔在其论著《国家的神话》中，对黑格尔的历史哲学进行批判，他认为在黑格尔的思想体系中，国家崇拜与英雄崇拜是相互结合的，英雄之所以伟大与所谓的“善”之间没有关系，伟大仅仅意味着权力①。在这种思想原则的影响下，英雄崇拜的实质不过是对权力和武力的崇拜，皇权观念由此实现对侠义小说的深度渗透。

明清异代之际社会动荡，政局混乱，出现了对皇权合法性以至封建君主制度的质疑和反思。明末思想家黄宗羲在《明夷待访录》中猛烈抨击君主专制制度，提出“天下之治乱，不在一姓之兴亡，而在万民之忧乐”的民本思想，主张以“天下之法”取代以君主专制为基础的“一家之法”。《原君》篇更是辨明君臣关系，既然“原夫作君之意，所以治天下也。天下不能一人而治，则设官以治之”，本乎“是官者，分身之君也”的逻辑，对君为臣纲的封建纲常伦理予以辩驳，其思想之深邃激进，是明末季士大夫受时局影响，文化心理悚动激变的产物。而满族文人基于民族情感和历史使命感，对于清政权自然是一力维护。兼之说部是满族民众讲古、说史、唱颂根子习俗的载体，在历史的长期发展过程中形成了独特的英雄史

---

① 卡西尔：《国家的神话》，范进等译，北京：华夏出版社，1999年，第326页。

观，以宣扬帝王将相的历史功绩为根本主题。讲述者虽为满汉下层文士或普通说书艺人，但仍遵照传统秉持皇权观念，对维护封建统治和民族存续、兴盛的英雄予以极大褒扬。尽管说部中也批判黑暗社会现实和日趋腐败的政治，但将之与圣主名臣对立起来，其主旨仍然在维护封建皇权的统治。

《元妃佟春秀传奇》反映的历史事实，是努尔哈赤对女真各股势力的征讨和联合，说部以象征化手法去表现这一历史事件，采用了“收服英雄”的叙事模式。“收服英雄”主题是传统英雄主题衍生出的系列类型中的次生主题，在《东海窝集传》《比剑联姻》《阿骨打传奇》《金世宗走国》《平民三皇姑》等诸多满族说部作品中反复出现。采用收服英雄的叙事模式，能够简化战争形式，将重心放在对人物的塑造上。在《元妃佟春秀传奇》中，被收服的英雄有身负武学绝技的江湖豪侠，有改过从善的江洋大盗，也包括了部落联盟或各个部落的首领。收服英雄的思想基础是儒家伦理道德观，说部借佟春秀之口，多次强调了以德服人的重要性。自汉武帝“罢黜百家，独尊儒术”开始，儒家文化成为文人士大夫的思想基础。随着儒家文化影响的加深，英雄逐渐成为维护现存体制、封建道统的代表，封建伦理道德成为控制英雄行为的枷锁，侠士也从社会秩序的破坏者转变成封建王权的护卫者。

“以德服人”的理念，在说部中主要是通过佟春秀这一人物形象来表现的。在波罗密山寨屡次发生的刺杀事件中，尽管佟春秀擒住了刺客，却一再为行刺者开脱罪责，甚至对于以怨报德者也网开一面。不仅如此，对于公然来犯者，佟春秀也只是诱杀贼首以立威，对于愿意投降之人并不赶尽杀绝，反而予以收留。努尔哈赤为复仇义愤所激，在力量尚不强大的时候意图攻讨尼堪外兰，这时佟春秀挺身而出，劝阻努尔哈赤应当以感化说服为主，从而瓦解支持尼堪外兰的势力。

表面上看来这是出于女性善良天性的原因，实际上正如佟春秀在劝阻努尔哈赤时所说："小不忍则乱大谋。我们刚刚起兵，兵员少，力量弱，我们只有以德服人，才能收拢人心，只有大多数的人都向着我们，我们才能顺利地消灭主要敌人，保证我们的事业顺利成功。"① 杀伤刺客或来犯者固然可以得到一时的快意恩仇，然而如果对方以此为把柄挑起争端，是陷自身于孤立的境地，甚至有覆亡的危险，因此强调以德服人，不开杀衅，主要目的还是在于减少武力冲突，以求自身发展壮大，这样不仅能够有效地保存力量，还能以仁德笼络人心。换言之，"以德服人"是出于敌强己弱的权衡，也是佟春秀政治智慧的体现。从叙事艺术的角度来看，佟春秀形象的塑造，中和了男性文化意识主导的武侠小说中对于血腥残忍的过分展示，显示了女性意识为导向的政治文化中宽忍平和的一面。

第四节 市民文化兴起对英雄形象构建的影响

清代社会经济的发展，特别是城市商业经济的繁荣和市民阶层的壮大，使得以市民趣味为主导的历史演义题材、英侠题材、神魔题材等叙事文学得到迅速发展，在萨布素系列说部、《元妃佟春秀传奇》《飞啸三巧传奇》等清代说部中显示出对社会公正的呼唤、对个体价值和欲望的尊重和对平民命运遭际的关注和同情，体现了较为强烈的世俗化、个性化、趣味化的色彩，这与说部接受对象下

---

① 张立忠讲述；张德玉、张春光、赵岩记录整理：《元妃佟春秀传奇》，长春：吉林人民出版社，2009年，第177页。

层化、市民化的趋向有关。

说部的创作者亦以下层文士为主体。如《萨布素外传》的讲述者关福绵是清末民初的落魄文人，在宁古塔副都统衙门当差，通满汉文字，具有较高的文化水平，从其自述说书经历时所言“学会书一部，大豆不需耕种自然收。东家有酒东家醉，西家有酒西家留。蝗虫水旱无伤损，快活风流到白头”①，所面对的皆是乡党族众。《飞啸三巧传奇》最早传本据说是咸丰初年的传本，由瑷珲副都统衙门的三等笔帖式关雁飞所传，也同样是官职不高的文人。在长期的流传过程中，又经过了书场说书艺人的改造，具有更为鲜明的民间趣味。《元妃佟春秀传奇》可考的传承人抚顺佟氏是车马大店的掌柜。20世纪30年代，秋冬季节去往安东市（今丹东市）、辽阳市交换货物的行商大多居住在市郊的车马大店，佟氏掌柜在晚饭后，向过路客商讲述抚顺佟氏先祖佟春秀的传奇故事，今本《元妃佟春秀传奇》传人张立忠老人就是当时听故事的商贩之一。

一　二元对立的江湖世界

满族说部中的人物往往具有强烈的道义感，人物也有鲜明的阵营，体现出浓烈的二元对立色彩。这是因为民间的历史观念是不以胜负论英雄的，对他们而言，“好”与“坏”的区分才是最重要的。清代说部受到武侠文学的影响，对于“义”的强调加重了说部的道德色彩，作为通俗文学的武侠题材小说，在叙事上具有程式化的特点。这实际上是采取了类比强化的叙事手段，是塑造人物形象的另一种方法，以众多英雄人物相似的行动来强化和多方面表现历史事

① 关墨卿讲述；于敏整理：《萨布素外传　绿罗秀演义（残本）》，长春：吉林人民出版社，2007年，第3页。

件中蕴含的善恶道德观，以体现民众深层次的道德理想和情感诉求。

清代说部多表现政治斗争，政治斗争的成败往往决定着人物的命运和历史事件的发展，使得故事的叙述悬念迭生，惊心动魄。普通民众即便不直接参与政治斗争，他们也需要通过对现实问题的关注和批评，来建构和参与政治生活，这可以归之为一种现实政治关怀。而历史对于现实的映射作用，使民众又可以通过对正史记载留下的想象空间予以发挥和利用，按照其政治理想和审美要求实现对历史的重构。民众的价值观通过小说的形式得以传递，最典型的表现就是形成忠奸斗争的故事模式。忠奸斗争和正邪对抗是存在于任何历史时期和任何群体内的价值冲突，寄托的是民众亘古不变的渴望正义和清明的政治理想，同时也通过正义对邪恶的最终胜利，将民众在日常生活中由于政治势力和意识形态的压力造成的不如意得以宣泄出来。《红罗女三打契丹》中奸相大英士与红罗女、乌巴图等人之间的较量；《金世宗走国》中金世宗与海陵王之间的权力争夺，都是这一故事模式的典型表现。清代说部中沿用了这种故事模式，《元妃佟春秀传奇》中佟春秀、努尔哈赤的对立面是以李成梁为代表的明朝、心怀异志的女真族众等阻挠女真政权建立的各方势力；《飞啸三巧传奇》中按照正邪分成两个阵营：一方是以朝廷重臣赛冲阿、英和等为首，由穆哈连、图泰、飞啸三巧等英雄豪杰组成的维护清政府统治的正义阵营，一方是以奸臣光禄寺卿穆彰阿为代表，包括沙俄侵略者和杜察尔家族等破坏北疆安定的邪恶势力；《扈伦传奇》则在以巴岱达尔汉、猛克为代表的邪恶势力与以克什纳、朱延为代表的正义一方之间展开斗争。

在特定的历史事件框架中，以主要英雄人物的行动为故事线索，善恶、正邪对立的双方力量展开争斗，将英雄人物的塑造、非凡的功绩事业、戏剧性的情节铺排组合起来，在二元对立的冲突展开过程中，织构一个传奇性故事，从而实现英雄人物成长历程和历史事件线性进程之间，建构起同步发展和相互渗透的关系，是清代说部中常见的叙事模式。一开始正义方连遭挫折，险恶不断，但总能逢凶化吉，绝处逢生，并通过一番磨难和奇遇，终于实现善恶双方力量对比的扭转，从而传递出特定历史时期的民族精神和超越历史的民间道德观。清代满族说部主要采用线性的叙事时间，在单向性的情节线上要容纳数量众多的历史人物，只有以正邪双方主要英雄为故事主线，对于次要英雄则难以在共时态内充分展现其个性特征，只能根据其立场和阵营来体现群体意识理想，这也使得正邪双方所持的立场得到强化。

然而正邪对立的故事模式也易于导向人物塑造的类型化，这在《三国志通俗演义》中表现得最为明显。《三国志通俗演义》具有鲜明的拥刘反曹的政治倾向，因此按照儒家政治道德观的标准，将刘备塑造成一个仁君明主的形象。刘备从甫出场，“祭天地桃园结义”开始就怀抱“上报国家，下安黎庶”的政治理想，其仁德爱民的言语作为更是贯穿全书，从而尽收人心和民望。然而这来也造成了人物性格的类型化和单向化，鲁迅先生在《中国小说史略》中曾批评《三国志通俗演义》“欲显刘备之长厚而似伪，状诸葛之多智而近妖”。若依宋代文人苏轼《志林》中记载：“王彭尝云：涂巷中小儿薄劣，其家所厌苦，辄与钱，令聚坐听说古话。至说三国事，闻刘玄德败，颦蹙有出涕者；闻曹操败，即喜唱快。”可见在宋代时已出现了拥刘反曹的倾向，也说明了刘备这一人物形象的出现有其历史必然性，是民间审美观念凝结的产物。异代而处，评价却截然不同，其根本原因是现代人对于儒家观念有了一个系统而全面的反思过程，故而对于刘备形象的认识也就发生了转变。因此我们今天在看待和评价清代说部中的英雄人物时，也应当结合其时的历史状况和时代环境。

总体而言，清代说部中的英雄人物的道德评价仍然是遵循了成王败寇的历史原则，对于建立历史功绩、推动民族历史发展进程的英雄揄扬有加；而其对立面则被视为历史的破坏者或阻碍者，基本上不加一丝一毫赞誉。这固然是史实的反映，但也存在文化偏向和政治需要。子贡曾言："纣之不善，不如是之甚也。是以君子恶居下流，天下之恶皆归焉。"① 以至于"尧舜不胜其善，桀纣不胜其恶"②，对这种现象《论衡·艺增》解释为："世俗所患，患言事增其实，著文垂辞，辞出溢其真，称美过其善，进恶没其罪。何则？俗人好奇，不奇，言不用也，故誉人不增其美，则闻者不快其意，毁人不益其恶，则听者不惬于心。"③ 俨然已不将之作为一个史实判断，而是当作一个审美问题了。

中国古代小说中塑造的英雄形象，大致可以分为智谋英雄、武力英雄和伦理英雄三类，叙事过程中往往由不同人物承担不同角色，如诸葛亮、司马懿、周瑜等是智谋英雄，张飞、典韦、吕布等是武力英雄，少数如曹操、孙权、关羽等能兼具两种角色；而在清代说部中则往往是一人兼具多种才能，如反映渤海国时期史事的《比剑联姻》中的红罗女，《东海窝集传》中的先楚、丹楚兄弟等都是如此。在《元妃佟春秀传奇》中佟春秀不仅具有高强的武艺，而

---

① 杨伯峻译注：《论语译注》，北京：中华书局，1980年，第203页。

② 王利器校注：《风俗通义校注》，北京：中华书局，2010年，第59页。

③ 黄晖撰：《论衡校注》，北京：中华书局，1990年，第381页。

且说部中还表现了她非凡的领导才能和智慧见识。实际上，这不仅使得人物性格更趋完备，在处理复杂问题和面对险境时，不需要借助他人的帮助或者脱离实际的巧合奇遇，仅凭借自身多方面的能力就可以脱困，而且还在一定程度上避免了人物性格符码化的问题，这也符合人们对于英雄的认知。

理想化的英雄形象不仅应当具有高尚的品格，还应当具有超凡的能力，包括了武力和智力两个方面。早期的“英雄”概念本即注重个人的品性和能力高低，刘劭《人物志》论“人之文物茂异”为英雄，英雄应当同时具备“聪明胆力”四个因素：“聪能谋始，明能见机，胆能决之，力能过人”，并且“英可以为相，雄可以为将。若一人之身兼有英雄，则能长世”①。出于叙事文学情节设置和结构安排的需要，在明清小说中“英”与“雄”有所区分，而萨布素、佟春秀、飞啸三巧等英雄形象，则更接近于刘劭的概念，文武才智兼而有之，可谓真正的英雄。

二　皇权观念与忠义原则

史官文化在多大程度上影响了中国的叙事文学，鲁迅先生在《中国小说史略》首篇“史家对于小说之著录及论述”中表述得十分清楚。中国有着深远的史官文化传统，商周时代的甲骨文中已有“作册”“史”“尹”等字，尹即对于史官的称呼，金文中还有“作册内史”“作册尹”的提法。史官文化传统的提法最早见于范文澜所著《中国通史简编》，范文澜指出我国民族文化传统最大的特点就是史官文化，中国人注重历史是因为中华民族具有务实的性格，注重经验的总结。梁启超也认为和世界其他民族相比，中国学术最

---

① 梁满仓译注：《人物志》，北京：中华书局，2009 年，第 93—94 页。

发达的是史学。有趣的是，不仅是文化精英重视历史的叙述，普通民众也用有异于正史记载的形式表达了对历史的关注和评价，历史演义小说在民间的长盛不衰即是其例。顾准先生曾对中国的史官文化传统进行批评："所谓史官文化者，以政治权威为无上权威，使文化从属于政治权威，绝对不得涉及超过政治权威的宇宙或其他问题的这种文化之谓也。"① 中国传统的历史书写和政治皇权关联太紧密，将历史当作了为封建政治权威服务的工具。

在中国的人文传统中，历史的地位远远高于文学。清代满族说部中有大量的武侠文学，与《三侠五义》等传统武侠小说相比较，清代满族说部中的侠客所处的江湖世界并非孤立于主流社会之外，反而与上层统治者之间存在着千丝万缕的关系，天然地有一种贵族文学的视角。因此"忠"的主题在很大程度上超越了"义"的市民伦理，成为清代满族说部中集中表现的价值观念。

因此，清代说部更偏向于表现几个利益集团之间的争斗和纠葛，侠客本身的个体价值和个性展现整体上是被弱化的。因为忠义并非道义，道义遵循的是在平等基础之上的对于共同价值原则的认同，而忠义则是在已经确定的等级秩序中，片面强调一方对于另一方的忠诚，以及在具体的权力结构的位置和责任的确认。如果说忠义是一个伦理概念，其架设于具有历史性、社会性的政治制度之上，道义则超脱于其上，更接近于人类永恒的价值范畴；依靠道义原则而非忠义原则确定的人际关系，具有一种自由和浪漫的色彩。

在明清叙事文学中，忠义原则与清官文化是紧密了联系的，这与说部中的忠义观念有着显著分别，明清小说中忠义观是建立在儒家伦理道德的思想基础之上。从宋代开始，重德观念占据主流，所

---

① 顾准:《顾准文集》,合肥:安徽教育出版社,2003 年,第 773 页。

谓“骥不称其力，称其德也”[①]。特别是开国君主赵匡胤曾“杯酒释兵权”，开有宋一代重文轻武的传统；宋代理学的发展使儒家伦理观影响文人士大夫甚深，反映在叙事文学的创作上，不仅《三侠五义》《水浒传》如此，在历史演义小说《三国志通俗演义》中关羽千里走单骑、赵子龙截江救阿斗，诸葛孔明鞠躬尽瘁，死而后已的故事，实际上都是尊崇忠义原则的表现。明清小说中的忠义观以君臣关系作为基础，尽管君臣间依据封建伦理秩序也有尊卑主从之分，但相对而言，忠臣形象仍然具有人格独立性，尤其是在三国故事中，忠义原则是在“良禽择木而栖，贤臣择主而事”的前提下。因此对于君主一方同样具有约束力，君臣订交服从于更高的道德目标和相互之间的信任。由于满族贵族阶层中长期存在家奴制度，尽管仍以“士为知己者死”的传统文化心理作为家臣效忠的基础，但主仆之间的关系是一种更牢固的依附关系，家臣或家仆没有选择权和自主性。也正赖如此，说部将江湖世界中松散多元的人物关系，通过主仆的从属和依附，拧结为一个阵营分明的世界，使满族说部中正邪、善恶对立的传统主题得到了延伸，由此人物的性格塑造和行为方式也具有了模式化的特征，一以贯之，少有变化。

满族说部中皇权叙事的存在，在一定程度上阻碍了叙事的铺开，宫廷秘闻固然能引起接受者的兴趣，但小说艺术水准的高低在于人物塑造成功与否、对于封建伦理的过分强调，以及以家奴制为基础的封建人身依附关系成为人物行动的主因，造成了人物形象的单薄。侠士形象中的自由精神和浪漫色彩是相关联的，图泰被收为赛冲阿的家臣之后，仅仅凭借自身的武艺和计谋为赛冲阿办事，缺乏个性和思想，这样的处理在人物塑造上是有缺憾的。

---

① 杨伯峻译注:《论语译注》,北京:中华书局,1980 年,第 156 页。

皇权观念的影响还表现在从“英雄结义”的模式向“收服英雄”模式的转化上。英雄结义是中国古代叙事文学中最为普遍的英雄配置模式之一，深刻地影响了现代武侠小说的叙事结构，也是“侠义”概念核心内容的体现。如果说“侠”是针对所扶助的对象而言，“义”则偏向于异姓结盟者和组织内成员。在清代满族说部中，结义则仅止于英雄起于微末之时，此时英雄相交尚出于义气，但通常都是以施恩为基础，意在为其后主从关系的确定奠定基础，这成为说部中的一种固有的叙事模式。

英雄结义是中国伦理文化的产物，最早的结义应当是出于人的社会属性，在对抗异常强大或不可预知的艰险和灾难时，人们会主动地以组成群体的形式来应对，所以“结拜是许许多多在危险环境活动的人的习惯，他们为求生存，盼望与伙伴们团结得更紧密，以得到支援与保护”①。随着社会进步和经济发展，在缺乏利益驱动和情感支持的情况下，建立于此基础之上的社会团结逐渐趋于松弛，甚至是解体，这对于社会稳定是一个巨大的威胁。儒家伦理观念的发展深化了结义的内涵，结义使得没有血缘关系的陌生人之间产生兄弟之情，从而实现对于松散、游离的社会关系的整合，加强了社会的有机团结。《水浒传》就是英雄结义模式的集中体现，通过结义实现了百川汇海式的大聚义，并且以此点明梁山泊打出“替天行道”的旗号是人心所向，众望所归。值得注意的是，从晁盖时期的“聚义厅”到宋江时期的“忠义堂”，虽只有一字之差，内涵却迥然有别。皇权观念的强化扭曲了梁山泊聚义的根本性质，“四海之内皆兄弟”的平等关系也被替换为皇权统领下的君臣关系，反

---

① 孙述宇:《水浒传的来历、心态与艺术》,台北:时报文化出版有限公司,1983 年,第 40 页。

而不若《三国志通俗演义》中的刘关张结义更能体现“义”的本质。

努尔哈赤在佛阿拉城中成立昆都汗国并受命为汗王之后，立即颁布了相关的律令规章，等级秩序的确立以律令的形式得到了确定。此时不仅是结义兄弟间有君臣之别，亲兄弟之间也有上下尊卑之分，职位仅次于努尔哈赤的舒尔哈齐依据部落时期以军功定封赏的规矩，对于战利品的分配不均表示不满，抱怨道：“他称王，我是将，虽然我俩平起平坐了，可我的东西却比他差了一大截！人家叶赫还东城西城两贝勒呢，我们怎么就不这么做！他是阿珲，我比他小，从小我们俩就在一块儿，这阵他却高高在上了。”这时候佟春秀搬出了儒家伦理观来教育舒尔哈齐：“你想想，咱们中国几千年的历史，经过了几十个朝代，到这大明万历皇帝算，从夏代开始，算正宗的皇帝，得有两百四十多位，你看有哪朝哪代哪个皇帝是两个人同时坐的，不都是一人做皇帝，众臣子辅佐，天下人景仰嘛！”①

从佟春秀与舒尔哈齐间的争论中可以看出，相比用武力征服建立政权，如何确立统治秩序是更为艰辛的过程，特别是在尚武之风浓厚的满族中，从武力争胜到皇权至上观念的转变过程，实际上往往意味着更为血腥残酷的屠戮和压制。因此在舒尔哈齐表示出不满，甚至起了自立为王的念头之后，努尔哈赤没有顾及兄弟情分，先是诱之以财物名位，后更是提出若是说服教育不可就采取强硬手段，可见皇权观念的极端自私性。对此，佟春秀是有着清醒认识的，说部中描写了她的心理活动：“自古以来，为争王夺帝位，子

① 张立忠讲述；张德玉、张春光、赵岩记录整理：《元妃佟春秀传奇》，长春：吉林人民出版社，2009年，第265页。

弑父，弟弑兄，骨肉相残，屡屡发生，司空见惯了。谁能保证说，努尔哈赤为了创大业的需要，保大业的成功，而不肯杀掉肆意破坏阻碍他的人，哪怕是血胞兄弟呢。”① 随着建州卫势力的逐渐强大，佟春秀的预见一步步得到了证实，兄弟之间因为政见分歧，矛盾激化。努尔哈赤不听佟春秀的劝阻和建议，竟然效仿春秋时期的郑庄公，放任舒尔哈齐的势力做大，同时加紧对舒尔哈齐的监视。在舒尔哈齐公然分裂、意图自立为王的时候，舒尔哈赤以兵力震慑，逼使舒尔哈齐投降。努尔哈赤为防止舒尔哈齐再次造反，将其在佛阿拉城监禁起来，后竟然下令毒杀舒尔哈齐，演绎了一场骨肉相残的惨剧。

三　对清代说部中的暴力审美观的反思

说部中有大量的暴力描写，如《元妃佟春秀传奇》第十二章写到佟春秀一行回建州，在南山城寨附近遭遇匪徒，“那汉子高高地举起大刀，以泰山压顶之势，向佟春秀砍杀而来。佟春秀驱马相向，身子向左一闪，躲过来刀，右手剑却直刺那汉子的心窝，过马之间，顺手将剑一削，半个腰被割裂开来，那汉子还没叫出一声，就摔下马去。”② 清代说部中还塑造了猛哥、乌伦巴图鲁、尉迟哼、噶哈善等众多草莽英雄形象，以《元妃佟春秀传奇》中的额亦都为例，他“虎背熊腰，气宇轩昂”“英武强悍，虽然年仅一十三岁，年纪尚小，可也长得人高马大，成为一个大小伙子了”，正是英雄的相

① 张立忠讲述；张德玉、张春光、赵岩记录整理：《元妃佟春秀传奇》，长春：吉林人民出版社，2009 年，第 268—269 页。

② 张立忠讲述；张德玉、张春光、赵岩记录整理：《元妃佟春秀传奇》，长春：吉林人民出版社，2009 年，第 91 页。

貌，而且他“艺高武精，不仅骑射绝伦，刀法娴熟”，又是英雄的性情。书中描绘他杀死仇人为父母报仇的场景：

额亦都大叫着跳进屋里，唰唰两刀，就把那两个仇人砍翻了，趁他们还没有断气的时候，告诉那两个仇人，说：“我是阿凌阿的孙子，我叫额亦都，今天终于替阿玛、讷讷报了仇了！”那个被砍掉一个膀子的人，听了额亦都的话，知道自己没有活路了，就一闭眼睛等死，额亦都上去又一刀，砍下了他的头。那另一个仇人，一条大腿被砍开了肉，见同伙已死，自己又中了一刀，就本能地去抽刀抵抗，额亦都跳起来，狠命地立劈一刀，将那人从头顶到胸口劈成了两半儿。

额亦都气愤难消，心恨未平。他看了看炕上的两具尸体，刷刷刷地将两具尸体大卸八块，扔到了街上，喂了野狗。这时，他终于算松了口气，缓了缓神儿，擦干净了刀，跳下地，轻轻松松地出了院子，骑马回到了英额峪家里。①

此类血腥描写在清代说部中十分常见，视人命如草芥的态度，以杀戮代替审判的做法，是中国叙事文学中暴力审美观的反映。夏志清曾经对《水浒传》中的虐杀情节评论道：“这些故事至今流传不衰，实在与中国人对痛苦与杀戮不甚敏感有关。”② 要理解充斥于说部行文中的暴力描写，需要对满族的民族历史、武侠文学的叙事传统，以及草莽英雄文化形象有正确的认识。

---

① 张立忠讲述；张德玉、张春光、赵岩记录整理：《元妃佟春秀传奇》，长春：吉林人民出版社，2009 年，第 143 页。

② 夏志清：《中国古典小说导论》，胡益民等译，南昌：江西人民出版社，2001 年，第 95 页。

首先，只有在一个忠奸、正邪二元对立的结构中，残杀行为和血腥屠戮才可能被理解，并获得理解和原谅，甚至可以通过对奸恶之徒的残杀，宣泄处于社会底层的人们因遭受压迫而产生的怨怼和愤恨。对他人的暴力，是一种基于本能的冲动，文明是倾向于抑制暴力的，正如索雷尔所说："对于暴力，我们有许多法律的防范措施，而且，我们的教育主要致力于压制我们的暴力倾向，所以我们会本能地认为，任何暴力行为都是重返野蛮主义的表现。"① 然而，即便是在文明高度发达的现代社会中，对于暴力的冲动仍然需要得到释放。诛除奸恶，既不会违背道德伦理，还可以此满足自身的暴力需要，但也只有在正邪分明的框架之内，暴力才能被道德化，如果仅仅是对于暴行的展览，其文化价值和正当性会受到极大的质疑。

清代说部以开国创基、征战拓疆、保卫家国、剪除匪患等为主题，依靠道德宣教、化民成俗显然如同痴人说梦，不切实际。《元妃佟春秀传奇》中努尔哈赤说："要统一女真各部，看来就得主要依靠武力征服，其次才是以德征服。这样，不懂军事不行，不会打仗不行。"② 因此在说部中出现大量战争、厮杀、武力决斗的暴力场面，实是由其所反映的历史事实决定，对于武力和血腥屠戮的赞颂有其特殊的历史背景。不仅满族说部如此，在7世纪突厥汗国遗存的《阙特勤碑铭》中记载："你们的鲜血流成了河，你们的尸骨

---

① 乔治·索雷尔：《论暴力》，乐启良译，上海：上海人民出版社，2005年，第148页。

② 乔治·索雷尔：《论暴力》，乐启良译，上海：上海人民出版社，2005年，第148页。

堆成了山。高贵的儿子成了奴隶，俊俏的女儿成了使女。”① 在北方民族的英雄史诗中，也有大量篇幅表现横暴的掠夺和野蛮的生活方式，残酷的社会环境使得弱肉强食成为常态。如藏族英雄史诗《格萨尔王传》以部族战争为主题，其中多处描写惨烈残酷的战争场面，而这些描写实际上并不有损于英雄的品德，皆因为非如此无以凸显英雄勇敢顽强、舍生忘死、顾全大义的性情。抗暴除强、浴血拼杀的艰险不仅不会令人反感，反而激发起强烈的部族意识和崇高悲壮的美感。

贺昌群先生在《英雄与名士》中提出：“英雄之名，起于灵帝时黄巾农民战争，郡太守与刺史制度已为宦官及其爪牙所败坏，地方政治紊乱不可收拾，军政大权落于州牧执手，凡能匡扶汉室，安定天下，文能经邦，武能拨乱的人，便可以成为英雄。”② 因此作为富有历史使命感的英雄，单纯地凭借武力拼杀，显然并不能算是真正的英雄，个人若是道德虚无甚至是品格低下，即使所为事业有高尚之名，杀伤太多也只能增加人物的暴戾之气，与英雄光辉有损无增。

其次，在中国文学人物长廊中，从来不缺乏温润如玉的君子，这是士大夫文人理想的人格形象。受到市民文化趣味的影响，李逵、张飞、牛皋、程咬金等草莽英雄的人物形象也进入人们的审美视野中，这是俗文学的胜利。李逵等草莽英雄如同戏曲中的架子花脸，性格单一且鲜明，并且形成了较为固定的人物类型，学者将之

① 乔治·索雷尔:《论暴力》,乐启良译,上海:上海人民出版社,2005年,第148页。

② 范金民编著:《中国古代史研究导引》,南京:南京大学出版社,2011年,第122页。

命名为“黑旋风人物系列”① 或者是“莽汉形象”②。这类人物大多凶猛强悍，体态高大健壮，语言俚俗无文，奉行“先打后商量”的行事准则。或许是受到戏曲艺术的影响，在这类人物形象的塑造上特别突出其“黑”色调，包括了肤色、坐骑、穿着、武器等都与其性格特点具有内在一致性。论相貌，张飞是“豹头环眼，燕颔虎须”，李逵“不搽煤墨浑身黑，似着朱砂两眼红”，牛皋“面如黑漆，身躯长大”；论武器，张飞使丈八蛇矛，牛皋的武器是锏，焦赞用铁槌，李逵、程咬金等人则使用大斧作为工具，显然都是粗豪的武夫形象。

草莽英雄作为一种特殊的艺术形象，是现实生活中人们对于勇敢、力量、天真等理想品质的想象性产物。从审美的角度来说，勇敢代表的是对于抑制人性和欲望的社会禁忌的冲击，力量反映的是人在现实的无力感面前感到焦虑的自然反应，天真则是勇敢和力量二者的结合，是对道家拙朴质实美学原则的回归。仍以李逵为例，李逵的行为举止是粗暴的同时又是纯真的，如《水浒传》描写他和宋江、戴宗等人一道喝酒，其吃相粗鲁如斯：“李逵也不使箸，便把手去碗里捞起鱼来，和骨头都嚼吃了”，又写道：“李逵嚼了自碗里鱼，便道：‘两位哥哥都不吃，我替你们吃了。’便伸手去宋江碗里捞将过来吃了，又去戴宗碗里也捞过来吃了，滴滴点点淋一桌子汁水。”明代学者李贽评点《水浒传》时对黑旋风李逵推崇至极，称赞他为“趣人”“妙人”，“李大哥当是不食烟火人”。怀林和尚直言：“和尚读《水浒传》，第一当意黑旋风李逵，谓为梁山泊第一尊

① 魏崇新:《人物类型与文化精神》,《明清小说研究》1992 年第 2 期。

② 燕世超:《论明清英雄传奇小说中的莽汉形象》,《山东社会科学》2002 年第 2 期。

活佛。”金圣叹也给予了李逵极高的评价：“李逵是上上人物，写得真实一片天真烂漫到底，看他意思，便是水泊中一百七人，无一人入得他眼。孟子‘富贵不能淫，贫贱不能移，威武不能屈’，正是他好批语。”

金圣叹将孟子用以表现儒家理想人格形象的言辞，拿来形容一个肆意妄为、杀伐成性的莽汉，颇有深意。这是因为草莽英雄还有一个重要的性格特征，即对于领袖英雄的忠诚，他们往往是立场最为坚定的部属或朋友，是小说中不可取代的重要角色。他们的忠诚固然是因为其武夫出身，不通文墨，思想比较单纯，不会过多地考虑得失利弊，更因为他们身上的天真和执拗乃是基于对诺言的信守。将这类英雄与智谋型英雄和伦理型英雄进行对比，就会发现他们的不通世务实在有可爱之处，在他们“天真烂漫”的映照下，理性和节制不过是人对于世俗特别是皇权的妥协和屈服。

草莽英雄大多出身于下层社会，对于封建皇权有着更为清醒的认识，同样也具有更为彻底的反抗精神，学者齐裕焜曾指出：“他们一方面继承了古代英雄的特征，作为‘力’与‘勇’的化身，具有类型化倾向；另一方面，又寄寓了下层人民特别是市民阶层的道德理想与生活情趣，有较为突出的个性特征，具有个性化典型的倾向。”① 他们的粗暴破坏看似毫无章法，恣意而为；而领袖英雄由于束缚于礼法，局限于身份而不敢说的话和做的事，都是假草莽英雄之手来完成，通过代入性的审美，民众在现实生活所感受到的束缚和抑制也得到了宣泄。

一方面，从神话时代勇力代表着宗教精神的向度，到叙事文学

---

① 齐裕焜：《中国古代小说演变史》，兰州：敦煌文艺出版社，1990年，第97页。

中具有喜剧色彩的草莽英雄，反映的是人们思想观念和审美情趣的变化；另一方面，草莽英雄形象具有特殊的美学价值，他们一任天真和自然，满足的是受社会礼法道德束缚的普通民众对自由和力量的理想需求。对于勇和力的追求始终是不朽的，因此在民间草莽英雄长期以来具有较高的社会接受度，尽管他们的行为中有嗜杀伐、恣意妄为的因素，然而其性格上的豪爽直率、洒脱不羁、忠诚可信、自由洒脱又是理想的人格范式。鲁莽是草莽英雄的标志性格，也是他们的可爱之处，从而构成一种特殊的艺术美感，即叶朗在《中国小说美学》中所提出的“缺陷美”。① 这种贴近现实生活的性格“缺陷”使人物形象具有更强的现实感，还增加了人物性格的层次感。

再次，清代说部的传讲人多为下层文士，他们所接触的人物多为市井中人物，即使是具有贵族身份的英雄，也多不拘礼法。满族民众崇尚武力，“女真人崇尚英雄，崇尚胜利者，不同情软弱失败的人。有人为部族献身捐躯了，就受到全部族人的赞扬，家人也感到自豪”②。通过英雄的力大无穷来彰显神迹，是英雄史诗常见的做法。史诗中的英雄大多天生神力，如满族英雄史诗《西林安班玛发》中的西林色夫具有飞天、潜泳、捕熊、驭火等“神机”，被称为神飞大萨满、飞天大萨满等。在其他民族的英雄史诗中也是如此，如蒙古族英雄史诗《海尔图哈拉》中的英雄出身于代表力量的岩石。诗中描写道：“一块足足五尺高的黑色岩石自行裂开，从里面走出来一个三岁大的宝贝娃，取名为黑卵石。”③ 满族民众崇信

---

① 叶朗:《中国小说美学》,北京:北京大学出版社,1982 年,第 76 页。

② 张立忠讲述;张德玉、张春光、赵岩记录整理:《元妃佟春秀传奇》,长春:吉林人民出版社,2009 年,第 22 页。

③ 张立忠讲述;张德玉、张春光、赵岩记录整理:《元妃佟春秀传奇》,长春:吉林人民出版社,2009 年,第 22 页。

萨满教，萨满教中通过裸身坐雪地、赤足跑火池、手指穿巨石等挑战人类极限的能力，来表现萨满有神力护持。满族所崇奉的也多是雄鹰、猛虎、苍狼等猛禽或凶兽，这些动物的桀骜不驯、敏捷狂暴，以及旺盛的生命力和勇敢无畏的姿态，同样是民族尚武文化心理的投射。因此在弱肉强食的生存法则下，残酷的杀戮和血腥的场面只是顺乎自然本性，并不涉及道德伦理的评价，因为其表现重点不在于展现残忍，而是在彰显力量。

以战争为题材的英雄史诗，其间充满了部落或政权之间利益的矛盾和斗争，部落联盟形成过程中主要依靠武力征服，并且部落也一般由军事酋长统领，这也使得尚武之风在满族历史上长期盛行。在早期的说部《红罗女三打契丹》《东海窝集传》《阿骨打传奇》等说部中都有意突出武力英雄的地位，在表现人物时则侧重于表现其高强的武艺。特别是在冷兵器时代战争中，攻城略地，冲锋陷阵，靠的是个人的武艺和体魄，武力英雄受到普遍尊崇。

“塞北雕弓硬”，任勇尚武是融入东北民族文化血脉之中的，瓶庵在《中华小说界发刊词》中就说：“北人以强毅之性，濡染于《三国》《水浒》诸书……屠沽攘臂登台，亦比迹于李逵许褚。”战争最乐于表现的也是那些孔武有力的草莽英雄，他们崇尚武力和暴力，他们在战场上的厮杀肉搏是力量美的表现，战争的残酷性和观赏性也是通过他们得到体现的。《元妃佟春秀传奇》中多处描写了战争场面的激烈以及武将高超的武艺，增添了故事的传奇性和趣味性。

草莽英雄大多出身低下，粗鄙无文，但他们敢爱敢恨，勇于担当，锄强扶弱，给人一种酣畅淋漓的审美感受，具有很强的感染力，他们为民众提供了情感宣泄的渠道，寄寓了普通民众的道德理想与生活情趣。说部中将草莽英雄的形象塑造得诙谐有趣，生动可爱。林纾在《鬼山狼侠传叙》中也说："明知不驯于法，足以兆乱，然横刀盘马，气概凛冽，读之未有不动色者。吾国《水浒》之流传，至今不能漫灭，亦以尚武精神足以振作凡陋。"① 满族先民劲悍粗犷、骁勇善战的民族气质和民族性格正是通过这一英雄类型得到体现，对勇武劲悍的英雄的褒扬，是民族情感和英雄主义情怀的抒发。然而武力的滥用毕竟是对社会秩序的潜在威胁，并且受审美心理和角色设置的限制，草莽英雄的塑造多具有类型化的性格特征，缺乏纵向的变化和横向的展开。

四　边疆意识与地域色彩

自康熙年间沙俄首开边衅以来，东北地区就面临着较为严重的边患问题。萨布素系列说部、《飞啸三巧传奇》《元妃佟春秀传奇》等说部产生于清代前中期，这时候的清政权国力较为强盛，对于外敌入侵尚有余力抵抗；对比产生于清末的说部《碧血龙江传》，这一时期的社会矛盾较之民族矛盾更为凸显。边患仅是说部内容的组成部分，而非叙事的主体，悲剧色彩也较为淡薄。在清代中前期说部中，边疆意识的产生除了由外患所致，更重要的还是清朝长期实行的封禁政策。前者在近代民族意识形成过程中起到了重要作用，后者则对于小说的叙事艺术产生了深远影响，二者合起来构成了清代满族说部鲜明的地域特色。

其一，明清小说往往表现繁华的城市、喧闹的市井，书中更是汇聚了商贾、工匠、歌姬、富户等各色社会人物，笔下尽是"翠袖

---

① 朱一玄、刘毓忱编:《水浒传资料汇编》,天津:南开大学出版社,2012年,第373页。

三千楼上下，黄金百万水西东”（唐寅《阊门即事中》）的浓艳热烈。说部中则少见类似的描写，主要是通过对东北地区自然地理环境和风物民俗的描写来增添小说奇幻神秘的色彩。关外绮丽瑰异的风光、浓郁的边地生活气息，勾勒出当时东北地区的自然风貌和社会环境。

《萨布素外传》文首先述及康熙皇帝苦于边事，召黑妃娘娘询问萨布素其人，由此引出萨布素的传奇经历；《飞啸三巧传奇》开篇，戴均元将军向初继位为帝的道光帝讲述东北边疆历史，陈说沙俄势力对东北地区渗透的现状。这两个例子实际上都说明了封禁政策的实行，使得长期生活在关内的满族民众，特别是上层统治者和清朝贵族对东北故土缺少应有的了解。但也正因为如此，对于东北边疆的景物描写具有独特的审美价值。正如唐代琵琶胡音给岑参、王之涣等诗人带来的“座参殊俗语，乐杂异方声”（岑参《奉陪封大夫宴，得征字，时封公兼鸿胪卿》）的新奇感受，说部中描绘了一幅幅具有地域色彩的东北风情图。此外，“吐口唾沫就是钉”“不得劲儿”“可劲造”“惹篓子”等方言土语的运用，都是对东北文化鲜活形象的表现。

说部中还有多处描写东北地区独具特色的饮食习惯、居住习俗、祭祀仪式等对边地绝域风物和民俗仪礼的描写，是东北地域文化精神的外在标识，在面对本族民众讲述时能借此唤起亲切感和熟悉感，从而有助于形成民族文化认同。东北地区位于边疆，雄奇的山川景物，奇异的风俗民情，以及冰雪苦寒的自然环境，激发了讲述者的才思文情，也构成了小说叙事独特的审美意境。

说部中的英雄人物正是因为生长于这样冰野荒原的环境之中，才锻炼出了豪爽任侠、勇猛刚健的英雄性格。显然，以苍凉壮阔的自然环境为背景，并不适合于演绎缱绻缠绵、风流绮丽的才子佳人故事，而更适于铺写豪情万丈、气概雄壮的英侠传奇。英雄传奇在东北这片承载着民族传统和历史记忆的土地上展开，在发现边疆风光诗意的同时，亘古如斯的高山荒漠、直爽本真的民族性格，以及古老神秘的宗教民俗，激活了讲述者对于满族先民英雄形象的艺术想象，尤其是东北地区特有的自然景观——高山峻岭、莽莽荒原，不仅为故事的展开提供了极具特色的审美意象，更成为烘托英雄胸襟气度的时空背景。

清代说部中的景物描写并非单纯地用于建构审美意境，还具有重要的政治意义。如《元妃佟春秀传奇》中在佟春秀和努尔哈赤并肩游览之际，于山光水色却不甚留意，独独强调了外观上并不起眼的白龙山，仅从山水审美角度而言，白龙山也确实无甚特殊之处，不过是一个“游蛇形的小山”，然而其地理位置重要，为明军营寨驻扎地。除白龙山外，书中着重介绍的铁背山、浑河、抚顺马市、高尔山等地方景物，也都是从其边防价值而言的。

其二，明代“自罗贯中氏《三国志》一书，以国史演为通俗演义，汪洋百余回，为世所尚，嗣是效颦者日众，因而有《夏书》《商书》《列国》《两汉》《唐书》《残唐》《南北宋》诸刻，其浩瀚与正史分签并架”（可观道人《新列国志叙》）。《三国志通俗演义》等历史题材小说敷演历史记载成文，清代满族说部则直接取材于当下的历史事件，相较之下具有更为强烈的现实关怀精神。萨布素系列说部、《飞啸三巧传奇》《元妃佟春秀传奇》等反映的是清代中前期的社会历史状况。沙俄势力在东北地区的渗透使得边疆危机重重，而长期封禁造成的社会控制力量削弱、经济文化相对落后的局面，加剧了萨布素、穆哈连等秉持封建家国君臣观念的将领的矛盾心理，封建王朝的腐朽堕落与“龙兴之地”的民族自豪感之间形成强烈冲突。然而侠义只能解决个人的恩仇和维持部分的社会公正，但更为沉重的乱世感受则无法纾解，因此更为郁结和沉重。在英雄行侠仗义的过程中，实则寄寓了愤世嫉俗的现实批判，以及希冀建功立业以挽救危局的使命感。

由于封禁政策的长期存在，地处关外的东北王纲解纽，豪强盘踞，在《飞啸三巧传奇》中，穆哈连之所以关外殒命，就是因为边患严重，已经威胁到清政权的统治。清代说部通过对东北地区匪患猖獗和法纪不行等两个方面问题的反映，集中体现了说部对社会现实的关注。

东北匪患一直以来困扰着清政权的统治，其构成有多方面的原因。有些是官逼民反，有的是外邦作乱内外勾结。但总的来说，东北地区匪患猖獗，其根本原因在于中央对地方的控制力不强，管理松弛，政令不施，而东北民风剽悍，崇尚武力，单纯依靠道德教化难以奏效。

东北文化传统重武轻文，边地苦寒气候和连绵战事，锻炼了东北民众坚忍不屈、果敢勇毅、剽悍骁勇的民族性格。东沃沮人“性质直强勇，便持矛步战”，高句丽“性凶急，有气力，习战斗，好寇钞”，夫余“其人粗大强勇而谨厚”，女真人“其人则耐寒忍饥，不惮辛苦，食生物，勇悍不畏死……贵壮贱老，善骑，上下崖壁如飞。济江不用舟楫，浮马而渡”。[①] 而尚武好勇的一个侧面，就是对武力的迷信和对法令的漠视，游牧和渔猎为主的生产方式基础上形成的政治文化，缺乏制度建设和礼法观念，如乌桓“贵少贱老，其性悍骜，怒则杀父兄……有罪者出其牛羊以赎死命，乃止。自杀

① 《三国志》卷三十《东夷传》。

其父兄无罪”，契丹人“好为寇盗。父母死而悲哭者，以为不壮，但以其尸置于山树上，经三年后，乃收其骨而焚之”。（《三朝北盟会编》卷三《国土风俗》）说部中发生的多次冲突都是因为没有既定法规可以遵循，只能依靠武力制服，《元妃佟春秀传奇》第三十四章“女诸葛识大局制订法令，聪睿汗一声令强兵富民”也从侧面说明了颁行法令在东北地区的迫切性。

其三，边患是清政权逐渐走向衰败的重要原因，这是贯穿于清代说部的一个重要的历史判断。尽管在对外战争中清政府取得了暂时的胜利，但是夹杂此间的外敌侵扰、内外勾结、边防空虚、政治腐败等问题实际上成为清朝最终覆亡的隐患，反映清代中前期史实的萨布素系列说部和《飞啸三巧传奇》等，已具有较为明显的忧患意识。在这个意义上而言，清代满族说部不仅具有鲜明的现实主义色彩，还带有强烈的历史反思精神。

东北地区历来民族关系复杂，小规模的侵扰以至大规模的征战史不绝书。嘉庆时期东北边疆危机已经日趋严重，乌伦巴图鲁从哥萨克骑兵处探听穆哈连遇害的消息，了解到当时沙俄逐步侵蚀清政府边境辖地，并且清政府设在通往北疆道路上的多处哨卡，被进犯的沙俄势力破坏殆尽，不但中断了中原和北疆的联系、阻碍信息传递，而且沙俄士兵还越过国境抢掠向中原王朝进贡的物品，造成巨大的经济损失。穆哈连受命于清政府，化装成哥萨克人进入沙俄的尼古拉寨，烧毁其牧场、柴草垛、粮仓、鼓楼等设施，还鼓动已投靠沙俄势力的大清部落的民众反叛，被沙俄勾结杜察尔家族，在乌里特因冰山杀害。

尽管此时尚没有大规模的战役发生，但沙俄势力对于东北腹地的渗透已经成为严重隐患。更为严重的是，沙俄与光禄寺卿穆彰阿、杜察尔家族为代表的清廷腐朽势力形成了内外勾结的关系，一者从外部侵扰，一者在内部削弱自身力量。

《飞啸三巧传奇》故事叙述图泰、乌伦巴图鲁、三巧等人在探查北疆地区的沙俄势力时，查访到不仅地方豪强势力与沙俄相互勾结，沙俄方面还通过军事援助、传教活动、贸易往来等方式对北疆地区各民族部落进行拉拢，其势力渗透几乎到了无孔不入的地步。眼看边衅一开，国家即有覆亡的危险，时局危急至此，图泰一行夜宿山林，不免心绪起伏，“莽莽林海，无边无际，最远处的地方是黑蓝蓝的天，那就是北海。如果从东口出去，就可以进到东海，进到太平洋去了。左面也是一片林海，茫茫无际啊，可以听到一些寒鸦的嘎嘎叫声。再往远处听，可以听到山泉的泉水声，这块儿的河流是交错纵横。虽然现在河已经封冻了，两岸冰很厚，但是河流中间没有冻，水流湍急，哗哗地流着。搁山顶的树上往下看，是林海，河流在林海中蜿蜒流着，有的是横着行，在林海里看不着，有的是纵着行的，可以微微地从林莽中间看到一条白带子，这是冰带，中间有水。在月光下，这块的夜景多么美呀，多么壮阔呀。这一片大自然壮美的景象，是我们大清甜美的土地，肥沃的土地。就在这块土地上，含有多少眼泪，多少征杀，而且罗刹的刀剑已经逼近了”①。

① 富育光讲述；荆文礼记录整理：《飞啸三巧传奇》，长春：吉林人民出版社，2007年，第373—374页。

后　记

满族说部被誉为满族的“英雄史诗”，几乎所有的满族说部作品都包含着英雄主题在其中。研究满族说部中的英雄主题应该是满族说部研究中非常重要的一个环节。因而，借“满族说部研究丛书（第一辑）”出版之机，我们撰写了《满族说部英雄主题研究》一书。本书是杨春风主持、苏静参加的国家一般课题“满族说部中的神话与史诗研究”的中间成果之一，项目编号：13BZW162，也是杨春风主持的吉林省社会科学院重大课题“满族说部英雄母题研究”的最终成果。

本书第一章、第二章、第三章（除第二节外）由杨春风撰写，第三章第二节由李克撰写，第四章由苏静撰写；书稿结构设计、统稿、定稿由杨春风承担。在书稿筹划至定稿一年的时间内，由于各自有其他项目和研究任务，为撰写本书而进行的资料收集、整理、分析和书稿撰写、修订、校对的有效时间不足，难免留有不足、不当或错谬之处，恳请得到各位专家和读者的批评、指正。

感谢丛书主编、吉林省社会科学院院长、吉林省满族说部学会会长邵汉明研究员为这套丛书的策划、组织、立项、出版所做的工作和贡献，感谢对本选题入选的鼎力支持和书稿撰写的悉心指导！

感谢谷长春主编的“满族说部丛书”，为本书的研究提供了最基本的资料保障。

感谢满族说部传承人富育光先生、赵东升先生等一直以来所给予我们的极其重要的帮助、鼓励和指导！

感谢长春出版社的领导、责任编辑对本书的支持和帮助！

杨春风

2016 年 5 月